Sandhya Menon

Zufällig vorherbestimmt

Aus dem Englischen
von Anne Brauner

CARLSEN

Für t, n und m,
ein Geschenk des Kismet

1. KAPITEL

Dimple

Dimple strahlte und strahlte. Man könnte meinen, zwei Puppenspieler stünden links und rechts von ihr auf der Bühne und zögen mit Fäden an ihren Mundwinkeln.

Okay, lieber nicht so etwas Unheimliches. Fest stand, dass der Drang zu lächeln unwiderstehlich war.

Dimple klickte die E-Mail an und las sie noch einmal.

Stanford.

Sie würde nach Stanford gehen. Obwohl der Brief mit der Zusage schon vor Wochen in der Post gewesen war, hatte sie noch nicht richtig daran geglaubt, bis sie nun ihre Login-Daten für die Uni per E-Mail erhalten hatte. Sie hatte befürchtet, Papa könnte es sich noch anders überlegen und die Anzahlung wieder zurückfordern. Oder Mamma würde dort anrufen und behaupten, Dimple hätte ihre Meinung geändert (und wer glaubte, Mamma würde so etwas nicht tun, kannte sie schlecht).

Aber nein, alles war gut gegangen. Alles war geregelt, sie war offiziell eingeschrieben.

Wenn jetzt nur noch …

Als Dimple das zweite geöffnete Fenster anklickte, funkelte ihr Lächeln nicht mehr ganz so strahlend.

Insomnia Con 2017:
Eine fantastische Gelegenheit für Schüler*innen in der Oberstufe oder nach der Highschool! Lernen Sie in diesem Sommer die Grundlagen der Webentwicklung auf dem sonnigen Campus der San Francisco State University!

Ist ja gut, nehmt einfach mein Geld, dachte Dimple.

Doch es war ein wenig komplizierter. Es war eine unglaubliche Chance – das stimmte. Sie wäre allen anderen voraus, wenn sie im Herbst in Stanford anfing. Und wenn sie an die Kontakte dachte, die sie knüpfen konnte! Einige der größten Namen in der Webentwicklung hatten an der Insomnia Con teilgenommen: zum Beispiel Jenny Lindt. Die Frau war ein Genie. Sie hatte die milliardenschwere Meeting-Space-App sowie die Website praktisch aus dem Nichts erdacht und programmiert. Dimple lief förmlich das Wasser im Mund zusammen, wenn sie sich vorstellte, in den gleichen Kursen zu sitzen, an den gleichen Aktivitäten teilzunehmen und auf dem gleichen Campus zu wandeln wie Jenny Lindt damals.

Dimple hatte allerdings ihre Zweifel, ob sie das Wohlwollen ihrer Eltern überstrapazieren sollte. Der Sommerkurs kostete tausend Dollar. Und Papa und Mamma zählten zwar zur soliden Mittelschicht, waren aber keineswegs wohlhabend. Außerdem hatte sie bereits hoch gepokert, als sie sie gebeten – nein, drangsaliert – hatte, sie nach Stanford gehen zu lassen. Und das hatten sie sicher nur erlaubt, weil sie insgeheim hofften, sie würde an dieser angesehenen Uni den I.I.E. ihrer – nein, *ihrer* – Träume finden.

I.I.E. – für alle, die nicht eingeweiht sind, stand für *Idealer Indischer Ehemann.*

Arghh. Wenn sie nur daran dachte, würde sie am liebsten wie eine Todesfee ins Kissen heulen.

»Diiiimpllllle?« Mamma klang so kreischig und außer sich wie immer.

Als Dimple jünger war, war sie noch mit klopfendem Herzen nach unten gerannt, voller Angst, dass etwas Schreckliches passiert war. Und jedes Mal war Mamma mit etwas Banalem beschäftigt gewesen, hatte zum Beispiel in einem Küchenschrank gekramt und sie dann ganz beiläufig gefragt: »Weißt du zufällig, wo der Safran geblieben ist?« Mamma hatte nie verstanden, warum sie Dimple damit in den Wahnsinn trieb.

»Gleich, Mamma!«, rief sie zurück, obwohl sie genau wusste, dass es noch ein wenig länger dauern würde. Sie war nicht mehr so blöd, sich zu beeilen, nur weil ihre Mutter sie zu sich zitierte. Mittlerweile herrschte ein etwas wackliger Waffenstillstand zwischen ihnen – Mamma musste sich nicht im Ton mäßigen und Dimple musste nicht alles stehen und liegen lassen und ihr in Safrannotfällen zu Hilfe eilen.

Sie klickte sich noch weitere fünf Minuten durch die Fotogalerie auf der Insomnia-Con-Homepage. Seufzend betrachtete sie das imposante Gebäude aus Glas und Chrom, hübsch in Grüppchen angeordnete Techniknerds und jubelnde Gewinner des legendären Talentwettbewerbs, die sich über ein zusätzliches Startkapital für ihre Apps und Homepages freuten. Dimple würde wer weiß was tun, um eines Tages dazuzugehören.

Die Teilnehmer der Insomnia Con mussten in den anderthalb Monaten auf dem SFSU-Campus ein Konzept für die absolut innovativste App erstellen. Obwohl niemand in diesem Zeitraum eine vollständige App programmieren konnte, sollte man so weit wie möglich kommen, bis die Jury tagte. Gerüchten zufolge bekamen die Gewinner in diesem Jahr die Chance, ihr Konzept Jenny Lindt höchstpersönlich vorzulegen. Das wäre einfach unglaublich.

Dimple betete darum, tausend Dolla im Lotto zu gewinnen, schaltete den Bildschirm aus, zupfte ihren abgewetzten grauen *Salwar Kamiz* zurecht und ging nach unten.

»*Woh kuch iske baare mein keh rahi thi na?*«, sagte Papa. *Hat sie das nicht erwähnt?*

Dimple blieb stehen und spitzte die Ohren. Redeten sie über sie? Sie lauschte angestrengt, doch Mamma sprach zu leise, um sie verstehen zu können. Typisch. Wenn Dimple wirklich einmal zuhören *wollte*, war Mamma plötzlich leise und zurückhaltend. Mit einem Seufzer betrat sie das Wohnzimmer.

Bildete sie sich das nur ein oder wirkten ihre Eltern ein wenig verlegen? Um nicht zu sagen … schuldbewusst? Dimple zog die Augenbrauen hoch. »Mamma, Papa, wolltet ihr etwas von mir?«

»Dimple, erzähl mir noch mal von – oh.« Das schlechte Gewissen schwand aus Mammas Blick, als sie Dimples Aussehen begutachtete und ihre magentarot geschminkten Lippen schürzte. »Mit Brille?« Sie zeigte auf Dimples Brille, die wie immer auf ihrer Nasenspitze hing. Mamma ließ den Blick weiterschweifen und kniff missbilligend die Augen zusammen, weil Dimple ihre schwarzen Locken nicht ordentlich gekämmt hatte (die sie noch dazu nicht länger als bis zu den Schultern wachsen lassen wollte), sie ihr Gesicht nicht mit Make-up verschönert hatte und weil leider – trotz Mammas optimistischer Namenswahl – auch kein Grübchen zu sehen war.

Sie sollte sich freuen, dass ich mir heute Morgen die Zähne geputzt habe, dachte Dimple. Doch Mamma würde Dimples Abneigung gegen Make-up und Mode nie verstehen. Alle zwei Wochen kam eine Tante von der Indischen Gesellschaft und half Mamma, den Haaransatz schwarz zu färben, während Papa bei der Arbeit war. Sie ließ ihn in dem Glauben, sie hätte immer noch die gleiche Haarfarbe wie in jungen Jahren.

»Was ist mit deinen Kontaktlinsen? Und kannst du dich erinnern, wie ich dir gezeigt habe, Kajal zu benutzen?« Mit Kajal meinte sie den Eyeliner-Tiegel, der in Mammas Jugendzeit sehr beliebt gewesen war. Sie hatte nicht gemerkt, dass sich dieser Trend irgendwann in den Siebzigerjahren verabschiedet hatte.

»Lebhaft«, murmelte Dimple in dem Bemühen, nicht so genervt zu klingen. Papa, der neben Mamma saß, machte verstohlen sein *Bitte lass sie*-Gesicht. Der ewige Friedensstifter. »Ich bin seit genau drei Tagen mit der Schule fertig, Mamma. Kann ich diese Woche nicht einfach mal faul sein und entspannen?«

Jetzt ähnelte Papas Gesicht einem *Roti*, das zu lange in der Pfanne war.

»Entspannen und *faul* sein!«, donnerte Mamma. Ihre gläsernen Armreifen klimperten. »Glaubst du etwa, du findest einen Ehemann, wenn du *faul* bist? Meinst du, ich hätte in den zweiundzwanzig Jahren, seit ich deinen Vater geheiratet habe, auch nur eine Minute Zeit gehabt, um *faul* zu sein?«

Natürlich nicht, dachte Dimple. *Du musstest ja die ganze Zeit staubsaugen.* Sie biss sich auf die Zunge und sank aufs Sofa, da Mamma noch eine Weile weiterzetern würde. Es war besser, sie reden zu lassen, bis die Worte allmählich versiegten wie bei diesem Klappergebiss zum Aufziehen, das man im Scherzartikelgeschäft kaufen konnte. Ihr fielen natürlich tausend gehässige Kommentare ein, doch falls sich die Gelegenheit ergab, wollte Dimple gern noch fragen, ob sie sich bei der Insomnia Con anmelden durfte. Es war in ihrem eigenen Interesse, sich zurückzuhalten.

»Nein, hatte ich nicht«, fuhr Mamma fort. »Das Wort faul sollte im Vokabular einer Frau gar nicht vorkommen.« Nachdem sie den *Dupatta*-Schal auf ihrem in Gold und Pink gehaltenen *Salwar Kamiz* gerichtet hatte, lehnte sie sich im Sofa zurück. Sie erschien Dimple wie die prächtige indische Blume, die aus ihr wohl niemals erblühen würde. »Wie du weißt, Dimple, ist eine erwachsene Tochter das Spiegelbild ihrer Mutter. Was sollen die anderen in unserer Gemeinschaft von mir denken, wenn sie dich so sehen?« Sie machte eine vage Geste in Richtung Dimple. »Was nicht heißen soll, du wärst nicht schön, *Beti*, doch, das bist du, und deshalb ist es umso tragischer –«

Dimple spürte eine unbändige Wut in sich aufsteigen, die sich unaufhaltsam in einer Flut von Worten entlud. »Das ist eine schrecklich frauenfeindliche Einstellung, Mamma!«, sagte sie, sprang auf und schob die Brille hoch. Papa murmelte etwas vor sich hin – vielleicht betete er.

Mamma traute offenbar ihren Ohren nicht. »Frauenfeindlich! Du bezeichnest deine Mutter als frauenfeindlich?« Mamma warf Papa einen empörten Blick zu, doch der konzentrierte sich auf einen losen Faden seiner *Kurta*. Mamma wandte sich wieder an Dimple und fauchte: »Deshalb mache ich mir ja so große Sorgen! Du verlierst die *wichtigen* Dinge aus dem Auge. Hübsch aussehen, etwas aus sich machen … das ist den Mädchen in unserer Kultur wichtig, Dimple. Und das hat nichts zu tun mit deiner –« Sie malte Anführungszeichen in die Luft – was Dimple ihr gar nicht zugetraut hätte – »›Frauenfeindlichkeit‹.«

Dimple fasste sich stöhnend an den Kopf und fühlte sich wie der uralte Dampfkochtopf, mit dem Mamma immer noch *Idli*-Küchlein zubereitete. Sie würde bestimmt gleich explodieren. Mamma und sie konnten nicht wirklich miteinander verwandt sein. »Echt? Du willst wirklich, dass ich meine Intelligenz darauf verwende? Um hübsch auszusehen? Als würde meine *Existenz* im Grunde ausgelöscht, wenn ich mich nicht schön mache? Alles andere zählt nicht – weder mein Intellekt, meine Persönlichkeit noch meine Leistung? Meine Hoffnungen und Träume haben keinerlei Bedeutung, solange ich keinen *Eyeliner* auftrage?« Dimples Stimme war immer lauter geworden und hallte mittlerweile von den hohen Decken wider.

Auf frischer Tat ertappt, stand Mamma auf und hielt ihrem bösen Blick stand. »*Hai Ram*, Dimple! Das ist kein Eyeliner – das ist *Kajal*!«

Dimples heiße Wut wurde nur geringfügig von ihrer Enttäuschung gedämpft. Nachdem sie sich schon so oft darüber gestritten hatten, konnten Mamma und sie die jeweiligen Gegenargumente wahrscheinlich auswendig. Es war, als würden sie die ganze Zeit verschiedene Sprachen sprechen, in der sie beide die jeweils andere mit einem fremden Wortschatz überzeugen wollten. Wieso machte Mamma nicht den leisesten Versuch, Dimple zu verstehen? Glaubte sie tatsächlich, Dimple hätte außer ihrem Aussehen nichts Wertvolles zu bieten? Allein bei der Vorstellung schoss Dimples Blutdruck in ungeahnte Höhen. Mit brennenden Wangen beugte sie sich vor, um ihrer Mutter zu sagen, was sie dachte und wie sie sich fühlte.

Das melodische Klingeln der Türglocke ließ alle erstarren. Dimples Herz klopfte immer noch schneller, aber sie spürte, wie die seit jeher gleichen Gegenargumente unausgesprochen abgewürgt wurden.

Mamma richtete ihren *Dupatta,* der ihr während des Streits beinahe von den Schultern gerutscht wäre, und holte tief Luft. »Wir bekommen Besuch«, sagte sie sittsam und strich ihr Haar zurecht. »Du wirst dich doch benehmen, ja, Dimple?«

Papa sah sie mit seinen großen Augen flehend an.

Dimple nickte knapp, dachte aber: *Die Klingel hat dich gerettet, Mamma. Du ahnst nicht, wie viel Glück du hast.*

2. KAPITEL

Dimple

Mamma wuselte eifrig in einer Sandelholzwolke zur Tür, während Dimple versuchte, sich mit tiefen Atemzügen zu beruhigen. In wenigen Monaten würde sie in Stanford sein. Und wenn sie es vorher noch zur Insomnia Con schaffte, lockte die Freiheit schon sehr bald.

»Hallooo!«, hörte sie im nächsten Moment. Das Wort klang wie das Gezwitscher eines kleinen nervigen Vogels.

Papa verzog das Gesicht. »Tante Ritu«, sagte er in einer Mischung aus Resignation und Ärger. Er schnappte sich das Telefon. »Wichtiger Anruf«, murmelte er und verschwand um die Ecke.

»Feigling«, rief Dimple ihm nach, stand auf und drückte die Handflächen aneinander. Im nächsten Augenblick kam Tante Ritu in ihrem Rollstuhl um die Ecke, der wie immer von ihrer stillen, umsichtigen frischgebackenen Schwiegertochter Seema geschoben wurde. »*Namaste,* Tante Ritu, Seema *Didi.*«

Offiziell war Ritu gar nicht ihre Tante und Seema auch nicht ihre *Didi,* also ihre große Schwester. Aber traditionell erwies man den Älteren Respekt und diese Lektion war Dimple schon als Baby eingetrichtert worden. Trotzdem hinterfragte Dimple diese Gepflogenheiten, wie eigentlich alles – und das die ganze Zeit. Mamma beklagte sich häufig, Dimples erstes Wort sei »warum« gewesen.

»*Namaste!*«, sagte Tante Ritu und blickte strahlend zu ihr hoch. Seema stand hinter dem Rollstuhl und betrachtete Dimple durch den Vorhang ihrer langen glatten schwarzen Haare, ohne zu lächeln.

»Setz dich doch, Seema«, sagte Mamma. »Möchtest du einen Chai? Und Kekse? Ich habe Parle-G auf dem indischen Markt gekauft.« Mamma hatte es sich zur Aufgabe gemacht, dass Seema sich bei ihnen wie zu Hause fühlte. Ihrer Meinung nach war Seema so verschlossen, weil Tante Ritu sie in ihrem *Sasural* – ihrem neuen Zuhause als Ehefrau – nicht herzlich genug willkommen geheißen hatte. Daraus war eine merkwürdige Konkurrenz zwischen Tante Ritu und Mamma entstanden und Seema, die bei diesem ganzen Theater wie eine hilflose Fliege im Netz zappelte, tat Dimple leid.

»Oh, Seema und ich haben etwas gefunden, das sie lieber mag«, sagte Tante Ritu. »Milanos. Stimmt doch, Seema, oder? Sag ihr, wie gern du die isst.«

»Sie sind köstlich«, sagte Seema pflichtschuldig. Nach einer kurzen Pause – in der sie vielleicht einen weiteren Befehl erwartete – setzte Seema sich auf den leeren Sessel neben Tante Ritu. Dimple nahm auch wieder Platz.

»Ach, die haben wir auch!«, rief Mamma triumphierend. »Ich hole sie schnell. Und Chai für alle.«

Dimple schob die Brille höher und dachte angestrengt nach, was sie sagen sollte, da sie nun allein mit den Besuchern war. Zum Glück hatte Tante Ritu einen Collegeabschluss in Small Talk. »Und, bereit für Stanford, Dimple? Deine Mutter redet über nichts anderes mehr!«

»Wirklich?« Dimple lächelte gerührt. Sie hatte von Mamma bis auf Klagen über die Kosten einer privat finanzierten Ausbildung nicht viel zum Thema Stanford gehört. Das zeigte, dass Mamma im tiefsten Inneren *doch* stolz auf die Intelligenz ihrer einzigen Tochter war. Möglicherweise wollte Mamma Dimples Zweifeln zum Trotz wirklich, dass sie die beste Erziehung genoss.

»Ja! So viele junge Männer gehen dorthin, um Ingenieur zu werden. Du kannst dir einen aussuchen.« Tante Ritu sah sie mit einem erwartungsvollen Funkeln in den Augen an.

Ach so. Dimple hätte es sich denken können. Schon wieder dieser Unsinn mit dem I.I.E. Vermutlich steckten alle Tanten dabei unter einer Decke. Es war wie eine bizarre Version eines Geocaching-Clubs – sobald eine Tochter aus dem Verein achtzehn wurde, entwickelten die Tanten eine Strategie, wie sie auf schnellstem Wege vom Elternhaus zum Hauptgewinn kam – ihrem *Sasural.*

»Stimmt. Aber ich interessiere mich mehr für den Studiengang Technologie«, sagte Dimple und zwang sich, höflich zu bleiben.

Seema rutschte unruhig hin und her, so unbehaglich war ihr offensichtlich Dimples anmaßendes Verhalten, doch Tante Ritu winkte ab. Vielleicht glaubte sie, Dimple sei einfach nur etwas prüde, denn schließlich gingen doch alle mit dem Ziel aufs College, dort einen heiratsfähigen Partner zu finden. Dimple dachte an die Insomnia Con, an Jenny Lindt, die SFSU und Stanford – an all das, was sie gefährden würde, wenn sie Tante Ritu jetzt als rückständigen, antifeministischen Schandfleck für die demokratische Gesellschaft bezeichnete.

Zum Glück kam Mamma in diesem Moment mit einem Silbertablett samt Teekanne, Teetassen, Plätzchen und Tellern zurück. Das Ganze war so schwer, dass ihre Arme zitterten. »*Chalo, chair aur* Snacks *ho jayen!* Und, Seema, du Schleckermäulchen, ich habe dir noch extra *Shakkar* mitgebracht.« Als sie übertrieben fröhlich lachte, musste Dimple sich auf die Innenseite ihrer Wange beißen, weil sie sonst selbst über Seemas erstarrte Miene gekichert hätte. Die junge Frau fand Mammas Interesse an ihr so unangenehm und hatte keine Ahnung, wie sie sich dagegen wehren konnte. Sie tat Dimple leid, aber nicht so sehr, dass sie sich für sie einsetzte. Solange Seema im Mittelpunkt stand, ging es wenigstens nicht um sie.

Nachdem Mamma das Tablett auf dem Beistelltisch platziert hatte, bedienten sich alle.

»Wo liegt die Uni eigentlich genau?«, fragte Tante Ritu zwischen zwei Bissen. »In San Francisco?«

Auf Mammas Sofaseite blieb es seltsam still und Dimple versuchte vergeblich rauszufinden, warum. »Na ja, nicht ganz«, antwortete sie und wandte sich wieder Tante Ritu zu. »Ungefähr vierzig Minuten von der Stadt entfernt.«

»Schade«, sagte Tante Ritu und nahm sich in dem Moment einen weiteren Keks, als Seema nach genau demselben griff. Seemas Hand schien zu schrumpfen, sie straffte die Schultern und gab den Keks auf. Mit einem durchtriebenen Lächeln legte Mamma zwei Kekse auf einen Teller und reichte ihn Seema. Tante Ritu, die von alldem nichts mitbekommen hatte, fuhr fort. »San Francisco soll ja wunderschön sein und hat jungen Leuten eine Menge zu bieten.«

Okay, eine bessere Gelegenheit hätte Dimple sich nicht wünschen können.

Sie räusperte sich. Möglicherweise wollte Mamma in Seemas Anwesenheit großzügiger erscheinen. »Wirklich interessant, dass du das jetzt sagst«, sagte Dimple.

Sie trank einen Schluck heißen Tee, um sich zu stärken. »In diesem Sommer hätte San Francisco mir tatsächlich etwas Interessantes zu bieten. Kannst du dich erinnern, Mamma, dass ich dir davon erzählt habe?« Sie zwang sich zu einer ruhigen, entspannten Miene, als würde sie ihre Eltern in regelmäßigen Abständen darum bitten, für so etwas einen Tausender lockerzumachen.

»Mmm?« Mamma sah sie zerstreut an und pustete auf ihren Tee. »Oh, was war es noch ... Webentwicklung?«

Wow. Dimple hatte Mamma unterschätzt, vielleicht hörte sie ja doch manchmal zu. »*Haan*, genau!« Sie lächelte aufmunternd. »Die Insomnia Con auf dem Campus der SFSU. In drei Wochen geht es los und das Programm ist fantastisch. Einige Spitzenleute im Technologiebereich haben es durchlaufen. Es dauert sechs Wochen und man lernt unglaublich viel. Es wäre eine großartige Starthilfe für Stanford. Leider ist es ziemlich teuer ...« Sie verstummte und wurde rot, als sie Tante Ritus interessierten Blick bemerkte. Sogar die stumme Seema schien aufmerksam Dimples Spiegelbild in dem Silbertablett zu betrachten.

»Wenn es gut für deine Karriere ist, könnte es das wert sein«, sagte Tante Ritu in das allgemeine Schweigen. Dimple hob überrascht den Kopf. Obwohl sie für Schützenhilfe grundsätzlich dankbar war, wunderte sie sich über diesen plötzlichen Einwurf. Seit wann verschwendete Tante Ritu einen Gedanken daran, was der *Karriere* einer Frau nützte? »Wieso besprichst du das nicht mit Vijay, Leena?«

Als Dimple sie ungläubig ansah, zwinkerte Tante Ritu ihr zu. Im nächsten Augenblick rief Mamma Papa, er solle dazukommen. »Vijay! *Idhaar aayiye!*«

Als Papa hereinkam, schaute er etwas skeptisch drein, setzte dann aber rasch ein warmherziges Lächeln für die Gäste auf. »Hallo, Ritu und Seema.«

Seema *Didi* sprang hektisch auf und drückte ihre Handflächen aneinander. »*Namaste,* Onkel Vijay.«

»Setz dich, setz dich nur.« Er nahm neben Mamma Platz, verharrte kurz und schnappte sich einen Milanokeks.

Obwohl Mamma und Dimple »Nein!« sagten, hatte er ihn in den Mund gesteckt, bevor sie ihn davon abhalten konnten. Er grinste verlegen.

Dimple legte zwei Finger auf ihre Nasenwurzel. »Papa, du bist Diabetiker!«

Mamma seufzte theatralisch. »*Kya aap mujhe vidhwaa chodna chahte ho?*«

Bei diesen Worten verdrehte Dimple die Augen. »Wir reden von Diabetes, Mamma. Ich glaube kaum, dass er in absehbarer Zeit stirbt und dich zur Witwe macht.«

Tante Ritu beobachtete begierig das kleine Familiendrama, doch Seema sah aus, als wäre sie am liebsten woanders.

»Doch, wenn er seine Medikamente nicht richtig einnimmt! Er will das alles nicht – den Blutzuckerspiegel messen, sich ausgewogen ernähren!«

Papas Ohren liefen rosa an und er räusperte sich. »Okay, okay, und warum hast du mich nun gerufen?«

Die Stimmung war plötzlich deutlich angespannt. Mamma richtete ihren *Salwar Kamiz* und sah Dimple an. »Sag ihm, was du uns eben erzählt hast.«

Dimple wagte kaum zu atmen, als sie Wort für Wort wiederholte, was sie über die Insomnia Con gesagt hatte. »Ich kann euch die Website zeigen, wenn ihr mehr wissen wollt«, schloss sie.

Papa und Mamma sahen sich an und Dimple staunte mal wieder, wie sie sich ohne Worte verständigten. Wie mochte sich das anfühlen, so eine intensive Verbindung? Dimple versetzte es manchmal einen Stich, dass sie das nie erleben würde – auch wenn sie eher zum *Kajal* greifen würde, als das jemals zuzugeben. Sie war sich sicher, dass sie für eine derartige Beziehung Opfer bringen müsste, zu denen sie nicht bereit war.

Schließlich wandte Papa sich an Dimple. »Ja, ich würde die Website gerne sehen. Aber ich denke, deine Mamma und ich sind beide dafür, dass du daran teilnimmst.« Auch seine Wangen hatten inzwischen einen zartrosigen Farbton angenommen, genau wie die Spitzen seiner behaarten Ohren, als wäre es ihm peinlich, so viel Liebe und Verständnis zu zeigen.

Ein Herzschlag, zwei, drei. Dimple blinzelte, unsicher, was gerade geschehen war. Dann war sie wieder ganz bei sich.

»O mein Gott, ich danke euch!«, quiekte sie und schlang die Arme um ihre Eltern.

Ernsthaft? Das war alles, was sie die ganze Zeit hätte tun müssen? Mamma um etwas bitten, während Tante Ritu und Seema *Didi* zu Besuch waren?

Ihre Eltern klopften ihr glucksend auf den Rücken. Sie löste sich von ihnen und grinste, weil sie es noch nicht fassen konnte. Sie ließen sie einfach so nach San Francisco gehen und an der Insomnia Con teilnehmen. Es fühlte sich unwirklich an. Sie sollte Tante Ritu etwas schenken.

»Das sind tolle Neuigkeiten! Aber Leena, du musst ihr einen neuen *Salwar Kamiz* kaufen, bevor sie abreist.« Die ältere Frau musterte mitleidig Dimples Kleidung. »Sie könnte Hilfe gebrauchen ...«

»Gute Idee. Und natürlich *Kajal.*« Mamma nickte weise.

Hm, vielleicht doch kein Geschenk für Tante Ritu.

3. KAPITEL

Rishi

Das Mädchen machte ein böses Gesicht. *Böse*, im wahrsten Sinne des Wortes.

Sie war hübsch, mit wildem schwarzem Haar und großen braunen Augen, die sie hinter einer viereckigen Brille versteckte. Und zierlich, das passte perfekt zu seinen Einssechsundsiebzig. Aber dieser Gesichtsausdruck …

Rishi gab seinen Eltern das Foto zurück. »Sie sieht nicht gerade … glücklich aus, oder?«

Ma steckte das Bild wieder in den Umschlag, den sie ihm zur Aufbewahrung reichte. »Uff, oh, keine Angst, *Beta*. Wahrscheinlich haben sie nur im falschen Augenblick abgedrückt.«

Pappa legte ihr den Arm um die Schultern und lachte. »Weißt du noch, wie Ma und ich uns kennengelernt haben?«

Rishi musste grinsen, seine Bedenken verflüchtigten sich. Die Geschichte war in ihrer Familie legendär. Nur wenige Minuten nachdem sie sich getroffen hatten, hatte Ma Pappa mit dem Schirm verhauen, weil er ihr im Bus den Platz weggeschnappt hatte. Zu seiner Verteidigung führte er an, dass er sie in der Warteschlange nicht gesehen hatte (sie war *wirklich* ziemlich klein). Und sie entschuldigte sich wiederum damit, dass es ein langer, regenreicher Tag gewesen war, an dem sie sich durch Monsunfluten geschleppt hatte. Sie hatte sich so auf einen Sitzplatz im Bus gefreut. Besonders lustig wurde es dadurch, dass Pappa gerade auf dem Weg zu ihr nach Hause war, wo er mit ihren Eltern die Heirat arrangieren wollte.

»Schließlich hast du ihr den Platz überlassen«, sagte Rishi. »Obwohl sie dich mit dem Schirm verprügelt hat.«

»Vielleicht auch genau *deswegen*«, sagte Ma wissend. »Ihr Männer seid doch alle gleich – ihr braucht eine starke Frau, die euch in eure Schranken verweist.«

»Aber auch nicht zu stark«, sagte Rishi nachdenklich mit einem Blick auf den Umschlag. »Dimple Shah sieht … wütend aus.«

»*Na, Beta,* wir kennen Leena und Vijay Shah seit Jahrzehnten. Das müsstest du eigentlich auch, von den vielen Hochzeiten, zu denen wir über all die Jahre gegangen sind«, sagte Pappa. Rishi hatte keine Erinnerung, weder an die Eltern noch an das Mädchen, und sie hätte er mit Sicherheit nicht vergessen. »Hmm, vielleicht auch nicht … du warst zu klein. Wie auch immer, das ist eine gute Familie, Rishi. Bodenständig und aus dem gleichen Viertel in Mumbai wie wir. Gib der Sache eine Chance, *Beta*. Und wenn ihr euch nicht versteht …« Er zuckte mit den Schultern. »… findet ihr das besser jetzt heraus als erst in zehn Jahren, oder?«

Rishi nickte und trank seinen Chai aus. Das stimmte. Wo war das Problem, an einem mehrwöchigen Kurs in San Francisco teilzunehmen, um Dimple Shah kennenzulernen? Offenbar war sie bereits einverstanden, das hieß, sie fand die Idee auch gut.

Auf dem Papier sah das zugegebenermaßen alles gut aus. Sie hatte genau wie er gerade ihren Highschool-Abschluss gemacht und war in Stanford angenommen worden. Das war zwar am anderen Ende des Landes als das »Massachusetts Institute of Technology«, wohin er gehen würde, aber das ließ sich bestimmt irgendwie regeln. Ihre Eltern kannten sich bereits und glaubten, dass ihre Persönlichkeiten gut zusammenpassten. Da Dimple ebenfalls hier geboren und aufgewachsen war, hatten sie sicher viele Gemeinsamkeiten. Abgesehen davon – hatten seine Eltern ihn je enttäuscht? Er musste sie nur ansehen, eng aneinandergeschmiegt, mit einem Funkeln in den Augen, weil sie sich so sehr für ihren ältesten Sohn freuten. Eine bessere Werbung für die arrangierte Ehe gab es nicht.

»Okay, Pappa«, sagte Rishi lächelnd. »Ich mach's.«

Pfeifend ging Rishi ins Fernsehzimmer. Sein Herz fühlte sich an wie ein Gasballon, obwohl er sich innerlich dagegen wehrte. Von Liebeskomödien hielt er überhaupt nichts. Im echten Leben gab es keine Liebe auf den ersten Blick, die überdauerte. Rishi hatte es bei etlichen Freunden aus verschiedensten Kulturkreisen erlebt: Am Anfang des Schuljahrs hatten sie sich verliebt und am Ende waren sie zu Todfeinden geworden. Oder noch schlimmer, sie lebten abgestumpft nebeneinander her und hatten sich nichts mehr zu sagen.

Am Beispiel seiner Eltern hatte Rishi gelernt, dass es auf Verträglichkeit und Stabilität ankam. Er wollte nicht tausend dramatische romantische Augenblicke, in denen ihm das Herz stehen blieb – er wollte eine lange, tragfähige Partnerschaft.

Doch obwohl er so unglaublich pragmatisch veranlagt war, konnte er sich ein Leben mit *ihr* vorstellen. Als er Dimples Foto zum ersten Mal gesehen hatte, wusste er bereits, dass ihre Geschichte ebenso zur Legende werden würde wie die von Ma, die Pappa mit ihrem Schirm verhauen hatte. Sie würde eine süße, lustige Anekdote zu dem Tag erzählen, an dem das Foto entstanden war, und damit seine tiefe Zuneigung gewinnen. Möglicherweise hatten ihre Eltern dieses Bild ausgewählt, um ihre verspielte Persönlichkeit zu vermitteln.

Und wenn das alles klappte? Wenn sie merkten, dass sie wirklich so gut zusammenpassten wie ihre Eltern es vorhergesagt hatten? Dann wäre Rishis Leben auf der Erfolgsspur. Alles würde sich perfekt von selbst ergeben. Er würde zum MIT gehen und vielleicht konnte sie dorthin oder auf eine Uni in der Nähe wechseln. Sie konnten während der Collegejahre zusammen abhängen, miteinander ausgehen und dann heiraten. Er würde sich um Dimple kümmern und Dimple um ihn. Und noch ein paar Jahre später … würden sie seine Eltern zu Großeltern machen.

Doch er überholte sich selbst. Zunächst musste er die Fühler nach ihr ausstrecken und sehen, wie sie so war. Vielleicht wollte sie ja schon direkt nach dem College heiraten.

Er blieb ruckartig stehen, als er Ashish auf dem Sofa entdeckte, der seine ellenlangen Beine so ausgestreckt hatte, dass er jeden Zentimeter des Zweisitzers einnahm. Seine

Haare waren zu lang, lockten sich über seiner Stirn und fielen ihm in die Augen. Wie immer trug er seine komplette Basketball-Montur.

Es spielte keine Rolle, dass Sommerpause war. Basketball und Ashish waren seit der Grundschule eine Einheit und jetzt, acht Jahre später, war er gut genug, um als einziger Elftklässler in der Schulauswahl zu spielen. Er hatte schon im letzten Sommer in einem besonderen Camp mit anderen Ausnahmetalenten trainiert.

»Alter, nimm deine Drecksquanten von den Kissen. Wie oft muss Ma dir das noch sagen?« Rishi gab dem Schuh seines Bruders einen Klaps, doch der blieb, wo er war.

Im Fernseher hatte gerade jemand einen Korb geworfen und Ashish stöhnte. »Hey, du bringst mir kein Glück, *Bhaiyya*.«

»Kann sein, aber *mein* Glück macht Fortschritte, Mann. Ich tu's, ich fahre nach San Francisco.« Rishis Magen vollzog einen Salto. Wenn er es Ashish erzählte, passierte es wohl wirklich. Oha.

Ashish stellte das Spiel stumm und richtete sich langsam auf. Rishi gab sich Mühe, nicht zu neidisch auf die Muskeln seines kleinen Bruders zu sein. Sie hatten eben sehr unterschiedliche Interessen. »Sag, dass das ein Scherz ist.«

Rishi schüttelte den Kopf und setzte sich schnell auf den leeren Platz neben Ashish. »Nö.«

»Du triffst dich wirklich mit diesem … kleinen Drachen?«

Rishi boxte gegen Ashishs Arm und wäre beinahe zusammengezuckt, so weh tat seine Faust. »Hey, vergiss nicht, wie Ma und Pappa sich kennengelernt haben.«

Ashish ließ sich mit einem Stöhnen zurücksinken. »Ja, ich glaube, ich habe den Kern dieser Geschichte begriffen, nachdem ich sie vier Millionen Mal gehört habe.« Er fuhr mit größerem Ernst fort: »Hör zu, ich kenne dich und wir sind nicht immer gleicher Meinung, du und ich. Du bist wie ein fünfunddreißig Jahre alter Jugendlicher, aber findest du das nicht alles ein bisschen überstürzt? Erst das MIT, jetzt dieses Mädchen und die Insomnia Con ... was ist denn eigentlich mit deinen Comics?«

Rishi spannte die Schultern an. Es dauerte einen Moment, bis sein Gehirn verarbeitet hatte, was Ashish meinte. »Was soll damit sein?« Er achtete darauf, dass seine Stimme leicht und locker klang. »Das ist nur ein Hobby, Ashish. Kinderkram. Wir sind hier im richtigen Leben, die Highschool ist Geschichte.«

Ashish zuckte mit den Schultern. »Ich weiß. Aber wenn man aufs College geht, muss man doch nicht mit allem anderen aufhören, oder? Ich will auf dem College zum Beispiel Basketball spielen. Wieso kannst du nicht auch einfach das tun, was du möchtest?«

Rishi lächelte verhalten. »Wieso glaubst du, dass ich etwas tue, was ich eigentlich gar nicht möchte?«

Sein Bruder ließ den Blick aus seinen honigbraunen Augen forschend auf ihm ruhen, doch als er das Gesuchte nicht fand, sah er weg. »Egal, Mann. Hauptsache, du bist glücklich.«

Rishi fühlte einen Stich und schaute seinen jüngeren – drei Zentimeter größeren – Bruder an. Sie waren wirklich grundlegend verschieden. Und in Ashishs Augen war er nur ein sonderbares Überbleibsel aus der Zeit, in der ihre Eltern noch in Indien gelebt hatten, als gehöre er nicht ins moderne Amerika. *Vielleicht entfernen wir uns langsam voneinander*, dachte Rishi, und das Herz tat ihm weh. Doch er zwang sich aufzustehen, weil er wusste, dass im Moment alles gesagt war.

Dann ging er nach oben in sein Zimmer, um für San Francisco zu packen. Für Dimple Shah, wer auch immer sie war.

4. KAPITEL

Dimple

»Was ist mit dem? Die Farbe steht dir richtig gut.«

Dimple verdrehte die Augen angesichts des wallenden *Salwar Kamiz,* den Mamma hochhielt. Er bestand aus Goldbrokat in breiten Streifen und einem pfauenblauen *Dupatta.* Das Gewand sah wie ein Kostüm für einen Bollywoodfilm aus.

»Tut mir leid, Mamma, das *kann* ich zur Insomnia Con nicht anziehen.«

Mamma ließ das von ihr so geschätzte Kleidungsstück empört sinken. »Wieso nicht? Du solltest stolz auf dein kulturelles Erbe sein, Dimple.« Damit erntete sie in dem winzigen Geschäft für indische Importkleidung zustimmende Blicke von anderen Eltern. Dimple konnte ihr förmlich ansehen, wie sie sich brüsten wollte. »Papa und ich haben ein halbes Jahrhundert an unseren Werten und unserer Tradition festgehalten! Als wir in Amerika eingewandert sind, haben wir uns geschworen, *niemals* –«

»Ja, aber ich bin nicht in Amerika eingewandert«, schnitt Dimple ihr das Wort ab und warf einen trotzigen Blick in die Runde der Kunden. »Ich bin hier geboren. Das ist meine Heimat. *Das* ist meine Kultur.«

Mamma drückte den goldenen *Salwar* an ihre Brust. »*Hai Ram*«, sagte sie matt.

Dimple seufzte und nahm ein paar Kurta-Tops vom nächsten Ständer, alles Variationen derselben Farbe und desselben Musters: schwarz mit silbergrauen Akzenten. »Und was ist hiermit?«, fragte sie. Sie konnte sie zu ihrer Skinny Jeans und den Chucks anziehen und fast normal aussehen.

Mamma verzog das Gesicht, doch Dimple sah ihr die Zustimmung bereits an. »Die gehen auch, aber ein bisschen Farbe würde deinem Teint wirklich guttun. Wenn du schon kein Make-up tragen willst …«

Dimple scheuchte Mamma zur Kasse, bevor sie noch auf die Idee kam, in dem Geschäft nach *Kajal* zu suchen.

Als sie wieder zu Hause war, schrieb Dimple eine Nachricht an Celia. *Morgen früh um 8 fahre ich los! Von Fresno brauche ich ca. 4 Std.*

Celia war eins der wenigen anderen Mädchen, die sich für die Insomnia Con angemeldet hatten. Sie hatten sich in den Foren kennengelernt und beschlossen, in den sechs Wochen zusammenzuwohnen.

Das hatte Dimple ihren Eltern natürlich nicht auf die Nase gebunden. Wenn sie wüssten, dass sie sich aus dem Internet kannten, würden sie befürchten, dass Celia sich als fünfzigjähriger Mann mit einem Spaten und einem Transporter entpuppte. (So war es nicht. Dimple hatte sie bei Facebook überprüft.) Es war schon schwierig genug gewesen, ihren Eltern die Erlaubnis abzuringen, allein dorthin zu fahren. Dimple war nicht sicher, ob sie begriffen hatten, was College bedeutete – nämlich, dass sie in wenigen Wochen woanders leben und eigene Entscheidungen treffen würde. Allein.

Ihr Handy meldete eine neue Nachricht.

Ich. Kanns. Kaum. Erwarten.

Celia war ebenfalls gerade von der Schule abgegangen und wohnte bei ihren Eltern in San Francisco. Im Herbst fing sie an der SFSU an.

Ich auch nicht! Sollen wir zusammen mittagessen, wenn ich da bin?

Gerne! Auf dem Campus? Da gibt es eine super Pizzeria.

Klingt wunderbar.

Nachdem sie die Details besprochen hatten, lehnte Dimple sich auf ihrem Bett zurück und lächelte. Es lief wie am Schnürchen. Endlich fing ihr wahres Leben an.

Rishi

Ma zelebrierte das Ritual in der Einfahrt. Sie hatte eine Schüssel mit *Kumkum*-Pulver, das sie in Wasser aufgelöst hatte, auf ein Silbertablett gestellt und vollführte damit Kreise um sein Gesicht und seine Schultern. Sie bewegte fieberhaft die Lippen, als sie zum Gott Hanuman betete, damit das Schicksal ihren ältesten Sohn begünstigte. Als das Ritual beendet war, trat sie einen Schritt zurück und lächelte mit Tränen in den Augen zu ihm hoch.

Pappa legte Rishi die Hand auf die Schulter und drückte sie kurz, bevor er wieder losließ. »Hast du alles, was du brauchst?«

Pappa betonte das Wort »alles« und Rishi nickte, weil er wusste, was gemeint war.

»Ruf uns sofort an, wenn du angekommen bist«, sagte Ma.

»Wir sind in Atherton, das heißt, er braucht ungefähr eine Stunde zur SFSU. Da liegt er ja länger in der Badewanne.« Ashish stand in der Nähe und warf Körbe, während er darauf wartete, dass seine Freunde ihn zu ihrem Wochenendvergnügen abholten. Rishi wusste nicht, was auf dem Plan stand, ob sie sich Hepatitis C oder doch eher eine Alkoholvergiftung einfangen wollten.

Seine Mutter warf Ashish einen bösen Blick über die Schulter zu. »Richtig, aber das ist ein besonderer Trip. Er könnte deine zukünftige *Bhabbi* kennenlernen, Ashish. Ein bisschen Respekt, bitte.«

»Keine Sorge, ich rufe euch an, sobald ich kann«, sagte Rishi hastig. Dann bückte er sich und berührte ihre Füße. »Tschüss, Ma, Pappa.«

Die Gefühle tobten in seiner Brust, als er ins Auto stieg und losfuhr. Seine Eltern winkten wild im Rückspiegel. Etwas, das größer war als er selbst, größer als sie alle, drohte Rishi zu erdrücken. Während er im Licht des späten Vormittags die Allee entlangfuhr, hätte er schwören können, dass er dutzendweise Geister sah – seine Großeltern und ihre Eltern und *deren* Eltern –, die lächelnd auf ihn herabblickten und ihn zu seinem Schicksal geleiteten.

Dimple

Auf dem Weg vom Parkhaus zu den Geschäften und Restaurants streckte Dimple ihre steif gewordenen Muskeln. Nachdem sie drei Stunden im Auto gesessen hatte, genoss sie den herrlichen Sonnenschein auf der Haut. Es fühlte sich geradezu heilsam an, die frische Stadtluft einzuatmen statt des Miefs aus der Klimaanlage.

Da Dimple früher als erwartet angekommen war, schrieb sie Celia, sie sei schon da, aber deshalb müsste sie sich nicht beeilen. Sie wollte in der Zwischenzeit über den Campus schlendern. Aber erst mal – zu Starbucks.

Sie brauchte das Koffein in den Adern, bevor sie zu Hause anrief und ihren Eltern Bescheid gab. Mamma hatte sicher tausend Fragen auf Lager und würde sie erneut vor den amerikanischen College-Boys warnen. Am Morgen war Dimple bereits gezwungen gewesen, das Wagenfenster hochzufahren, *während* ihre Mutter noch mit ihr redete, weil sie sonst niemals weggekommen wäre. Sogar Papa hatte nach zwanzig Minuten aufgegeben und war ins Haus gegangen. Die Frau konnte einfach nicht aufhören und hatte Kiefermuskeln wie ein Raubtier im Dschungel.

Es hatte sich trotzdem günstig ausgewirkt, denn aus lauter Angst, zu spät zu kommen, war Dimple die ganze Zeit zehn Meilen über dem Tempolimit gefahren, ohne eine Pause einzulegen. Deshalb war sie so früh da.

»Einen Iced Caffè Latte, bitte«, sagte sie zu dem Barista mit dem Nasenpiercing. Das Café war brechend voll mit

Leuten vom College, die mit ihren bunten Frisuren wie angeberische Tropenfische umherwimmelten. Mamma wäre bei der Bandbreite und Anzahl der Tattoos und Piercings in Ohnmacht gefallen. Dimple fand es toll.

Mit ihrem gekühlten Getränk in der Hand ging sie wieder hinaus und wanderte langsam zu dem Springbrunnen (der wegen der Dürre leider nicht in Betrieb war) mit dem aus Stein gehauenen Alligator, dem Wahrzeichen der Universität. Dimple setzte sich auf den Beckenrand, legte den Kopf in den Nacken und tankte Sonne. Dabei überlegte sie, wie sie die nächste Stunde nutzen wollte. Sollte sie sich das Gebäude, in dem die Insomnia Con stattfand, direkt ansehen oder auf Celia warten? In die Bibliothek wollte sie auch noch, denn vielleicht hatten sie das brandneue Memoir von Jenny Lindt.

Wow, die Freiheit war wie ein Rausch. Dimple liebte ihre Familie von Herzen, doch zu Hause war es ihr allmählich vorgekommen, als trüge sie ein Eisenkorsett, das ihr die Luft zum Atmen nahm und sie die ganze Zeit unangenehm zwickte. Eins musste sie ihnen allerdings lassen: Nie im Leben hätte sie damit gerechnet, dass sie sie hierherschicken würden.

Sie kannte zwar die Gründe für ihren plötzlichen Sinneswandel bezüglich der Insomnia Con nicht, doch möglicherweise hatte sie ihren eigenen Einfluss unterschätzt. Vielleicht sahen sie *endlich* ein, dass sie ein eigenständiger Mensch war mit einer moderneren Weltanschauung, die mit ihren patriarchalischen Glaubenssätzen nichts mehr zu tun hatte …

Als es in der Nähe mit einem Mal raschelte, schlug Dimple erschrocken die Augen auf. Ein indischer Junge in ihrem Alter blickte mit einem überaus sonderbaren, albernen Grinsen auf sie herab. Sein glattes, schwarz glänzendes Haar fiel ihm in die Stirn.

»Hallo, zukünftige Ehefrau«, sagte er mit einer Stimme, die vor Fröhlichkeit überschäumte. »Ich kann es kaum erwarten, den Rest meines Lebens mit dir zu verbringen!«

Dimple musterte ihn eine Minute lang, während ihr Verstand in verschiedensten Betonungen nur ein einziges Wort hervorbrachte: Was? *Was?*

Sie hatte keinen Schimmer, was hier vor sich ging: War er ein Serienmörder? Ein durchgeknallter ausgebrochener Häftling? Oder ein merkwürdig sympathischer Grimassenschneider? Es ergab alles keinen Sinn. Deshalb tat sie das Einzige, was ihr in diesem Moment einfiel – sie schleuderte ihm den kalten Kaffee entgegen und rannte weg.

5. KAPITEL

Rishi

Oh, Mist. Oh nein, nein, nein. Das sollte doch nur ein *Witz* sein.

Während Rishi zusah, wie seine möglicherweise zukünftige Ehefrau davonstürzte, begriff er, dass er sie mit seinem schlechten Scherz zu Tode erschreckt hatte. Es hatte seine Gründe, warum er die Humorabteilung normalerweise Ashish überließ.

Nachdem er den kalten Kaffee aus seinem Hemd gewrungen hatte, überlegte er kurz ihr nachzulaufen und ihr alles zu erklären. Andererseits schloss er aus ihrem Tempo, dass sie gerade nicht in der Verfassung war, ihm zuzuhören.

Mist. Und wenn sie jetzt ihren Eltern brühwarm berichtete, was für ein Psycho der Junge der Patels war, und die dann *seine* Eltern anriefen? Rishi griff zum Handy und wählte die Nummer seiner Eltern, um sie vorzuwarnen.

»Hallo?« Ma war dran, atemlos und voller Erwartung. Ihre Stimme verschärfte sein schlechtes Gewissen und er schämte sich noch mehr, weil er das erste Treffen verhunzt hatte. Wenn man bedachte, wie viel Arbeit sie in dieses Arrangement gesteckt hatten …

»Ma?«

»*Haan, Beta!* Bist du gut angekommen?«

»Schon, aber –«

»Das ist großartig!«

»Nein, nein, ist es nicht.« Rishi ließ den Kopf hängen und atmete den Kaffeeduft ein, den er verströmte. Er sank auf den sonnenheißen Rand des Springbrunnens, wo eben noch seine Zukünftige gesessen hatte.

Eine Pause entstand. *»Kya hua?«*

»Möglicherweise bekommt ihr demnächst einen Anruf von Dimple Shahs Eltern. Ich habe sie gerade getroffen.« Rishi konnte nur noch krächzen. »Es ist nicht so gut gelaufen. Ich habe es total vermasselt.«

Er hörte ein Schlurfen und dann sprach seine Mutter leise mit jemand anderem. Schließlich war sein Vater am Telefon. »Rishi?«

Rishi kniff die Augen fest zusammen. »Es tut mir leid, Pappa. Onkel Vijay und Tante Leena rufen bestimmt gleich an. Sie sind vermutlich alles andere als glücklich.«

»Erzähl mir, was passiert ist.«

»Ich habe sie gesehen, Dimple Shah. Dann bin ich zu ihr gegangen und habe einen blöden Witz gerissen, dass jetzt unser gemeinsames Leben anfängt. Und sie … sie hat mir ihren Kaffee übers Hemd gekippt und ist abgehauen.«

Diese Pause war etwas länger. »Verstehe. Hast du dich denn vorgestellt, bevor du rumgeblödelt hast?«

Rishi riss die Augen auf. Verflucht. Wie dämlich war er eigentlich? »Nein, habe ich nicht.«

»Das heißt, ein völlig Fremder kommt auf sie zu und erzählt ihr, dass er sein Leben mit ihr verbringen will. Ihre Panik kommt mir nicht wie eine Überreaktion vor, oder was meinst du?«

Rishis Laune hob sich, wenn auch nur ein kleines bisschen. War es möglich, dass sie einfach nur mehr Kontext brauchte? Dimple hatte keine Ahnung gehabt, wer er war! Er lächelte verhalten. »Eigentlich nicht.« Sein Lächeln fiel wieder in sich zusammen. »Jetzt will sie bestimmt kein Wort mehr mit mir reden.«

Als seine Mutter im Hintergrund etwas sagte, antwortete Pappa: »*Haan*, keine schlechte Idee.« Zu Rishi meinte er: »Hast du … das besondere Geschenk dabei?«

Rishi runzelte leicht die Stirn. »In meiner Reisetasche, klar, im Auto. Aber ist es dafür nicht ein bisschen früh?«

»Unter normalen Umständen schon, *Beta*, aber im Augenblick ist es das perfekte Mittel, ihr zu zeigen, wer du bist. Entschuldige dich. Wenn man sich Vijay und Leena ansieht, ist sie sicherlich sehr traditionell eingestellt.«

Rishis Miene entspannte sich. Das konnte er schaffen. »Okay, wahrscheinlich hast du recht.«

»Einen Moment noch. *Ma se baat karo.*« Es knackte in der Leitung, als er das Telefon weitergab.

Die Stimme seiner Mutter war hell und eifrig. »Und, Rishi, wie fandest du sie denn?«

Hmm. Wie hatte er sie gefunden? Ehrlich gesagt, war er zu nervös gewesen, um das Gesehene wirklich zu verarbeiten. Er war aus dem Parkhaus gekommen und wollte eine Flasche Wasser bei Starbucks kaufen. Und dann war sie *da*, direkt vor seiner Nase, wie seine persönliche kosmische Fügung. Sie hatte auf dem Brunnenrand gesessen und vor Glück gestrahlt, das Gesicht der Sonne zugewandt, als würde sie ihr Licht inhalieren. Ihre wilden Locken hatten nach einem Kamm geschrien. Und sie trug ein Kurta-Top, das hatte ihm gefallen.

Doch wie sie ihn dann angesehen hatte – erst erschrocken, dann böse und schließlich absolut gnadenlos.

Rishi beglückwünschte sich dazu, dass sie ihn nur mit eiskaltem Kaffee übergossen hatte. Sie sah aus, als wäre sie zu sehr viel mehr fähig, zum Beispiel dazu, ihm die Nase zu brechen oder ihm einen erbarmungslosen Kinnhaken zu verpassen. »Äh ... sie sah ... temperamentvoll aus.«

Das Lachen seiner Mutter perlte durch die Leitung.

»Temperamentvoll! Gut, gut. Das hätte Pappa vor fünfundzwanzig Jahren auch über mich gesagt.«

Logisch, dachte Rishi. Aber Mas Temperament hatte eine sanfte, freundliche Seite. Bei Dimple Shah war er da nicht so sicher. Ihre braunen Augen hinter den dicken Brillengläsern hatten fast schon Funken gesprüht. »Ja, also ich gehe dann mal und suche sie im Wohnheim.« Keine berauschende Aussicht, aber je länger er es aufschob, umso schlimmer würde es werden. Wenn er erst seine Erklärung losgeworden und ihr das Geschenk gezeigt hatte, fühlte sie sich vielleicht geschmeichelt und sie konnten über die ganze Angelegenheit lachen.

Dimple

Wenn es in San Francisco so zur Sache ging, musste Dimple sich ein knallhartes Pfefferspray zulegen. Sie war höchstens eine Viertelstunde in der Stadt und schon wurde jemand zudringlich. Möglicherweise konnte sie mit Celia einen Krav-Maga-Kurs machen und lernen, wie man die Größe des Gegners zum eigenen Vorteil nutzte. Nicht dass der Typ besonders groß gewesen wäre. Vom Körperbau glich er Chris Messina, etwas kleiner vielleicht, schlank und trotzdem kräftig. Sie fragte sich, was er eigentlich für ein Problem hatte. Eins stand auf jeden Fall fest: Sie wäre ihm auch ohne Kaffee gewachsen. Dimple war kein zartes Pflänzchen.

Sie schlang ihre Umhängetasche höher über die Schulter und ging zum gemischten Wohnheim. Ihren kleinen Koffer konnte sie später noch holen, dafür war sie gerade zu erschöpft (danke, für den Koffeinmangel, du Psycho). Dort konnte sie ein paar Sachen abladen, sich einen Campusplan besorgen und anschließend vor der Pizzeria auf Celia warten.

In das kleine, rechteckige Zimmer passten genau zwei Betten und zwei Schreibtische. Es roch unerklärlicherweise nach Sägespänen und die Wände waren wie bei einer Behörde graubraun gestrichen. Der Teppichboden hatte die gleiche Farbe. Ans Kopfende des einen Betts hatte jemand mit einem Edding in Schönschrift geschrieben: *ipsa scientia potestas est.*

Dimple verliebte sich sofort voller Leidenschaft in dieses Zimmer, in jedes Detail.

Hier würde alles anfangen. Sie würde frei sein, unabhängig, und eine Menge lernen – über sich selbst, die Welt und ihre Karriere. Endlich legte sie los. Hier war sie nicht mehr Dimple Shah, die eigenwillige amerikanisierte Tochter von Einwanderern, sondern nur Dimple Shah, die zukünftige Webentwicklerin. Man würde sie nach ihren intellektuellen Leistungen und nicht nach dem mangelnden Make-up beurteilen. Es würde keine Cliquen geben wie in der Highschool. Alle, die hier waren, taten es freiwillig, um gemeinsam zu lernen, zu lehren und zu arbeiten.

Sie schickte eine kurze Nachricht an Mamma und Papa:

Gut angekommen! Hübsches Zimmer. Papa, nimm bitte deine Medikamente – und heute keine Süßigkeiten mehr!!

Dann schloss sie lächelnd die Tür hinter sich und ging an den anderen Studierenden der verschiedenen Sommerprogramme, die sich angeregt unterhielten, vorbei nach unten in die Halle.

Rishi

Rishi entdeckte sie in der Halle, wo sie sich den Ständer mit vergilbten Campusplänen ansah. Er war noch nicht einmal in seinem Zimmer gewesen, weil er Angst hatte, sie zu verpassen. Stattdessen war er zu seinem Auto gerannt und hatte das Geschenk geholt. Die Teilnehmer der Insomnia Con waren alle im gleichen Flügel untergebracht, sodass ziemlich klar war, wo er Dimple wiederfinden konnte.

Aber während er jetzt in der fast leeren Halle stand, fürchtete er sich davor, dass sie gleich wieder ausflippen könnte. Es war schon mal gut, dass sie kein Getränk in der Hand hatte. Diesmal wollte Rishi gelassen auftreten, cool und geschmeidig.

Er strich seine Haare zurück, richtete den Hemdkragen und ging los.

Dimple

Die Pläne sahen allesamt uralt aus, aber andere gab es anscheinend nicht. Sie nahm einfach den nächstbesten und drehte sich um.

Da war *er* wieder und blickte mit offenem Mund starr auf ihren Hinterkopf.

»Was zum Teufel soll das?« Ehe sie richtig darüber nachdachte, hatte sie ihn mit dem scharfen Rand des Campusplans geritzt.

»Aua!« Der Irre umklammerte seinen Unterarm und taumelte rückwärts.

Huh. Nicht gerade ein wildes Raubtier, wenn man ihn schon mit einem simplen Papierschnitt verjagen konnte. »Wieso verfolgst du mich?« Dimple machte einen – wie sie hoffte bedrohlichen – Schritt nach vorn und hielt den Plan wie eine Waffe vor sich ausgestreckt.

Der Typ behielt den Plan misstrauisch im Auge und ließ die Arme hängen. Für einen gestörten Angreifer war er ziemlich vernünftig gekleidet, stellte Dimple fest. Er trug eine gut sitzende Jeans und ein blaues Hemd mit aufgekrempelten Ärmeln, das an einer Stelle noch feucht war, offenbar von ihrem Kaffee, wie sie stolz bemerkte. Seine dunklen karamellbraunen Augen strahlten etwas Unschuldiges aus. Das bewies wieder einmal, wie sehr der Schein trügen konnte. »Tja, das wollte ich dir gerade erklären, bevor du auf mich losgegangen bist.«

»*Ich* bin auf *dich* losgegangen?«, fragte Dimple gedehnt und zog angesichts seines empörten Tonfalls die Augenbrauen hoch. »Das meinst du nicht ernst, oder? Du benimmst dich total unheimlich, verfolgst mich –«

Jetzt ließ er ein wenig den Kopf hängen und seine Ohren liefen oben rosa an, genau wie bei Papa, wenn ihm etwas peinlich war. »Es tut mir leid. Unheimlich wollte ich nicht rüberkommen.«

»Klar, Mann, ist auch egal.« Dimple machte einen großen Bogen um ihn, immer in Alarmbereitschaft. »Lass mich einfach in Ruhe, sonst rufe ich die Campuspolizei.«

»Nein, warte!«

»Das meine ich ernst!« Sie drehte sich wieder um und wedelte mit dem Plan.

»Dimple, bitte, hör mir zur. Es ist nicht so, wie –«

Sie ließ den Plan sinken und runzelte die Stirn. »Wieso in aller Welt weißt du, wie ich heiße?«

Rishi

Ehrlich, sie brauchte ewig, um eins und eins zusammenzuzählen. Sollten Stanford-Studierende nicht besonders intelligent sein?

»Das will ich dir ja gerade klarmachen«, sagte Rishi geduldig. »Ich bin's, Rishi Patel.« Er wartete darauf, dass sie es endlich blickte, lächelte, sich vor die Stirn schlug und *Ach so!* sagte. Stattdessen sah sie ihn begriffsstutzig an und zog die Augenbrauen zusammen. Sie machte ihm wirklich Angst.

»O…kay. Und da soll etwas bei mir klingeln?«

Rishi sah sie eindringlich an. Das sollte jetzt ein Witz sein, oder? Oder es war ihr so unendlich peinlich, dass sie ihren Irrtum nicht zugeben wollte. Vielleicht sollte er ihr noch mehr entgegenkommen. »Hey, das ist schon in Ordnung«, sagte er. »Ist alles ein bisschen viel, ich weiß.«

Sie schüttelte den Kopf. »Ernsthaft, ich weiß nicht, wovon du redest.«

Das Mädchen strahlte zu viel Aufrichtigkeit aus, um sich über ihn lustig zu machen, und allmählich beschlichen Rishi Zweifel. »Du bist doch Dimple Shah, oder? Aus Fresno? Die Tochter von Vijay und Leena Shah?«

Mit großen Augen wich sie zurück. »Du weißt furchtbar viel über mich.«

Na, super, jetzt hatte er sie erneut verschreckt. Er musste direkter werden. »Das liegt nur daran … dass wir heiraten sollen.«

Dimple

Jetzt fing er schon wieder mit diesem Heiratsschwachsinn an. Andererseits hatte sie nicht das Gefühl, dass er ihr etwas vormachte. Er meinte es ernst und mit einem Mal bekam sie ein mulmiges Gefühl im Bauch. »Moment. *Woher* kennst du mich und meine Eltern?«

Er reagierte völlig verwirrt. »Unsere Eltern sind seit der Kinderzeit befreundet. Sie haben sich das ausgedacht. Deine Eltern haben meinen Eltern ein Foto von dir geschickt und umgekehrt.« Dann klärte sich seine umwölkte Miene. »Und du hörst jetzt zum ersten Mal davon.« Das war keine Frage.

Dimple befürchtete, sie müsste sich übergeben. Das hätte sie tatsächlich getan, hätte sie etwas im Magen gehabt. Die Welt drehte sich und es rauschte in ihren Ohren. *Deshalb* hatten Mamma und Papa so aufgeschlossen auf ihre Idee mit der Insomnia Con reagiert. *So* erklärten sich die seltsamen, schuldbewussten Blicke der beiden. Und die verdammte Tante Ritu hatte bestimmt auch mitgemischt.

»Hey, geht's dir gut?« Der Typ – Rishi – legte ihr sanft eine Hand an den Ellbogen, um sie zu stützen.

Als Dimple sich losriss, wurde ihr ganz heiß im Gesicht. Am liebsten hätte sie ihn noch einmal mit dem Campusplan geschlagen, doch sie riss sich zusammen. »Das ist doch lächerlich. Ich fasse es einfach nicht – woher soll ich wissen, dass du dir das nicht alles ausdenkst? Vielleicht ist das die neueste billige Anmache oder so.« Dimple konnte sich nicht beherrschen und richtete all ihre Wut, die eigentlich für Mamma und Papa bestimmt war, gegen Rishi.

Er errötete und seine Miene verhärtete sich. Doch statt sie gleichfalls zu beschimpfen, holte er einen Umschlag aus der Tasche und nahm ein kleines Foto heraus. Von ihr.

Dimple kannte das Bild. Mamma hatte darauf bestanden, dass sie an Diwali zur Feier der Indischen Gesellschaft ging, obwohl Dimple sich den Dokumentarfilm *Bridegroom* im Kino ansehen wollte. Deshalb zog sie so ein Gesicht. Doch wenn sie darüber nachdachte, ähnelte es den meisten anderen Fotos von ihr.

»Und …« Rishi steckte schon wieder die Hand in die Tasche und holte ein kleines Schmuckkästchen heraus.

O Gott, nein, es sollte bitte nicht das sein, was sie befürchtete. Er klappte es auf. Auf dem Samt lag ein Ring aus derart reinem Gold, dass er beinahe orange leuchtete.

»Der Ring gehörte meiner Urgroßmutter und meine Eltern haben ihn seit meiner Geburt für mich aufbewahrt.« Rishi hielt inne und betrachtete den schmalen kantigen Ring mit feierlicher Miene, als hielte er etwas in der Hand, das sein Glück schmieden und sein Schicksal bestimmen könnte. Als er Dimple wieder anschaute, begriff sie, wie viel ihm das Ganze bedeutete. Für Rishi ging es nicht einfach um eine arrangierte Ehe, für ihn hatte das alles eine geradezu historische Bedeutung. »Glaub mir, ich würde ihn nicht für eine billige Anmache missbrauchen.« Er sprach bedächtig, sein Tonfall war gemäßigt, die Worte wohlüberlegt, doch sie merkte, wie wütend er war.

Gott, jetzt schämte sie sich fast. Es war ja nicht seine

Schuld, dass sie in diese schreckliche Lage geraten waren. Dimples Wut verrauchte und sie atmete tief aus. »Ich … also es tut mir leid. Ich war nur so überrumpelt.«

Er sah sie erstaunt an.

Sie runzelte die Stirn. »Was?«

»Ich hätte nie gedacht, dass du dich entschuldigst. Du bist so …«

Dimple zog eine Augenbraue hoch und wartete.

»Temperamentvoll«, schloss Rishi auf eine Weise, die andeutete, dass er ein anderes, weniger freundliches Wort auf der Zunge gehabt und sich dagegen entschieden hatte. Er steckte den Ring wieder ein und reichte ihr im nächsten Moment ihr Foto. »Tja, schon irgendwie peinlich«, sagte er, nachdem sie es an sich genommen hatte, und rieb sich den Nacken.

»Ja, ich –«, begann Dimple und bremste sich dann. »Weißt du was? Warum ist *uns* das jetzt peinlich? Die Einzigen, denen das peinlich sein müsste, sind meine Eltern.« Sie holte mitten in der Halle ihr Handy heraus. »Denen werde ich was erzählen.«

Rishi nickte. »Okay, dann lasse ich dich wohl besser allein.«

Sie packte seinen Arm. »Oh nein, du bleibst schön hier. Du bist ebenfalls ihr Opfer.«

Dimple rief zu Hause an und wunderte sich nicht, als sich der Anrufbeantworter einschaltete. »Ihr haltet euch wohl für besonders schlau, was?«, sagte sie mit ihrer bösesten Stimme und keuchend vor Wut. »Was habt ihr euch bloß erhofft? Dass ich hier ankomme und ihm in die Arme falle?« Als sie sah, dass Rishi rot wurde, fügte sie eilig hinzu: »Ich bin sicher, dass er eines Tages ein Mädchen glücklich machen wird, aber nicht mich.« Und dabei stach sie mit ihrem Zeigefinger fast durch ihr Brustbein. »Und nur dass ihr es wisst, ihr habt *alles* kaputt gemacht. Ihr könnt euren Freunden –« Sie legte eine Hand über das Mikro und wandte sich an Rishi. »Wie heißen sie?«

»Kartik und Sunita«, flüsterte er zurück.

Dimple sprach weiter in ihr Handy. »… Kartik und Sunita gestehen, dass ihr eure jahrzehntelange Freundschaft ruiniert habt, weil ihr eure einzige Tochter *getäuscht* habt. Tschüss!«

Sie beendete das einseitige Gespräch, doch ihr Herz raste immer noch vor Adrenalin. »Lächerlich«, murmelte sie mit den Händen auf den Hüften. »Und, wohnst du etwa in San Francisco?«, fragte sie Rishi und sah ihn an.

Er schüttelte den Kopf. »Ich lebe mit meinen Eltern und meinem Bruder in Atherton. Wie du bin ich wegen der Insomnia Con hergekommen.«

»Oh.« Immerhin war er nicht nur ihretwegen hier. »Und was hast du jetzt vor?«

Rishi zuckte mit den Schultern. »Mein Plan war, dass wir uns näher kennenlernen, aber daraus wird ja nun nichts.« Er lächelte ein wenig schief und Dimple wurde klar, wie schwer ihm das Ganze fiel. Er gab sich so große Mühe, ihr seine Enttäuschung nicht zu zeigen, dass sie plötzlich Mitleid mit ihm hatte. Was die Wut auf ihre Eltern nur noch steigerte. »Ich gehe für eine Weile auf mein Zimmer.« Er hob hölzern die Hand zum Abschied und ging zu den Aufzügen.

Niedergeschlagen sah sie ihm hinterher. So konnte sie ihn nicht gehen lassen. »Warte!«, rief sie.

Rishi drehte sich mit hochgezogenen Augenbrauen um.

»Wenn du Lust hast, kannst du mit mir und meiner Freundin Celia mittagessen. Falls du Hunger hast, meine ich.« Dann brach sie abrupt ab, weil sie selbst nicht wusste, wie es zu dieser Einladung gekommen war. Bestimmt lag es nur daran, weil sie das Gefühl hatte, mit ihm in einem Boot zu sitzen. Als Opfer ihrer Eltern glichen sie zwei traumatisierten Überlebenden. Sie benahm sich lediglich wie ein anständiges menschliches Wesen, mehr nicht.

Rishi lächelte noch einmal, aber diesmal war das Lächeln echt und offen. Als würde die Sonne aufgehen, dachte Dimple, oder als würden in der Dämmerung die Straßenlaternen angeschaltet. Das Licht breitete sich langsam aus, wurde stärker, blendete sie fast.

»Danke«, sagte Rishi und kam zu ihr zurück. »Das wäre nett.«

6. KAPITEL

Rishi

Als sie nebeneinander zur *Little Gator Pizzeria* gingen, herrschte wieder Schweigen. Rishi nahm alles sehr genau wahr – wie es sich anfühlte, dass Dimple neben ihm lief. Dass die Locken auf ihrer linken Seite ihn fast berührten, was ihm aber überhaupt nichts ausmachte. Als sie ein Windhauch traf, roch er ihr Shampoo, das nach Kokos und Jasmin duftete. Bei den Göttern. Er hatte gerade tief eingeatmet und schon sah sie ihn wieder komisch an.

Rishi versuchte, lässig zu lächeln. »Und wer ist diese Freundin? Kennt ihr euch aus Fresno?«

Dimple schüttelte den Kopf und schob den Riemen ihrer Umhängetasche höher. »Nein, wir haben uns im Forum der Insomnia Con kennengelernt und dann beschlossen, uns ein Zimmer zu teilen.«

Er sah sie an und wartete auf die Pointe. »Das ist ein Witz, oder?«

Sie zog eine Augenbraue hoch. »Nein.«

»Du willst ernsthaft behaupten, du hättest online jemand Fremdes kennengelernt, und willst jetzt zwei Monate mit ›ihr‹ zusammenwohnen, obwohl ihr euch noch nie gesehen habt?«

Dimple seufzte. »Es ist nur für sechs Wochen. Und du musst keine Anführungszeichen in die Luft malen. Sie ist wirklich ein Mädchen, ich habe bei Facebook nachgeschaut.«

Rishi lachte schnaubend, er konnte es nicht fassen. »Erkennst du den logischen Fehler wirklich nicht? Du prüfst online nach, ob die Internet-Persönlichkeit ein Fake ist?« Er zweifelte allmählich am Ruf von Stanford.

»Ja, also …«, sagte Dimple, als sie um die Ecke bogen und vor der *Little Gator Pizzeria* stehen blieben. Der Geruch von Fett und Käse hing in der Luft. »Entweder werden wir von einem Serienmörder in Stücke gehauen oder wir essen eine leckere Pizza. Das wird sich zeigen.«

Rishi streckte die Hand aus, um ihr die Tür aufzuhalten, doch sie kam ihm schwungvoll zuvor und ging hinein.

In einer Ecke wartete ein Mädchen mit einer modisch geschnittenen, karamellfarbenen Lockenfrisur und großen braunen Augen. Sie grinste, stand auf und umarmte Dimple herzlich, womit diese eindeutig nicht gerechnet hatte. Sie trug superhohe High Heels, in denen sie Dimple überragte, doch Rishi schätzte, dass sie ohne die Absätze gleich groß waren. »Dimple! Du hast es geschafft!«

Dimple wich zurück und grinste. »Woher wusstest du, dass ich es bin?«

»Facebook, was sonst«, antwortete das Mädchen lachend.

Dimple warf Rishi einen triumphierenden Blick zu und er ging seufzend zu ihnen hinüber.

»Oh, hallo.« Das Mädchen lächelte ein wenig anzüglich. »Wer ist das? Du hast nichts davon gesagt, dass du einen

Freund mitbringst.« So wie sie das Wort »Freund« betonte, klang es zweideutig.

Dimple setzte sich und rutschte dann einen Platz weiter, damit Rishi neben ihr in der Nische Platz fand. »Weil ich es selbst nicht wusste«, sagte sie. »Celia Ramirez, das ist Rishi Patel. Rishi, das ist Celia.«

»Enchanté«, sagte Celia und schüttelte ihm die Hand. »Ich habe eine große Peperoni-Salami-Pizza bestellt. Hoffentlich passt das für euch.«

»Absolut«, erwiderte Dimple, während Rishi im selben Augenblick sagte: »Ich esse kein Fleisch.«

Sie sahen sich an. »Ich bestelle mir eine mit extra Käse«, sagte er dann und schlüpfte noch einmal aus der Nische. *Das kommt auch auf die Liste der 1001 Dinge, weshalb wir nicht zusammenpassen*, dachte Rishi. Als er an der Theke seine Bestellung aufgab, beobachtete er, wie Dimple sich auf eine völlig entspannte Weise, die sie bei ihm nicht an den Tag gelegt hatte, mit Celia unterhielt. Und er fragte sich nicht zum ersten Mal in der letzten halben Stunde, wie seine Eltern so einen großen Fehler begehen konnten.

Dimple

»Echt jetzt?«, fragte Celia und starrte Rishi mit offenem Mund an.

»Glotz nicht so«, zischte Dimple. »Und ja, ernsthaft. Meine Eltern sind so gestört, das ist nicht mehr witzig.«

»Und er hat den Ring seiner Urgroßmutter mitgebracht. Zu eurem ersten Treffen.« Celia, die offensichtlich mit der Lebensführung traditioneller indischer Familien nicht vertraut war, war völlig baff.

Dimple seufzte. »Er tut mir wirklich leid. Das muss echt peinlich gewesen sein, aber er steckt es tapfer weg. Er nimmt das Ganze viel gelassener als ich. Ich kann es kaum erwarten, meine Eltern in den Boden zu stampfen.« Genüsslich zerfetzte sie die Verpackung ihres Strohhalms. »Sie können sich nicht für immer vor mir verstecken.«

»Das ist irgendwie romantisch«, sagte Celia, lächelte leise und wandte sich wieder Dimple zu. »Findest du nicht?«

»Romantisch!« Dimple verschluckte sich an ihrem Wasser. Dann stellte sie das Glas wieder ab und sagte: »Ich bitte dich. Ich bin gerade mal achtzehn. Das Letzte, woran ich denke, ist eine Ehe.«

»Ich bin siebzehn, mir geht's genauso«, sagte Celia. »Trotzdem, ich meine einfach die Tatsache. Er *könnte* schon der Richtige sein. Irgendwie ist das magisch.«

Dimple warf einen flüchtigen Blick auf Rishi, der sich gerade Wasser holte. Er bewegte sich sehr sicher, ruhig und selbstbewusst. »Ich weiß nicht«, sagte sie schließlich in dem Moment, in dem der Kellner ihre Pizzen servierte. »Das kann ich nicht gerade finden.«

Rishi

Nachdem Rishi sich zögernd dazugesetzt hatte, hing eine knisternde Stille in der Luft. Seufzend sah er Celia an. »Sie hat es dir erzählt, stimmt's? Die Sache mit der arrangierten Ehe?«

Dimple neben ihm setzte sich kerzengerade auf und Celia nickte. »Ja.«

»Und du findest es total verrückt«, sagte er.

»Hm.« Celia aß erst mal den großen Pizzabissen auf, bevor sie antwortete. »Ich finde es auch romantisch.« Sie grinste. »Eine vorherbestimmte Liebesgeschichte.«

Rishi lächelte. Vielleicht war dieses Mädchen wirklich kein Serienkiller. »Schon. Aber in arrangierten Ehen geht es mehr um praktische Dinge als um Liebe. Darum, dass man gut zusammenpasst und lange zusammenbleibt. So was in der Art.«

Als Dimple nur schnaubte, wandte er sich ihr zu. »Du stimmst mir wohl nicht zu?«

»Dass man zusammenpasst, steht nur scheinbar im Vordergrund«, erwiderte sie und schob die Brille hoch. »Eigentlich wollen unsere Eltern uns nur kontrollieren. So ist die Institution Ehe überhaupt entstanden. Auf diese Weise konnten Väter Bündnisse schließen und ihre Kinder – vor allem ihre Töchter – wie Schachfiguren im Kampf um die Macht benutzen.« Sie riss ein Stück Pizza ab und kaute wütend.

O Mann, ließ sie denn nie locker? »Aber da unsere Eltern keine Radschas und Ranis sind, ist das alles sinnlos.«

Celia lachte. »›Radscha‹ – das heißt *König,* oder?«

»Stimmt.« Rishi lächelte. »Und ›Rani‹ heißt *Königin.*«

»Ihr sprecht also zwei Sprachen?«, fragte Celia.

Rishi nickte. »Ja, ich habe erst Hindi und dann Englisch gelernt, da waren meine Eltern eisern. Eigentlich stammen ihre Vorfahren aus Gujarat, aber sie lebten schon in der dritten Generation in Mumbai und sprechen deshalb Hindi. Mumbai ist ein riesiges Sammelbecken für Menschen aus allen indischen Bundesländern und angeblich spricht dort jeder eine eigene Version des ›Bombay Hindi‹, wie meine Eltern es nennen.« Sein Blick ging in die Ferne und ein Lächeln umspielte seine Lippen. Ein Blinder konnte sehen, wie gern er über diese Dinge sprach.

»Das ist echt cool«, sagte Celia. »Ich wünschte, ich könnte mehr als, sagen wir, fünf Worte Spanisch. Warst du schon mal in Mumbai?«

»Interessierst du dich wirklich für Webentwicklung oder bist du nur deswegen hier?«, unterbrach Dimple sie und wedelte zwischen ihnen mit der Hand. Hätte Rishi es nicht besser gewusst, läge die Vermutung nahe, dass es ihr nicht gefiel, wie gut er sich mit Celia verstand. *War sie eifersüchtig?*, fragte er sich hoffnungsvoll. Doch er musste pragmatisch denken – wahrscheinlich wollte sie sich nur über das Übel einer arrangierten Ehe und kontrollsüchtige Eltern ereifern und war enttäuscht, dass sie vom Thema abgewichen waren.

Rishi zuckte mit den Schultern und aß noch ein Stück Pizza. »Wegen beidem. Ich fange im Herbst am MIT mit Computer- und Ingenieurwissenschaften an, da passt die Insomnia Con gut in meinen Lebenslauf.«

»Aber Webentwicklung ist nicht deine Leidenschaft.« Dimple sah ihn mit schmalen Augen an. »Es ist nicht dein Traum.«

»Nein«, antwortete Rishi bedächtig. »Eher nicht.«

»Du gibst tausend Dollar für etwas aus, hinter dem du nicht voll stehst?« Sie wirkte vollkommen perplex.

»Er will eben seinen Horizont erweitern«, sagte Celia. »Sei nicht so abwertend.«

»Wie auch immer. Hauptsache, du wirst nicht mein Partner«, murmelte Dimple und widmete sich wieder ihrer Pizza.

»Ich bin ganz deiner Meinung, glaub mir«, sagte Rishi. Allmählich wurde auch er gereizt. Wieso rückte sie ihm so auf die Pelle? Wieso war es ihr so wichtig, wie weit oben Webentwicklung auf seiner persönlichen Werteskala stand? »Ich muss jetzt mal ins Wohnheim zurück«, sagte er und wischte sich die Hände an der Serviette ab. »Auspacken und so weiter.«

»Och, bist du sicher?«, fragte Celia und gab ihm das Gefühl, dass sie ihn gern länger dabeigehabt hätte.

»Ja«, sagte er lächelnd. »Wir sehen uns ja morgen alle im Kurs.«

Ein unangenehmes Schweigen senkte sich über sie, als Rishi aufstand und ein großzügiges Trinkgeld auf den Tisch legte, sodass sie nichts mehr dazutun mussten. Er wusste, sie warteten nur, bis er gegangen war, um über ihn zu lästern. Mit einem Seufzer ging er zur Tür und trat hinaus in die Nachmittagssonne.

7. KAPITEL

Dimple

Die Klingel über der Tür verstummte, als Rishi über den Bürgersteig davonging. Dimple aß weiterhin ihre Pizza und ignorierte das mulmige Gefühl in ihrem Bauch.

»Ähem«, machte Celia.

Dimple verdrehte die Augen. »›Ähem‹ sagt man nicht. Räuspern würde vollkommen ausreichen.«

Als Celia unbekümmert abwinkte, klackerten ihre Holzarmreifen aneinander. »Dann denk dir, ich hätte mich geräuspert. Musstest du so gemein zu ihm sein?«

»Ich war nicht gemein … nur ehrlich. Wäre es nicht grausamer, ihn hoffen zu lassen, ich würde meine Meinung ändern und zu alldem Ja sagen?« Sie trank einen Schluck Wasser, doch das mulmige Gefühl verstärkte sich noch. Schlechtes Gewissen, dachte sie. Sie schämte sich, denn Celia hatte recht. Rishi war ein total netter Typ und Dimple hatte ihn mit ihrer scharfen Zunge zu tausend Peitschenhieben verurteilt. *Erst reden, dann denken,* war nun mal ihre Standardeinstellung, und wenn sie noch so sehr dagegen anging. Dimple setzte sich gerader hin und versuchte diese Gedanken wegzuschieben. Sie hatte Rishi Patel verjagt und es gab keinen Grund, ihre Entscheidung zu überdenken.

Celia drehte eine ihrer langen Locken um ihren Finger. »Kann sein.«

Dimple überlegte, ob sie es ertragen könnte, wenn ihr die Haare bis zur Taille gingen. Das durfte sie Mamma nicht erzählen, sonst würde sie noch Celia anrufen und um Tipps bitten, wie man Dimple zu längeren Haaren überreden könnte.

»Okay, ich habe keine Lust mehr, über Typen zu reden.« Dimple beugte sich vor und lächelte. »Was, glaubst du, ist dieses Jahr der Hauptgewinn der Insomnia Con?«

»Ooh.« Celia rieb sich mit glänzenden Augen die Hände. »Keine Ahnung, aber auf jeden Fall ist es etwas ganz Tolles. Gerüchten zufolge übertreffen sie sich in diesem Jahr selbst. Alle meinen, es wird ein persönlicher Brief mit Feedback von Jenny Lindt, aber ich denke eher an eine höhere Summe, in der Größenordnung von zehntausend oder so.«

Dimple schüttelte den Kopf. »Nein, wetten, dass es etwas viel Cooleres ist? Normalerweise gewinnt man bei der Insomnia Con kein Geld, das rücken sie schon bei dem Talentwettbewerb in der Mitte des Kurses raus, erinnerst du dich? Vielleicht ist es wirklich ein Feedback und ein signiertes Exemplar von Jenny Lindts Memoir.«

Celia lachte. »Deine Verehrung für Jenny Lindt kennt echt keine Grenzen. Weißt du denn schon, welches große Projekt du hier lancieren willst?«

»Ich habe eine ziemlich genaue Vorstellung, ja«, sagte Dimple und bemühte sich, nicht zu zeigen, wie lächerlich aufgeregt sie deswegen war. Sie hatte sich das Projekt im vergangenen Jahr überlegt. Und ganz ehrlich, sie hatte diese

App unabhängig von einer Teilnahme an der Insomnia Con entwerfen wollen, aber in diesen Dimensionen war es viel spannender. Sie hatte Nachforschungen betrieben: So etwas gab es auf dem Markt noch nicht. Sie durfte es Celia nicht verraten, denn das verstieß gegen die Regeln der Insomnia Con. Nur der jeweilige Partner durfte erfahren, woran man arbeitete. »Ich habe es noch nicht bis ins Detail geplant. Du?«

»Ich denke in alle Richtungen, weil mir noch nichts Zwingendes eingefallen ist. Aber ich hätte nichts dagegen, wenn wir gemeinsam an deiner Idee arbeiten würden.« Celia grinste. »Meinst du, sie stecken uns zusammen?«

»Wie ich hörte, werden Mitbewohner normalerweise keine Partner«, sagte Dimple und schob den leeren Teller beiseite. »Drücken wir uns gegenseitig die Daumen.«

Als am nächsten Morgen früh ihr Handy klingelte, träumte Dimple gerade, dass Jenny Lindt ihr auf der Bühne einen Preis überreichte. Jenny strahlte sie an und sagte etwas, das nach Dimples Ermessen nur ein überschäumendes Kompliment sein konnte. Doch jedes Mal, wenn Jenny den Mund aufmachte, hörte Dimple nur ein Piepen. »Wie bitte?«, wiederholte Dimple in ihrem Traum. »Können Sie das noch einmal sagen?«

Schließlich rief Celia vom anderen Ende des Zimmers: »Das ist dein Handy, Dimple! Verdammt, geh ran, bevor ich durchdrehe!«

»'tschuldigung«, murmelte Dimple und nahm das Handy vom Nachttisch. Sie stellte es auf lautlos und sah aufs

Display. Heiße Wut stieg in ihr auf. Mit einem Mal war sie hellwach. Sie ging in den Flur hinaus und schloss leise die Tür hinter sich. »Mamma.«

»Dimple!« Ihre Mutter klang übertrieben fröhlich. »*Kaisi ho, Beti?* Hast du alles ausgepackt? Wie ist es auf dem Campus?«

»Oh nein, nein. Du weckst mich nicht einfach und stellst Fragen über den Campus. Lass uns über unser *eigentliches* Thema reden, ja?«

»Ich habe dich geweckt? Aber wieso bist du nicht längst wach? Heute ist der erste Tag!«

Dimple packte das Handy fester. »Weil der Kurs nicht kurz nach dem Morgengrauen anfängt! Abgesehen davon steht das nicht zur Debatte. Würdest du dich bitte konzentrieren, Mamma? Was zum Teufel läuft hier mit Rishi Patel?«

»Was mit ihm läuft ...?« Mamma tat so, als verstünde sie die Formulierung nicht, was Dimple nur noch wütender machte. Ernsthaft, was sollte das? »Ich weiß nicht, was du meinst, Dimple –«

»Bitte, Mamma! Warum habt ihr das getan, du und Papa? Wieso wollt ihr mich mit einem Typen verkuppeln, von dem ich noch nie im Leben gehört habe? Ihr wisst, dass ich nicht deswegen hier bin! Ihr wisst, wie wichtig mir das ist!« Dimple spürte, wie ihr heiße Tränen der Wut in die Augen traten. Warum konnten ihre Eltern nicht ausnahmsweise Verständnis zeigen?

»Dimple, *Beti, math ro.*« Jetzt war Mamma die Bestürzung anzuhören. »Nicht weinen. Wir wollten nur, dass ihr euch kennenlernt. Er ist ein guter Junge, aus einer guten Familie. Ihr habt viel gemeinsam.«

Dimple wischte sich die Augen und ignorierte die neugierigen Blicke zweier Frühaufsteher, die sich vermutlich einen Kaffee holten. Ohne ihre Brille sah sie ohnehin alles verschwommen. »Verstehst du das nicht? Das. Ist. Mir. Egal. Er könnte aus Einhornstaub und Jelly Beans bestehen und ich würde trotzdem nichts mit ihm zu tun haben wollen. Ich will keinen Ehemann, Mamma, weder jetzt noch in zehn Jahren!«

Es rauschte ein bisschen, als würde Mamma das Telefon von sich weghalten. Dimple hörte, wie sie auf Hindi murmelte: »Sprich du mit ihr, Vijay.« Und nach einer Pause: »Weiß ich nicht. Irgendwas über Einhörner, ich habe es nicht verstanden.«

Dimple rollte mit den Augen und wartete seufzend darauf, dass Papa ans Telefon kam.

»Dimple, *Beti?*«

Seine tiefe, gütige Stimme, die so tröstend und vertraut war wie ein Baumwoll-T-Shirt – und schon hatte sie wieder einen Kloß im Hals. Wie konnten zwei Menschen, die sie so sehr liebten, auf einer so grundlegenden wichtigen Ebene kein Verständnis für sie aufbringen? »*Haan*, Papa.« Sie holte stockend Luft. »Ich verstehe nicht, warum ihr mich angelogen habt. Alle beide. Ihr habt so getan, als wäret ihr mir zuliebe einverstanden mit der Insomnia Con, aber das hier … ist einfach lächerlich, Papa. Ich denke nicht daran zu heiraten.«

»Niemand will dich zum jetzigen Zeitpunkt verheiraten,

Dimple. Wir wollten nur wissen, ob du und der Junge der Patels zusammenpasst. Was noch kommt, wer weiß das schon? Es ist nicht leicht, in den Staaten eine gute indische Familie zu finden, *na.*« Er hielt inne, und als er weitersprach, war sein Ton scharf: *»Usne kuch kiya?«*

Dimples Kampfesgeist erlosch und sie rutschte an der Wand entlang auf den Boden. Papas Stimme und seine sanfte, ruhige, vernünftige Art hatte häufig diese Wirkung auf sie. »Nein, er hat sich nicht mies benommen. Er war total nett, ein Gentleman.« Ihre Eltern hatten ihn gar nicht so schlecht ausgesucht, ein Vollpfosten war er nicht. »Aber, Papa, ich bin einfach gar nicht bereit, an ihn – oder irgendeinen anderen Jungen – auf diese Weise zu denken. Kannst du das nicht akzeptieren?«

Papas Atem knisterte in der Leitung. »Ich verstehe dich«, sagte er schließlich ohne jede Wertung in der Stimme.

Dimple blinzelte. Sollte es wirklich so leicht sein? »Echt? Und Mamma?«

Sie hörte Papas Schritte, als er woanders hinging, wahrscheinlich fort von Mamma. »Sie wird es auch verstehen. Wir wollen nur dein Glück, Dimple. Das ist uns das Allerwichtigste.«

Da war er wieder, der Kloß im Hals. Dimple musste mehrmals schlucken. »Und was ist mit der Insomnia Con? Darf ich trotzdem hierbleiben, auch wenn Rishi und ich auf keinen Fall zusammenkommen werden?«

Sie hörte das Lächeln in Papas Stimme. »Selbstverständlich. Ich habe es ernst gemeint, als ich gesagt habe, dass es gut für deine Karriere ist.«

Dimple ließ den Kopf hängen, so überwältigt war sie von Erleichterung, Liebe und Freude. »Danke, Papa.«

»*Mujhse bas ek vada karo,* Dimple. Aber eins musst du mir versprechen.«

»Was denn?«, fragte Dimple misstrauisch.

»Gewinn die Insomnia Con.«

Sie grinste. Offenbar hatte er sich die Website wirklich angesehen, die sie ihm geschickt hatte. »Oh, das hatte ich sowieso vor«, sagte sie. »Da kannst du ganz beruhigt sein, Papa.«

8. KAPITEL

Dimple

Eine merkwürdige Energie erfüllte Dimple, als sie mit Celia zu dem Andrew-G.-Spurlock-Gebäude ging, wo die Insomnia Con einmal jährlich abgehalten wurde. Obwohl es sehr neblig war, fühlte es sich an, als wäre ein schmieriger Film von der Atmosphäre abgezogen oder ein penetranter, ekliger Geruch beseitigt worden. Alles war frisch und hell und unbelastet. Niemand erwartete mehr etwas anderes von ihr, als auf der Insomnia Con den Hauptgewinn zu holen. Und so gefiel ihr das alles ganz wunderbar.

Deshalb hatte sie auch nicht noch einmal mit Mamma gesprochen, denn das würde sicher kein nettes Gespräch werden. Und wenn sie an Rishi dachte – den sie den ganzen Tag noch nicht gesehen hatte, obwohl sie sehr darauf geachtet hatte und ungefähr ein Dutzend Typen in seiner Größe herumliefen –, gab es ihr jedes Mal einen Stich tief in ihrem Inneren. Denn er war ja kein schlechter Kerl, sondern im Gegenteil eigentlich richtig nett. Sie hatten mühelos eine gemeinsame Ebene gefunden, was vielleicht an ihrem ähnlichen Hintergrund lag. Wären sie sich unter anderen Umständen vorgestellt worden, hätten sie sogar Freunde werden können. Vielleicht. Trotz der Übereinstimmungen waren sie noch verschieden genug, dass es interessant sein könnte. Oder aber auch total nervig. Wie auch immer. Warum verschwendete sie überhaupt noch einen Gedanken daran?

»Sieh sie dir an«, flüsterte sie Celia zu und konzentrierte sich wieder auf die zahlreichen anderen – und zu achtundneunzig Prozent männlichen – Teilnehmer der Insomnia Con, die in dieselbe Richtung strebten wie sie. »Mit denen werden wir ja wohl fertig, was?«

Celia gab hinter ihrem Starbucksbecher ein Grunzen von sich, das wie »toma« klang, aber höchstwahrscheinlich »total« bedeuten sollte. Es war elf Uhr morgens und ihre Mitbewohnerin schlief noch fest. Anscheinend war Celia noch weniger ein Morgenmensch als sie. Celia blinzelte und ließ ein wenig munterer den Blick schweifen. »Hey, ich sehe deinen Freund Rishi gar nicht.«

Dimple wollte es nicht zugeben, aber das hatte sie auch schon festgestellt. »Ich auch nicht.«

»Uups. Vielleicht hat er sich wieder abgemeldet.«

Warum nur lag diese Vorstellung Dimple wie Blei im Magen?

Rishi

Er hatte beobachtet, wie sie mit Celia das Wohnheim verlassen hatte. Nach fünf Minuten ging er dann ebenfalls. Er wollte sie nicht nerven – Rishi wusste, wann er nicht erwünscht war.

Ma und Pappa hatten angerufen, um sich auf den neuesten Stand bringen zu lassen, und es war ihm schrecklich schwergefallen, ihnen die Wahrheit zu sagen: dass es mit Dimple und ihm wohl nicht klappen würde. Sie war … einfach ganz woanders als er. Er merkte, wie enttäuscht sie waren, aber sie hielten sich tapfer, und als sie gefragt hatten, ob er lieber nach Hause kommen würde, hatte er ernsthaft darüber nachgedacht. Doch dann hatte er beschlossen zu bleiben. Für eine Kostenerstattung war es ohnehin zu spät und außerdem sollte Dimple Shah nicht meinen, er hätte sich nur ihretwegen auf den Weg gemacht, auch wenn es so war. Jetzt wollte er also teilnehmen, etwas über Webentwicklung lernen und anschließend nach Boston zum MIT weiterziehen. Er hatte nichts zu verlieren.

Während er durch den Nebel ging, hörte er den anderen Studierenden zu, die sich angeregt unterhielten. Dabei fragte er sich, warum er keinen Draht zu Gleichaltrigen hatte, denn so war es immer schon gewesen. Bis auf ein paar Freunde in der Comicszene hatte er nie Anschluss gefunden.

Es lag nicht nur daran, dass er mit so viel Ernst an die Sachen heranging, zum Beispiel ein guter Sohn zu sein oder den Weg zu gehen, den seine Eltern ihm so sorgfältig bereitet hatten. Innen drin fühlte er sich anders. Sonderbar. Als würde er der Welt sein wahres Ich nur zeigen, wenn er künstlerisch tätig wurde.

Doch von Anfang an war ihm bewusst gewesen, dass dieses Künstlertum nur eine Phase war. Es ging gar nicht anders. Kreative Betätigung hatte im praktischen Leben keinen Platz. So war es nun mal und Rishi kam damit klar. Möglicherweise lag es an der Bürde des erstgeborenen Sohnes, denn Ashish hatte ganz offensichtlich keine ähnlichen Vorbehalte gegen seinen Sport. Andererseits gab es bereits einen gesellschaftlichen Rahmen, in dem Athleten erfolgreich sein konnten. Ashish konnte sein Talent nutzen, um durchs College zu kommen und sich einen Namen zu machen, der ihm weitere Türen öffnete. Er war gut genug. Rishi war auch gut, aber wer nahm die Comickunst schon ernst? Interessierten sich die Leute dafür, im Fernsehen Comickünstlern beim Zeichnen zuzusehen? Fehlanzeige.

Rishi hob den Kopf – und blinzelte. War das eine Ausgeburt seiner Fantasie? Aber nein, weiter vorne hing ein gigantisches Banner, worauf jemand die Mangafiguren Madoka und Sayaka aus dem Anime *Madoka Magica* gezeichnet hatte. Sie trugen T-Shirts und Taschen mit dem SFSU-Logo. Darunter stand *SFSU – Fachbereich Kunst*. An einem Tisch vor dem Banner hingen ein paar Studierende mit Hipsterbrillen und ungekämmtem Haar herum und diskutierten, ob Ferd Johnson wirklich den genialen 1920er-Comicstrip *Moon Mullins* gezeichnet hatte. Rishi musste noch einmal blinzeln. Es war, als würden seine Beine durch eine seltsame Kunstanziehungskraft dorthin gezogen.

Ein dünner, großer Student mit reichlich Akne auf beiden Wangen hob den Blick und lächelte. »Hey, möchtest du Kunst oder Grafikdesign studieren?«

Nein, dachte Rishi, *ganz bestimmt nicht*. »Vielleicht«, sagte er stattdessen und wunderte sich über sich selbst. »Ich stehe auf Comickunst.«

»Cool, ich auch.« Der magere Typ grinste, als wollte er *jetzt sind wir Kumpels* sagen. »Hey, dann komm doch zur Little Comic Con. Die Veranstalter sind Studierende der SFSU, das Ganze ist öffentlich. Einige Professoren werden auch da sein und es kommen ein paar echt große Namen.« Er drückte Rishi einen Flyer in die Hand. »Ich bin Kevin Keo, du findest mich am Mangastand.«

Rishi zog die Augenbrauen hoch. »Cool.« Er betrachtete den Flyer. Es war noch eine Woche bis zur Little Comic Con. »Ich versuche zu kommen.«

»Super. Es wird dir bestimmt gefallen. Ich habe mich da letztes Mal überzeugen lassen, mich für ein Kunststudium an der SFSU zu bewerben.« Kevin lächelte.

»Danke.« Rishi schaute auf die Uhr. »Mist, ich muss los.« Er hastete zum Spurlock-Gebäude. Argh, er kam zu spät.

Dimple

Dimple hatte eine Krise. Eine *gute*, wenn es so etwas gab.

Die Teilnehmerinnen und Teilnehmer der Insomnia Con warteten gespannt darauf, dass der Mann vorne im Vorlesungssaal das Wort ergriff. Einige taten übertrieben selbstsicher, zum Beispiel ein Grüppchen weiter hinten. Die zwei Typen sahen aus wie aus einem Hipster-Katalog und das blonde Mädchen trug einen spöttischen Gesichtsausdruck zur Schau, als wäre sie sich für all das viel zu schade. Der eine der beiden – er sah indisch aus – fing Dimples Blick auf, machte eine scheußliche Geste mit seiner Zunge und lachte schallend, als sie mit klopfendem Herzen den Blick abwandte. Es gab aber auch andere wie eine Gruppe Jungs ganz hinten, die höchstens so groß waren wie Dimple und alle noch ein Babyface hatten. Ihre Mienen spiegelten nackte Angst.

Dimple warf einen Blick auf Celia und überlegte, wie Celia und sie auf die anderen wirkten. Sie war wie elektrisiert und bereit loszulegen. »Ist das nicht aufregend?«, sagte sie zum sechsten Mal, seit sie sich hingesetzt hatten. Der Ausbilder auf dem Podium, mit Vollbart und bunter Jacke, schraubte an dem Mikro herum. Im Raum waren gut fünfzig Studierende versammelt.

»Ja«, sagte Celia und lächelte, ein wenig nachsichtig, so kam es Dimple vor. Jedenfalls stand Celia ganz sicher nicht so unter Strom wie sie.

Dimple hatte das Gefühl, dass Celia fast alles zuflog. Ihre Eltern waren sehr reich und hatten diesen Kurs bezahlt, ohne mit der Wimper zu zucken. Es war einfach eine weitere Möglichkeit, die Zeit bis zum College zu überbrücken, so wie der Segelkurs, den sie gerade absolviert hatte. »Und ich sehe ein paar heiße Leute«, säuselte Celia mit Blick auf die Hipstergruppe in ihrer modelhaften Schönheit. Diesmal bemerkten sie Dimples Blicke nicht.

»Herzlich willkommen bei der Insomnia Con!«, rief der Bärtige laut und strahlte die Anwesenden an. Er war sympathisch. Auf der Stelle wurde es mucksmäuschenstill. »Ich bin Max Framer, Ihr Ausbilder bei der Insomnia Con. Bitte nennen Sie mich Max, nicht Mr Framer. Es hilft uns Älteren, jung zu bleiben.« Vereinzeltes Gelächter. »Ich freue mich sehr, einen neuen Jahrgang mit frischen Gesichtern zu begrüßen, und bin richtig gespannt, was Sie mir dieses Jahr zu bieten haben. Und jetzt, bevor wir endlich mit dem beginnen, was Sie *wirklich* erfahren möchten –« Er legte grinsend eine Kunstpause ein, »… mit anderen Worten, mit dem Hauptgewinn der diesjährigen Insomnia Con, gebe ich Ihnen noch einige grundlegende Informationen und Regeln mit auf den Weg. Auf diese Weise kann ich sicher sein, dass Sie mir auch zuhören.«

Es wurde gestöhnt und gekichert und Dimple glaubte, gleich wahnsinnig zu werden, wenn er nicht bald zur Sache kam.

»Zunächst einmal heiße ich alle in San Francisco willkommen, die nicht in unserer wunderbaren Stadt leben. Aber Achtung, auch wenn Sommer ist, kann die Temperatur nachts auf zehn bis fünfzehn Grad oder noch tiefer sinken. Außerdem werden Sie Karl kennenlernen.« Einige Teilnehmer, darunter auch Celia, schmunzelten, doch Dimple runzelte nur verwirrt die Stirn.

»Was?«, flüsterte sie Celia zu. »Wer ist Karl?«

»Nebel«, antwortete Celia ebenso leise. »Er zieht nachts vom Wasser herauf.«

Dimple nickte erst und schüttelte dann den Kopf. »Nein, das verstehe ich immer noch nicht. Ihr habt einer Wettererscheinung einen Namen gegeben?«

Celia grinste. »Willkommen in San Francisco.«

Vorne auf dem Podium fuhr Max mit seiner Rede fort. »Weiter geht's: Ich werde Sie in Zweiergruppen aufteilen.

Leute, die zusammenwohnen, bilden üblicherweise kein Team, aber wenn Sie es auf Ihrer Bewerbung als einen Wunsch angegeben haben, wurde das berücksichtigt.«

Da Dimple Celia erst gefunden hatte, nachdem sie sich beworben hatte (lange bevor Papa und Mamma zugestimmt hatten – schließlich musste sie sich für alle Fälle den Platz sichern), hatten sie auch keinen entsprechenden Antrag gestellt. Sie war gespannt, wer ihr zugeteilt werden würde. Hoffentlich nicht die eiskalte Blondine, die aussah, als würde sie kleine Kinder zum Dessert verspeisen. Celia dagegen wäre sicher froh über diese Paarung, so häufig wie sie zu der Gruppe hinüberblickte.

»Zweitens«, fuhr Max fort, »möchte ich, dass Sie sich sofort nach der Bekanntgabe mit Ihrem Partner bzw. Ihrer Partnerin zusammensetzen und beginnen, an Ihrem Konzept zu arbeiten. Einige von Ihnen haben vermutlich schon eine Idee, andere nicht, und das ist vollkommen in Ordnung. In den nächsten zwei, drei Tagen geht es nur darum, Ihren vagen Ideen mehr Kontur zu geben. Danach fängt der Spaß dann richtig an – die Entwicklung.«

Ein nervöses Erschauern war überall zu spüren. Alle warteten ungeduldig darauf, dass es endlich losging. Dimple war davon überzeugt, dass die meisten genauso wie sie wussten, was sie wollten.

»Okay«, sagte Max. »Und jetzt zum heiß ersehnten Thema: der Hauptgewinn der diesjährigen Insomnia Con.« Als er erneut eine Pause einlegte, hielten alle im Vorlesungssaal den Atem an. »Jenny Lindt wird möglicherweise eine Partnerschaft mit dem Gewinnerteam eingehen, dessen

App marktreif machen *und* die Werbung finanzieren. Ihre App könnte sich mit der vollen Unterstützung der Meeting Space, Inc. überall in der Welt ausbreiten. Lassen Sie sich das erst mal auf der Zunge zergehen.«

»Dann ist eins schon mal klar«, sagte Celia lässig. »Dafür muss man richtig, richtig gut sein.«

Dimple schüttelte den Kopf. Ihr Mund war so ausgedörrt, dass ihre Lippen an ihren Zähnen klebten. Ihr schwirrte dermaßen der Kopf, dass ihre Sicht verschwamm. Konnte das wahr sein? »Ich kann mir nicht einmal … Oh. Mein. Gott. Sie haben … so etwas haben sie noch nie gemacht.« Das war das Größte. Sie *musste* gewinnen.

»Okay.« Als Max seine Stimme erhob, wurde es ein wenig ruhiger, doch der Raum war von einer neuen Energie erfüllt, die jeden Einzelnen kribbelnd und brodelnd durchströmte. »Ich rufe jetzt die Teams auf. Wenn ich Ihre beiden Namen nenne, setzen Sie sich bitte in die erste Reihe.«

In der anschließenden Totenstille ging die Tür auf.

Dimple drehte sich um.

Natürlich. Es war Rishi.

9. KAPITEL

Rishi

Offensichtlich hatte er etwas sehr Wichtiges verpasst. Die Augen der Teilnehmer strahlten, ihre Wangen waren rot. Fünfzig Leute sahen ihn an, doch neunundvierzig nahmen ihn gar nicht richtig wahr und schauten gleich wieder weg.

Er sah Dimple sofort. Wenn Blicke töten könnten … Mit vorgerecktem Kinn ging er weiter, schließlich war es ebenso sein Recht, hier zu sein.

»Oh, hey, warten Sie, bevor Sie sich setzen«, rief der Mann mit dem feuerroten Bart vom Podium. »Ich wollte gerade anfangen, die Teams aufzurufen, da können Sie sich gleich mit Ihrem Partner zusammensetzen. Wie heißen Sie?«

»Rishi Patel.«

»P… Patel … ah, da habe ich Sie. Sie arbeiten mit Dimple Shah zusammen.« Der Ausbilder hob den Blick und schaute in das Gesichtermeer. »Dimple Shah?«

Rishi wagte es nicht, sie anzusehen. Mist. Er hatte ganz vergessen, dass er sie bei seiner Bewerbung angegeben hatte. Damals schien es eine gute Idee zu sein, zumal er davon überzeugt gewesen war, sie würde das Gleiche tun. Er hatte gedacht, sie könnten so mehr Zeit miteinander verbringen und testen, wie es mit der Zusammenarbeit funktionierte.

Als sie aufstand und mit ihm nach vorne ging, hatte Dimple den Rücken durchgedrückt und die Schultern gestrafft. Ihr gesamter Körper strahlte Zorn aus, offenbar hatte sie in dieser Disziplin viel Erfahrung. Kaum hatten sie sich hingesetzt, stieß sie mit funkelnden Augen hervor: »Du hast das so beantragt, stimmt's?«

Rishi rieb sich den Nacken, seine Wangen brannten. »Ja, aber ich dachte, du hättest mich auch angegeben. Ich gehe hinterher zu ihm und bitte ihn, uns jemand anderem zuzuteilen, ja? Also entspann dich.«

»Der Mann heißt Max, was du wüsstest, wenn du pünktlich gekommen wärst. Du hast sogar die Ankündigung des Hauptgewinns verpasst.« Sie sah ihn an, als würde sie ihm vorwerfen, einen Waldbrand im Redwood-Nationalpark verursacht zu haben.

»Ach ja? Was ist es diesmal?«

Rishi sah genau, wie sie fast gegen ihren Willen die Mundwinkel hochzog. Hinter der Brille glänzten ihre Augen. »Das Gewinnerteam bekommt die Chance, Jenny Lindt sein Konzept vorzustellen. Wenn es ihr gefällt, bringt sie sich bei der Werbung und in der Entwicklung ein!«

Da Dimples Stimme zwei Oktaven höher lag als sonst, begriff Rishi, dass es eine richtig große Sache war. Angestrengt überlegte er, wer noch mal Jenny Lindt war, doch es fiel ihm nicht ein. Er musste im Moment so tun, als wäre er im Bilde, und sie später recherchieren.

»Finde ich super!« Er grinste und gab sich Mühe, so aufgeregt zu klingen wie sie. »Voll cool!«

Als Dimple sich vorbeugte, wehte ihm wieder der aufreizende Duft ihres wunderbaren Shampoos um die Nase. »Echt? Bist du auch ein Jenny-Lindt-Fan?« Sie sah ihn so offen mit großen sanften Augen an, wie Rishi es noch nicht erlebt hatte.

»Oh, *absolut*«, sagte er und dachte, *spätestens heute Abend, wenn du mich dann weiter so anschaust.*

Dimple lachte. »Ich finde sie auch einfach fantastisch! Was gefällt dir an ihrer bisherigen Erfolgsstory am besten?«

Verdammt. Er lächelte tapfer weiter. Okay, Erfolgsgeschichten. Was hatten sie alle gemeinsam? »Wie sie praktisch von ganz unten kam und, na ja, zu *der* Jenny Lindt wurde.«

Rishi fand, er hatte sich ganz gut geschlagen, aber Dimple runzelte die Stirn. »Von ›ganz unten‹ stimmt ja wohl nicht. Ihre Eltern waren Anwälte und haben ihr das Startkapital für Meeting Space gegeben. Das steht in jedem Interview.« Rishi wurde rot. Verräterischer Körper.

Dimples Stirn glättete sich wieder. »Du weißt überhaupt nichts über sie, oder?«, fragte sie, lehnte sich zurück und verschränkte die Arme. »Hast du vor heute je von ihr gehört?«

»Weißt du was? Ich, äh, rede gleich mit diesem Ausbilder – Max, meine ich«, sagte er. »Er soll uns neu zuteilen.«

»Ja.« Dimples Blick war jetzt eiskalt. Sie würde eine perfekte Serienmörderin abgeben. »Mach das.«

Er hatte echt Nerven, sie so anzulügen. »Wie sie praktisch von ganz unten kam«, ahmte sie ihn spöttisch nach. Blödmann. Vielleicht machte Max ja eine Ausnahme und teilte sie Celia zu. Die wusste wenigstens, wie wichtig es für Dimple war, hier zu gewinnen. Sie würde richtig reinhauen.

Dimple warf einen Blick über ihre Schulter zu Celia, die gerade in ein Gespräch mit einem der Hipster-Model-Typen vertieft war. Sie schüttelte ihre Locken und lachte kehlig über einen seiner Witze. Oha. Vielleicht wollte sie gar nicht mehr mit Dimple zusammenarbeiten.

Als Dimple sich wieder umdrehte, setzte Rishi sich gerade wieder neben sie, noch immer mit rosigen Wangen. »Wie ist es gelaufen? Wem werden wir stattdessen zugeteilt?«

»Äh, tja ... niemandem«, sagte er und wich ein Stück zurück, als er ihren Blick sah. »Er meinte, es wäre zu spät. Wir müssen einfach zusammenbleiben.«

»Was? Hast du gesagt, dass das Ganze auf einem Irrtum beruht?«

»Ja, hat nicht funktioniert.«

Dimple stand auf. »Oh, dann muss ich das wohl selbst in die Hand nehmen.«

Sie stolzierte zu Max. »Es tut mir sehr leid, aber ich brauche unbedingt einen neuen Partner«, sagte sie, und kaum dass er sie ansah, verspürte sie auch schon den Anflug von schlechtem Gewissen. Sie hätte genauso gut sagen können, dass sie es nicht ertrug, auch nur eine Minute mit Rishi zusammen zu sein. In ihrem Inneren kämpfte Ehrgeiz gegen Mitgefühl und Freundlichkeit und wieder einmal gewann der Ehrgeiz. Sie wollte das hier soooo unbedingt. »Rishi Patel weiß nicht das Geringste über Jenny Lindt. Und über Webentwicklung vermutlich auch nicht.«

Max lächelte. »Tja, wir sind alle hier, um etwas zu lernen, Dimple.«

»Natürlich, aber ihm ist das alles gar nicht so wichtig wie

mir. Ich brauche einen Partner, der auch unbedingt gewinnen will.«

Max strich sich nachdenklich durch den Bart. »Vielleicht brauchen Sie ja jemanden, der Ihnen etwas beibringt, hmm? Möglicherweise ist Rishi der Fingerzeig des Universums, damit Sie lernen Luft zu holen und die Dinge so zu nehmen, wie sie sind.«

Hilfe, ein Hippie, wie er im Buche stand. Dimple verfluchte San Francisco. Da sie merkte, dass er sich nicht erweichen ließ, zwang sie sich zu nicken und zu lächeln. »Mmm. Verstehe, trotzdem danke.«

Als sie zu ihrem Platz zurückkehrte, hätte sie Rishi am liebsten den Kopf abgerissen. Sie registrierte, wie er sie von der Seite ansah und sich anscheinend gerade eine passende Frage zurechtlegte.

»Nein«, fauchte sie schließlich. »Er lässt uns nicht mehr tauschen.«

Rishi seufzte und sein Mitleid klang echt, als er sagte: »Das ist echt blöd. Tut mir leid.«

»Jaaa.« Dimple fühlte, wie die gleiche Wut in ihr brodelte, wie wenn Mamma oder Papa nicht verstanden, warum sie dies oder jenes tun wollte. »Na klar. Na klar tut es dir so was von leid.«

Nach einer kurzen Pause erwiderte er: »Ich weiß nicht, warum du so sauer auf mich bist. Wir haben das doch alles gestern besprochen.« Sie merkte, dass er sich nur mühsam beherrschte. Wenn er sauer wurde, bekam er eine auffällige Falte zwischen den Augenbrauen. Ein Detail, das Dimple sofort wieder auszublenden versuchte. »Ich wusste nicht, dass deine Eltern dich über die ganze Sache im Dunkeln gelassen haben. Verdammt, ich dachte, du gibst mich auch als Wunschpartner an. Ich dachte, du wärst ganz und gar einverstanden. Findest du nicht, dass deine Wut irgendwie den Falschen trifft?«

»Den *Falschen?*« Dimple verkniff es sich, zu schreien, obwohl sie bei dem Lärm und der Betriebsamkeit im Raum kaum auffallen würden, selbst wenn sie sich mit Sachen bewerfen würden. Was ihr natürlich nicht eingefallen wäre. Nicht mal im Traum. »Nein, das finde ich nicht. Du verstehst gar nichts, oder? Du hast keine Ahnung, was gelaufen ist. Meine Mom und mein Dad, die kapieren überhaupt nicht, wie ich ticke. Meine Mutter kann sich nicht vorstellen, dass ich irgendetwas anderes mit meinem Leben anfangen will, als den idealen indischen Ehemann zu heiraten und eine Familie zu gründen. Sie hält das College für ein einziges unerschöpfliches Paarungsritual. Deshalb grenzt es für mich schon an ein Wunder, dass ich überhaupt hier sein darf. In Jenny Lindts Fußstapfen zu treten, mit ihr sogar über mein Konzept reden zu dürfen – das bedeutet mir alles. Das sind meine wildesten Fantasien, die hier wahr werden könnten. Aber sogar hier, wo es mal nur um mich geht, um *meine* Karriere, um *meine* Ziele, muss ich mich mit jemandem wie dir herumschlagen. Immer wenn ich dich ansehe, werde ich daran erinnert, dass ich nur hier bin, weil meine Eltern erwarten, dass ich endlich spure und mich in die pflichtbewusste indische Tochter verwandele, die sie sich immer gewünscht haben. Ich dachte, dies wäre meine Chance, endlich ich selbst zu sein und mich sechs Wochen lang mit meinen Fähigkeiten, meinem Talent und meinem Intellekt zu beschäftigen. Stattdessen ist das glatte Gegenteil der Fall. Und weißt du was? Ich habe es satt. Ich habe es satt und finde es total scheiße.« Dimple verstummte und schob die Brille höher. Sie war ganz außer Atem, ihr Herz raste und ihr Hals war vor Wut und ungeweinten Tränen wie zugeschnürt. Doch sie war wild entschlossen, nicht zu zeigen, dass sie kurz davor war loszuheulen.

Rishi sah aus … wie vom Donner gerührt, wäre wohl die angemessene Bezeichnung. Am liebsten hätte Dimple laut gelacht. Er hatte die Augen aufgerissen und befand sich in einer Art Schockstarre.

Ja, sie hatte ihre Wut rausgelassen, aber das musste sie eben. Das Problem war nur, dass sie sich für ihren Ausbruch schämte (auch wenn sie das niemals offen zugeben würde). Rishi war schließlich komplett ahnungslos gewesen. Sie hatte ihre lebenslang im Zaum gehaltene Wut an ihm ausgelassen, obwohl er eigentlich nichts damit zu tun hatte. Mit einem Seufzer lehnte sie sich zurück und verschränkte die Arme. »Tja, du hast mich gefragt«, murmelte sie.

10. KAPITEL

Rishi

O Mann.

Anscheinend musste sie einiges loswerden. Rishi wusste nicht, was er sagen sollte. Für Dimple war das alles so viel schwieriger als für ihn. Klar, er war enttäuscht, weil sie so eindeutig dagegen war, ja. Aber eigentlich galt sein Mitgefühl mehr seiner Familie, die so viel Anstrengung und Hoffnung auf diese Sache verwandt hatte, aus der ganz sicher nichts werden würde.

»Hey«, sagte er schließlich behutsam. »Ich verstehe, wie blöd das sein muss, und ja, ich hatte keine Ahnung. Weißt du was, ich fahre wieder. Wenn ich nach Hause will, muss er dir einen neuen Partner geben oder du kannst mit einem bestehenden Team zu dritt weitermachen.«

Dimple sah ihn ungläubig an. »Das würdest du tun. Für mich.«

»Ja.« Rishi zuckte die Schultern. »Es bedeutet dir so viel mehr als mir. Und ich verstehe es wirklich – das ist deine Leidenschaft.«

»Dein Geld bekommst du aber nicht zurück«, sagte sie in einem scharfen Tonfall und er hätte beinahe über das Misstrauen in ihrer Stimme gelacht.

»Nicht schlimm«, sagte er. »Meine Eltern haben absolut nichts dagegen, wenn ich hier früher abfahre. Ich gehe später zu Max und behaupte einfach, es gäbe einen Notfall in der Familie.«

Dimple wollte etwas erwidern, doch Max ergriff auf dem Podium erneut das Wort und unterbrach sie. »Ich gehe davon aus, dass Sie sich alle mit Ihrem Partner vertraut machen. Aber ich möchte gleich mit Ihnen auf eine andere Ebene kommen. Da dies unser erster gemeinsamer Tag ist, können wir etwas Starthilfe gebrauchen, um das Eis zu brechen. Ich möchte, dass Sie jetzt unter Ihren Stühlen nachsehen.«

Aufgeregt und neugierig gehorchten die Teilnehmer. Rishi betrachtete das Gerät, das er in der Hand hielt, einige Sekunden lang, bevor er begriff, was es war.

»Eine Polaroidkamera«, sagte Dimple im selben Moment. »Wow. Ich glaube, meine Eltern haben so eine noch auf dem Dachboden.«

»Was sollen wir damit machen?«, fragte Rishi und schaute sich um.

»Okay, Jungs und Mädels«, meldete sich Max noch einmal zu Wort. »Für alle, die es vielleicht noch nicht wissen, Sie halten einen vergessenen Schatz in der Hand. Das ist eine Polaroidkamera und als Amateurfotograf bin ich der Meinung, dass sie eins der ehrlichsten Kunstmedien für Schnappschüsse darstellt. Gehen Sie los und halten ein paar Alltagsmomente fest. Für diese Schnitzeljagd habe ich noch etwas zusammengestellt.« Er verteilte Ausdrucke mit verschiedenen Stichwortlisten. »Jedes Team bekommt fünf

Begriffe. Ich möchte, dass Sie in den nächsten zwei Stunden zu jedem dieser Begriffe ein Foto machen. Auf diese Weise, so hoffe ich, lernen Sie Ihre Partner sehr viel besser kennen, als wenn wir in dieser abscheulich recycelten Luft herumsitzen und uns mit Fragen bombardieren. Es gibt nur eine Regel: keine Zusammenarbeit mit anderen Teams. Die Teams, die diese Übung erfolgreich absolvieren, bekommen zehn Sonderpunkte zusätzlich zu ihrem Endergebnis bei der Insomnia Con.« Max scheuchte sie mit einer Geste aus dem Vorlesungsraum und erhob seine Stimme: »Los geht's. Viel Glück! Ich mache draußen ein Nickerchen in meiner Hängematte. Wecken Sie mich einfach, wenn Sie fertig sind.«

Rishi sah Dimple an, während sie aufstanden. Sie wirkte ebenso genervt wie er, denn sie hatte die Lippen zusammengekniffen und blickte sehnsüchtig auf Celias Rücken. Als er hinter ihr den Raum verließ, sagte er: »Wenn du möchtest, kann ich mich auch jetzt schon abmelden.«

Sie ging langsamer, damit sie zusammen hinausgehen konnten, und kaute auf ihrer Unterlippe. »Nein«, sagte sie schließlich und sah zu ihm hoch. »Lass uns das noch zusammen machen.«

Rishi zuckte unschlüssig die Schultern. Er wusste nicht, wie er mit diesem Stimmungswechsel umgehen sollte. »Bist du sicher?«

»Ja.« Dimple holte tief Luft und schaute ihn an. »Es ist echt nett, dass du mir anbietest, zurückzutreten. Es gibt nicht viele, die das tun würden.« Und dann lächelte sie ihn so bezaubernd an, dass Rishi über seine Füße stolperte.

Dimple

»Alles okay?« Dimple streckte den Arm nach ihm aus, doch Rishi fand sein Gleichgewicht an einer Wand wieder und wurde knallrot.

»Ja, kein Problem«, antwortete er, ohne sie anzusehen. »Schnürsenkel«, fügte er ausweichend hinzu und hängte sich den Riemen der Polaroid um.

Sie gingen schweigend hinter den anderen her, die sich über den Rasen in alle Richtungen verteilten, um ihre Fotos zu machen. Obwohl die Sonne schien, war es kühl und Dimple schlang ihren Hoodie enger um den Körper.

Durch ihre Locken warf sie einen Blick auf Rishi und fühlte sich richtig schlecht. Sie hatte ihm einen Müllhaufen vor die Füße geworfen und er war so … erwachsen damit umgegangen. Verständnisvoll. Obwohl Dimple sich wünschte, diese Eisbrechersache mit jemand anderem machen zu können – mit jemandem, mit dem sie für die Dauer dieses Projekts zusammenarbeiten würde –, wäre es grausam, Rishi jetzt wegzuschicken. Als würde sie sagen, sie könnte ihn nicht einmal für die Zeit dieser dämlichen Aufgabe um sich haben. Es war nicht nötig, erst recht, wenn sie bedachte, wie anständig er sich verhalten hatte. Also würde sie sich damit abfinden, zumal es, wie sie ihn bisher kennengelernt hatte, ganz nett werden könnte.

»Okay.« Dimple betrachtete die Liste, während sie zu einer Rasenfläche hinüberschlenderten, auf der Fußball gespielt wurde. »Hier steht: *Lustig, Wasser, Gelb, Verschwom-*

men und *Buddha.*« Sie hob den Blick. »Womit sollen wir anfangen?«

Rishi grinste. »Auf jeden Fall mit dem Buddha. Ich weiß was, das musst du dir ansehen.« Er ging schneller und die Polaroidkamera schlug gegen seine Brust. Dimple lief hastig hinterher.

»Sagst du mir auch, wohin wir gehen?«

»Wart's ab«, sagte er fröhlich.

Dimple schüttelte den Kopf. »Na gut«, sagte sie. »Hey, was ist das auf deinem T-Shirt?« Er hatte die Jacke aufgeknöpft, aber der Aufdruck war kaum erkennbar. Es sah wie eine Zeichnung eines indischen Jungen in einer bestickten Kurta aus, der etwas – ein Schwert? – über dem Kopf hielt.

Rishi errötete erneut, doch das konnte auch an seinem schnellen Tempo liegen. »Nur eine Comicfigur.«

Dimple verdrehte die Augen. »Geht's vielleicht ein bisschen genauer? Das sehe ich auch, dass das eine Comicfigur ist. Ich meinte, *wer* ist es?«

Rishi sah sie von der Seite an. »Du kennst dich mit Comics aus?«

»Ach, nur mit den bekannten. Als ich klein war, habe ich für Wonder Woman geschwärmt.«

Er lächelte. »Ja, die ist cool.« Er schaute an sich herunter und öffnete die Jacke ein wenig mehr, bis Dimple erkennen konnte, dass der Junge kein Schwert, sondern eine goldene Keule in der Hand hatte. »Das ist Aditya«, erklärte Rishi mit einem Lächeln. »Ein junger indischer Superheld, der Kraft aus der Sonne zieht. Ich habe ihn vage nach Hanuman gestaltet – daher die goldene *Gada.* Als kleiner Junge war ich ein großer Fan von Hanuman, weil meine Mutter mit mir die *Ramayana*-Serie auf dem Hindisender geschaut hat. Aditya ist eine der ersten Figuren, die ich vor drei Jahren erfunden habe. Ich war so stolz auf ihn, dass ich ihn auf ein T-Shirt drucken ließ.« Er schnaubte leise, fast ein wenig spöttisch.

»Moment, Moment, das hast du gezeichnet? Wie, einfach so?« Dimple glotzte auf das T-Shirt, auf die kunstvoll gestaltete bunte Brokat-Kurta und die Hose des Jungen und die feine Metallverzierung auf der *Gada*. »Das ist unglaublich. Und da warst du fünfzehn?«

Rishi nickte. Er mied ihren Blick, doch der freudige Klang seiner Stimme verriet, wie glücklich ihn ihre Komplimente machten. »Ja, damals war es mir sehr wichtig, eigene Comics zu schreiben. Ich hatte ein kleines abgetrenntes Studio in meinem Zimmer.«

»Was meinst du mit ›damals‹? Zeichnest du nicht mehr?«

Rishi zuckte die Schultern.

Mittlerweile hatten sie an einer Straßenlaterne die Straße überquert. Die Luft wurde nebliger und schwerer. Rishis Worte klangen gedämpft.

»Ich weiß nicht. Manchmal, wenn ich Zeit habe, also selten.«

Dimple zog ihren Hoodie am Hals zusammen. »Aber … warum? Ich meine, du machst es doch offensichtlich schrecklich gerne und bist richtig gut.« Sie verstand das nicht. Programmieren war ihr Ein und Alles, sie konnte sich nicht vorstellen, es für irgendetwas in der Welt aufzugeben.

Er lachte leise, fast ein wenig vorsichtig, als wäre er auf

der Hut und besäße eine Art mentales Schließfach. »Es ist nicht gerade eine zweckmäßige Betätigung. Kunst ist ein hübsches Hobby, wenn man die Zeit dafür aufbringt. Aber kein Ziel, das man verfolgen sollte.« Er machte eine kleine Pause, dann sagte er: »Blöder Nebel.«

»Karl«, bestätigte Dimple zerstreut. »Anscheinend gibt man in San Francisco Wetterphänomenen Namen.« Als sie um eine Ecke bogen, wurde Rishi langsamer. »Egal, ich sehe das jedenfalls anders«, sagte Dimple. »Wen kümmert's, wenn Kunst nicht zweckmäßig ist? Wenn man etwas liebt, sollte man es machen. Was soll das Ganze sonst?«

Sie stieß beinahe mit ihm zusammen, weil er stehen geblieben war. Überrascht schaute sie an der abblätternden grünen Fassade eines uralten Geschäfts hoch, das zwischen zahlreichen anderen lag, die seit Langem geschlossen waren. WANDAS SCHÄTZE AUS ALLER WELT stand auf dem handbemalten Ladenschild. »Was ist das denn?«

»Hier finden wir unseren Buddha«, antwortete Rishi grinsend und hielt ihr die Tür auf.

11. KAPITEL

Rishi

Der Geruch von Sandelholz und Nelken hüllte sie ein wie ein weicher, schwingender Vorhang. Leise erklang das Glockenspiel am Eingang und Rishi wurde plötzlich nervös. Er wollte, dass es Dimple hier gefiel.

Um ehrlich zu sein, hätten sie fast in jedem Laden auf dem Campus einen Buddha finden können. Schließlich waren sie in San Francisco. Doch er hatte sie absichtlich hierhergeführt, um ihr eine Freude zu machen. Rishi wollte sie zum Lächeln bringen, aber er hatte keine Ahnung, ob dies überhaupt ihr Ding war. Vielleicht fand sie alte gebrauchte Sachen ja total eklig?

Rishi zeigte auf das trübe beleuchtete, vollgestopfte Ladeninnere. Überall stapelten sich *Dinge* – Bücher mit Leder- und Goldeinbänden, goldene und silberne Tabletts, Perlenketten, die sich aus abgestoßenen Teetassen ergossen, und alle möglichen knarrenden Möbelstücke. Darüber wanden sich Kabel mit Glühlampen um hohe Spiegel, Bettpfosten und den ein oder anderen kaputten Kronleuchter. »Ich bin gestern nach unserem Mittagessen über dieses Geschäft gestolpert. Ich weiß nicht, ich fand es irgendwie cool –«

»Es ist fantastisch«, hauchte Dimple. In ihren Brillengläsern spiegelten sich die Lampen, als sie den Kopf verdrehte, um in jede Ecke zu schauen. Sie ging zu einem bemalten Pferdekopf und strich über die schillernde Mähne. »Toll.«

»Herzlich willkommen«, sagte eine Frau mittleren Alters mit kurz geschnittenem Haar, die in der Ecke an einem blaugrünen Schreibtisch saß. »Ich bin Wanda. Ich habe all diese Sachen von meinen Weltreisen mitgebracht. Einiges habe ich auf Flohmärkten gefunden, andere habe ich geschenkt bekommen. Schaut euch in Ruhe um und meldet euch, wenn ihr Fragen habt.«

»Machen wir!«, rief Dimple. Dann hängte sie sich ein paar kitschige Ketten mit Goldplättchen, die so groß wie ihre Hand waren, um und stützte die Hand in die Hüfte. »Was meinst du? Das passt doch voll zu mir, was?«

Rishi hob einen Finger, nahm einen Haarreif mit einer langen Pfauenfeder und silbernem Strass und setzte ihn ihr auf den Kopf. »*Jetzt* ist es perfekt.«

Als sie so tat, als wollte sie damit losstolzieren, hob Rishi spontan die Kamera und machte ein Foto.

»Hey!«, sagte sie, als der Blitz auslöste. »Was soll das?« Dann boxte sie ihn in die Rippen, als wäre es ihr erst nachträglich eingefallen.

»Au!«, sagte Rishi und rieb über die Stelle. »Wofür war das denn?«

»'tschuldigung«, murmelte Dimple wenig überzeugend. »Aber wieso hast du ein Foto von mir gemacht?«

»Ich dachte, damit könnten wir schon mal *lustig* von der Liste streichen«, erinnerte er sie an das oberste Wort auf der Schnitzeljagdliste. Nachdem er das Foto ein paarmal hin und her geschlenkert hatte, zeigte er es Dimple. Sie sah aus wie ein mit Schmuck behängter Truthahn.

Zunächst befürchtete Rishi, sie würde das Foto zerreißen, so entsetzt sah sie aus. Doch dann kräuselten sich ihre Augenwinkel und sie gab ein kurzes Schnauben von sich. »Okay, stimmt.« Dann zog sie die Ketten und den Haarreif wieder aus, stemmte die Hände in die Hüften und sah sich um. »Und wo ist nun der Buddha?«

»Ach ja, hier lang.« Rishi schlängelte sich um mehrere Raumteiler und Beistelltische. In der entgegengesetzten Ecke des Geschäfts sagte er mit einer schwungvollen Geste: »Ta-daaaa!«

Er beobachtete sie ganz genau, während sie die zweieinhalb Meter hohe, vergoldete Statue betrachtete. Dimple machte große Augen und dann grinste sie ihn an. *Uff.* Es fühlte sich wie ein Schlag aufs Zwerchfell an, wenn sie ihr Lächeln voll aufdrehte. Rishi versuchte, mit einem ganz normalen Lächeln zu reagieren. »Ist er nicht cool?«

Dimple lachte und lief zu dem Buddha. »Cool? Er ist einfach fantastisch! Meine Mom würde ausflippen. Sie liebt Buddhastatuen, vor allem lachende Buddhas. Im *Puja*-Raum in unserem Haus hat sie eine ganze Sammlung davon.« Sie strich über den Arm der Statue. »Er ist wirklich schön, auf eine gewisse Art, findest du nicht?«

Rishi zog eine Augenbraue hoch und hob erneut die Kamera, um ein Foto zu machen. »Wenn du mit ›schön‹ protzig meinst …«

Dimple kicherte. »Ich bin an der Reihe mit Fotografieren.« Sie wollte ihm die Kamera aus der Hand nehmen und vergaß anscheinend, dass sie an einem Riemen um seinen Hals hing. Als sie daran riss, zog sie ihn näher heran, automatisch bog er seinen Kopf in ihre Richtung.

Rishi erstarrte und sah sie an. Sie waren höchstens noch zehn Zentimeter voneinander entfernt. In seinem Magen spielten sich sonderbare Dinge ab. Schön war das.

Dimple

Seine Augen erinnerten sie an alte dunkelbraune Apothekengläser, die bernsteinfarben wirkten, wenn sie von der Sonne beschienen wurden. Dimple liebte Vintage und folgte einem Haufen entsprechender Fotografie-Accounts auf Instagram, wo alte Apothekengefäße ein beliebtes Motiv waren. Deshalb war es beinahe magisch, in diesem Antiquitätengeschäft mit einem Typen zu stehen, dessen Augenfarbe die richtige Honigschattierung hatte.

Jedenfalls zwei Sekunden lang.

Hüstelnd wich Dimple zurück und ließ die Kamera los, die sofort wieder gegen seine starke Brust schlug. »Äh, sorry, ich dachte … ähm … dass … ich wusste nicht, dass sie noch um deinen Hals hing.« Es fiel ihr schwer, seinen Blick auszuhalten. Und war das etwa Schweiß auf ihrer Oberlippe? Bäh. Dimple strich eine Strähne zurück und wischte ihn unauffällig mit dem Handrücken weg.

Rishi merkte offensichtlich nichts von ihrem inneren Tumult. Seine Stimme war vollkommen gelassen, als er antwortete: »Kein Problem. Hier.« Anmutig zog er den Riemen über den Kopf und reichte ihr die Kamera. Als er sie ansah, flackerte etwas in seinen Augen auf, doch es war so schnell wieder vorbei, dass Dimple überlegte, ob sie es sich eingebildet hatte. »Du bist dran, da hast du recht.«

Die lustige witzelnde Stimmung der letzten Minuten war verflogen. Dimple richtete die Kamera auf die Statue und fotografierte sie. »Danke.« Während sie das Foto zum Trocknen heftig hin und her wedelte, gab sie Rishi die Kamera zurück, der sie sich wortlos wieder umhängte. »So«, sagte sie dann und steckte das Foto in den Umschlag, den sie mit der Liste bekommen hatten. »Was jetzt? *Buddha* und *lustig* haben wir abgehakt. Bleiben noch *Wasser, Gelb* und *Verschwommen.*«

Wasser war kein Problem. Sie hatten beide Durst und beschlossen, völlig fantasielos in das Café gegenüber zu gehen und zwei Flaschen Wasser zu kaufen. Aber sie hatten sie draußen im Hof an einem schmiedeeisernen, im Nebel versunkenen Tisch getrunken, und da war Rishi auf die Idee gekommen, Dimple heimlich mit Wasser zu bespritzen.

Sie hatte es, ohne nachzudenken, für Nebel gehalten, der irgendwie auf ihrer Haut kondensierte. Als sie den Kopf zurücklegte, schaute sie in den wirbelnden Dunst. »Komisch, ich könnte schwören, dass ich gerade Tropfen gespürt habe. Verwandelt sich der Nebel hier übergangslos in Regen?«

»Nee, ich glaube, das ist nicht möglich.« Rishi verzog keine Miene und ließ lässig seine Hand um die Wasserflasche kreisen. »Vielleicht hat ein Vogel auf dich runtergesabbert.«

Dimple lachte. »Ein Vogel hat mich vollgesabbert? Was

hast du denn geraucht?« Doch beim nächsten Schluck Wasser spürte sie erneut einen Tropfen im Gesicht, und als sie den Kopf hob, flog gerade ein Vogelschwarm über sie hinweg.

»Hab ich doch gesagt«, meinte Rishi immer noch todernst. »Das wissen viele nicht. Aber Vögel sind mein Hobby. Es gibt Arten da oben wie zum Beispiel die *Avius borealis*, die speicheln, um ihren Duft zu verbreiten. Auf diese Weise können andere Vögel ihnen besser durch die Nebelfelder folgen.«

»Hier riecht es höchstens nach Bullshit.« Doch Dimples Stimme klang verunsichert, das hörte sie selber. Alles, was er sagte, klang zwar total dämlich, aber er war dabei so ernst …

Rishi hob feierlich die Hand. »Ich schwöre bei Gott.« Aber der Glanz in seinen Augen verriet ihn.

»Interessant.« Dimple biss sich auf die Lippe, um nicht zu lächeln. Dann schaute sie absichtlich nach unten und holte die Schnitzeljagdliste heraus. Und als sie den nächsten Wassertropfen auf ihrer Haut spürte, nahm sie die Kamera und fotografierte Rishi.

Sie erwischte ihn auf frischer Tat, wie er sie ganz unauffällig mit Wasser bespritzte. Es war ein cooles Foto. Die Wassertropfen glitzerten in der Sonne wie kleine Diamanten. Sie flogen direkt auf Dimple zu, eingefroren für die Ewigkeit, während Rishi im Hintergrund verschwommen grinste.

Dimple streckte die Hand mit dem Beweisfoto aus und zog eine Augenbraue hoch. »Soso. Vogelsabber, was?«

Sie fixierten sich einen Augenblick und brachen dann in schallendes Gelächter aus.

»Gib's zu, ich hatte dich kurz am Haken«, sagte Rishi, als er wieder Luft bekam.

Dimple streckte ihm die Zunge raus. »Niemals.« Sie würde es ihm gegenüber natürlich nicht zugeben, aber Rishi Patel war irgendwie lustig. Vielleicht würde er ihr sogar fehlen, wenn er morgen abreiste.

Gelb und *Verschwommen* stellten sich als die leichteste Aufgabe heraus. Rishi fotografierte einfach eines der Cablecars, das an ihnen vorbeifuhr. »Zack, das hätten wir. Und wir haben noch …« Als er auf die Uhr schaute, eine Gucci, musste Dimple daran denken, dass man Uhren früher, als sie noch schrecklich teuer waren, Chronometer genannt hatte. »… siebzehn Minuten Zeit.« Er reichte ihr das Bild und sie steckte es in den Umschlag. Dann machten sie sich auf den Rückweg zum Spurlock-Gebäude, das jetzt eine Dreiviertelmeile entfernt lag.

»Super.« Dimple warf Rishi einen flüchtigen Seitenblick zu. Die schrägen Sonnenstrahlen dieses Nachmittags färbten Rishis Haarspitzen schokoladenbraun. »Und was machen deine Eltern?«

»Meine Eltern?« Die Frage verwirrte ihn sichtlich. »Mein Vater ist Manager und meine Mutter ist Hausfrau. Wieso?«

Dimple fragte sich, ob der Reichtum der Patels ihre Eltern dazu bewogen hatte, Rishi für sie auszuwählen, und schämte sich sofort dafür. Mamma und Papa hatten viele Fehler, aber geldgierig waren sie nicht. »Ach, ich war nur neugierig. Glaubst du, unsere Eltern bleiben befreundet, auch wenn du morgen früh abfährst?« Dimple sagte das betont lässig, doch die Frage fühlte sich in ihrem Mund wie ein spitzer Stein an. Sie versuchte sich vorzustellen, wie sie mit einem neuen Teampartner den Tag verbrachte wie heute mit Rishi, und es fiel ihr nicht schwer. Es war schließlich nicht ausgeschlossen, dass ihr neuer Teampartner auch den gleichen Sinn für Humor hatte und sie sich mit ihm ebenso gut verstand. Das war doch sehr gut möglich. Und trotzdem …

»Ach, ich glaube schon«, antwortete Rishi. »Ich habe das Gefühl, wenn man über Jahrzehnte miteinander verbunden ist, können zwei dumme Kids einen nicht auseinanderbringen.«

Sie hörte an seiner Stimme, dass er lächelte, aber auch einen Anflug von Bedauern, der seinen Worten etwas Melancholisches gab. Machte sie sich etwas vor? Rishi hatte ihr doch bereits zugestanden, dass sie nicht zusammenkommen würden. Papa hatte schon gesagt, er würde nichts von ihr erwarten, außer dass sie den Hauptgewinn der Insomnia Con holte. Warum wollte sie dann, dass Rishi ging? Was sollte das bringen? Wer konnte sagen, ob ein neuer Teampartner besser war oder mehr Interesse für ihr Konzept aufbrachte als er?

»Und was machen –«

»Ich finde, du solltest bleiben.«

Sie hatten gleichzeitig gesprochen. Dimple drehte sich zu Rishi um, der nun die Stirn runzelte. Ein vorsichtiger Hoffnungsschimmer lag in seinem Blick. »Was?«

»Fahr nicht … morgen. Ich finde, wir sollten ein Team bleiben.« Als Dimple merkte, dass sie gerade dabei war, den Umschlag zu zerknüllen, zwang sie sich stillzuhalten.

»Echt?« Ein Lächeln zuckte um seine Mundwinkel.

»Also, als Freunde.« Dimple senkte den Blick auf ihre Füße und schaute dann wieder hoch in sein freundliches Gesicht. Mist. Das war jetzt vielleicht falsch rübergekommen.

Rishi verzog unglücklich das Gesicht. »Und … und ich dachte, das heißt jetzt, du willst doch heiraten!«

Mit sinkendem Mut sah sie ihn an. Aber dann prustete Rishi los und um seine apothekenglasbraunen Augen kräuselten sich kleine Fältchen. Am liebsten hätte sie sich die Kamera geschnappt, doch sie schlug stattdessen mit dem Umschlag nach ihm. »Das ist nicht lustig, Rishi Patel!«

Rishi lachte weiter und strich sich lässig durchs Haar. Als sie nebeneinander weitergingen, berührten sich ihre Ärmel. »Jedenfalls wäre ich sehr gern dein Insomnia-Con-Partner, Dimple Shah.«

12. KAPITEL

Rishi

Als Dimple und Rishi in den Vorlesungssaal zurückkehrten, fiel ihnen zunächst auf, wie dicht sich die Leute im hinteren Teil des höhlenartigen Raums drängten.

Jemand hatte lange, dünne Drahtschnüre aufgehängt und Wäscheklammern darangesteckt. In gleichmäßigen Abständen hingen Zettel mit der Aufschrift GRUPPE 1, GRUPPE 2 etc. bis GRUPPE 25, worunter jeweils die Namen der jeweiligen Teampartner standen. Einige Gruppen hatten ihre fünf Fotos bereits aufgehängt.

Nachdem Rishi die Kamera vorne aufs Pult zurückgelegt hatte, lief er zu Dimple, die sich die Bilder der Gruppe 8 (Tim und José) ansah. »Die sind gut«, sagte sie und zeigte auf die Nahaufnahme einer Banane. Die Kerben und Flecken wirkten wie Krater auf einem großen gelben Planeten.

»Pah. Eine Banane für das Stichwort Gelb zu fotografieren? Das ist doch voll das Klischee.«

Dimple drehte sich zu ihm um und zog eine Augenbraue hoch. Er verstand allmählich, dass diese gebieterische Augenbraue eins ihrer Markenzeichen war. »Wir haben zwei in einem Foto kombiniert. Und wenn sie uns nun für faul halten?«

Er zuckte die Schultern und führte sie zu dem Schild mit der Aufschrift GRUPPE 12: DIMPLE UND RISHI. »Na, und? Ich glaube, Max wird unser künstlerisches Genie schon erkennen.«

Dimple holte die Polaroids aus dem Umschlag und befestigte sie mit den Wäscheklammern an der Schnur. Rishi sah, wie ihre Mundwinkel angesichts des Fotos mit dem lustigen Gesicht zuckten, das sie in dem Antiquitätengeschäft gemacht hatten – die Brille schief, die Lippen zu einer Grimasse verzogen, geblähte Nasenflügel. »Oh ja, absolut«, sagte sie und zeigte darauf. »Künstlerisches Genie, sieht man gleich.«

Der Typ mit Spitzbart, der mit Celia ein Team bildete, und sein indischstämmiger Kumpel warfen im Vorbeigehen einen Blick auf Dimples Foto, dann auf Dimples Gesicht und schließlich auf Rishi.

»Krass, die sollte sich lieber ne Papiertüte übern Kopf ziehen.« Der indische Typ untermalte seinen Kommentar mit schreiendem Gelächter und klatschte mit Mr Spitzbart ab.

Rishi drehte sich zu ihnen um, während seine anfängliche Überraschung in Ärger überging. »Was hast du gesagt?«

Dimple legte ihm eine Hand auf den Arm. »Ist doch egal.«

»Aber sie –«

»Lass es.« Ihre Augen blitzten und er verstand, dass sie es ernst meinte. »Das macht alles nur noch schlimmer. Beachte sie gar nicht, das sind nur totale Arschlöcher mit Minischwänzen.«

Er runzelte die Stirn. Sie hatte das so locker gesagt, als

hätte sie es einstudiert. »Was meinst du damit, ›das macht alles nur noch schlimmer‹? Haben sie dich schon einmal belästigt?« Die Vorstellung jagte feurige Geysire durch seine Adern.

Seufzend lehnte Dimple sich an eine Wand neben den Fotos und verschränkte die Arme. »Nicht *sie* persönlich, aber Typen wie sie. Ich bin nicht im herkömmlichen Sinne hübsch und ich stehe auf Technik.« Sie zuckte lässig die Schultern. »Daher glauben sie wohl, ich wäre zum Abschuss freigegeben.« Sie holte tief Luft. »Wie gesagt, Minischwänze.«

Rishi legte seine Stirn noch tiefer in Falten. »Wer behauptet, du wärst nicht im herkömmlichen Sinne hübsch?«

Dimple verdrehte die Augen. »Darum geht's nicht.«

Rishi wollte etwas erwidern, doch plötzlich stand Max neben ihnen und strich sich durch den Bart, der im künstlichen Licht leuchtete und nach Orangen roch, als hätte er ihn mit Öl gepflegt. »Die sind ganz hervorragend«, sagte er und beugte sich zu dem Foto vor, das Dimple von Rishi und den fliegenden Wassertropfen gemacht hatte.

Dann ging er weiter zu dem, auf dem sie neben dem Buddha standen. Wanda hatte es gemacht, als sie sich gerade ansahen – Rishi hatte ständig Hasenohren hinter Dimples Kopf gezeigt und sie hatte ihn warnend angesehen. »Was mir an Ihren Fotos am meisten auffällt, ist eine Art Kameradschaftsgeist. Als hätten Ihre Seelen bereits Freundschaft geschlossen.« Er lächelte sie an. »Kannten Sie sich schon vor dem Kurs?«

Etwas Heißes drückte gegen Rishis Zwerchfell. *Ihre See-*

len haben bereits Freundschaft geschlossen. So war es wirklich, dachte er. Obwohl er an diesem Tag zum ersten Mal richtig Zeit mit Dimple verbracht hatte, fühlte es sich an, als würde er sie bereits kennen. Als würden sie ein Gespräch fortsetzen, das sie irgendwann abgebrochen hatten.

Rishi konnte Dimple nicht ansehen, als er zu Max sagte: »Nein. Wir haben uns gestern erst kennengelernt.«

»Ja, dann denke ich, dass Sie fantastisch zusammenarbeiten werden. Aber das wissen Sie wahrscheinlich schon. Gute Arbeit.« Max lächelte ihnen freundlich zu und ging zur nächsten Gruppe.

Dimple

Dimple warf Rishi einen Blick zu, doch der betrachtete gerade das Foto von dem Cablecar, als würde Max ihnen später dazu noch einen unangekündigten Test aufgeben.

Ihre Seelen haben bereits Freundschaft geschlossen. Was für ein Hippie-Quatsch.

Andererseits ... hatte Max schon recht. Es geschah nicht oft, dass Dimple sich mit jemandem so schnell gut verstand. Sie war stets auf der Hut, was Mamma ihr gerne unter die Nase hielt, wenn sie beim *Gharba*-Tanz allein an einem Tisch saß, während die anderen indischen Jungen und Mädchen tanzten: *Wenn du immer ausstrahlst, dass du sie gleich beißen wirst,* Beti, *wird nie ein Junge mit dir reden.* Genau das war es aber, was Mamma nicht verstand.

Dimple war nicht auf Komplimente aus, als sie Rishi erklärt hatte, sie wäre von Typen wie den zwei Blödmännern eben dumm angemacht worden. Sie hatte wenig Busen, bestand darauf, ihre Brille und kein Make-up zu tragen, weigerte sich, die Haare wachsen zu lassen, und sie nahm gerne Raum ein, der eigentlich für einen Mann reserviert war – wie hier auf der Insomnia Con. Schon in der Grundschule und später erst recht hatte sie sich immer auf den Computer gestürzt, während sich die anderen Mädchen für Kunst oder Literatur interessierten. All das schien insbesondere Jungs den Eindruck zu vermitteln, dass mit ihr etwas nicht stimmte. Eine Zeit lang wurde getuschelt, sie wäre lesbisch, so erschien ihr Verhalten wenigstens plausibel.

Doch mit Rishi war es anders. Man könnte meinen, er hätte einen Spalt in ihrer Rüstung gefunden und sich hindurchgezwängt, beharrlich darauf aus, sie mit seinem lockeren Lachen und seinen albernen Witzen für sich einzunehmen. Beharrlich darauf aus, sich mit ihr anzufreunden.

Und klappte das?, überlegte Dimple und sah ihn verstohlen an. Wurden sie wirklich Freunde?

»Sollen wir uns dann später treffen und überlegen, wie du die App aufziehen willst?«, riss Rishi sie aus ihren Gedanken.

»Äh, ja klar.« Dimple kratzte sich im Nacken und war mit einem Mal etwas durcheinander. Wenn Rishi nicht der Feind war, musste sie Mamma dann verzeihen? »Wir können uns noch mal in der Pizzeria treffen und da besprechen, wie wir weiter vorgehen.«

Rishi lächelte sie mit glänzenden Augen an. Und Dimple war überrascht, dass sie gar nichts dagegen hatte, noch mehr Zeit mit ihm zu verbringen.

13. KAPITEL

Dimple

Celia lag in ihrem gemeinsamen Zimmer quer auf dem Bett und schrieb Nachrichten auf dem Handy. Sie schaute hoch, als Dimple hereinkam. »Hey, da bist du ja. Irgendwie habe ich dich den ganzen Tag nicht gesehen.«

Dimple spürte, wie sie erneut in Deckung ging und die undurchdringliche Mauer aus Zynismus und Unnahbarkeit hochzog, mit der sie die Menschen auf Abstand hielt. Celia hatte ihr eigentlich nichts getan. Sie freundete sich nur gerade mit Leuten an, denen Dimple ihr Leben lang aus dem Weg gegangen war, weil sie dazu neigten, sie zu verspotten.

Aber Celia konnte nichts dafür, ermahnte sie sich. Bisher war sie einfach total nett gewesen. Was konnte sie dafür, dass sie mit Mr Spitzbart in einem Team war? Genauso wenig wie Dimple was dafür konnte, dass Rishi ihr Partner geworden war. »Hey.« Sie stellte ihre Tasche ab, warf sich auf ihr eigenes Bett und seufzte zufrieden.

Celia legte ihr Handy mit dem Display nach unten aufs Bett, setzte sich hin und schlug die Beine übereinander. »Soso«, sagte sie und Dimple hörte das Augenbrauenwackeln geradezu mit. »Wie ich gesehen habe, bist du mit Rishi in einem Team.«

Dimple nahm ihr Kissen und legte es sich aufs Gesicht. »Ja«, antwortete sie mit gedämpfter Stimme. »Er hatte in seiner Bewerbung darum gebeten.«

Celia lachte fröhlich. »Das ist so süß! Und wie läuft es? Hat er dich noch einmal gefragt, ob du ihn heiraten willst? Oder dir noch mehr Familienerbstücke überreicht?«

Dimple stöhnte und nahm das Kissen vom Gesicht. Dann wälzte sie sich auf die Seite und stützte den Kopf in die Hand. »Nein, Gott sei Dank. Wir haben darüber gesprochen und ich glaube, er hat es kapiert, dass ich einfach kein Interesse habe. Ehrlich gesagt, ist er echt cool damit umgegangen. Und auf unserer Schnitzeljagd hatten wir tatsächlich Spaß.« Sie hob die Hand, als Celias Augen vielsagend aufblitzten. »*Freundschaftlich*. Wir hatten Spaß als Freunde. Deshalb werden wir wohl auch ganz gut zusammenarbeiten.«

Celia wedelte mit der Hand. »Heute arbeiten, morgen poppen.«

»Urgh!« Dimple warf das Kissen auf Celia, die es lachend zurückwarf. »Und … wie ist dein Partner? Ich habe gesehen, dass sie dich einem von diesen Ekelpaketen zugeteilt haben.«

Celia zog eine Augenbraue hoch. »Du meinst einem von den Hotties?«

»Was habe ich gesagt?«, fragte Dimple und spielte die Verwirrte.

Celia schüttelte den Kopf. »Egal, ja, stimmt. Er heißt Evan, der andere Hottie ist sein Freund Hari und das Mädchen ist so eine Art Freundin von beiden aus Highschoolzeiten und außerdem Evans Cousine dritten Grades oder so.

Sie heißt Isabelle und ist Haris Teampartnerin. Sie kennen sich alle seit dem Kindergarten.« Sie beugte sich lächelnd vor und spielte mit dem Saum ihres Rüschentops. »Die sind so cool. Ich kannte solche Leute in der Highschool, aber das war etwas anderes, weißt du? Ich habe nie wirklich …« Sie machte eine Geste, als würde sie zwei Blöcke zusammenschieben. »… dazugehört. Aber ich habe das Gefühl, mit denen ist es anders. Sie kapieren irgendwie, wie es ist, auf eine Privatschule zu gehen und mit bescheuerten Eltern in Nob Hill aufzuwachsen. Und anscheinend ist Isabelle zu einem Sechzehntel dominikanisch oder so. Das ist cool, weil mein Dad Dominikaner ist – das habe ich dir erzählt, oder?«

»Jep … cool«, sagte Dimple matt, weil ihr nichts Besseres einfiel.

Als Celia den Kopf neigte, fielen ihre üppigen Locken über ihre Tagesdecke. »Das klingt alles andere als begeistert.«

Dimple schob die Brille höher. »Nein … sie wirkten nur irgendwie … oberflächlich.« Sie konnte und *wollte* Celia nichts von den Kommentaren der Typen – Evan und Hari also – erzählen. So gut kannten sie sich noch nicht und sie wollte kein Mitleid. Es war schlimm genug, dass Rishi es mit angehört hatte.

»Oh, das sind sie nicht«, entgegnete Celia schnell, obwohl Dimple noch gar nicht zu Ende geredet hatte. Dann wurden sie vom Klingeln ihres Handys unterbrochen und Celia ging dran. »Hallo, Isabelle!«, sagte sie fröhlich. Dimple hörte ein schrilles Kreischen und stellte sich vor, wie Isabelle superschnell redete.

»Abendessen klingt super!«, sagte Celia. »Wie wäre es mit italienisch?« Sie hörte eine Minute lang zu. »Nein, kein Problem, wir müssen nicht italienisch ... An was hattet ihr denn gedacht?« Nach Isabelles Antwort verzog Celia das Gesicht. »Ins Elm? Nein, das Essen finde ich nicht so toll da.« Nach einer Pause fügte sie hastig hinzu: »Nein, nein, das passt total! Sie hatten wahrscheinlich einfach einen schlechten Tag, als ich das letzte Mal da war. Ich finde bestimmt etwas, das ich heute Abend essen kann.« Celia lauschte erneut und lachte dann. Es klang gezwungen und gekünstelt. »Okay, wir sehen uns. Bye!« Sie beendete das Gespräch und sah Dimple mit einem verhaltenen Lächeln an. »Ich gehe mit ihnen essen. Willst du nicht mitkommen? Dann könnt ihr euch kennenlernen.« Und als sie Dimples Miene sah, fügte sie noch schnell hinzu: »Und bring Rishi auch mit. Dann kennst du schon mal zwei.«

Dimple seufzte. Einerseits hatte sie keine Lust, diese Leute außerhalb des Kurses bereits wiederzusehen. Andererseits würde Celia dabei sein, und Rishi auch – vorausgesetzt, er wollte überhaupt mitkommen. Vielleicht konnte sie die Missstimmung beheben und Evan und Hari würden sie nicht mehr nerven, wenn sie wussten, dass sie mit Celia befreundet war. Sie konnten alle miteinander den blöden Kommentar vergessen und in Zukunft ungezwungen miteinander umgehen. Außerdem sollte Celia nicht denken, dass sie ihre neuen Freunde ablehnte, ohne ihnen überhaupt eine Chance gegeben zu haben. Das würde dem Zusammenleben in den nächsten Wochen auch nicht guttun.

»Okay«, sagte sie schließlich. »Wo gehen wir hin?«

»Ins Elm auf der Piazza Ave, ungefähr zehn Minuten zu Fuß von hier.« Sie kratzte sich am Ohr und fügte wenig überzeugend hinzu: »Ihre überbackenen Makkaroni sollen super sein.«

»Okay, ich bin dabei. Sollen wir zusammen hingehen?«

Celia machte ein langes Gesicht und hielt entschuldigend das Handy hoch. »Schön wär's, Süße. Aber ich muss mal eben schnell nach Hause. Meine Oma ist überraschend für drei Tage angereist und die flippt aus, wenn sie mich nicht zu sehen bekommt.« Celia stand auf und warf ihre Tasche über ihre Schulter. Sie hatte ihren bunten Patchwork-Rucksack gegen eine unauffälligere braungraue Lederhandtasche ausgetauscht. Die verflochtenen Cs glänzten im Schein der Deckenlampe. »Aber wir sehen uns dort um sieben, ja?«

»Hört sich gut an.«

Als Celia die Tür zuschlug, lehnte Dimple sich zurück und blickte an die Decke. Ein dämliches Abendessen und sie war die Sache los. Kein echtes Problem. Sie holte ihr Handy aus der Tasche. Da Max darauf gedrungen hatte, dass die Partner sofort ihre Nummern austauschten, hatte sie Rishi bereits zu ihren Kontakten hinzugefügt. Aus unerfindlichen Gründen waren ihre Hände beim Schreiben ein wenig verschwitzt.

Hey, ich bin's, Dimple. Hast du Lust, heute Abend statt in der Pizzeria mit Celias neuen Freunden zu essen? Um sieben?

Moment – mit den Aberzombies?, kam sofort die Antwort.

Dimple musste lachen, nicht wirklich überrascht, dass Rishis Spitzname ausdrückte, was sie selbst für die Gruppe empfand.

Jep, leider, aber ich habe versprochen, ihnen eine Chance zu geben. Im Elm, Piazza Ave.

Klar komme ich mit. Soll ich dich abholen oder treffen wir uns da?

Dimple hielt inne, während ihr Herz leicht ins Stottern geriet. War das eine Fangfrage? Würde er auf dumme Gedanken kommen, wenn sie ihn bat, sie abzuholen? Und wenn nicht, würde das so aussehen, als wollte sie auf keinen Fall mehr Zeit mit ihm verbringen als unbedingt nötig? Dimple schlug ihre Stirn leise ein paarmal gegen das Display und schrieb dann: *Hol mich um zehn vor ab.*

Rishi antwortete sofort. *Bis dann.*

Punkt 18:49 Uhr klopfte es an Dimples Tür im Wohnheim. Als sie aufmachte, stand Rishi in einem ordentlich gebügelten burgunderroten Hemd vor ihr (die Farbe stand ihm echt gut und betonte seine roten Lippen – nicht dass es sie *wirklich* interessierte). Dazu trug er eine Khakihose. Er sah sehr nach erstem Date aus. Zum Glück hatte er nicht auch noch Blumen mitgebracht.

Rishi

Rishi hatte erwogen, eine langstielige Blume mitzubringen – er wusste, dass es kein Date war, also vielleicht lieber eine Nelke und keine Rose? –, hatte aber im letzten Moment darauf verzichtet. Als er jetzt sah, wie Dimple sein lässiges Business-Outfit musterte, war er froh darüber.

»Du siehst wunderbar aus.« Er lächelte und Dimple hatte das Gefühl, dass er es ernst meinte. »Bist du so weit?«

Draußen hatte die Sonne den Nebel in pink- und goldfarbene Streifen getaucht. Karl umwaberte sie träge, spielte mit ihren Haaren und wisperte feucht in ihre Ohren. Die Abenddämmerung zog die Schatten in die Länge und eine leichte Brise rauschte in den Blättern der Eukalyptusbäume. Dimple strich sich eine feuchte Locke aus dem Gesicht. »Sollen wir vielleicht jetzt mal schnell über meine Idee für die Insomnia Con reden? Während wir Pizza essen, geht das eher schlecht, oder?«

Rishi steckte die Hände in die Taschen. »Schieß los.«

Dimples Puls ging schneller. Sie hatte so lange darüber nachgedacht und jetzt war sie endlich da, die Chance, das Ganze Realität werden zu lassen. »Gut, fangen wir damit an, dass Papa Diabetiker ist. Es fällt ihm sehr schwer, pünktlich seine Medikamente zu nehmen und seine Diät durchzuhalten. Ständig beklagt er sich darüber, wie nervig es ist, sich all die kleinen Dinge zu merken, die mit Diabetes einhergehen. Er muss sich spritzen, Tabletten nehmen, sich an die Diät halten, Sport treiben … Das hat mich zum Nachdenken gebracht, ob man es den Kranken nicht leichter machen kann, sich mit ein bisschen Spaß an ihre Alltagsroutine zu halten. Zum Beispiel mit einer App, die wie ein Spiel mit systematischen Belohnungen lockt.«

»Interessant. Ich habe kürzlich einen Artikel über die

Psychologie von Computerspielen gelesen. Wie ein Spiel, auch wenn es wenig bietet außer ständigen Wiederholungen, süchtig machen kann. Die Spieler müssen immer nur genügend belohnt werden. Oder so.«

Dimple nickte erfreut, weil er davon gehört hatte. »Ja, das nennt man Belohnungsschleife. Wenn wir ein bestimmtes Verhalten wiederholen und dafür belohnt werden, wollen wir uns immer wieder so verhalten. Wenn ein Diabeteskranker wie Papa also visuell dafür belohnt wird, dass er seine Medikamente genommen oder sich an seine Diät gehalten hat, will er das ständig wiederholen. Aber das Ganze muss leicht zu bedienen sein, damit auch ältere Leute wie Papa es mit ihren Handys hinbekommen.«

Rishi war sichtlich beeindruckt. »Das ist echt cool. Ich finde die Idee jetzt schon super.«

Dimple wurde rot und senkte den Kopf. »Danke, ich hoffe, die Jury sieht das auch so.«

»Dann müssen wir eben hart daran arbeiten.«

Dimple lächelte Rishi an, so froh war sie über seine offenkundige Begeisterung. »Danke übrigens, dass du heute mitkommst.«

»Keine Ursache.« Und nach einer kurzen Pause: »Also … warum gehen wir da noch mal hin?«

Er hatte »wir« gesagt und nicht »du«. Dimple wurde ganz warm im Bauch. Rishi war einfach von Natur aus ein herzensguter Typ, ein Freund, der deinen Kampf zu seinem machte.

»Hauptsächlich, weil es Celia wichtig ist und weil ich glaube, dass diese anderthalb Monate weniger krampfig werden, wenn ich mich anstrenge, ihre Freunde zu mögen. Sie kommen sie bestimmt in unserem Wohnheimzimmer besuchen.« Dimple musste daran denken, wie Celias Wangen einen rosigen Schimmer bekommen hatten, als sie über Evan sprach. »Außerdem, wenn ich ein bisschen Zeit mit ihnen verbringe, könnte es sein –« Sie unterbrach sich schnell. Beinahe hätte sie Rishi an ihren ganz privaten Gedanken teilhaben lassen.

»Könnte es sein, dass sie dich nicht länger nerven«, beendete er leise ihren Satz. »Das ergibt Sinn.«

Im Weitergehen schauten sie beide nach vorn, bis sie an eine Ampel kamen. Dimple sah Rishi an, während sie auf Grün warteten. »Meinst du wirklich?«

»Ja.« Rishis Blick war klar und aufrichtig.

Dimple lächelte verhalten. »Du meinst nicht, dass man Arschlöchern lieber nicht entgegenkommen sollte?«

Rishi zuckte die Schultern. Die Ampel schaltete auf Grün und sie überquerten die Straße. »Das kann man so sehen. Aber wenn du den Versuch machst, ihre freundliche Seite anzusprechen, wüsste ich nicht, was daran falsch wäre.«

Dimple brauchte seine Bestätigung nicht. Dafür war sie selbst viel zu überzeugt von ihrer Strategie. Dennoch fühlte sie sich auf eine Art verletzbar, die sie so nicht kannte. Normalerweise ignorierte sie solche Typen, die einen nur beleidigen wollten. Meistens funktionierte es. Sie bekamen es irgendwann satt und ließen sie in Ruhe, um sich ein anderes Opfer zu suchen, das ihnen bestenfalls gab, was sie wollten – Blut und Tränen. Doch diesmal lief sie ihnen geradewegs ins Messer: Sie musste mit ihnen abendessen.

Aber du weißt doch gar nicht, ob sie wirklich so schlimm sind, redete sie sich gut zu. Sie hatten diesen blöden Kommentar zu ihrem Gesicht abgegeben, klar, aber vielleicht … vielleicht hatten sie einfach einen schlechten Tag gehabt.

Doch noch während sie das dachte, ärgerte sie sich über sich selbst. Ein schlechter Tag rechtfertigte es nicht, sich über das Aussehen eines anderen lustig zu machen oder so grausam und geschmacklos zu sein. Das wusste sie genau.

Ich habe Angst, stellte Dimple plötzlich fest. Das war etwas Neues. Sie hatte keine Ahnung, was bei einem Abendessen mit solchen Leuten herauskommen konnte, und das war auf gewisse Weise erschreckend.

Als sie nach unten blickte, sah sie Rishis schwarze Schnürschuhe neben ihren Chucks und war ihm mit einem Mal sehr dankbar. Immerhin musste sie nicht allein dorthin gehen. Und was wusste sie schon? Vielleicht musste sie sich am Ende des Abends keine Gedanken mehr um Evan und Hari machen.

14. KAPITEL

Rishi

Irgendwie war sie auf eine Weise verändert, die Rishi störte wie ein kratziges Etikett im Nacken. Er kannte Dimple natürlich nicht gut, und doch war sie heute Abend einfach … schräg drauf. Ihre lebhafte Art war verblasst, als hätte jemand ein Foto zu lange in der Sonne liegen lassen. Sie hatte sich in sich selbst verkrochen und die Arme über ihrer grauen Kurtatunika verschränkt, während ihre Locken wie ein Vorhang ihr Gesicht verbargen.

Rishi ballte die Fäuste und zwang sich durchzuatmen. Na gut, sie würden mit diesen Drecksäcken zu Abend essen. Bitte schön. Das hieß aber nicht, dass er schweigend zusehen musste, wie sie sich über Dimple lustig machten. Wenn er noch einmal so etwas von ihnen hörte wie vorhin, würde er etwas sagen, auch wenn Dimple das nicht gut fand. Man konnte sich nicht alles bieten lassen, irgendwann musste man sich wehren. Er kannte Leute wie diese Aberzombies von der Privatschule in Atherton. Und zu neunundneunzig Prozent waren das nur aufgeblasene Angeber.

Als Rishi Dimple erneut ansah, machte er sich doch Sorgen und wünschte, sie hätte Celia abgesagt. War es das wirklich wert?

Dimple

Die kalten Finger der Angst hielten Dimple fest umklammert und sie holte tief Luft, als sie sich dem Restaurant näherten. Überrascht bemerkte sie, dass es von außen superschick wirkte. Die silbernen Buchstaben glänzten im schwindenden Sonnenschein und schon wurden aus den Fingern der Angst Krallen.

Dimple wandte sich an Rishi. »Äh, ist das ein Nobelrestaurant?« Sie flüsterte das Wort *Nobel* wie etwas Verbotenes, als sich gerade ein elegantes Paar in den Fünfzigern an ihnen vorbeischob. Bevor Rishi antworten konnte, fragte die Bedienung in einem hautengen schwarzen Kleid und goldenen High Heels, die dem Paar die Tür geöffnet hatte: »Hallo! Ein Tisch für zwei?«

Dimple fiel sofort auf, dass der Blick des Mädchens kurz an ihrer schwarzen Skinny Jeans und ihren Chucks hängen blieb, bevor sie professionell darüber hinwegging. »Wir sind verabredet«, antwortete sie leise. »Mit Celia Ramirez?«

Die Kellnerin tippte etwas in ihr Tablet und lächelte. »Ah ja, bitte folgen Sie mir.«

Na super. Als sie in das eigentliche Restaurant geführt wurden, wurde immer deutlicher, warum Rishi so förmlich gekleidet war. Wohin sie auch blickte, wirkten die lächelnden und lachenden Paare und Gruppen an den mit Kerzen beleuchteten Tischen, als wären sie entweder unterwegs zu einer Konferenz oder zu einer Cocktailparty. Auf den goldenen Tischdecken standen Vasen mit blassgelben Blumen und in der Mitte des Saals sprudelte ein echter Springbrunnen. Dimple trug als Einzige eine ausgeblichene Kurta, Jeans und Chucks.

Als die Bedienung sie immer weiter in den Speisesaal führte, drehte Dimple sich zu Rishi um. »Wieso hast du nichts gesagt?«, fragte sie. »Ich bin so was von falsch angezogen. Du hast gesagt, ich sehe gut aus!«

»'tschuldigung!« Der Kummer darüber, dass sie sich so unwohl fühlte, war ihm anzusehen. »Am frühen Abend geht es hier lässiger zu, deshalb dachte ich, das passt. Ich war noch nie zum Dinner hier.«

Dimple seufzte. »Celia hat die Makkaroni gelobt, deshalb habe ich ein kleines gemütliches Restaurant erwartet.« Ein neuer Gedanke ließ sie erblassen. »Mist, das kann ich mir gar nicht leisten.« Gehen würde es schon, aber dafür müsste sie die Notfall-Kreditkarte in Anspruch nehmen, die Mamma und Papa ihr gegeben hatten. Und das kam wirklich nicht infrage. Die Abrechnung ging direkt an ihre Eltern.

»Keine Sorge«, sagte Rishi auf der Stelle. »Ich lade dich ein.«

Sie drehte sich mit brennenden Wangen zu ihm um. »Auf keinen Fall.«

»Aber –«

»Ich nehme keine Almosen an. Außerdem geht es nicht, dass ich hier als Einzige mein Essen nicht bezahlen kann. Das käme gerade in dieser Runde vielleicht nicht so gut.«

Rishi seufzte und nickte schließlich.

Rishi

Die Kellnerin führte sie zu einem großen, nicht besetzten Ecktisch, über dem ein handgeschnitzter Kronleuchter hing.

»Sie sind die Ersten«, flötete sie. »Bitte nehmen Sie Platz, Sie werden gleich bedient.«

»Danke«, sagte Rishi.

Als Dimple auf einen Platz sank, setzte er sich neben sie. Sie wirkte sogar noch bedrückter als zuvor. Dann piepte ihr Handy. Sie holte es aus der Tasche und sah aufs Display. »Super«, murmelte sie. »Celia muss sich einen Film mit ihrer Oma ansehen und kommt eine halbe Stunde später.«

»Ich bin gespannt, ob die Aberzombies nicht noch später kommen. Immerhin hat sie dir geschrieben.«

Dimple lächelte kaum wahrnehmbar. »Wenn sie nicht kommen, freut sich wenigstens mein Geldbeutel.« Sie nahm die Speisekarte, schlug sie auf und studierte sie mit deutlich ängstlicher Miene.

Rishi räusperte sich. »Hey, äh, ich gehe mal eben auf die Toilette. Bin gleich wieder da.«

Rasch lief er zurück in den hinteren Teil des Restaurants, wo die Flügeltür in die Küche führte. Ein Kellner mittleren Alters mit Fliege kam lächelnd auf ihn zu. »Guten Abend, Sir, was kann ich für Sie tun?«

»Guten Abend, ich sitze an dem Tisch dort drüben.« Er machte eine vage Geste in die Richtung. »Reserviert auf den Namen Ramirez, für sieben Uhr. Ich möchte gern für alle Bestellungen aufkommen.«

Der Kellner lächelte freundlich. »Okay, Sir. Wir bringen Ihnen dann die Rechnung und –«

Rishi schüttelte den Kopf. »Nein, das meine ich nicht. Ich möchte anonym im Voraus bezahlen.«

Der Kellner hielt erstaunt inne und runzelte die Stirn. »Anonym?«

»Ja.« Rishi bemühte sich, einen geduldigen Ton anzuschlagen. Hatte das noch nie jemand gemacht? Na ja, wenn er so darüber nachdachte – wahrscheinlich nicht. »Ich möchte jetzt bezahlen und Sie oder der Kellner, der uns bedient, soll nicht erwähnen, dass ich die Rechnung beglichen habe. Vielleicht können Sie einfach sagen, jemand hätte beschlossen, unsere Rechnung zu bezahlen. Quasi als gute Tat, okay?«

Der Kellner richtete seine Fliege, denn er verstand immer noch Bahnhof. »Aber, Sir, woher sollen wir denn im Vorhinein wissen, wie teuer es wird?«

»Also …« Rishi griff in seine Brieftasche und holte ein Bündel Scheine heraus. »Das sollte doch für sieben Mahlzeiten mit allen Gängen reichen, oder? Plus Trinkgeld? Den Rest können Sie behalten.«

Der Kellner nahm das Geld und steckte es dezent in eine Geldscheinklammer in seiner Schürzentasche. »Selbstverständlich, Sir. Ich werde Ihren Tisch höchstpersönlich übernehmen.«

Rishi grinste ihn an, und einen Augenblick später grinste der Kellner zurück.

Dimple

Oh nein. Oh nein, oh nein, oh nein.

Dimple hörte und roch sie, bevor sie sie sah – die Aberzombies. Sie waren nicht bekannt für ihr untotes Stöhnen und Röcheln, sondern für ihr schrilles Gelächter (Mädchen), ihr gezwungenes Grölen (Typen) und den übertriebenen Gebrauch von Parfüm (beide). Sie schaute sich verzweifelt nach Rishi um, den sie jedoch nirgends entdeckte. Da er erst vor einer Minute auf die Toilette gegangen war, musste sie wohl allein klarkommen.

Dimple drehte sich in dem Moment wieder um, als Evan, Hari und Isabelle lachend und laut redend zu ihrem Tisch schlenderten, ohne die empörten Blicke der anderen Gäste zu beachten. Evan war eine blassere, größere Ausgabe von Hari, ihre Kleidung war fast identisch. Sie trugen dezente karierte Hemden mit einem kleinen Ralph-Lauren-Emblem auf der Brust, Khakihosen und Loafers. An ihren Handgelenken funkelten schwere goldene Uhren, die im Gegensatz zu Rishis *Seht mich an* schrien. Als Evans Uhr das Licht auffing, wurde Dimple geblendet. Blinzelnd sah sie Isabelle an, die trotz der Kälte ein schulterfreies blaues Kleid trug, das ihre Sonnenbankbräune betonte. Ein schmaler weißer Gürtel lag um ihre Taille und ein kleines Diamantkreuz glänzte in ihrer Halsgrube. Das blonde Haar hatte sie zu Locken frisiert, die ihr über den Rücken fielen.

Sie setzten sich, ohne Dimple im Geringsten zu beachten, und redeten weiter über jemanden namens Corey aus ihrem heimischen Lacrosse-Team. Dimple nippte an ihrem Wasserglas und versuchte, sich nicht klein und unbedeutend vorzukommen. *Die sind mir scheißegal,* ermahnte sie sich selbst immer wieder. *Ich bin meinetwegen hier.*

Als das Gespräch nach gut fünf Minuten verebbt war, richtete Isabelle schließlich ihre blauen Augen auf Dimple. »Hi«, sagte sie und lächelte schmallippig. »Dimple, stimmt's?« Sie sagte das Wort »Dimple« mit einer leicht angewiderten Grimasse, als wäre der Name mit einer vereiterten Zyste oder männlicher Glatzenbildung gleichzusetzen.

»Stimmt«, antwortete Dimple und rang sich ein Lächeln ab. »Und du bist ... Isabella?« Das hatte sie sich dann doch nicht verkneifen können.

»Isabelle«, sagte das Mädchen auf eine gelangweilte Art, als hätte sie das schon tausendmal sagen müssen, was sich Dimple natürlich gedacht hatte.

»Ach ja, 'tschuldigung.« Sie zwang sich, die jungen Männer anzusehen, die stumm die Speisekarte studierten. »Und ihr seid Evan und Hari, ja? Celia hat mir viel über euch erzählt.« Sie sprach Hari korrekt aus, indem sie das *r* rollte und das *a* eher wie ein *ö* klingen ließ.

Evan nickte nur und konzentrierte sich wieder auf die Speisekarte, aber Hari wandte sich mit einem zahnärztlich verschönerten Lächeln an sie. Prompt fühlte sie sich am ganzen Körper klebrig. »Das spricht man genau genommen wie *Harry* aus.«

Evan schnaubte.

Nein, genau genommen nicht, dachte Dimple. *Wieso muss-*

te er so herablassend tun, wenn er falschlag? »Das stimmt nicht!«, erwiderte sie, bevor sie sich beherrschen konnte.

Haris Blick war eisig und giftig. »Verzeih mir, wenn ich von jemandem, der *Dimple* heißt, keine Belehrung über Namen annehme.«

Dimple spürte, wie ihre Schultern nach vorn sackten, obwohl sie dagegen ankämpfte. Obwohl sie jemandem wie Hari nicht so viel Macht über sich geben sollte, konnte sie nichts dagegen tun. Sie fühlte sich furchtbar gehemmt und zurechtgewiesen, was natürlich genau seine Absicht gewesen war.

Evan lachte laut auf und sagte »Oh Mann« in die Faust, die er sich vor den Mund hielt.

Isabelle musterte Dimple aus den Augenwinkeln. »Kommt mal runter«, murmelte sie. »Sie möchte eben mit einem Landsmann connecten.« Dimple hätte bei diesem gut gemeinten Beitrag von Isabelle am liebsten die Augen verdreht. Sie bräuchte jetzt eine Tafel mit der Aufschrift *Ich komme auch aus Amerika*.

Evan grinste. »Ja, reg dich nicht über Hari auf.« *Harry*. »Er kennt sich eben nicht so gut in der Welt aus wie wir.«

Isabelle, die sich sichtlich unbehaglich fühlte, schnaubte und spielte mit ihrem Kreuz. »Nur weil du auf der Jacht deines Vaters mitgesegelt bist, heißt das nicht, dass du dich in der Welt auskennst.«

Evan lehnte sich zurück. »Wie bitte? Ich war in Manila, Bombay *und* Haiti auf Mission. Und das ist mein Beweis: Kaum ist man am Flughafen, kann man die Drittweltländer *riechen*. Das steht in keinem Reiseführer. Frag, wen du willst. Frag Dimple. Stimmt doch, oder?«, fragte er und riss seine grünen Augen weit auf. »Riechst du das nicht auch immer direkt nach der Landung?«

Dimple unterdrückte ihren Zorn. »Äh, ich war zuletzt in Indien, als ich klein war. Daran kann ich mich also nicht erinnern.« Die drei waren einfach nur reiche Schnösel, die von nichts eine Ahnung hatten. Das war ihr sehr bewusst, und dennoch war es erstaunlich, wie schnell solche Gespräche ihr das Gefühl vermittelten, *anders* zu sein. Ihre Hände zitterten leicht, als sie das Wasserglas hob und einen Schluck von dem eiskalten Wasser trank.

Dimple wünschte, sie hätte diese Einladung niemals angenommen.

15. KAPITEL

Rishi

Als er um die Ecke zu ihrem Tisch bog, sah Rishi, dass die Aberzombies da waren. Er ging schneller und hatte es eilig, zu Dimple zurückzukommen. Als er sie sah, wie sie mit brennenden Wangen auf ihrer Unterlippe kaute, war ihm klar, dass sie bereits etwas gesagt hatten. Und er hatte es verpasst, Mist.

Er setzte sich und lächelte Dimple an. »Tut mir leid, dass es so lange gedauert hat. Es war voll.«

»Kein Problem«, murmelte sie, den Blick starr auf die Speisekarte gerichtet.

Rishi schlug seine eigene Karte auf. »Hast du schon was gefunden?«

»Äh, hi?«, sagte eine weibliche Stimme. »Ich bin Isabelle?«

Als Rishi den Blick hob, setzte er die gelangweilte Miene auf, die er in der Privatschule bis zur Perfektion einstudiert hatte. »Rishi.« Ohne den beiden Typen Beachtung zu schenken, senkte er den Blick wieder auf die Speisekarte.

»Rishi«, sagte Isabelle und betonte es *Rie-shie*, obwohl er ihr gerade vorgemacht hatte, wie man es aussprach. »Ihr habt so interessante Namen.« Mit »interessant« meinte sie ganz klar »merkwürdig«.

Rishi schaute mit gespielter Verwirrung auf. »Ihr? Meinst du die Teilnehmer der Insomnia Con? Das ist mir noch gar nicht aufgefallen.«

Als Dimple scharf Luft holte, sah er sie an. Sie musste sich anscheinend auf die Wange beißen, um nicht zu lächeln. Der Anblick brachte sein Herz zum Singen.

»Nein, das nicht … ich meinte, also *Haris* Name ist … aber du …«, stammelte Isabelle, doch ihre Oberschichtmanieren erschwerten es ihr sichtlich zu sagen, was sie *wirklich* gemeint hatte.

Fünfzehn Minuten lang drehte sich die Unterhaltung um belanglose und unverfängliche Themen. Isabelles Freunde sagten nicht viel und gaben höchstens oberflächliche Kommentare zu ihrem geistlosen Geplapper über die richtige Wahl einer Studierendenvereinigung ab. Sie rieb allen unter die Nase, dass ihre Mutter *sterben* würde, wenn Isabelle nicht in die Fußstapfen ihrer beiden Großmütter treten und ebenfalls Mitglied der Alpha Omega Toe Jam würde.

Glücklicherweise ging es bald doch um die Insomnia Con.

»Hari und ich glauben, dass wir gewinnen, nicht wahr?« Als Isabelle sich lächelnd an ihn lehnte, strich er mit ausdrucksloser Miene über ihre Schulter und glotzte auf ihr Kleid.

Rishi zog die Augenbrauen hoch und wandte sich an Dimple. »Ich weiß nicht, wir haben auch gute Chancen, glaube ich. Deine Idee ist richtig gut, Dimple. Innovativ, gerade ehrgeizig genug … Ich denke, das schaffen wir.«

Als Evan aufblickte, zeigte er einen Hauch von Interesse. »Und was ist das für eine Idee?«

Rishi sah ihn an und tat ganz überrascht, als hätte er nicht längst gemerkt, dass Evan auf seinem Stuhl saß wie der Herrscher über den Tisch, das Restaurant und die ganze Welt. »Oh, das wird nicht verraten. So weit kommt's noch, dass wir euch aus Versehen ›inspirieren‹.« Er lachte schallend und freute sich wie ein Schneekönig, als Evan und Hari rot wurden. »Die Idee ist nämlich richtig gut.«

»Da mach dir mal keine Sorgen, Bro«, sagte Hari mit einem flüchtigen Blick zu Evan. »Unsere Ideen sind der Knaller. Echt schade, dass wir sie mit den Mädchen teilen müssen. Nicht zu fassen, dass sie uns getrennt haben, obwohl mein Vater gespendet hat.«

Evan hatte noch so viel Anstand, etwas pikiert dreinzuschauen, doch Isabelle beklagte sich in einem schrillen Jammerton. »Hey, wir sind genauso gut wie ihr Jungs.« Sie streckte ihnen anmutig die Zunge heraus, doch ihr aufgesetztes Gehabe verriet, wie unwohl sie sich eigentlich fühlte. Sie spielte ihre Rolle als verwöhntes reiches Gör so gut, dass Rishi sich fragte, ob sie heimlich vor dem Spiegel übte.

Neben ihm setzte Dimple sich gerader hin. »Die Mädchen in euren Teams werden eure Ideen mit Sicherheit noch verbessern.« Sie schob die Brille höher, wie sie es gern tat, wenn sie mit Leidenschaft bei der Sache war. Rishi war das schon aufgefallen. »Die Forschung hat ergeben, dass Frauen besser programmieren können –«

Hari gähnte lang und ausführlich und Dimple verstummte. Ihre Wangen brannten feuerrot.

Rishi wandte sich Hari zu. »Da zeigt sich doch, wer du bist. Papa kann noch so viel zahlen, gute Manieren kommen nicht dabei raus.«

Aus dem Augenwinkel bemerkte er, dass Dimple den Mund nicht mehr zubekam. Isabelle verharrte in sonderbarer Reglosigkeit und Evan hob bedächtig den Blick von der Speisekarte. Hari, dessen braune Wangen einen fuchsiaroten Ton angenommen hatten, beugte sich zu Rishi vor. »Was. Hast. Du. Gerade. Gesagt?«

Rishi lächelte freundlich. »Du hast schon richtig gehört. Wenn man grob werden muss, um zu beweisen, dass man etwas Besseres ist, dann … nun ja. Bildung bringt nicht bei jedem etwas.«

Als Hari die Faust auf dem Tisch ballte, legte Evan ihm eine Hand auf den Unterarm. »Reg dich ab, Bro, lass dich von dem nicht provozieren.«

Die Stimmung am Tisch war mehr als angespannt. Dimple saß steif auf ihrem Stuhl, schaute in die Ferne und weigerte sich, jemanden anzusehen. Rishi verspürte einen Anflug von schlechtem Gewissen. Während sie einen versöhnlichen Ton hatte anschlagen wollen, hatte er das Gegenteil getan, was immer versöhnlich auch genau heißen sollte.

»Tut mir leid, dass ich zu spät komme! Wenn Abuelita erst ins Reden kommt, hört sie nicht mehr auf. Und dann hat sie mir diese tausend Lebensmittel aufgedrängt. Ich weiß nicht mal, wo ich die alle hintun soll.«

Sie drehten sich zu der rauchigen Stimme um. Celia hatte außer ihrer Handtasche zwei große Tüten dabei. Die violette Fake-Brille hatte sie hochgeschoben, um ihre Locken zurückzuhalten. Jetzt hielt sie inne und sah einen nach dem anderen an. »Was habe ich verpasst?«

Dimple

Dimple wäre am liebsten im Erdboden versunken.

Unfassbar, wie Rishi sich benahm. Was dachte er sich bloß? Hatte sie ihn nicht ausdrücklich gebeten, sich nicht einzumischen? Er sollte nur ihr unauffälliger Begleiter sein, nicht Hari zum Duell fordern. Ihre geballte Faust wollte unbedingt jemanden schlagen und seine Rippen waren ganz in der Nähe …

Hätte sie nicht geglaubt, dass es alles noch schlimmer machte (ha, als ginge das überhaupt), wäre sie in diesem Moment gegangen. Sie könnte Celia sagen, ihr sei übel, und dann verschwinden. Stattdessen rang sie sich ein Lächeln ab. »Nichts. Du hast nichts verpasst. Welchen Film musstest du denn mit ihr anschauen?«

Nachdem Celia dem Kellner mit der Fliege ihre Tüten gegeben hatte, setzte sie sich mit einem schweren Seufzer und berichtete lang und breit von der Strapaze, *Little Women* mit ihrer zweiundsiebzigjährigen, dominikanischen Großmutter zu sehen. Dimple gönnte sich derweil eine kleine Auszeit.

Sie warf einen verstohlenen Blick auf Hari, der offenbar am liebsten ganz woanders wäre, denn er tippte wütend in sein Handy. Isabelle hing an Celias Lippen, das war interessant. Vielleicht mochte sie sie wirklich gern. Evan lächelte höflich, doch da auch er immer wieder heimlich auf sein Handy schaute, hörte er nicht richtig zu. Wenn Dimple raten sollte, waren die beiden nur hier, um Isabelle einen Gefallen zu tun.

Schließlich sah sie Rishi von der Seite an – und wurde rot, weil er sie ebenfalls anschaute. Doch dann erinnerte sie sich daran, dass sie ja eigentlich wegen seiner Bemerkung zu Hari böse auf ihn war, und drückte erneut den Rücken durch. Sie wollte ihm ihren Zorn über einen Blick vermitteln, aber er lächelte einfach weiter. Als sie den Kopf schüttelte, zog er die Augenbrauen hoch, als wollte er *Was?* sagen. Andererseits wurden seine Ohren wieder rot – er wusste also, was er getan hatte.

Der Kellner, der intuitiv eine Pause in Celias Geschichte abgepasst hatte, kam zu ihrem Tisch zurück. »Möchten Sie jetzt bestellen?«, fragte er und lächelte in die Runde. Eins musste man diesen lächerlich teuren Restaurants ja lassen, fand Dimple: Der Service war hervorragend. Ganz anders als im Bombay Bistro, einem winzigen Inder mit Buffet, zu dem ihre Familie ging, wenn sie jemals auswärts aßen.

Nachdem alle bestellt hatten (Dimple hatte als Einzige eine Tomatenbasilikumsuppe genommen, obwohl Rishi sie gedrängt hatte, etwas Größeres zu bestellen. Was hatte er an ihrer Aussage »Das kann ich mir nicht leisten« nicht verstanden? Reiche waren so blöd), verlagerte sich die Unterhaltung darauf, wo sie alle den Sommer verbracht hatten, wenn sie nicht gerade an etwas so Primitivem wie der Insomnia Con teilnahmen. Isabelle schwor auf Boca Raton, wo ihre Familie ein Haus hatte, aber Evan fand Prag schön und Hari meinte, die Mädchen auf den Bermudas wären unschlagbar (*bäh*).

Als Rishi Dimple einen Blick zuwarf, verspannte sie sich. Seine Augen funkelten … sie dachte sich schon, dass ihr nicht gefallen würde, was er gleich sagen würde. Doch bevor sie ihn davon abhalten konnte, sprudelte es aus ihm heraus. »Sag mal, Hari, aus welchem Teil Indiens stammen eigentlich deine Eltern?«

Als Hari langsam den Kopf hob, um Rishi anzusehen, zuckten seine Mundwinkel. Die Frage passte ihm offensichtlich nicht. »Meine Eltern kommen aus San Mateo.«

Rishi nickte unbeirrt. »Aha … und deine Großeltern?«

Hari zog seine glänzenden Augenbrauen hoch, die gewachst und gepudert aussahen. »Wenn du willst, kann ich dir unseren Stammbaum ausdrucken.«

Evan legte erneut sein geistloses Wiehern auf, doch Rishi unterbrach ihn und sagte laut und deutlich: »Ich sag dir was – den Besuch des Hauses meiner Vorfahren in Gujarat letzten Sommer werde ich nie vergessen.«

Alle sahen ihn an, doch unbeeindruckt von ihren forschenden Blicken fuhr Rishi fort: »Es war wunderbar«, sagte er und strahlte sie an, als könnte er sich nicht vorstellen, dass jemand anderer Meinung sein könnte. »Diese jahrzehntealte Geschichte – über ein Jahrhundert! Als wir im Regen auf dem Hof standen, fühlte es sich an, als würden die Götter im Himmel singen.«

Celia wirkte verwirrt, als würde sie eine heimliche Anspielung spüren, ohne sie benennen zu können. Hari schnaubte, sagte aber nichts. Er machte einen leicht verlegenen Eindruck – wie alle drei Aberzombies –, als könnten sie nicht mit jemandem umgehen, der überhaupt nicht cool war und damit kein Problem hatte. Jemand, der so dreist war, sich cool zu fühlen, obwohl er es so eindeutig nicht war.

Dimple räusperte sich. »Das klingt wirklich toll.« Sie zwang sich, ebenfalls klar und deutlich zu sprechen. Sie lächelte Rishi an und sagte: »So eine Reise ist bestimmt bedeutsamer, als wenn man auf die Bermudas fährt und mit einer Barkeeperin schläft, an deren Namen man sich nicht mehr erinnern kann.« Beim Anblick von Haris Gesicht hätte sie beinahe laut gelacht. Er sah aus, als hätte er eine Gräte verschluckt.

In dem Moment kam der Kellner mit den bestellten Gerichten und alle widmeten sich dem Essen.

16. KAPITEL

Dimple

»Und wenn ihr den ersten Tag nehmt – wer gewinnt dann eurer Meinung nach die Insomnia Con?«, fragte Celia zwischen zwei Bissen ihrer überbackenen Makkaroni für 42 Dollar. Dimple musste einfach den Wert jeden Bissens zählen. *Wieder 2 Dollar. Und noch 2 Dollar. Diese 2 Dollar hat sie nicht mal richtig gekaut.*

»Was ist das überhaupt für eine Frage?«, erwiderte Hari. »Entweder Evans Team oder meins.«

Dimple verkniff sich das Augenrollen. So wenig wie die beiden das Wort »Partnerarbeit« verstanden hatten, war es wohl keins ihrer beiden Teams. »Ich glaube, José Alvarez und Tim Wheaton haben eine gute Chance«, sagte sie und aß einen Löffel Tomatenbasilikumsuppe. Für 25 Dollar schmeckte sie wie mit Wasser verdünntes Tomatenmark. »Sie hatten schon Arbeitsblätter mit einem Plan für jeden Wochentag und so. José hat sogar ein Script für irgendwas geschrieben, das der Computer über Nacht erledigen soll, während sie schlafen.« Sie würde es niemals zugeben, aber Dimple war neidisch auf diese strukturierte Arbeitsweise. Wieso hatte sie nicht an so etwas gedacht?

»Wahrscheinlich sitzen sie schon seit ihrem ersten Highschooljahr daran.« Rishi lachte. »Ich setze auf Marcus Whitman und Simon Terrence. Nach Dimple und mir natürlich.«

»Sie wissen, was sie tun«, stimmte Dimple zu. »Aber ihnen fehlt die zielstrebige Hingabe von José und Tim. Die haben voll den Tunnelblick.«

»Mmm-hmm«, sagte Celia. »Angeblich haben sie sogar ihre Mitbewohner ausgezahlt, damit sie zusammenziehen und vierundzwanzig Stunden am Tag daran arbeiten können.« Solche Vereinbarungen kamen bei der Insomnia Con oft vor und die Veranstalter drückten meist ein Auge zu, zumal es schwer zu kontrollieren war.

»Ich hätte nichts dagegen, mit Dimple zusammenzuziehen«, sagte Rishi lachend und alle sahen ihn erstaunt an. Sie auch.

Dimple wurde knallrot. »Was?«, fauchte sie.

Als er merkte, was er da gesagt hatte, erröteten auch seine Ohren und sein Lächeln fiel in sich zusammen. »Ich meinte, weil wir dann alle überholen könnten, wenn wir mehr Zeit hätten. Also, wenn wir zusammenwohnen würden.« Rishi seufzte, als die anderen wenig überzeugt wirkten. »Egal.«

Celia kicherte. »Voll süß.«

»Jep.« Evan lächelte seltsam künstlich. »Voll ... süß.«

Bevor es noch peinlicher werden konnte, meldete sich wieder der Kellner zu Wort. »Möchte noch jemand Dessert?«

Dimple stöhnte innerlich. Warum brachte er nicht einfach die Rechnungen? Jetzt musste sie auch noch so tun, als wäre sie von dem bisschen Tomatenwasser satt geworden, während die anderen Nachtisch für jeweils 50 Dollar bestellen und alle um sie herum weiter essen würden.

Celia sah sie an. »Die Nutella-Crêpes sollen lecker sein. Sollen wir uns die teilen?«

Die Nutella-Crêpes, zu 28 Dollar. Bei der Hälfte war sie bei 14 Dollar, insgesamt läge ihre Rechnung bei 40 Dollar plus Trinkgeld. Verdammt. Sie hatte nur zwanzig dabei und musste den Rest ohnehin mit der Kreditkarte bezahlen. Würde es in diesem Restaurant unpassend wirken, wenn sie die Hälfte bar und die andere Hälfte mit der Karte bezahlte? Mit Sicherheit. Sie würde alles mit der Karte bezahlen und es Mamma und Papa später irgendwie erklären müssen.

»Bitte, Sir«, sagte Rishi zu dem Kellner, der ihn sofort anstrahlte. »Können Sie mir sagen, was die Nutella-Crêpes kosten?« Er zog die Augenbrauen hoch. »Ich möchte nicht mehr ausgeben, als ich mir vorgenommen habe.«

Was? Wieso sagte er das? Mr Gucci musste nicht sparen. Das tat er doch nur für sie, oder?

Der Kellner nickte lächelnd. »Eine verständliche Sorge, Sir. Aber ein anonymer Spender hat bereits großzügig für alle Ihre Speisen bezahlt. Inklusive Dessert.«

Dimple hob ruckartig den Kopf. »Was? Wer war das?«

Der Kellner hob seine perfekt gepflegten Hände. »Wenn ich Ihnen das verriete, Miss, wäre er nicht mehr anonym, nicht wahr? Der Spender möchte im Dunkeln bleiben, aber bitte bestellen Sie, was Sie gerne möchten.«

»Echt cool von diesem Spender«, sagte Rishi.

Dimple warf ihm einen argwöhnischen Blick zu, doch

dann studierte sie die Speisekarte mit frischem Interesse. Die anderen wirkten vollkommen baff.

»Wir können es uns leisten, unsere Rechnung selbst zu bezahlen«, sagte Hari tödlich beleidigt.

»Selbstverständlich, Sir«, entgegnete der Kellner. »Der Spender wollte einfach nur etwas Gutes tun. Eine dieser Gelegenheiten, etwas weiterzugeben, was ihm selbst widerfahren ist.«

»Genau.« Isabelles Gesicht wurde ganz rosig. »Oder es war ein Mann, der eigentlich *mich* einladen wollte und nicht wusste, wie er das machen sollte, ohne auch für alle anderen zu bezahlen.« Sie sah den Kellner an. »Hat er eine Telefonnummer hinterlassen?«

Der Kellner runzelte die Stirn. »Nein, Miss. Der Spender hat nur das Geld hinterlassen. Möchten Sie ein Dessert bestellen?«

Isabelle atmete aus, sichtlich verstimmt. »Okay.« Nach einer Pause sagte sie mürrisch: »Dann nehme ich einen Karamellbrownie.«

Der Rest des Abendessens verlief friedlich. Es ging hauptsächlich um die nächste Woche und darum, wie sie sich positionieren sollten, wenn die Insomnia Con richtig anfing, und wie schwierig das werden würde. Angeblich hatten einige Teilnehmer sogar Koffeintabletten dabei, um die Nächte durchmachen zu können.

Celia erschauerte. »Das könnte ich nicht. Da trink ich lieber jeden Tag ein Red Bull.« Sie hielt inne und schaute in die Runde. »Ernsthaft, das würde ich jeden Tag tun.«

Alle lachten, sogar Dimple, und zwar mit einem hysterischen Unterton, weil sie einfach froh war, dass es bald vorbei sein würde. Sie wollte nur noch in ihr Wohnheimzimmer, kochend heiß duschen und die Haare waschen. Haarewaschen hatte etwas Beruhigendes.

Nachdem Rishi und Dimple gleichzeitig ihr Dessert aufgegessen hatten, warf Rishi auf der Stelle seine Serviette hin und stand auf. »Also, ich gehe dann jetzt.« Dimple verkniff sich das Lachen, weil er nicht einmal so tat, als wollte er länger als unbedingt nötig mit den anderen zusammen sein. Er legte die Hand auf ihre Stuhllehne und fragte: »Kommst du mit oder möchtest du noch ein bisschen bleiben?«

Dimple legte die Serviette auf den Tisch und schob den Stuhl zurück. »Oh nein, ich bin fertig.« Sie lächelte Celia zu. »Bis später.«

Dann gingen sie zur Tür und hinterließen eine bedrückte Stille.

Draußen war es sogar noch kälter geworden. Es gab Dimple einen Stich, dass der Nebel die Sterne ausgelöscht hatte. Das liebte sie an ihrem Hinterhof zu Hause am Stadtrand – sie konnte stets ein paar Sterne sehen.

»So«, sagte Rishi und knöpfte seine Jacke zu. »Das war interessant, oder?«

Dimple schnaubte, ohne mehr zu sagen, und zog ihre Kapuze enger.

»Los, komm schon, Dimple Shah«, sagte er und stupste sie sanft mit der Schulter an. »Was denkst du wirklich?«

»Warst du der Spender?«, fragte sie leise.

Eine kaum merkbare Pause entstand, einen winzigen Atemzug lang. Dann: »So großzügig, wie du denkst, bin ich nun auch nicht. Hast du gesehen, wie viel die Aberzombie-Typen gegessen haben? Dabei stand Hirn gar nicht auf der Karte.«

»Har har«, sagte Dimple und dachte, *du hast meine Frage nicht beantwortet*. Sie erwog, ob es ihr mehr ausmachen müsste und sie weiterbohren sollte. Doch selbst wenn er der Spender gewesen sein sollte, war sie einfach nur froh, dass Mamma und Papa die Rechnung nicht bezahlen mussten.

Sie wechselte das Thema. »Okay, dann habe ich noch eine Frage: War das dein Ernst, was du da gesagt hast? Über das Haus und die Geschichte deiner Vorfahren in Gujarat? Oder hast du das nur ihretwegen gesagt?« Als sie sich gegen die Kälte die Arme rieb, rückte Rishi scheinbar unbedarft näher, bis sie sich an den Armen berührten. Dimple wollte protestieren, aber Rishi strahlte sogar durch den ganzen Stoff unglaublich viel Körperwärme ab.

»Du stellst echt viele Fragen.«

Dimple lachte.

»Warum lachst du?«

Sie schüttelte den Kopf. »Ich muss nur an meine Mom denken. Sie sagt das auch. ›Ein neugieriges Mädchen kann keiner leiden, Dimple. Mit deinem frechen Mundwerk bekommst du nie einen Freund.‹«

»Oha.« Rishi legte den Kopf schief und musterte sie, während sie ihn wiederum verwirrt ansah. Das war im Gehen gar nicht so leicht, aber es gelang ihnen irgendwie. »Ich weiß nicht … ich finde dein Mundwerk perfekt.«

17. KAPITEL

Dimple

Mit einem Mal war alles wie elektrisiert. Dimples Wangen brannten, und plötzlich war ihr gar nicht mehr so kalt und sie ging ein wenig auf Abstand zu Rishi. Einen Augenblick lang war sein Gesicht ausdruckslos, doch dann war es ihm nur noch peinlich. Sogar seine Augenbrauen schienen sich zu schämen und er tat Dimple ein wenig leid. Aber ihr Mitgefühl hielt sich in Grenzen, schließlich hatte er das gesagt.

»So habe ich das nicht gemeint … sondern deine Fragen –«

Dimple winkte ab und hielt den Blick auf den Bürgersteig gerichtet. »Egal, antworte einfach.«

»Gut.« Sie fand es merkwürdig liebenswert, wie er sich den Nacken rieb. »Ja, absolut. So sehe ich das.«

»Echt jetzt?« Sie zog eine Augenbraue hoch.

Er lachte leise. »Echt. Wenn man sich überlegt, dass unsere Familien in Indien sind, achttausend Kilometer weit weg. Und doch sind wir noch auf so vielen Ebenen miteinander verbunden. Wir haben ihre Namen, ihre Rituale, ihre Traditionen. Ihre Träume schweben hinter unseren Augenlidern. Ich finde das schön.«

»Ich weiß nicht, ich finde es irgendwie erdrückend. Die

vielen Regeln. Man darf niemanden daten, der kein Inder ist. Man darf überhaupt erst mit dreißig ein Date haben. Es sei denn, natürlich, deine Eltern versuchen, dich mit jemandem zu verheiraten. Mädchen dürfen nicht mehr Interesse für ihre Karriere aufbringen als für die Ehe. Schmink dich. Lass deine Haare wachsen.«

Sie überquerten die Straße. »Das hört sich wirklich nervig an«, sagte Rishi lachend. »Diese Regeln, bis auf die erste und zweite, sind mir erspart geblieben. Aber das interessiert mich nur am Rande. Ich rede vom großen Ganzen. Von der Vorstellung, dass wir auf diese Weise mit dem Volk verbunden sind, das dort lebt, woher wir stammen. Woher unsere Eltern stammen. Ich kann sie mir zum Vorbild nehmen und das finde ich irgendwie tröstlich. Es gibt mir Sicherheit.« Dann strich er durch sein glattes Haar und steckte die Hand schnell in die Tasche, als wäre ihm seine kurze Rede peinlich.

»Ich finde, das Leben wird langweilig, wenn man einem Vorbild nacheifert. Vielleicht will ich gar nicht heiraten und Kinder kriegen. Vielleicht will ich nur Karriere machen und fertig.«

Rishi sah sie offenherzig an. »Und klingt das in deinen Ohren nicht einsam?«

Dimple dachte darüber nach. Von dieser Seite hatte sie es noch nie betrachtet. Ihr Freiheitsdrang war einfach so übermächtig, dass sie nie darüber nachgedacht hatte, wie dann eigentlich ihr Alltag aussehen würde. Schließlich schüttelte sie den Kopf. »Wenn du so eine Helikoptermutter hättest wie ich, würde dir jede Art von Einsamkeit himmlisch vorkommen.« Doch als sie das sagte, dachte sie an Mamma zu Hause. Wäre Dimple dort, würde Mamma geschäftig die Küche putzen, während Dimple am Tisch saß und Tee trank. Wahrscheinlich würden sie sich über irgendetwas Unwichtiges streiten. Dimple würde erwägen, Mamma den Mund zuzukleben. Mamma ihrerseits erwog wahrscheinlich, Dimple zur Adoption freizugeben. Aber sie wären zusammen. Das Ganze war wohl eine Art Ritual.

Dimple fragte sich, was Mamma in diesem Moment tat. Sie stellte sie sich im Wohnzimmer vor, wo sie allein an einem Kreuzworträtsel saß. Oder den Hindisender schaute, allein, und das machte sie traurig. Beinahe hätte sie ihr Zuhause vermisst.

Aber nur beinahe.

»Wir haben da wohl einfach eine andere Sichtweise«, sagte Rishi. Als sie an einem Mann vorbeikamen, der im Nebel Gitarre spielte, warf Rishi einen Schein in seinen Hut, der wie ein 20-Dollar-Schein aussah. Der Mann neigte den Kopf und spielte weiter. Sein Liebeslied hörte sich unfassbar traurig an.

»Wieso bist du nicht wie sie?«, fragte Dimple.

»Was?«

»Wie die Aberzombies. Wieso bist du so anders?«

Rishi zuckte die Schultern. »Weiß ich auch nicht.« Er steckte die Hände tief in die Taschen. »Irgendwie habe ich nie verstanden, warum sich die anderen in meiner Privatschule so toll fanden. Es sind schließlich unsere Eltern, die hart gearbeitet haben, und wir profitieren davon von Geburt an. Da kann man genauso gut stolz darauf sein, dass man groß ist oder dichtes Haar oder perfekt geformte Augen hat. Das ist doch absurd.«

Dimple lachte leise. »Ich find's super, dass du dir das so bewusst machst. Das tun nicht viele. Wie man sieht.«

Rishi antwortete mit einem Grummeln. »Es tut mir leid, dass ich eben zu weit gegangen bin«, sagte er behutsam. »Es hat mich voll genervt, wie sie mit dir geredet haben. Eigentlich sind das doch totale Weicheier, oder?«

»Kann sein.« Dimple spielte mit dem Reißverschluss ihres Hoodies. »Aber … ist es dir egal, wenn das Ganze jetzt wieder schlimmer wird? Du hast sie ja nicht gerade mit Samthandschuhen angefasst. Jetzt werden die uns im Kurs wahrscheinlich noch mehr drangsalieren.«

Als Rishi mit den Händen über die Blätter eines Strauchs mit leuchtend blauvioletten Blüten fuhr, verströmten sie einen kräftigen Duft. »Meiner Meinung nach können wir nichts dagegen machen, wie sie sind. Irgendeinen Anlass finden sie immer. Wenn man ihnen nach dem Mund redet, halten sie einen für schwach. Wenn man es nicht tut, verletzt man ihr Ego. Ich gehe lieber direkt dagegen an.«

Dimple sah ihn von der Seite an.

»Was ist?«

»Nichts.« Eine Locke, die nicht von der Kapuze gebändigt wurde, fiel ihr in die Augen, und sie strich sie aus dem Gesicht. »Du überraschst mich, das ist alles. Ich hätte dich eher für jemanden gehalten, der einfach mit dem Strom schwimmt.«

»Das bin ich auch«, sagte Rishi. »Meistens. Aber nicht, wenn Leute Dinge mit Füßen treten, die zu wichtig sind.«

»Verstehe.« Dimple würde es nicht zugeben, aber insgeheim bewunderte sie diese konsequente Art.

Sie folgten dem Fußweg, der sich durch die Grünflächen zum Wohnheim schlängelte. Als Rishi dort Dimple die Tür aufhielt, kicherte sie.

»Was hast du?«, fragte er verlegen.

»Du bist so ein Kavalier. Ist das deine indische oder deine Millionärserziehung?«

Er rollte mit den Augen. »Das ist meine Patel-Erziehung. Wir Pateljungs haben sehr gute Manieren. Etwas anderes würde Ma nicht dulden.«

»Das heißt, du hast einen Bruder?«, fragte Dimple, als sie durch die kalte Eingangshalle zum Empfang des Wohnheims gingen und ihre Ausweise vorzeigten. Die Sekretärin tippte gerade hektisch in ihr Handy und hob kaum den Kopf. Dimple hatte gar nicht darüber nachgedacht, dass Rishi Geschwister haben könnte. »Älter oder jünger? Und hat er viel Ähnlichkeit mit dir?«

Sie sah, dass Rishi ein Lächeln unterdrückte, und sagte: »Sorry, zu viele Fragen auf einmal.« Eigentlich müsste ihr das jetzt peinlich sein. Aber das war es mit Rishi komischerweise nicht. Sie drückte auf den Aufzugschalter.

»Nein, gar nicht.« Er schien es ernst zu meinen. Rishi lehnte sich an die Wand, verschränkte die Arme und sagte: »Mein Bruder Ashish ist sechzehn und es gibt keine zwei Blutsverwandte, die verschiedener sind als wir. Ich habe das Gefühl, Ashish wäre lieber in eine andere Familie hineingeboren worden. Er ist so unglaublich anders als meine Eltern und ich.«

Dimple verzog das Gesicht. »Hört sich an, als hätten Ashish und ich eine Menge gemeinsam.«

Als die Aufzugtüren sich mit einem *Ping* öffneten, kamen ein paar Mädchen heraus, die sich angeregt über eine Dichterlesung unterhielten, zu der sie im Rahmen ihres Sommerkurses gehen wollten. Rishi und Dimple waren die Einzigen, die nach oben fuhren. Während die Türen sie in der kleinen Metallkiste einschlossen, kehrten Dimples Gedanken noch einmal zu dem Moment in dem Antiquitätengeschäft zurück, als sie versucht hatte, die Kamera an sich zu nehmen. Plötzlich waren sie einander so nah gewesen und die Atmosphäre hatte sich schlagartig verändert.

Sie versuchte, an wichtigere Dinge zu denken, zum Beispiel an die Insomnia Con und die anstehende Vorbereitungsarbeit am nächsten Morgen, doch ihr Gedächtnis spielte ihr stur die immer gleiche Szene vor – wie ihr Puls plötzlich schneller gegangen und gleichzeitig Rishis Lächeln aus seinem Gesicht verschwunden war.

Rishi

Er behielt sie verstohlen im Auge. Sie war in ihre Gedanken versunken und es war lustig, wie ihr Gesicht ihre Gefühle spiegelte. Erst hatte es etwas Verträumtes, das von einer kurzen Genervtheit abgelöst wurde, bevor sich diese Abfolge wiederholte. Seine Lippen zuckten, zu gern hätte er gewusst, was sie dachte.

Rishi räusperte sich. »Hey, es ist erst halb zehn. Wenn du möchtest, können wir noch ein bisschen arbeiten. Aber wir können es auch bei morgen früh belassen, wenn du noch etwas anderes zu tun hast.« Er wollte nicht, dass der Abend schon zu Ende ging, obwohl das einigermaßen lächerlich war. Sie konnten beide auf tausend schönere Abende zurückblicken – den Aberzombies sei Dank.

Dimple öffnete den Mund, als hätte er sie bei irgendetwas erwischt. Jetzt wüsste er endgültig gern, woran sie gedacht hatte. »Äh, nein, okay. Hört sich gut an. Ich dusche nur eben und ziehe mir etwas Bequemeres an. Dann kann ich zu dir kommen, wenn du nichts dagegen hast. Ich würde Celia heute Abend lieber aus dem Weg gehen.«

Rishi grinste, überglücklich, dass sie Ja gesagt hatte. Ein *Arbeitstreffen*, Patel, ermahnte er sich. Zu ihr sagte er: »Ja, das passt. Ich nehme auch nicht an, dass sie mich im Moment gerne in eurem Zimmer antreffen möchte.«

Als die Aufzugtür im vierten Stock zur Seite glitt, hielt er eine Hand dazwischen, damit sie nicht zuging. »Sagen wir also gegen Viertel nach zehn?«

Sie nickte lächelnd. »Super.«

Und Rishi, möge Gott ihm beistehen, dachte, *dieses Lächeln könnte ich jeden Tag sehen, ohne es sattzubekommen.*

18. KAPITEL

Dimple

Als sie wieder in ihrem Zimmer war, nahm Dimple ihre Duschutensilien und duschte schneller, als sie eigentlich gewollt hätte, aber sie hatte keine Lust, Celia bei ihrer Rückkehr zu begegnen. Sie musste die Ereignisse im Elm noch verarbeiten und dafür brauchte sie Zeit. Wenn Celia sie später fragen würde, warum sie und Rishi so feindselig zu ihren Freunden gewesen waren, wollte sie sich eine Antwort zurechtgelegt haben. Dimple konnte sich fantastisch mit Mamma streiten, doch wenn sie sich mit anderen Menschen auseinandersetzen musste, knickte sie häufig ein. Sie hatte gelernt, sich vorher Antworten auf verschiedene Argumente zu überlegen, um sich besser wehren zu können.

Tut mir leid, Celia, aber die Aberzombies können mich mal.

Nein, zu aggressiv und überhaupt nicht konstruktiv.

Es tut mir leid, wenn ich deiner Meinung nach unfreundlich war, aber du hast nicht miterlebt, was sie vorher schon alles gesagt haben.

Petzen war auch uncool.

Seufzend massierte Dimple das Shampoo in ihre Locken, denn das half zuverlässig, wenn sie sich aufgeregt hatte, und vertrieb die schlechten Gefühle. Hätte sie das Geld gehabt, wäre sie in einen Friseursalon spaziert und hätte ihren Kopf einen ganzen Tag lang mit Shampoo massieren lassen.

Während der Duft von Kokos und Jasmin die Duschkabine füllte, dachte sie über den anonymen Spender nach, der das Essen bezahlt hatte. Sie war zu fünfundneunzig Prozent sicher, dass Rishi es gewesen war, obwohl er es niemals zugeben würde. Er war anders, als sie anfangs gedacht hatte. Reich, aber kein bisschen angeberisch. Albern und irgendwie lässig, aber mit Rückgrat, und auf eine angenehme Art unglaublich selbstsicher. Menschen, die so in sich ruhten wie er, strahlten etwas aus, wodurch man sich selbst besser fühlte, als würden sie einen einfach akzeptieren, mit allen Mängeln.

Dimple wusch das Shampoo aus und kehrte in ihrem grauen Frotteebademantel ins Zimmer zurück. Sie öffnete die oberste Schublade und betrachtete ihren Schlafanzug. Sie hatte nur ein paar alte T-Shirts und eine Jogginghose mitgenommen, die sie seit ihrem ersten Highschooljahr trug. Einen Augenblick lang war ihr das peinlich und sie erwog, unter Celias Sachen etwas Mädchenhafteres zu finden. Doch dann riss sie sich zusammen und ärgerte sich über sich selbst. Das war doch nicht ihr Ernst! Sie verdrehte innerlich die Augen und zog ihr *Coding is for Girls*-T-Shirt und eine graue Fleecehose an. Sie hatte zwar keine Bänder mehr und war an den falschen Stellen ausgebeult, aber das war ihr egal.

Dimple kämmte sich mit allen zehn Fingern, als ihr Handy klingelte. Stirnrunzelnd und in der Hoffnung, dass Rishi nicht absagte, schaute sie aufs Display. Dort leuchtete das Bild ihrer Eltern auf.

Sie ging dran. »Papa?«

»Dimple?«

Sie setzte sich gerade hin und wappnete sich für einen Streit. »Ach du bist's, Mamma.« Vermutlich hatte Papa ihr von dem letzten Gespräch berichtet – dass sie und Rishi Patel kein Paar werden würden.

»*Kaisi ho?* Du fehlst mir, *Beti.*«

»Wir haben doch heute Morgen noch telefoniert«, sagte Dimple, doch sie wusste, was Mamma meinte. Sie hatten nicht wirklich geredet, Dimple war viel zu wütend für eine normale Unterhaltung gewesen.

Sie sank aufs Bett und hatte einen Kloß im Hals. Mammas Stimme klang so sanft und verletzlich, wie Dimple es noch nie gehört hatte. Es erinnerte sie daran, wie sie als Kind krank gewesen war und Mamma an ihrem Bett gesessen hatte. Sie hatte ihr die Haare aus der fiebrigen Stirn gestrichen und ihr Kurkumamilch gegeben. *Haldi doodh*, Mammas Zaubertrank in jeder erdenklichen Situation. Normalerweise tat er seine Wirkung und Dimple sehnte sich gerade sehr danach.

»Hast du schon zu Abend gegessen?«

Ha, wenn du wüsstest. »Ja, in einem Restaurant. Es heißt Elm.«

»*Kaisa tha?* War es schön da?«

Dimple blinzelte. *Nein, schrecklich,* hätte sie am liebsten gesagt. *Die Leute waren blöd. Meine Mitbewohnerin hat neue Zombiefreunde, die mich für den letzten Freak halten. Immerhin musste ich nichts bezahlen.* Sie schluckte und sagte: »Ach, ganz okay. Aber kein Vergleich zu deinem Garnelencurry.«

Mamma lachte erfreut. »Zu Hause schmeckt's einfach am besten!«

Dimple verkniff sich das Lachen. Das war Mammas Mantra, eins von vielen. Immer wenn Dimple am liebsten eine Peperonipizza bestellt hätte, weil sie keine Lust mehr auf Mammas Essen hatte, kam sie damit an. »Mamma, hat Papa dir das mit … Rishi erzählt?«

Mamma holte tief Luft. *»Haan.«* Danach schwiegen sie lange und Dimple stellte sich vor, wie Mammas Missbilligung langsam die Leitung verstopfte.

»Ich weiß, dass du es schade findest, aber ehrlich, ich –«

»Beti.« Dimple verstummte. »Ist nicht schlimm. Kein Problem.«

Überzeugend klang das nicht. Mamma war aus unerfindlichen Gründen besonders vorsichtig.

»Es ist nicht mal so, als könnte ich ihn nicht leiden«, sagte Dimple. »Er ist nett. Aber ich … ich brauche mehr Zeit, Mamma, um ich selbst zu sein. Erst mal muss ich herausfinden, was ich in diesem Leben eigentlich machen will.«

Mamma schwieg, während sie das verarbeitete. »Okay.« So langsam und seufzend, wie sie es sagte, hörte Dimple ihr an, wie schwer ihr dieses Wort fiel.

»Okay? Wirklich?« Halt die Klappe, Dimple, ermahnte sie sich selbst. Wenn die Frau *okay* sagt, reicht das doch wohl. »Danke, Mamma.«

In Mammas Augen ging ein Mädchen nur aufs College, um seinen Marktwert zu erhöhen. Wenn sie jetzt stillhielt, bedeutete das, wie sehr sie die Veränderungen der letzten Zeit akzeptieren wollte. Und ihre sonderbare Tochter auch.

»Denkst du auch daran, für den Kurs Make-up aufzulegen, Dimple?«

Dimple ließ sich seufzend aufs Bett zurückfallen. Offenbar ging Mamma, da das andere nun geklärt war, zu wichtigeren Themen über. »Äh, nein, ich habe gar kein Make-up mitgenommen, Mamma.«

»Was! Und die Kontaktlinsen?«

»Mamma … ich bin zum Lernen hier.«

»Und mit Lippenstift geht das nicht? Oder mit Kontaktlinsen? Also ehrlich, Dimple.« *Also ehrlich, Dimple.* Die indische Art zu sagen: *Bekomm dein Leben auf die Reihe, Dimple.*

Dimple setzte sich wieder hin. »Okay, ich muss jetzt Schluss machen.«

»Zeit für deinen Schönheitsschlaf, *na?*«, fragte Mamma. »Du hast doch die Nachtcreme von Pond dabei?«

Dimple hielt verwirrt inne.

»*Hai Ram.* Ich habe sie extra bei Walmart für dich gekauft, *na*? Die Creme von Pond macht deine Haut schön glatt, einfach abends auftragen und –«

»Ja ja, jetzt fällt es mir wieder ein. Das habe ich schon gemacht.« Sie gähnte demonstrativ.

»Okay, gute Nacht, *Beti.* Papa ist schon schlafen gegangen, aber ich grüße ihn morgen früh von dir.«

»Danke, Mamma. Schlaf gut.«

»Du auch, *Beti.*«

19. KAPITEL

Rishi

Um 22:19 Uhr durchforstete Rishi noch einmal das winzige Zimmer, um sich zu vergewissern, dass alles ordentlich war. Er war merkwürdig überschwänglich bei der Vorstellung, dass Dimple gleich kam – als wäre er von perlendem Champagner erfüllt. Selbstverständlich würde nichts *passieren,* zumal er nicht einmal einen Versuch starten würde. Schließlich wusste er, wie sie dazu stand. Aber sein dummes Herz war eben stets optimistisch und fand immer einen Sonnenstrahl an einem mit Gewitterwolken verdunkelten Himmel. Er schüttelte den Kopf und richtete sein Kopfkissen.

Um 22:20 Uhr stellte Rishi eine Schüssel mit süßsauren *Khattameetha* auf den Tisch, dazu ein paar *Baadam,* die Ma ihm mitgegeben hatte, sowie eine Flasche Wasser. Mit dem Hemdsärmel wischte er über den Bildschirm seines Laptops und musste dann ein neues Hemd anziehen, weil der Ärmel vom Staub grau geworden war.

Um 22:22 Uhr machte Rishi sich Sorgen, dass Dimple nicht kommen würde. Sollte er ihr schreiben? Nein, das wäre zu aufdringlich. Wenn sie nicht kam, musste er sie in Ruhe lassen. *Aber wer macht so was, einfach nicht zu kommen?,* überlegte er genervt. Sie hätte ihm wenigstens schreiben oder einen Zettel an die Tür kleben können. Er sah zur Tür. Vielleicht klebte ja eine Nachricht auf der anderen Seite.

Als er um 22:23 Uhr kurz rausgehen und nachsehen wollte, klopfte es. Er atmete tief aus.

Sie stand mit feuchten Haaren vor seiner Tür und lächelte. »Hey. Tut mir leid, dass ich spät dran bin. Meine Mom hat angerufen.«

Wow, sie roch so gut. Rishi musste sich schwer beherrschen, den Duft nicht zu inhalieren. »Kein Problem.« Mit einer schwungvollen Geste hielt er die Tür auf. »Komm rein.«

Als Dimple eintrat, ließ sie rasch den Blick schweifen. »Hast du keinen Mitbewohner? Wie hast du das denn geschafft?«

Er zuckte mit den Schultern und rieb sich den Nacken. »Tja, meine Eltern wollten unbedingt für eine private Suite blechen.«

Als sie grinsend zu ihm hochblickte und er nur fragend die Augenbrauen hochzog, wandte sie einfach den Blick ab und inspizierte das Mobiliar. »Oh, *Khattameetha*! Lecker.«

Rishi musste ebenfalls grinsen, so irrational glücklich machte ihn ihr Kommentar. »Super, bedien dich.«

»Hast du das mitgebracht? Oder hast du schon ein indisches Geschäft gefunden?«, fragte sie und steckte eine kleine Handvoll der Knabbermischung aus Erdnüssen und Reisflakes in den Mund.

»Meine Mutter hat sie mir mitgegeben, aber das ist eine gute Idee. Lass uns einen indischen Supermarkt suchen, dann können wir uns beim Schreiben mit unseren Lieblingssnacks aufputschen.«

Dimple nickte. »Super, und einen Asiamarkt. Ich brauche Mikado. Die esse ich immer bei Prüfungen.« Als sie Rishis verwunderte Miene sah, schnappte sie nach Luft und legte eine Hand auf ihre Brust. »Kennst du Mikado nicht?«

Er schüttelte den Kopf. »Nie gehört.«

»Das müssen wir ändern.« Sie steckte sich ein paar *Baadam* in den Mund und sah ihn beim Kauen vergnügt von der Seite an. Rishi freute sich. Sie wirkte deutlich fröhlicher, als hätte sie die fiesen Sprüche der Aberzombies beim Abendessen bereits abgeschüttelt. Gut so. Sie hatten es nicht verdient, dass sie auch nur eine Millisekunde ihrer Zeit auf sie verschwendete.

Dimple schaute sich kurz unschlüssig um, dann setzte sie sich leicht verunsichert ans Fußende seines Bettes, das direkt neben dem Schreibtisch stand. »Ist das okay, wenn ich … äh, hier sitze?«

Seine Wangen brannten. »Ja, natürlich. Ich nehme den hier.« Er sank auf den billigen Holzstuhl am Schreibtisch. In diesem winzigen Raum war er auf diese Weise nicht weiter von ihr entfernt, als wenn er sich neben sie gesetzt hätte, doch so fühlte es sich irgendwie sicherer und unverfänglicher an.

»So.« Rishi legte einen Finger auf das Trackpad, damit sein Laptop zum Leben erwachte. »Du hast deine Idee kurz umrissen und wir wollten später ins Detail gehen. Womit willst du anfangen?«

»Ich finde, wir sollten der Reihe nach vorgehen. Am besten denken wir erst mal über die gewünschten High-Level-Funktionen nach – was ist der Kern der App? – und recherchieren von da an weiter. Was hältst du davon?«

»Hört sich gut an.« Rishi öffnete ein Word-Dokument. »Ich mache mir Notizen, während wir darüber reden.«

»Okay, super.« Dimple sprang auf und tigerte durch das Zimmer, während das T-Shirt und die Jogginghose an ihr herunterhingen, als trüge sie die Sachen eines großen Bruders. Um davon abzulenken, wie sehr er sich plötzlich zu ihr hingezogen fühlte, kratzte sich Rishi im Nacken und wandte schnell den Blick ab. »Also … die Leute sollen merken, dass es sich um ein seriöses Produkt handelt. Du weißt, was ich meine? Es kann Leben retten. Aber es macht auch Spaß. Es muss nicht nur lästig sein, wenn man sich um seine Gesundheit kümmert, Tabletten nehmen, Blutzucker messen oder was noch alles. Das ist Papas Hauptproblem … er findet es richtig schwer, sein Diabetes im Griff zu behalten. Deshalb will er lieber nicht daran denken. Aber vielleicht wird den Leuten ein wenig die Angst genommen, wenn man es ihnen leichter macht.«

»Okay.« Rishi nickte und machte sich Notizen. »Wir bieten den Leuten optimale medizinische Versorgung, die rockt.«

»Genau. Es ist seriös *und* lustig. Es funktioniert absolut zuverlässig und ist dabei ganz einfach zu bedienen. Man *möchte* es benutzen. Je mehr man eingibt, umso mehr Punkte bekommt man. Und ungefähr nach fünf Sessions kann man sich dann damit etwas kaufen.«

»Verstehe.« Rishi tippte sich mit einem Bleistift an die

Nase. »Aber vielleicht können wir uns in diesem Zusammenhang die Belohnungsschleife zunutze machen, die du erwähnt hast. Die Leute können also ihre Punkte einlösen, wenn sie die Zeiten erfassen, an denen sie erfolgreich ihre Medikamente genommen oder sonst was erledigt haben, stimmt's?«

Dimple blieb kurz stehen und nickte.

»Und wenn sie zu nachlässig sind? Was kann sie anspornen, regelmäßig ihre Daten einzugeben?«

»Das Punktesammeln?«, Dimple zuckte mit den Schultern und runzelte die Stirn. »Aber ich verstehe, was du meinst. Der Anreiz ist nicht groß genug, oder? Jedenfalls nicht, wenn sie überhaupt keine Lust auf das Ganze haben.«

»Genau. Wir haben die Aufgabe, es zu einem süchtig machenden Spiel zu entwickeln, es darf nichts Bedrohliches haben, sonst wollen sie die App gar nicht erst öffnen.«

Dimple dachte nach, ihre Augen glänzten. Rishi beobachtete sie rückhaltlos und vielleicht ein wenig zu fasziniert. »Ooh.« Als sie zu ihm hochsah, wandte er den Blick ab und wurde rot. Doch sie merkte es gar nicht, weil sie sich voll auf ihre Idee konzentrierte.

»Okay, und wenn es einen Gegner gäbe? Die Belohnung könnte darin bestehen, dass man einen riesigen Dreckskerl loswird, je öfter man etwas erfasst? Und wenn man faul oder nachlässig wird, wird man umgebracht.«

Rishi grinste. »Ja.« Er nahm einen Zettel und einen Bleistift vom Schreibtisch und begann zu zeichnen. »Ungefähr so?«

Dimple stand hinter ihm und betrachtete die Zeichnung,

aber sie machte ihn nicht nervös wie Ashish oder Ma. Im Gegenteil, er fühlte sich gleich viel sicherer. Sie war ganz offensichtlich so begeistert, dass sie sich immer weiter zu ihm runterbeugte, während er weiterzeichnete, bis sie fast neben ihm kniete, damit sie mehr sehen konnte. Ihre Locken streiften seinen Arm.

Rishi zwang sich, alle Konzentration auf die Zeichnung zu verwenden und das warme Kribbeln in seinem Arm zu ignorieren. Nur die Skizze war wichtig. *Konzentriere dich, Patel.*

Dimple

Dimple atmete lautstark aus. »Wow.«

Erst als Rishi den Arm wegnahm und das Gewicht verlagerte, merkte sie, dass sie ihn angehaucht und wahrscheinlich ziemlich gestört hatte.

»Oh, sorry.« Sie rückte ein wenig von ihm ab, aber nicht so weit, dass sie nicht mehr gut hätte sehen können. Die Skizze war einfach großartig. Rishi hatte eine Horde von sieben vollkommen verschiedenen Zombies gezeichnet, alle auf eine lustige Weise eklig. Den einen quollen die Augen aus dem Kopf, während andere Zahnlücken hatten oder Wellenlinien andeuteten, dass sie stanken. Bei wieder anderen trieften die Zehen vor Schleim. Die Zombies griffen einen kleinen kugelrunden Fuchs mit großen Augen an, der seinen buschigen Schwanz um seinen Körper geschlungen hatte.

»So vielleicht«, sagte Rishi. »Es gibt zum Beispiel diese

Gang vagabundierender Zombies und dein User sucht sich einen Avatar aus, und die Zombies fressen den Fuchs, wenn der User nicht schnell oder regelmäßig genug etwas eingibt.« Er drehte sich zu ihr um. »Wie findest du das?«

Dimple nickte mit klopfendem Herzen. Das war gut, das war sogar sehr gut, das sah sie jetzt schon. »Ich habe nur einen ernsthaften Einwand.«

Rishi wartete mit einer schmalen Falte zwischen den Augenbrauen darauf, dass sie fortfuhr.

»Können wir aus den Zombies Aliens machen? Zombies sind so was von durch.«

»Aliens?« Rishi verdrehte die Augen. »Du hast null Verständnis für meine künstlerische Vision.«

Dimple boxte ihn zwischen die Rippen, relativ sanft für ihre Verhältnisse, doch er zuckte trotzdem zusammen. »Aua. Die meisten Mädchen schlagen einen Typen nur spielerisch auf den Arm oder so. Sie tun einem nicht weh.«

»Tja, vielleicht solltest du deine Vorstellung von mädchenhaftem Benehmen etwas erweitern«, erwiderte Dimple grinsend.

Rishi lachte. »Meinetwegen. Und ja, Aliens kann ich auch, wenn dir das so wichtig ist.«

»Yes! So gewinnen wir die Insomnia Con!«

Nachdem sie sich abgeklatscht hatten, nahm Dimple das Blatt und setzte sich damit aufs Bett. »Du kannst mega zeichnen. Könntest du auch die vorläufige Grafik für das Konzept erstellen?«

Er nickte. »Natürlich. Ich will doch nicht, dass jemand meine Ideen klaut.«

Dimple schnaubte. »Schon klar. Hast du eigentlich ein paar von deinen Comics dabei? Also von früher, meine ich.«

Daraufhin klickte Rishi etwas auf seinem Laptopbildschirm an, als wäre ihm etwas ungeheuer Wichtiges eingefallen, das sofort erledigt werden musste. »Äh, nein. Nichts in der Art.«

»Hmm.« *Interessant,* dachte Dimple. *Ich glaube, Rishi Patel lügt.* Sie drehte das Blatt um, auf den er die Zombies gezeichnet hatte. Es war ein Flyer. »Oh, cool. *Little Comic Con.* Gehst du dahin?«

Rishi rieb sich den Nacken. »Ach, weiß nicht. Das habe ich einfach so mitgenommen.«

»Am dreizehnten von sechs bis zehn«, las Dimple laut vor. »Hey, das ist dieses Wochenende.« Sie sah ihn an. »Wir können zusammen hingehen. Also, wenn du willst. Schließlich warst du auch so nett und bist mit mir zum Aberzombies-Dinner gegangen.«

Rishi

Hatte Dimple Shah ihm gerade ein Date angeboten?

20. KAPITEL

Dimple

»Natürlich kein Date oder so was«, schob Dimple eilig hinterher und fühlte sich direkt schlecht, als Rishi beinahe unmerklich das Gesicht verzog. »Als Freunde, was aus meiner Sicht sogar viel besser ist.«

Er lächelte, aber nicht sein strahlendes Superlächeln. »Ja, cool, machen wir.«

Sie arbeiteten noch zwei Stunden länger, bastelten an der Marktanalyse und am Design der Nutzeroberfläche und fingen sogar schon mit dem Wireframe-Modell und dem Storyboard an. Immer wieder lief Dimple währenddessen ein Schauer über den Rücken. Es war ihre Idee, die sie hier langsam in die Tat umsetzten. In sechs Wochen würde es die App wirklich geben, dann wäre sie zur Hälfte fertig und viel mehr als ein abstraktes Konzept. Leute in Schlüsselpositionen würden sie begutachten und bewerten, und wenn die App diesen Test bestand, würde eventuell sogar Jenny Lindt mit ihr an der endgültigen Fassung arbeiten. Und in Zukunft würde sie Leben retten.

Um ein Uhr morgens stand Dimple endlich auf und reckte und streckte sich. »Ich glaube, ich sollte langsam mal gehen. Wir sehen uns morgen früh?«

Rishi unterdrückte ein Gähnen, während er seinen Laptop schloss. »Ja, klar. Soll ich dich abholen?«

Dimple schlang ihre Locken in einen losen Knoten und schaute nach unten. »Kannst du gerne machen, wir haben ja den gleichen Weg.«

Rishi

Das hob wider besseres Wissen Rishis Laune. Wann würde er endlich dazulernen?

Du lässt dir hier das Herz brechen, Patel, ermahnte er sich. Doch trotzdem grinste er übers ganze Gesicht.

Dimple

Dimple war so aufgekratzt von diesem erfolgreichen Abend – besonders, weil Rishi und sie ein Nicht-Date hatten, bei dem sie mehr über seine geheime Comic-Persönlichkeit erfahren würde –, dass sie Celia erst bemerkte, als sie die Schuhe ausgezogen hatte und ins Bett geschlüpft war.

Celia saß auf ihrem Bett an die Kissen gelehnt und schaute Dimple vorwurfsvoll an. Ihr Handy lag mit dem Display nach unten in ihrem Schoß.

»Oh, hey«, sagte Dimple, als ihr in einem milden Anflug von Panik einfiel, dass sie sich nichts zurechtgelegt hatte.

»Was zum Teufel ist beim Abendessen passiert?«, fragte Celia eher jammerig als vorwurfsvoll. »Ich dachte, ihr würdet euch super verstehen!«

Seufzend zog Dimple die Decke über sich und legte sich auf die linke Seite, um Celia anzusehen. »Das hatte ich auch gehofft, aber ich glaube, wir sind zu verschieden, deine Freunde und ich.« Sie zuckte mit den Schultern, als wollte sie sagen, *C'est la vie*. Celia sollte nicht erfahren, wie sehr Dimple sich nach einem Friedensangebot gesehnt hatte – obwohl Dimple selbst ja nicht einmal etwas falsch gemacht hatte.

»Und Rishi war echt unhöflich«, fuhr Celia fort und fummelte an ihrem Handy herum. »Was hatte er denn?«

Dimple musste daran denken, dass Rishi immer wieder für sie eingetreten war und sich von den Sticheleien und boshaften Bemerkungen an diesem Abend nicht hatte unterkriegen lassen. Auf einmal wurde sie wütend. Es fiel ihr leichter, andere zu verteidigen als sich selbst. »Tut mir leid, Celia, aber du hast vierzig Minuten von der Unterhaltung verpasst, weil du bei deiner Großmutter warst. Deine Freunde haben es verdient und sind noch glimpflich davongekommen. Ich weiß, du findest sie cool und sie verstehen dich und so weiter, aber wir wollen nichts erzwingen, was sowieso niemals geschehen wird.«

Celia zog die Augenbrauen hoch. »Wie du meinst.« Eine unangenehme Stimmung breitete sich im Raum aus.

Dimple schlang die Decke um ihre Schultern. »Aber ich möchte gerne mit dir befreundet bleiben. Ich finde, wir sollten zusammenhalten und uns gegenseitig unterstützen.

Aber das geht vielleicht, ohne dass wir mit unseren jeweiligen Freunden befreundet sein müssen.«

Celia spielte noch ein wenig mit ihrem Handy, dann legte sie es weg und sah Dimple an. In ihren Augen lag ein Lächeln. »Finde ich gut.«

Rishi

In Nullkommanichts war Wochenende. Dimple und Rishi hatten in den Tagen zuvor den ursprünglichen Prototyp von Dimples Wireframe-Modell verfeinert, um jederzeit mit der Arbeit am Backend beginnen zu können.

Rishi hatte seine Freude daran, wie Dimple von innen zu leuchten schien, sobald sie über ihren Plan für die App sprach. Und wie wichtig ihr bei dem Projekt die Bestätigung ihres Vaters war. Selbst wenn sie es nicht zugeben wollte, spielten ihre Eltern eine wichtige Rolle in ihrem Leben.

Er strich vor dem Spiegel mit den Fingern durch seine Haare und erinnerte sich, dass Ashley Steinberger seine Tolle in der Achten »hinreißend« gefunden hatte. Und ihr babyblau schimmernder Augenaufschlag verriet, dass sie mit »hinreißend« etwas meinte, das sich nicht auf einen kleinen Bruder beziehen würde.

Als sein Blick auf den Flyer der Little Comic Con auf seinem Schreibtisch fiel, wurde ihm ganz warm. Dimple hatte ihn gebeten mitkommen zu dürfen. Mittlerweile hatte sie schon ein paarmal nach seinen Comics gefragt und er war gar nicht darauf eingegangen. Dabei würde er sie ihr schrecklich gern zeigen.

Er hatte gesehen, wie ihre Augen funkelten, wenn es um die Entwicklung ihrer App ging. Sie würde genau das verstehen, was Pappa und Ma nicht kapierten, nämlich was ihm das Zeichnen wirklich bedeutete: wie er sich durch die Entwicklung seiner Figuren selbst weiterentwickelte. Er konnte Stunden damit verbringen, mit krummem Rücken über einem Blatt Papier zu sitzen und nach und nach die Figuren zum Leben zu erwecken: Sie fingen an zu blinzeln, zu atmen und zu lachen.

Rishi ging zu seiner Reisetasche und kramte hinter den Taschenbüchern nach dem Teil, das er erst ganz zum Schluss eingepackt und den Gedanken daran gleich wieder verdrängt hatte – seinen Skizzenblock. Als er ihn herauszog, wurde er von einem Gefühl von Liebe, Verbundenheit und Vertrautheit eingehüllt.

Der Pappeinband löste sich bereits auf und die abgegriffenen Seiten bogen sich schon durch, vor allem die vorderen. Es war wie ein Daumenkino über die Entwicklung seines Talents – am Anfang kamen die Zeichnungen, die er vor ungefähr drei Jahren angefertigt hatte und die aus Mangel an Erfahrung noch ein bisschen klobig und schwerfällig wirkten. Aber über die Monate hatten sie sich in etwas Warmes und Lebendiges verwandelt, wie aus einem Guss. Mit der Zeit war es ihm ziemlich gut gelungen, ausdrucksstarke Figuren in seinem ganz eigenen Stil zu entwickeln. Rishi musste über die Veränderungen lächeln, die Aditya im Laufe der Monate durchgemacht hatte. Obwohl Zeichnen vielleicht albern und belanglos war, war es wie Balsam für seine Seele. Die Kunst beruhigte seinen Geist, konnte sich in Zeit und Raum verlieren.

Rishi steckte den Skizzenblock in seine Tasche und schlang sie über die Schulter. Vielleicht war es doch keine so dumme Idee, am Abend zur Little Comic Con zu gehen. Er konnte sich ansehen, was Leute, die an einer Karriere als Comicbuchautor interessiert waren, genau machten. Wetten, dass die meisten am Ende doch genau solche Kurse unterrichteten oder in der Werbung arbeiteten? Das lockte ihn beides überhaupt nicht.

Doch um ehrlich zu sein, dachte er, als er seinen Schlüssel nahm und die Tür hinter sich zuschlagen ließ – die Aussicht, mit Dimple Shah zur Con zu gehen, machte es interessanter. Er musste nur noch eine Sache erledigen, dann wollte er sie abholen.

Bei der Vorstellung, sie wiederzusehen, machte sein Magen einen völlig überflüssigen Salto.

Dimple

»Was ziehst du an?«, fragte Celia, die vor ihrem Schminktisch saß und mit einem Schwämmchen Grundierung auf Gesicht und Hals verteilte.

Dimple hob den Blick vom Computer und zuckte mit den Schultern. »Jeans?«

Celia stöhnte und raufte sich die Haare, bevor sie sie

sorgfältig wieder über die Schultern fallen ließ. Als sie ein schwarzes Haarband mit einer großen Glitzerschleife anzog, sagte sie: »Wir reden von der Little Comic Con. Da verkleidet man sich doch. Und zwar richtig.« Es war Freitagabend und die Aberzombies hatten sie zu einer Party eingeladen.

Dimple kaute auf ihrer Unterlippe. Daran hatte sie nicht gedacht. »Meinst du echt?«

Celia malte mit einem dicken braunen Stift in ihrem Gesicht herum. Als sie Dimples fragenden Blick sah, sagte sie: »Das nennt man Concealer. Und ja, ich bin sicher. Googel das doch mal eben. Dann siehst du, was sie in den letzten Jahren gemacht haben. Auf dem Flyer steht, dass es zum dritten Mal stattfindet. Bestimmt haben sie Fotos online gestellt.«

»Gute Idee.« Dimple lud die Website hoch und stöhnte. »Oh nein.« Sie klickte sich durch die Fotos. Die Leute hatten sich nicht nur »richtig« verkleidet, sie spielten komplett verrückt. Ein Artikel beschrieb, wie sich jemand aus Teilen vom Schrottplatz ein eigenes Iron-Man-Kostüm gebastelt und es dann mit einem irren phosphoreszierenden Pink besprüht hatte. Eine Studentin hatte sich ein Predator-Kostüm geschneidert und ein Jahr gebraucht, um alles mit der Hand zu nähen. Dafür hätte sie einen Oscar verdient, oder welchen Preis man auch immer für Kostüme bekam. Es gab Gruppenkostüme, Kostüme aus besonderen Materialien, umweltfreundliche Kostüme und solche, die im Dunkeln leuchteten … Dimple konnte gar nicht mehr wegsehen. »Wieso hat Rishi nichts davon gesagt?«

»Vielleicht weiß er es selbst nicht? Schreib ihm lieber.« Celia trug meerjungfraublauen Lidschatten auf, was zu ihren braunen Augen fantastisch aussah. Das erkannte sogar Dimple, die mit Make-up nichts am Hut hatte.

Sie schnappte sich ihr Handy.

Wusstest du, dass man verkleidet da hingeht? So richtig?

Kurz darauf piepte ihr Handy. *»Klar, es ist wie die Comic Con, nur kleiner.«*

Dimple stöhnte noch mal. Wusste das außer ihr jeder?

Ihr Handy piepte erneut. *Aber du musst dich nicht verkleiden. Du kommst als meine Begleitung mit.*

Und als was gehst du?

Tja. Ich weiß es und du musst es herausfinden.

Dimple verdrehte die Augen. Na, toll. Sie sah Celia an. »Hast du noch irgendetwas im Schrank, das als Kostüm durchgehen könnte?« Celia hatte praktisch ihren gesamten Kleiderschrank von zu Hause mitgebracht und einiges davon in Dimples Schrank gehängt, weil ihrer nicht ausreichte.

Sie verzog das Gesicht, als sie goldenen Lippenstift mit einem Pinsel auftrug. Wer machte denn so was? Niemand, den Dimple kannte. »Du kannst ja mal schauen. Aber ich habe nur ganz normale Sachen … als was willst du denn gehen?«

»Keine Ahnung!« Dimple hob genervt die Hände. »Der einzige Comic, den ich jemals gut fand, war –« Sie verstummte, als ihr plötzlich eine Idee kam. »Celia, hast du zufällig etwas Grünes mit langen Armen?«

»Hmm …« Celia legte den Lippenstift und den Pinsel hin

und ging zu ihrem Schrank, aus dem sie im nächsten Augenblick einen langärmeligen Hoodie mit Reißverschluss holte. »Wie wäre es damit?«

Dimple lächelte. »Das passt super! Kannst du mir auch noch einen kurzen schwarzen Rock leihen?«

21. KAPITEL

Dimple

Als Rishi um sieben an ihre Tür klopfte, war Dimple nicht einmal nervös. Sie wusste, dass ihr Kostüm perfekt war. Er brauchte nur eine halbe Sekunde. »Ich liebe Daria«, sagte er mit einem Grinsen.

»Cool, oder?« Sie grinste zurück. Celia hatte ihr noch geholfen, ihre Locken zu glätten, sodass ihr Haar lang und glänzend bis weit über ihre Schultern fiel. »Daria muss man einfach lieben. Aber es hätte vermutlich noch besser ausgesehen, wenn Celia als Quinn gegangen wäre.«

Rishi lachte. »O Mann. Und woher hast du diese 90er-Kampfstiefel?« Er hörte auf zu lachen, als sie ihn böse ansah.

»Das sind meine. Ich trage sie hin und wieder.«

»Oh, ich … die sind echt schön –«

Dimple lächelte. »Du musst nicht so tun, als würden sie dir gefallen. Ich mag sie und es ist mir egal, ob sie gerade modern sind oder nicht. So, und bist du der, von dem ich denke, dass du es bist?«

Er drehte eine knappe Pirouette. »Jep. Aditya, der Sonnengott-Superheld – zu deinen Diensten.«

»Das ist so cool! Wo hast du bloß diese *Gada* gefunden?«

Sie schloss die Tür hinter sich und ging mit Rishi zum Aufzug.

»Du erinnerst dich vielleicht an unsere Freundin Wanda. Ich bin noch einmal in ihrem Laden gewesen und habe ihr erzählt, was ich brauche. Ich hatte Glück, ihr Mann kann gut schweißen. Sie hat mir geholfen, das Teil aus recycelten Metallstücken aus ihrem Geschäft zusammenzustellen, und ich habe heute Nachmittag noch die feineren Details aufgemalt. Kevin Keo, der Kunststudent, den ich kennengelernt habe, hat mich in die Räume gelassen und mir das Material besorgt, nachdem ich ihm erzählt habe, wofür ich es brauche.«

»Wahnsinn«, sagte Dimple und musterte ihn entzückt von oben bis unten, jedoch ohne ihm ihre Begeisterung wirklich zu offenbaren. Er trug eine enge Kurta über der Jeans, und sobald er die *Gada* schwang, konnte sie durch das dünne Material seinen Bizeps sehen.

Trotz des Nebels war es recht warm und ein Hauch von Parfüm und Aftershave lag in der Luft, während sich die Studierenden auf den Weg vom Campus zu ihren jeweiligen Veranstaltungen machten. Dimple genoss die knisternde Energie um sie herum, berauschend und schwindelerregend. Die blinkenden, vom Dunst verschleierten Lichter der Stadt tauchten die Luft in einen magischen goldenen Schimmer. Dimple holte tief Luft – und nieste. Blöde Allergie.

»Mögen die Götter dich mit Gesundheit segnen«, sagte Rishi.

Dimple zog eine Augenbraue hoch. »Götter?«

Er nickte ernst. »Als Hindu bin ich Polytheist, wie du weißt.«

Dimple lachte. »Ja, ich weiß aber auch, dass wir ›Gott segne dich‹ sagen, weil wir immer noch glauben, dass Brahma der oberste Schöpfer ist.«

Rishi konnte es sich nicht verkneifen zu lächeln. »Du hast mich ertappt. Das ist meine Form von Mikroaggression.«

»Das musst du mir erklären.«

»Na gut. In den USA funktioniert es folgendermaßen: Im Frühling werden wir mit Hasen und Eiern konfrontiert, die Jesu Auferstehung ankündigen. Ab Oktober gibt es Tannen, Krippenspiele und dicke lachende weiße Männer. Die christliche Ikonografie ist allgegenwärtig, sogar in der banalsten Unterhaltung. *Das ist die Bibel der Comicbuchautoren* … *O mein Gott!* … und so weiter. Ich sage auf diese Weise nur, *Hey, vielleicht glaube ich an etwas anderes*. Und jedes Mal, wenn ich ›Götter‹ statt ›Gott‹ sage, darf ich etwas über Hinduismus erzählen.«

Dimple dachte darüber nach. Sie war unwillkürlich beeindruckt, denn er hatte gar nicht so unrecht. Wieso war das Christentum überall Standard? »Ah.« Sie nickte und schob die Brille höher. »Damit bist du so etwas wie ein Zeuge Jehovas für unsere Leute.«

Rishis Mundwinkel zuckten, aber er nickte ernst. »Ja. Ich bin Ganeshas Zeuge. Klingt gut, findest du nicht?«

Sie gingen über den Rasen nach Westen zu dem Gebäude, das auf Rishis Little-Comic-Con-Flyer mit einem Stern gekennzeichnet war. In der Ferne hupte jemand.

»Ich weiß nicht, ob du in Bezug auf unsere Kultur total exzentrisch bist oder ob du einfach dafür brennst«, sagte Dimple, nachdem sie eine Weile geschwiegen hatten.

Rishi kicherte. »Darüber habe ich mit meinem Bruder Ashish auch schon oft diskutiert.« Sein Tonfall war gelassen, aber es schwang auch etwas Unnachgiebiges und Düsteres darin mit. »Ich kann das nicht gut erklären … es ist ein inneres Bedürfnis. Bei mir ist es anscheinend stärker ausgeprägt als bei den meisten Gleichaltrigen. Ich habe das Gefühl, ich muss es aussprechen, denn wenn das niemand tut, wenn niemand sagt: *Das bin ich, daran glaube ich, deswegen bin ich anders und das ist gut so* – was soll das Ganze dann? Worin besteht der Sinn, in diesem schönen, großen Sammelbecken der Kulturen zu leben, wo jeder sein kann, was er will?« Er zuckte mit den Schultern. »Bist du denn nicht nach Indien gereist und hast dir die Geschichten deiner Verwandten angehört und dann das Gefühl gehabt … keine Ahnung, dass du es weitererzählen solltest?«

Dimple zupfte an dem Reißverschluss von Celias Hoodie und mied Rishis Blick. »Kann ich so nicht sagen. Ich war zuletzt mit zwölf in Indien, meine Eltern können sich die Tickets nicht leisten. Aber auch damals hatte ich eher das Gefühl, nicht dazuzugehören. Ich kannte das schon aus der Schule, ich hatte immer das Gefühl, meine Eltern wären merkwürdig und anders und ich wünschte mir nur, sie wären wie alle anderen Eltern. Aber in Mumbai kapierte ich irgendwann, dass ich für die Leute da Amerikanerin war. Ich war wieder die Außenseiterin, wieder fremd und seltsam und gehörte nicht dazu.«

Sie strich eine Locke hinters Ohr und spürte erneut den Stich, den es ihr damals mit zwölf gegeben hatte. Richtig offensichtlich war es geworden, als ihre Cousine Preeti, die genauso alt war wie sie, Dimple den Freunden in der Nachbarschaft als ihre Cousine aus Amerika vorgestellt hatte. Als eins der Mädchen Dimples Akzent hörte, hatte es gelacht und sie als *Firang* bezeichnet, was, wie Preeti mit rotem Gesicht erklärt hatte, *Ausländerin* hieß. Obwohl Preeti sich für sie stark machte, tat sie es aus Dimples Sicht eher halbherzig. Sogar für Preeti war Dimple eine *Firang*. Sie gehörte nicht dazu.

»Interessant«, sagte Rishi. »Bei mir ist es genau andersherum. Ich fühle mich hier wie ein indischstämmiger Amerikaner, und wenn ich in Indien bin, wie ein Inder. Für mich ist beides gleich und gleich gut.«

»Wieso bist du da so ausgeglichen?«, murrte Dimple.

»Es hat gedauert, das schwöre ich dir«, schnaubte Rishi. »Vor ein paar Jahren hatte ich voll die Emo-Phase und spielte mit dem Alias ›Rick‹.« Er schüttelte sich. »Ich bin echt froh, dass der Name nicht an mir hängen geblieben ist.«

Dimple lachte. »Ja, Rishi gefällt mir auch besser.«

»Und ehrlich gesagt, selbst wenn ich mich kulturell zugehörig fühle, fühle ich mich noch lange nicht sozial zugehörig. So wie du eben gesagt hast … in der Privatschule stand ich immer abseits und ich habe in der Highschool zu keinem Zeitpunkt so gute Freunde gehabt, dass ich jetzt noch Kontakt zu ihnen halten wollte. Ich vermisse niemanden.«

Dimple wollte nicht zugeben, wie gut sie ihn verstand.

Einsamkeit, darum ging es hier. Sie hatte sich so sehr daran gewöhnt, dass die Einsamkeit an ihr haftete wie eine Klette. »Ich weiß, was du meinst«, sagte sie leise. »Leider.«

»Warum leider? Wahrscheinlich verstehen wir uns deshalb so gut. Auch wenn du bei unserer ersten Begegnung auf mich losgegangen bist.«

Als Dimple lachte, strahlte Rishi sie an, was er irgendwie dauernd tat, wenn sie lachte. Als würde er sich in ihrem Glück sonnen. Diesmal schaute sie nicht weg, sondern lächelte zurück.

In seinen Augen blitzte etwas auf. »Was ist?« Dimple kratzte sich am Ellbogen und senkte den Blick.

»Nichts.« Er drehte den Kopf, aber ein leises verstohlenes Lächeln spielte um seine Mundwinkel.

Dimple boxte ihn sanft in die Rippen. »*Was ist*, Rishi?«

»Ah …« Er rieb sich den Nacken und warf ihr einen Seitenblick zu. »Das war das erste Mal, dass du nicht so getan hast, als wüsstest du nicht, wie es auf mich wirkt … wenn du lachst.«

Dimples Wangen brannten, sie hielt den Blick fest auf ihre Stiefel gerichtet. »Ich weiß überhaupt nicht, wovon du redest.«

Rishi schmunzelte. »Oh doch, aber lassen wir das, wenn du nicht darüber reden willst.«

Dimple war ein kleines bisschen enttäuscht.

22. KAPITEL

Rishi

Die Little Comic Con fand in der Eingangshalle des Kunst-Hauptgebäudes statt. Es war ein riesiger moderner Bau, dessen Erdgeschoss fast nur aus Fenstern bestand. Drinnen herrschte bunte Geschäftigkeit: Gruppen mit Kostümierten, Stände, Banner und Vorführungen. Ein nervöser Schauer lief ihm über den Rücken, er hatte nicht geahnt, dass so viel los sein würde. Vor dem Gebäude stand eine mächtige Skulptur aus Altkleidern, die einen Glückskeks darstellen sollte. Während die Leute daran vorbeigingen, nahmen sie sich eine »Prophezeiung« aus der Öffnung.

»Was ist das?«, fragte Dimple und ging schneller.

»Weiß nicht«, murmelte Rishi und blieb ein bisschen zurück. Er wünschte, er hätte diesem Kevin Keo gegenüber niemals zugegeben, dass er sich für Kunst interessierte. *Möchtest du gerne Kunst oder Grafikdesign studieren? Nein, danke.* Wäre das wirklich so schwer gewesen, Patel?

Als sie näher kamen, sah Rishi das Schild mit der Aufschrift Kleider-Glückskeks von YAEL BORGER, 2017. *»Der Korpus des Glückskeks besteht aus PVC-Rohren, auf die eine Polsterung aufgebracht wurde«*, las er vor. *»Darüber wurde gesäuberte Kleidung von der Mülldeponie gelegt. Aus* *dem Loch in der Mitte der Skulptur kann man einen Stoffstreifen ziehen, auf den ein Glücksspruch gedruckt ist. Yael Borger studiert Kunst an der SFSU und möchte hiermit auf den verschwenderischen Umgang mit Mode und die Folgen für die Umwelt hinweisen.«*

»Cool.« Pfeifend zog Dimple einen Stoffstreifen heraus. Als sie sah, dass Rishi nicht das Gleiche tat, zog sie eine Augenbraue hoch. »Komm, das ist ein Muss.«

Seufzend steckte er die Hand in den breiten Schlitz in der Mitte des Kunstwerks. »Das ist peinlich.«

Dimple lachte. »Lies schon vor.« Sie entfaltete ihren ausgefransten Streifen aus himmelblauem Jeansstoff, der mit weißer Schrift bedruckt war. »Hmm. *Der Untergang ist nah.*« Sie sah ihn an. »Was steht auf deinem?«

Rishi drehte den Stoff mit schwarz-gelben Tupfen um. In roter Schrift stand dort, *Das geht nicht gut aus.*

»Wow.« Dimple lachte. »Verhängnisvoll.«

Rishi zerknüllte seinen Streifen und warf ihn in die bereitgestellte Recyclingtonne. »Ernsthaft, Yael Borger ist vermutlich eine echte Frohnatur. Kannst du sie dir bei einer Dinnerparty vorstellen?« Er legte eine fröhliche Stimme auf und sagte: »Hi, Yael, wie geht's denn heute so?« Und dann in düsterem Tonfall in der Rolle der Künstlerin: »Du wirst sterben.«

»Immerhin regt sie die Leute an, über die Dinge nachzudenken und zu reden, die ihr am Herzen liegen. Das hat sie geschafft, würde ich sagen. Ist das nicht der Sinn von Kunst?« Sie schlängelten sich an einer Gruppe von Studierenden vorbei, die sich mitten im Eingang angeregt unterhielten. »Ich meine, warum zeichnest du zum Beispiel Comics?«

»Um mich auszuklinken«, antwortete Rishi, bevor er sich den Mund verbieten konnte. Er war es gewohnt, vorsichtig zu sein, um Pappa und Ma in dem Glauben zu lassen, Comics wären ein unwichtiges Hobby für ihn. Auf diese Weise ließen sie ihm mehr Freiraum. »Es ist, als würde man einen riesigen Heliumballon mit seinen Sorgen füllen und fliegen lassen.«

In der weitläufigen Eingangshalle mit Marmorboden hallten die aufgeregten Stimmen der Aussteller und Besucher. Ein riesiges Banner, das an Kevin Keos Informationsstand vor ein paar Tagen erinnerte, hing in der Mitte. Die Aufschrift lautete: HERZLICH WILLKOMMEN ZUR LITTLE COMIC CON! VERBINDEN SIE KUNST UND KARRIERE. WIR HELFEN GERNE!

Am Treppengeländer hing ein großes Poster von Naruto Uzumaki. In diesem Studiengang standen ein paar Leute auf Anime, das war klar. Weitere Stände warben ebenfalls mit riesigen Bannern von anderen berühmten Comicfiguren – von Pokémon über Harley Quinn bis zu Hulk. Weiter hinten entdeckte Rishi einen Stand, der von vielen belagert wurde. Es raubte ihm den Atem. »Bei den Göttern.« Mit klopfendem Herzen nahm er Dimples Hand und ließ sie sofort wieder los. »Da ist Leo Tilden.«

»Wer?« Dimple folgte seinem Blick. »Wer ist das?«

»Er hat eine unglaubliche Figur für eine Graphic-Novel-Serie erschaffen, Platinum Panic. Ich habe sie gelesen, als ich ungefähr zehn war, und irgendwie bin ich dadurch zum

Comic gekommen. Es gibt auch tolle YouTube-Videos von ihm.« Er rieb sich den Nacken. Es fühlte sich unwirklich an, dass der Mann, den er seit fast einem Jahrzehnt aus der Ferne verehrte, nur zehn Meter weiter stand. Rishi hatte über all seine YouTube-Witze gelacht und ihm peinliche Fanmails geschickt, als er elf Jahre alt war. Davon würde er Dimple natürlich ebenso wenig erzählen wie von der Postkarte, die Leo ihm zurückgeschickt und die er behalten und ganz hinten in seinen Skizzenblock gesteckt hatte. *Semper pinge* – das hieß *immer weiterzeichnen* auf Latein. Platinum Panics Motto war *Semper sursum – immer aufwärts.*

»Ja, dann stellen wir uns an und reden mit ihm.« Dimple nahm seine Hand und zog ihn zu der Schlange.

Da Rishi plötzlich alles zu viel war, konnte er nicht verarbeiten, dass sie (a) selbst seine Hand genommen hatte und dass es sich (b) schön anfühlte.

»Äh, ich weiß nicht recht«, sagte Rishi und wich zurück.

Das ging alles viel zu schnell. Er war völlig überwältigt. Nachdem er bereits zu Kevin Keo Ja statt Nein gesagt hatte, war er jetzt bei dieser gigantischen Con und traf auch noch auf sein Idol. Es war, als fiele er in eine Art Comic-Kaninchenloch. Es fühlte sich an, wie wenn man unbedingt mit einem Mädchen zusammenbleiben wollte, das man verzweifelt liebte, das einem aber nicht guttat. Man musste Abstand halten, weil man sich sonst hoffnungslos und wehrlos in allem verheddern würde, was man an ihr liebte. Distanz versprach Sicherheit. Denn Rishi war sich bewusst, dass seine kompromisslose Liebe zu seiner Kunst, zur Gestaltung ihn einsaugen und nie wieder loslassen würde.

Dimple drehte sich mit schmalen Augen zu ihm um. »Was soll das heißen? Hast du nicht gerade gesagt, der Mann wäre dein Idol?« Sein Anblick stimmte sie weicher und sie legte ihm die Hand auf den Arm. »Was hast du denn?«

»Damit habe ich nicht gerechnet.« Rishi wies vage in Leo Tildens Richtung. »Ich dachte, hier wäre nicht viel los.« Er zeigte auf das Begrüßungsbanner, auf dem LITTLE COMIC CON stand. »Verstehst du? *Klein*, das steht sogar im Namen.«

Dimple musterte ihn einen Augenblick lang. »Wovor hast du Angst? Dass du nicht hierhergehörst oder dass es doch so ist?«

Verblüfft sah er sie an. Wie hatte sie all seine Gefühle so schnell und so genau in Worte gefasst? »Wer bist du, kannst du etwa Gedanken lesen?«

Dimple lächelte. »Lass uns nur Leo Tilden treffen, dann können wir meinetwegen gehen. Du musst ja niemandem sagen, dass du zeichnest. Du kannst so tun, als wäre dein Kostüm von einem indischen Comic inspiriert, den hier niemand kennt.« Sie zuckte mit den Schultern. »Was hast du zu verlieren?«

Sie hatte recht. Wenn er in einem Jahr zurückblickte, als Student des Massachusetts Institute of Technology, würde er sich an diese Gefühle gar nicht mehr erinnern. Er würde sich daran erinnern, dass er Leo Tilden getroffen hatte, und das konnte ihm keiner nehmen.

Er nickte. »Einverstanden, Daria. Und danach können wir uns vielleicht ein Eis oder so was gönnen.«

Dimple grinste. »Dann mal los.«

23. KAPITEL

Rishi

»Hi.« Leo Tildens unverwechselbare Stimme im echten Leben. Wow.

Rishi lächelte, aber er war nicht sicher, ob er in einer sozial angemessenen Weise lächelte. Das hieß, er fletschte die Zähne. Der große muskulöse Mann neben Leo Tilden – vermutlich sein Assistent Sven – wirkte ein wenig verstört und Dimple stieß ihm den Ellbogen in die Rippen. »Äh, h-hi. Ich bin … ich bin ein großer Rishi …« Er hörte Dimple schnauben. Bei den Göttern. Hatte er gerade gesagt, *Ich bin ein großer Rishi?* »Fan«, korrigierte er. Er hatte das Gefühl, sein Gesicht würde gleich in Flammen aufgehen. »Ich bin ein großer Fan. Ich heiße –«

»Lass mich raten«, sagte Leo und grinste. »Rishi.« Als er die Hand ausstreckte, entspannte sich auch der kräftige Sven. »Freut mich, dich kennenzulernen.«

»Mich auch«, sagte Rishi. Er fühlte sich wie in einem seltsamen Traum und musste sich zwingen, deutlich zu sprechen und Leo die ganze Zeit anzusehen. Von Leos YouTube-Videos wusste er, dass der Künstler ein Cochlea-Implantat hatte, mit dem er hören konnte – aber nicht so gut wie ein normal hörender Mensch. »Ich habe *Platinum*

Panic gelesen, als ich zehn war. Dadurch bin ich zum Comic gekommen. Ich weiß noch, als ich erfahren habe, dass Sie der einzige schwerhörige Comicautor sind, der so groß rausgekommen ist. Es hatte für mich …« Er schüttelte den Kopf. »… eine große Bedeutung. Es macht Mut, neue Wege zu gehen.«

Leo nickte. »So soll es sein. Es ist *unabdingbar,* neue Wege zu gehen. Wir brauchen mehr Leute, die Leben in die Bude bringen. Hier habe ich angefangen, an der SFSU. An dieser Uni gibt man sich große Mühe, die verschiedensten Stimmen zu Wort kommen zu lassen.« Er zeigte auf Rishis Kostümierung. »Als was bist du hier?«

Rishi schaute an sich herunter. Seine Verkleidung hatte er total vergessen. Sein Mund fühlte sich an wie die Wüste in Rajasthan. »Äh, n-niemand.«

Leo zog eine Augenbraue hoch. »Niemand?« Er zeigte auf Rishis *Gada.* »Trägst du so etwas immer mit dir herum?«

Dimple stupste ihn erneut mit dem Ellbogen an. Er ignorierte sie. »Das ist nur … das ist nicht …«

»Das ist Aditya, der Sonnengott-Superheld. Er hat die Figur vor einigen Jahren erschaffen.« Dimple warf Rishi einen trotzigen, triumphierenden Blick zu. Er würde später ein sehr ernstes Gespräch mit ihr führen müssen und versuchte, ihr das mit einem Blick zu vermitteln. Doch sie verstand es nicht oder wenn, wirkte sie keineswegs beunruhigt.

»Echt?« Leo beugte sich vor. »Hast du ein paar Panels dabei?«

Rishis Umhängetasche hing schwer an seiner Schulter. Darin lag sein Skizzenblock mit Arbeiten aus den letzten

Jahren. Er hatte sogar neuere Panels dabei, komplett eingefärbt und alles. Sie waren gut genug, um sie Leo Tilden zu zeigen. Er musste sich nicht dafür schämen.

Aber … er hatte ein komisches Gefühl. Als würde er Ma und Pappa verraten. Sie dachten, er wäre wegen Dimple hier, und um vor seinem Studium am MIT Erfahrungen zu sammeln. Das hier war genau das, wovon sie ihn abhalten würden. Es wäre ein bedeutungsschwerer Schritt, wenn er seine Zeichnungen einem berühmten Graphic-Novel-Autor zeigen würde. Ein Schritt, von dem er nicht überzeugt war.

»Nein, ich habe nichts dabei, nein«, sagte er schließlich – die Worte stachen wie Glasscherben. Es tat weh. Es tat richtig weh.

Leo wirkte aufrichtig enttäuscht. »Oh, das ist aber schade. Dann vielleicht nächstes Mal.«

Es wird kein nächstes Mal geben, dachte Rishi. Das wusste er mit absoluter Sicherheit. Eben noch hatte er sich innerlich so kreativ, so weich und verletzlich gefühlt, und plötzlich war da nur noch Härte, wurde ein Kolibri zu Stein.

»Genau.« Rishi rang sich ein Lächeln ab und streckte erneut die Hand aus. »Ich habe mich gefreut, Sie kennenzulernen. Ich würde gerne noch eine signierte Ausgabe Ihres neuesten Buches kaufen.«

Sven hatte schon ein Exemplar in der Hand.

Dimple

Während sie die verschiedenen Stände abklapperten, sah Dimple Rishi immer wieder flüchtig von der Seite an. Er lächelte gelassen, während sie zusahen, wie ein Kunststudent vor ihren Augen etwas töpferte. Etwas war anders als vor einer halben Stunde. Etwas Grundsätzliches. Doch Dimple wusste nicht, was es war.

»Alles okay … mit dir?«, fragte sie, als er einen angebotenen Flyer nahm und ihn auf dem nächsten Tisch wieder ablegte, ohne ihn angesehen zu haben.

»Ja.« Er lächelte sie an. Es hatte mit der Leidenschaft in seinem Blick zu tun. Als er Leo Tilden gesehen hatte, war es das reinste Feuerwerk gewesen, aber jetzt war es erloschen. »Wieso?«

Dimple schüttelte den Kopf. »Keine Ahnung. Du bist irgendwie anders. So gedämpft. Liegt es daran, dass du keine Zeichnungen dabeihattest, um sie Leo Tilden zu zeigen? Du kannst ihn bestimmt fragen, ob du ihm später etwas mailen darfst.«

»Nee, das war es nicht.« Sie gelangten an einen Stand, an dem eine hübsche dunkelhaarige Frau mit leuchtend rotem Lippenstift ihre neuesten Marker einer Gruppe von Männern vorstellte. Allerdings schienen sie sich mehr für sie als für ihr Produkt zu interessieren. Rishi nahm eine Packung Stifte in die Hand, legte sie dann aber wieder hin. »Ich würde gerne bald gehen. Was meinst du?«

Argh, es war so frustrierend, wie er sich verhielt. Dimple

konnte nicht benennen, was es genau war, aber frustrierend war es auf jeden Fall. »Hm, ja, meinetwegen.«

Sie gingen um eine Warteschlange für Gratis-Popcorn herum, als plötzlich jemand rief: »Hey! Rishi, stimmt's?«

Sie drehten sich zu einem drahtigen jungen Mann an einem Stand in der Nähe um, der ungefähr so groß war wie Rishi, mit hochgegeltem schwarzem Haar und einer roten Drahtgestellbrille. Er grinste und winkte wie wild.

»Wer ist denn das Energiebündel?«, fragte Dimple auf dem Weg zu ihm.

»Das ist Kevin Keo, der Typ, der mich eingeladen hat«, erklärte Rishi. »Er ist cool. Wenn du nichts dagegen hast, sage ich nur schnell Hallo, dann können wir gehen.«

»Kein Problem.« Als sie näher kamen, sah Dimple, dass Kevin an seinem Stand Comics und Mangas ausstellte. Vor ihm lag ein Skizzenbuch, in das er gerade eine Mischung aus einem Alien aus dem All und einem Mädchen in Yogahose zeichnete. Es war wirklich ziemlich cool und sah aus wie 3-D, als würde das Wesen aus der Seite steigen. Dimple sah Rishi an, doch der hatte erneut seinen merkwürdigen, gleichgültigen Blick aufgesetzt, als hätte er mit alldem überhaupt nichts am Hut. Was war mit ihm los?

Sogar Dimple fand die Zeichnung extrem gut, dabei war Kunst nicht wirklich ihr Ding. »Das ist genial«, sagte sie und beugte sich vor, um sich jedes Detail anzusehen. Aus der Nähe erkannte sie, dass die Fangarme des Aliens aus dicht gedrängten Worten bestanden, die sich träge übereinanderschlängelten.

»Danke!«, sagte Kevin. »Ein Dialog aus *One Piece*.« Er

zeigte auf das Banner hinter ihm und dann auf sein Kostüm. »Ich habe mich als Monkey D. Luffy, die Hauptfigur verkleidet. Es ist eine meiner absoluten Lieblingsserien. Kennst du sie?«

Dimple zuckte mit den Schultern. »Tut mir leid, ich weiß rein gar nichts über Manga.« Sie schaute Rishi an. »Hast du schon mal von *One Piece* gehört?«

»Ja.« Er nickte halbherzig, als wollte er eigentlich dringend gehen. »In einem der letzten Sommer habe ich ein paar Folgen gesehen.«

Kevin, der Rishis gleichgültige Reaktion offenbar nicht bemerkte, rieb sich die Hände. »Toll, wie du die *Gada* hinbekommen hast, Mann. Echt süß.« Er machte eine Pause, und als Rishi leise »danke« sagte, redete er weiter. »Und? Wie findest du die LCC? Hast du ein paar coole Leute getroffen?«

Rishi lächelte mit geschlossenem Mund. »Ja, Leo Tilden. Das war super.« Er zeigte ihm die Graphic Novel, die er gekauft hatte. »Ich habe mir eine signierte Ausgabe gesichert.«

»Der Typ ist so was von krass!«, rief Kevin und strahlte vor Leidenschaft, Begeisterung und Energie. »Hast du seinen YouTube-Kanal abonniert?« Und als Rishi nickte: »Ich zieh mir das jede Woche rein. Angeblich übernimmt er demnächst User Subs, und falls du im Herbst hier anfängst –«

»Moment, Mann, das war echt cool, aber ich kann mir nicht vorstellen, hier zu studieren. Ich habe schon die Zusage vom MIT.« Rishi zuckte mit den Schultern. »Ich will nicht, dass du dir ein falsches Bild machst.«

»Oh.« Kevin sah ihn niedergeschlagen an. Dann runzelte er die Stirn. »MIT? Ich dachte, du interessierst dich für Comickunst.«

»Das stimmt.« Rishi hielt inne. »Früher. Eher so als Hobby in der Schulzeit. Aber für so etwas habe ich bald keine Zeit mehr. Ich muss mich auf einen richtigen Beruf konzentrieren.«

Ein Schatten legte sich auf Kevins Miene und er sagte deutlich kühler: »Was willst du denn am MIT studieren?« Dimple hörte es an seiner Stimme, dass er Rishi für einen überheblichen Idioten hielt. *Du irrst dich!*, hätte sie am liebsten gerufen. *Ich weiß auch nicht, wer dieser sonderbare, humorlose Zombie ist!*

»Computer- und Ingenieurwissenschaften«, antwortete Rishi.

Kevin nickte. Sein Blick glitt flackernd über Rishis Kurta und die *Gada*. »Als ich dich zuletzt gesehen habe, hast du es nicht genau erklärt. Als was bist du denn verkleidet?«

Rishi senkte den Blick. Einen Augenblick lang sah es so aus, als würde er Kevin von Aditya erzählen wollen. Ein fast sehnsüchtiger Blick legte sich kurz wie eine weiche Wolke über seine Züge. Dann sagte er klar und deutlich: »Als nichts Besonderes, jemand aus einem witzigen indischen Comic aus meiner Kindheit.«

24. KAPITEL

Dimple

Kevin wandte sich Dimple zu, nachdem mit Rishi so gar nichts anzufangen war. »Hey.« Er lächelte. »Stehst du auf Comics oder eine andere Art von Kunst? Ich erkenne dein Kostüm nicht.«

»Das ist Daria, ein Comic aus den 1990ern. Solltest du dir bei Gelegenheit mal ansehen. Aber was Kreativität angeht …« Dimple schnitt eine Grimasse. »Ich glaube, ich war krank, als die Künstlergene verteilt wurden. Meine Kreativität reicht gerade für die Entwicklung von Apps und Webseitendesign. Beim Programmieren erzählt man auch irgendwie eine Geschichte, mehr aber auch nicht. Ihr dagegen macht hier tolle Sachen.« Ihre Geste umfasste das ganze Gebäude. »So viele Farben! Und die Kostüme sind einfach fantastisch.« Ein Mädchen, das in einem wunderschönen goldenen Retrokleid vorbeiging, mit blauen Zöpfen und aufgesprühtem Make-up, bewies, wie recht sie hatte.

Kevin strahlte sichtlich erfreut, dass wenigstens einer von ihnen das Herz am richtigen Fleck hatte. »Wenn das so ist – hast du später am Abend schon was vor?«

Dimple schüttelte den Kopf. »Nein, ich glaube nicht. Wieso?«

»Die Kunststudierenden geben immer eine wahnsinnig gute Afterparty. Komm doch auch, so gegen neun geht's los.« Er schrieb eine Adresse auf eine leere Seite in seinem Skizzenbuch, riss sie heraus und reichte sie Dimple. Zögernd wandte er sich an Rishi, der teilnahmslos dabeigestanden hatte. »Du kannst auch kommen.«

»Danke«, sagte Rishi. »Aber ich –«

»Wir kommen sehr gerne«, sagte Dimple nachdrücklich, ohne Rishis bösen Blicken Beachtung zu schenken.

Nach der muffigen Luft auf der Little Comic Con tat die kühle Luft richtig gut. Dimple atmete tief durch, während sie den Lärm, die Hitze und das Gelächter hinter sich ließen.

Draußen war es dunkel und kalt, der Nebel hatte sich wieder einmal vor die Sterne geschoben. Sie schwiegen, während der Wind in den Blättern rauschte und mit Dimples Haar spielte, bis sie es schließlich hochsteckte. »Und«, fragte sie leichthin. »Was jetzt?«

»Ich habe ein bisschen Hunger. Hast du Lust auf das Eis, von dem wir vorhin gesprochen haben?«

Dimple nickte. »Ja. Aber erklärst du mir dann, was dadrin passiert ist?« Sie wurde aus seiner Miene nicht schlau. »Nur wenn du willst, natürlich.«

Einen Augenblick lang verharrte er so – versteinert und unnachgiebig. Doch dann holte er tief Luft. Als er sprach, war seine Stimme beherrscht und gelassen. »Ich sehe einfach keinen Sinn darin, meine Zeit – und die anderer Leute – mit etwas zu verschwenden, woraus nie etwas wird.«

Rishi sah sie an und fügte beinahe trotzig hinzu: »Ich werde nie ein Comickünstler werden.«

Dimple überlegte, warum er das unbedingt laut aussprechen musste. »Ja, und, ist doch egal, wenn du es nicht zu deinem Beruf machst. Es ist doch deine Leidenschaft, oder? Wieso kannst du es dann nicht einfach zu deinem Hobby machen?«

»Weil es zu viel Zeit kostet«, sagte Rishi, klang aber selbst nicht überzeugt. »Und es überrollt einen, hast du doch gesehen. Kevin will, dass ich mich hier bewerbe. Leo Tilden wollte meine Zeichnungen sehen. Viel Lärm um nichts.«

»Sie sind interessiert«, sagte Dimple und schüttelte den Kopf. »Ist doch toll, wenn die Leute sich wünschen, dass du Erfolg hast. Du sagst die ganze Zeit, dass du kein Comickünstler werden kannst, aber ich glaube, wenn du wirklich wolltest, wäre es sehr wohl möglich.«

Rishi lachte freudlos. »So einfach ist das nicht. Klar ist es toll für Kevin Keo, dass er genau weiß, was er will, und sich die Freiheit nimmt, alles dafür zu tun. Aber bei mir ist das anders. Weißt du, wie groß die Chance ist, der nächste Leo Tilden oder Stan Lee zu werden? Eins zu einer Million. Ich weiß, was mir wichtig ist – ich will ein gutes Leben führen. Ich möchte heiraten und eine Familie gründen. Aber ich kann meine Familie nicht ernähren, wenn ich in der Hoffnung auf den großen Durchbruch auf dem Comicmarkt kellnern gehen muss.«

»Du bist achtzehn.« Dimple sah ihn an und fragte sich, ob sie sich in irgendeinem merkwürdigen Universum befanden, in dem Rishi sich gleich in einen zweitausend Jahre alten Vampir verwandeln würde. »Darüber musst du dir doch noch nicht so viele Gedanken machen.«

Mit einem Seufzer kickte Rishi ein Steinchen über den Weg, bis es in die Nacht hinausschlitterte und glitzernd unter einem Baum liegen blieb. »Ich *muss* nicht, aber ich will. Ich werde niemals eins dieser verrückten achtzehnjährigen Partyanimals sein. Das ist einfach nicht mein Ding.«

Dimple lächelte. Sie liebte Herausforderungen. »Echt nicht? Warst du schon mal auf einer Party? In der Highschool zum Beispiel?«

»Natürlich.«

Dimple zog eine Augenbraue hoch. »Also eine richtige Party, die nicht von Eltern organisiert wurde.«

Er schwieg und sie lachte. »Du hast an Diwali-Partys gedacht, oder?«

»Hey, das sind richtige Partys!«, entgegnete Rishi, aber er musste mitlachen.

»Okay, wir gehen auf jeden Fall da hin.« Dimple hielt den Zettel hoch, auf dem Kevin die Adresse notiert hatte.

Rishi verzog das Gesicht. »Ach ja?«

»Ja. Man muss kein ›Partyanimal‹ sein, um sich auf einer Party zu amüsieren. Ich war in der Highschool mit Freunden auf ein paar kleineren Partys, die waren gar nicht schlecht. Man kann einfach abhängen.« Als Rishi den Mund öffnete, um zu protestieren, redete sie schnell weiter. »Betrachte es als gesellschaftliches Experiment. Man muss mindestens auf einer Collegeparty gewesen sein, oder etwa nicht? Das gehört zum Erwachsenwerden dazu. Das kannst du heute gleich abhaken, ich zeige dir, wie es geht.«

Er schloss den Mund wieder. »Na gut.«

Dimple stupste ihn mit der Schulter an. »Gut. Pass auf, vielleicht macht's dir ja sogar Spaß.«

Rishi

»Das ist der Wahnsinn.« Rishi und Dimple standen vor dem Haus, in dem die Party stattfand.

Es gab keinen Zweifel daran, dass sie an der richtigen Adresse waren. Im Vorgarten war eine selbst gemachte Bowlinganlage aufgebaut, die im Dunkeln leuchtete: Die Kegel waren Plastikwasserflaschen mit Leuchtstäben darin und die Feiernden versuchten sie unter kreischendem Gelächter umzuwerfen. In einem Baum saß eine lebensgroße Puppe, als würde sie zuschauen. Ihr Mund, ihr Haar und ihr Kleid leuchteten im Schein der Schwarzlichtlampen, die im Baum hingen.

Die Haustür stand offen und die Musik, die herausdröhnte, war so laut, dass der Bass den Boden unter Rishis Füßen erbeben ließ. »Da können wir nicht reingehen. Die sind alle sturzbesoffen.«

»Ach, komm schon. Du kannst sie von hier doch gar nicht richtig sehen. Und schau dir das Haus an, das ist eine echte Collegeerfahrung.« Dimple packte sein Handgelenk und zerrte ihn über die Straße. Ihr Blick klebte an den Bowlingkegeln.

Auf der kleinen Vorderveranda stand eine Kühlbox mit

alkoholischen und alkoholfreien Getränken. Dimple nahm zwei Coladosen heraus und reichte Rishi eine davon.

»War da auch Bier drin?«, fragte er kopfschüttelnd, als sie den Deckel wieder schloss.

Dimple warf ihm einen Blick von der Seite zu. »Ja, hier dürften einige schon einundzwanzig sein.« Als sie seinen zweifelnden Blick sah, fügte sie hinzu: »Und nach einem Bier landet man nicht gleich als Obdachloser auf der Straße.«

Rishi öffnete seine Coladose und folgte ihr ins Haus. »Ha-ha, ob du es glaubst oder nicht, ich habe da eine Dokumentation gesehen …«

Dimple

Dimple ging hinein und schaute um eine Ecke, während Rishi ihr einen langatmigen Vortrag darüber hielt, dass die Sucht einen wie eine Python einschnüren und zerquetschen konnte, wenn man nicht aufpasste.

In einer kleinen Küche wurden noch letzte Vorbereitungen für die Party getroffen. Ein großer junger Mann goss Limonade aus einem Tetrapack in winzige Plastikgläser auf einem Tablett. Ein Mädchen mit Piercings in den Lippen und Ohren und in der Nase schob ein Backblech mit frischen Brownies in den Ofen.

Dimple hatte eine gemeine Idee und musste lächeln, während der junge Mann das Tablett mit Limonade hinaustrug und auf einen Tisch in ihrer Nähe stellte. Ein Blick auf Rishi bewies, dass er nichts davon mitbekommen hatte. Er redete immer noch über den Dokumentarfilm und behauptete, Heroin wäre die neue Lieblingsdroge der Vorstadtkids.

Dimple lächelte noch breiter, nahm sich einen pinkfarbenen Drink und trank ihn auf ex.

25. KAPITEL

Rishi

»Du weißt doch nicht einmal, was dadrin ist!«, sagte Rishi und zwang sich, nicht so schrill zu klingen. War sie *verrückt*? Er würde nie etwas trinken, das er nicht entweder selbst zubereitet oder das jemand vor seinen Augen eingeschüttet hatte. Sie kannte diese Leute doch gar nicht!

Dimple drehte sich herum, legte die Hände auf seine Ellbogen und beugte sich vor, damit er sie über der dröhnenden Musik verstehen konnte. Das Haus war bis auf ein paar Schwarzlichter und Leuchtstäbe in den Zimmern ziemlich dunkel und Rishis Herz schlug ein wenig schneller. »Komm runter«, schrie sie. »Das war nur pinke Limo, versprochen.« Dann trank sie grinsend noch ein Glas. »Ich mache so weiter, bis du mittrinkst. Entspann dich mal!«

Ein wilder Haufen lief laut schreiend und johlend an ihnen vorbei nach draußen, um zu bowlen. Es waren nur noch drei Gläser übrig, als Dimple mit hochgezogenen Augenbrauen nach dem nächsten griff.

»Okay, okay«, sagte Rishi und trank eins der kleinen Plastikgläser aus. Der Drink schmeckte herb und süß. Er konnte tatsächlich nichts daran finden, das nicht auf Erdbeerlimonade hinwies.

Vielleicht war diese Party doch noch nicht ganz außer Kontrolle geraten. »So«, sagte er. »Zufrieden?«

Dimple grinste. »Immerhin ein Anfang. Komm, schauen wir, was die da machen.« Sie zeigte auf eine Ansammlung von Partygästen, die einen rothaarigen Typen und ein Mädchen mit Zöpfen umringten. Die beiden saßen einander auf einem Sofa gegenüber – die Skizzenblöcke auf dem Schoß.

Rishi folgte Dimple, die sich mühelos durchdrängte, obwohl viele der Feiernden größer und kräftiger waren als sie. Rishi warf hier und da ein »'tschuldigung« und »Pardon« ein.

»Okay, nächste Runde!«, rief ein großer junger Mann, eindeutig der Moderator, und die beiden blätterten zu einem unbeschriebenen Blatt in ihren Blöcken.

»Was ist das hier?«, fragte Rishi seinen großen dünnen Nachbarn und Dimple beugte sich vor, um die Antwort verstehen zu können.

»Ein Sketch-off«, sagte der Dünne grinsend. »Wir schlagen irgendetwas Verrücktes vor, das sie zeichnen sollen, und dann geht's ab.«

»Das Kind von Miley Cyrus und Darth Vader!«, rief jemand und ein anderer ergänzte: »Gothicmäßig!« Alle lachten und johlten.

Dimple

Die Zeichner gaben sich richtig Mühe. In dem trüben Schwarzlicht und dem bisschen, was von draußen hereinkam, war es schwer zu erkennen, aber Dimple sah auf dem Skizzenblock des Typen eine sexy Frau, die auf einem riesigen Ball ritt, eine lustige Version von Darth Vaders Helm auf dem Kopf. In dem Versuch, das Ganze irgendwie gothicmäßig aussehen zu lassen, zeichnete er Turmspitzen an den oberen Seitenrand.

»Du müsstest der Nächste sein«, sagte Dimple.

»Was?« Als Rishi sie erschrocken ansah, verschwanden seine dichten Augenbrauen beinahe unter seiner Tolle. Sie verspürte das unwiderstehliche Bedürfnis zu kichern, also tat sie es.

»Ich finde, du solltest dich zu dem nächsten Wettstreit melden«, erklärte Dimple und zeigte auf die beiden Künstler.

»Das glaube ich kaum«, sagte Rishi und warf ihr einen *Okay sie ist verrückt*-Blick zu.

»Und – stopp!«, rief der Moderator. Die Künstler ließen die Stifte sinken. Nun riefen die Zuschauer, wer gewinnen sollte: »Vinnie!« beziehungsweise »Lola!« Einer war so aufgeregt, dass er »Lolinnie!« rief, was als Stimme für beide gewertet wurde. Schließlich wurde Lola zur Gewinnerin erklärt. Vinnie schlug sein Skizzenbuch zu und verschwand mit einer Zuschauerin in den dunklen Zimmern des Hauses.

Lola, eine kleine Frau mit blauen Zöpfen (oder dunkelroten oder gelben – das war in diesem Licht schwer zu erkennen) schaute in die Runde und lächelte herausfordernd. »Und? Wer ist der Nächste?«

Dimple schubste Rishi fester als beabsichtigt, sodass er

nach vorn taumelte und sich die Schienbeine am Tisch stieß.

»Super!«, sagte Lola und sah zu ihm hoch. »Setz dich!« Sie grinste noch mehr. »Und bereite dich darauf vor, zu verlieren.«

Rishi warf Dimple über die Schulter einen Unheil verkündenden Blick zu, doch er setzte sich aufs Sofa und holte seinen Skizzenblock heraus.

»Okay, Kandidaten, stellt euch kurz vor«, bat der Moderator.

»Ich bin Lola«, sagte die junge Frau und streckte die Hand aus.

»Rishi.« Er schüttelte sie.

»Perfekt! Und jetzt lasst eure Vorschläge hören, Leute!« Der Moderator blickte in die wuselige, grinsende, quatschende Menge.

Ein Zuschauer schrie: »Ein Faultier, das im Kleid Ballett tanzt!«

Da die anderen zustimmend grölten, nickten die beiden Kandidaten einander zu und begannen zu zeichnen.

Dimple hatte schon mal eine Zaubervorstellung erlebt. Als sie acht gewesen war, hatte die Rektorin den Fantastischen Frank eingeladen, in der Schule eine Vorstellung zu geben. Dimple erinnerte sich, wie sie mit den anderen verschwitzten Zweitklässlern im Zuschauerraum gesessen und den Kopf zur Bühne verdreht hatte, wo Frank orangefarbene Seidentücher aus den Ärmeln zog, ein Kaninchen aus der Luft zauberte und wieder verschwinden ließ und einen Penny durch seine Hand drückte. Sie war ganz in seinem Bann gewesen und hatte zwei Wochen lang verkündet, sie wolle Zauberin werden, wenn sie groß war – mit dem Künstlernamen Dimple, die Dämonin. Doch diese überwältigende Verzückung war nichts verglichen mit dem, was sie jetzt fühlte.

So wie Rishi dasaß, über seinen Skizzenblock gebeugt, mit einem Bleistiftstummel in der einen Hand, die andere um den Rand des Papiers geschmiegt, begriff Dimple, dass er nicht *wirklich* anwesend war. Er hatte sich ausgeklinkt, auf eine schwimmende Insel aus Grafit und Papier, auf der diese Wirklichkeit nicht existierte. Er sah nur die verrückte Faultier-Ballerina in seiner Vorstellung, die mit jedem Bleistiftstrich mehr Gestalt annahm. Seine Striche waren selbstbewusst und präzise und das entstehende Bild war lustig und atemberaubend faszinierend zugleich.

Dimple merkte, dass die Zuschauer sich anstupsten und vorbeugten, um auch die kleinen Details besser sehen zu können, zum Beispiel, dass das Faultier ein Monokel trug, oder dass Rishi ihm einen perfekten Ballerinaknoten gezeichnet hatte, der allerdings aus einem Croissant bestand.

Kurz darauf rief der Moderator: »Stopp!«

Rishi legte den Stift beiseite und dehnte seine Finger. Er suchte Dimple in der Menge, und als sie sich ansahen, grinste er breit und glücklich. Als sie zurücklächelte, flatterte etwas in ihrer Brust.

Das Ergebnis war fast einstimmig – Rishi hatte gewonnen. Lola stand auf. »Super Arbeit«, sagte sie und nickte ernst. »Fängst du hier an?«

Rishi schüttelte den Kopf. »Nein, ich habe hier nur einen Sommerkurs belegt.« Er warf einen schnellen Blick auf Dimple.

»Schade«, sagte Lola, als sie ihren Skizzenblock nahm und den Rock glatt strich. »Du bist supergut.«

»Wer möchte gegen unseren neuen Champion Rishi antreten?«, fragte der junge Moderator, doch Rishi stand auf und schüttelte den Kopf.

»Nein, danke, Mann. Das reicht mir.«

Die Zuschauer stöhnten und buhten, doch Rishi hob die Hände – mit Skizzenblock und Bleistift – und ging zu Dimple.

Mit einem Mal war sie ganz schüchtern. Es war merkwürdig, aber es fühlte sich an, als hätte sie etwas an ihm entdeckt, von dem sie gar nichts gewusst hatte. Die meisten Leute würden nicht so auf ein Faultier reagieren, das mit Monokel Ballett tanzte, das war ihr bewusst, doch sie konnte es sich selbst kaum erklären. Rishi war begabt. Sein Talent war so groß, dass er es ungern zeigte. Jetzt verstand Dimple auch, warum. Es war so … persönlich. Er verwandelte sich, ließ alle Hüllen fallen, und merkte es nicht einmal. Sie hatte seine Seele gesehen, und sie hatte ihr gefallen.

»So«, sagte er, steckte seinen Skizzenblock wieder in die Umhängetasche und schloss sie. »Was möchtest du als Nächstes machen?«

Sie rieb sich den Arm. »Ich weiß nicht …«

»Dimple!«

Sie drehten sich um. Kevin Keo trat durch die Tür, gefolgt von drei anderen ebenfalls künstlerisch angehauchten Leuten. Dimple erkannte das Mädchen mit den Piercings, das vorhin die Brownies in den Ofen geschoben hatte. »Du bist gekommen!«

Sie lächelte. »Ja. Danke für die Einladung, die Party ist echt cool.« Sie stupste Rishi an. »Er hat gerade im Sketch-off gewonnen.«

»Echt?« Kevin musterte Rishi ein wenig argwöhnisch. »Super.«

Das gepiercte Mädchen stellte eine Platte mit Brownies auf den Tisch, wo die Limonade gestanden hatte. »Bedient euch!«, sagte sie und nahm selbst ein Stück.

»Danke!«, sagte Dimple und griff zu.

Rishi legte die Hand an ihren Ellbogen. »Äh, Dimple, bist du sicher, dass du die bedenkenlos essen kannst?«, flüsterte er ihr ins Ohr.

Sie gab sich Mühe, das Kitzeln seines Atems zu ignorieren, das einen herrlichen Schauer über ihren Rücken jagte. »Ja, natürlich«, antwortete sie in dem peinlichen Bewusstsein, dass ihre Stimme zwei Oktaven zu hoch war.

Das schien Rishi gar nicht zu merken. »Aber *wirklich* sicher bist du nicht«, sagte er und zog warnend die Augenbrauen hoch.

Kevin Keo verfolgte diese kleine Szene mit Interesse.

26. KAPITEL

Dimple

Dimple verkniff sich das Lachen und biss in ihren vollkommen unschuldigen Brownie. »Mmm, sehr lecker.«

»Das ist mein Lieblingsmix«, sagte das Mädchen. »Ganz ohne Fertigprodukte.«

»Du bist eine begnadete Bäckerin«, sagte Dimple und das Mädchen lief vor Freude rot an.

Rishi beugte sich zu Dimple vor, während Kevin und seine Freunde sich unter die Menge mischten. »Wie kannst du an so einem Ort einfach irgendetwas essen und trinken?« Er schaute die Feiernden an, die im Halbdunkel knutschten, quatschten und lachten.

Dimple aß noch einen Bissen, kaute und schluckte. »Meinst du das wirklich ernst?«

Er sah sie verständnislos an.

»Du musst dich mal entspannen und den Dingen ihren Lauf lassen.« Als Rishi den Mund öffnete, fuhr sie rasch fort: »Und *bitte* sag jetzt nicht, dass ich mich vor K.-o.-Tropfen hüten soll.« *Weil ich* gesehen *habe, dass es ganz normale Brownies sind.* Das sagte sie dann aber doch nicht, denn es gefiel ihr, dass Rishi sich Sorgen um sie machte. Zugeben würde sie das natürlich nicht.

Er kniff die Lippen zusammen. »Na gut, dann nicht. Aber wie kann es sein, dass du so sorglos damit umgehst? Bist du nie zu diesen Infoveranstaltungen gegen Drogenmissbrauch gegangen?«

Dimple aß schnaubend weiter. »Nein, du?«

Rishi rieb sich das Kinn. »D-darum geht's nicht. Also, du kannst nicht auf einer Party von Leuten, die du nicht kennst, aus Behältern essen und trinken, die eine Zeit lang unbeaufsichtigt waren. Damit gefährdest du deine Sicherheit. Jemand wird das ausnutzen –«

Er verstummte, als Dimple sich noch weiter vorbeugte und seine Lippen mit dem Rest des Brownies streifte. »Du willst es doch auch. Sie sind *köstlich.*«

Doch er schüttelte den Kopf und machte ein abwehrendes Geräusch, ohne den Mund zu öffnen. O Mann, er war echt süß. Dimple klimperte mit den Wimpern und sagte mit einer verführerischen Stimme, die sie gar nicht an sich kannte: »Bitte, Rishi Patel?«

Als sie das sagte, funkelte etwas in seinem Blick, und sie wurde rot, weil hier irgendetwas zwischen ihnen lief und die Luft zum Knistern brachte.

Dann erfüllte Rishi ihr gehorsam ihren Wunsch. Es gab Dimple einen Kick, dass er auf sie gehört hatte – dass sie auf irgendeine Weise Macht über ihn hatte.

Rishi

Er durfte jetzt nicht in Panik verfallen. Gut, er hatte einen Brownie gegessen, der möglicherweise illegale Substanzen enthielt. Und dann hatte er es auch noch getan, weil Dimple ihre zarte, nach Schokoladenbrownie duftende Hand so nah an seinen Mund gehalten hatte (und weil sie so dicht vor ihm stand, dass er ihre Körperwärme spürte).

Doch Rishi hatte nicht vor, jetzt in Grübeleien zu versinken. Nein, er würde sich keine Sorgen machen, dass gleich eine SWAT-Einheit hereinstürmen, ihn zu Boden werfen und ihm Handschellen anlegen würde. Er würde sich nicht vorstellen, aus dem Gefängnis Briefe an seine Eltern zu schreiben, während sein sexy Zellengenosse, der Zweimetermann Bozo zusah.

Dimple giggelte – sie giggelte! Er hätte nie gedacht, dass er dieses Geräusch je von ihr zu hören bekommen würde. Dann ließ sie die Hand sinken, was Rishi sofort bedauerte. »Wenn du dein Gesicht sehen könntest!«

»Kein Vergleich zu meinen Gehirnzellen. Die schreien gerade laut auf, weil sie sich auf direktem Wege in die Sucht befinden.«

Dimple schüttelte seufzend den Kopf. »Der Brownie besteht nur aus Fett und Zucker.« Sie warf ihm einen Blick von der Seite zu. »Ich habe gesehen, wie sie sie gebacken hat, okay? Ich habe einen Blick in die Küche geworfen, als du nicht hingeschaut hast.«

Ohne sich abzusprechen, gingen Rishi und Dimple zu

der Schiebetür, die auf den dunklen, fast leeren Hof hinausführte. Rishi spielte den Erschrockenen, worüber sie zu seiner Freude laut lachte.

»Sorry, sorry«, sagte sie und hob entschuldigend die Hände. »Aber du fühlst dich einfach zu wohl mit deiner Paranoia.«

»Mit Paranoia hat das nichts zu tun, Dimple. Ich finde es naiv, fremden Leuten einfach zu vertrauen. Darum gehe ich auch nicht gern auf Partys.« Er spürte ihren spöttischen Blick, der so typisch für Dimple war – wie sie mit zusammengekniffenen Augenbrauen die Situation abschätzte. »Ach ja?«

Als sie durch die Schiebetür auf den Hof trat, kam er mit und zog sie in der Hoffnung zu, dass ihnen keiner der betrunkenen Feiernden folgen würde. Sie gingen zu einer Hecke auf der rechten Seite, die aufkommende Brise nach der muffigen Wärme drinnen wirkte erfrischend. »Also, ich finde das nicht naiv. Alle gehen ständig auf Partys, um sich zu entspannen und zu chillen. Für mich ist es ein Ausgleich von dem ewigen Druck zu Hause, jemand anders sein zu sollen. Hast du denn nie das Bedürfnis, deinen Stress irgendwo abzuladen?«

Rishi verschränkte die Hände hinter dem Kopf. Eine kleine Bank stand gut geschützt hinter der Hecke. Dort gingen sie jetzt hin.

In seinem Kopf herrschte eine Ruhe, als würde die Welt ein wenig Abstand halten. Im Nebel klang seine Stimme gedämpft. »Doch, natürlich. Darum habe ich ja gezeichnet.« Er setzte sich auf die kalte Steinbank und stellte seine Umhängetasche auf den Boden. »Ich hatte nie das Bedürfnis, etwas anderes zu machen.«

Als Dimple sich neben ihn setzte, wirkten ihre Arme und Beine ganz steif, als hätte sie Angst, ihm zu nahe zu kommen oder ihn zu berühren. Er verstand das. Bisher hatte es sich harmlos angefühlt, wenn sie mit den Ellbogen aneinandergestoßen waren oder er ihre Hand genommen hatte, schön und aufregend, ja, aber es war nichts Ernstes, Einschüchterndes dabei gewesen. Doch in dieser Nische im Dunkeln fühlte es sich anders an, bedeutungsvoller, und Rishi war nicht sicher, ob er in dieser Richtung weitermachen wollte. Hauptsächlich, weil er nicht wusste, was *sie* wollte.

»Hmm.«

Als Dimple schwieg, legte er den Kopf zurück und genoss die frische Luft. Da der Nebel den Himmel bedeckte und durch die Bäume herabsank, fühlte es sich an, als säßen sie in einer winzigen grauen Seifenblase – nur er und Dimple. Sein Herz schlug schneller, doch es fühlte sich okay an, dass alles so ungewiss war. Mit einem Lächeln dachte er, dass er gerade alles ganz okay fand. Diese Wirkung hatte sie auf ihn.

»Zeig mir deinen Skizzenblock.«

Das war's mit dem guten Gefühl. Rishi sah ihr in die großen Augen, die dunkel hinter der Brille glänzten. Obwohl sie so sorgfältig Abstand hielt, streifte ihr wildes Haar, das dank der Luftfeuchtigkeit wieder lockig war, seine Schulter, als hätte es ein Eigenleben. »Was?«

»Da sind doch Zeichnungen drin, oder? Du hast Leo Tilden angelogen.«

Die Begegnung mit Leo Tilden war schon eine gefühlte Ewigkeit her, doch als er an diesen Augenblick dachte, rührte sich in seinem Magen etwas Unangenehmes und Bitteres. »Ja. Aber … keine Ahnung, na ja, so toll sind sie auch nicht.«

»Lass das.« Als Dimple sich vollends zu ihm umdrehte, sah er in der trüben Beleuchtung ihr eifriges Gesicht. »Du darfst dein Talent nicht kleinreden. Wenn du mir nichts zeigen willst, sag es einfach. Aber ich habe drinnen« – sie wies zurück zum Haus – »gesehen, was du kannst, und das war grandios. Auch was ich von Aditya gesehen habe, ist fantastisch. Du bist also begabt, sehr sogar! Aber ich weiß nicht, warum du es niemandem zeigen willst. Ich an deiner Stelle würde aufs Ganze gehen.«

»Gehst du denn aufs Ganze?«

Dimple nickte, aber ihr Gesicht war schmal und verletzlich. »Ich versuche es, und es macht mir große Angst. Aber was ist die Alternative? Die Träume einfach abhaken? Das kann ich nicht.« Sie beugte sich vor. »Und das solltest du auch nicht tun, Rishi. Nur weil sie dir Angst machen –«

»Das ist nicht der Grund.« Er setzte sich aufrecht hin und atmete tief durch. Es fiel ihm nicht leicht, darüber zu sprechen, auch wenn alles rosa weichgezeichnet wurde, wenn Dimple dabei war. Doch als er in ihr offenes Gesicht sah und ihre ernst gemeinten Fragen hörte, lösten sich seine üblichen Hemmungen in Luft auf. Rishi wollte ehrlich sein. »Ich würde auch gern in meiner Arbeit aufgehen wie du, nur noch an Kunst denken, nur noch in meiner Kunst leben. Aber genau so müsste es auch sein. Verstehst du? Für mich gibt es nichts dazwischen. Ich kann unmöglich Ingenieur *und* Comickünstler in Teilzeit sein. Es kann kein Hobby sein, dafür liebe ich es zu sehr. Es bedeutet mir zu viel. Wie wenn man ein Kind hat, stelle ich mir vor. Es würde einen komplett absorbieren.«

»Aber dann ist es doch wirklich leicht, oder?« Dimple klang aufrichtig verwirrt. »Mach's. Tu das, was du liebst, wo deine Leidenschaft liegt. Was macht es schon, dass es auf den ersten Blick keinen besonderen Zweck erfüllt? Du bist achtzehn und musst erst viel später, aber vielleicht auch nie, über die Zweckmäßigkeit nachdenken, wenn du das nicht möchtest. Viele Menschen ackern jahrelang, weil sie es sich gar nicht anders vorstellen können, und sind dabei sehr genügsam.«

»Das kommt für mich nicht infrage.« Rishi verlagerte das Gewicht und hatte plötzlich keine Lust mehr, darüber zu reden.

»Und warum nicht?«

»Das habe ich dir doch schon gesagt – wegen meiner Eltern. Ich habe es ihnen versprochen. Ich bin der älteste Sohn. Es wird nicht so kommen, weil ich bestimmte Verpflichtungen habe.«

Dimple seufzte leise und gedehnt.

Rishi sah sie kurz an. Es rührte ihn, dass es ihr so wichtig war. Ohne sich zu viel Zeit zum Nachdenken zu geben, streckte er die Hand aus und öffnete seine Umhängetasche. Dann holte er den Skizzenblock heraus und gab ihn ihr.

27. KAPITEL

Rishi

Dimple lächelte, ein Lampion in der Nacht. »Echt, jetzt?«

Als Rishi nickte, legte sie den Skizzenblock vorsichtig auf ihrem Schoß ab. Sie holte ihr Handy heraus, aktivierte die Taschenlampe und stellte es zwischen sie auf die Bank. Schließlich hob sie beinahe ehrfürchtig das Deckblatt an.

»Warte.« Rishi legte seine Hand auf ihre. Sie sah ihn fragend an. Im Licht der Taschenlampe schimmerte ihr Gesicht samt der Brille silberblau. »Das sind keine fertigen Zeichnungen. Beziehungsweise, einige sind fertig, andere nicht. Es ist eher … improvisiert. Ideen eben.«

»Okay.« Dimple nickte und er ließ ihre Hand los. Doch als sie erneut das Deckblatt anhob, legte er wieder eine Hand auf ihre. Sie zog eine Augenbraue hoch und sah ihn an.

»Eine Sache noch. Sieh dir nicht nur die Handlung an, achte auf die Nuancen, zum Beispiel den Hintergrund in jedem einzelnen Panel. Diese Informationen sind wichtig, weil sie dir mehr darüber erzählen, wie ich die Story geplant habe. Das beschreibt die Atmosphäre und alles andere.«

Dimple nickte noch einmal. »Verstanden.« Rishi ließ ihre Hand los und sie hob das Deckblatt an.

»Oh, und noch etwas –«

»Rishi«, sagte sie und sah ihm direkt in die Augen. »Ich habe keine Erwartungen. Okay? Gar keine. Ich will hier nichts bewerten, ich möchte es mir nur ansehen.«

Er musterte sie, sah die Aufrichtigkeit in ihrem Blick. Endlich entspannte er sich. »Okay.«

Während Dimple sich jede Zeichnung ansah und jedes Panel studierte, jeden Strich, ließ Rishi sie nicht aus den Augen. Sie lächelte still über einige Bilder, andere fesselten sie sichtlich. Ihr Blick überflog mehrmals jede Zeile, und manchmal hob sie den Block an, um besser sehen zu können. Bei einem Bild hielt sie inne und sah es sich mit zusammengekniffenen Augen und einer seltsamen Mischung aus Ungläubigkeit, Amüsement und Erstaunen an. Rishi beugte sich vor, um zu sehen, was es war.

Das Panel hatte er vor zwei Jahren gezeichnet – es zeigte einen etwa zehn-, elfjährigen Jungen, der aus einem Haufen zerknüllter Seiten Papierblumen bastelte, während es vor seinem Fenster in Strömen regnete.

Rishi lachte leise. »Papierblumen. Die habe ich in dem Alter gebastelt. Keine Ahnung, warum, aber eine Zeit lang war ich wie besessen davon. Das Panel war eher eine Art Übung. An dem Tag fühlte ich mich faul und lustlos.« Es war bei Weitem nicht sein bestes Bild und er wusste nicht, was Dimple daran so verzückte.

Als sie ihn ansah, hatte sie immer noch diesen seltsamen Gesichtsausdruck. Sie war vollkommen erstarrt und reglos. »Du hast Papierblumen gebastelt. Aus Zeitschriften.«

Er nickte überrascht. »Woher weißt du, dass ich Zeitschriftenseiten genommen habe?«

»Weißt du das nicht mehr?« Dimple schüttelte mit großen Augen den Kopf und sah ihn unverwandt an. »*Die kannst du behalten. Vergiss mich nicht. Und nicht petzen.*«

Plötzlich kam die Erinnerung mit Macht zurück.

Pappa und Ma hatten ihn zu der Hochzeit einer indischen Bekannten nach San Diego mitgeschleppt. Es war heiß und die Hochzeit fand draußen statt. Ashish war maulig, er heulte, weil er Hunger hatte, während ihre Eltern sich stritten. Es gab absolut nichts, womit ein Kind hätte spielen können, und Rishi sagte seinen Eltern, er würde zur Toilette gehen. Dann lief er los. Er erinnerte sich daran, wie sehr seine Kurta aus dickem Goldbrokat gekratzt hatte. Er wollte in das große kühle Hotel gehen, wo die Klimaanlage lief, und ein T-Shirt suchen. Vielleicht konnte er eins aus einem offenen Zimmer klauen – in Filmen klappte das immer.

Doch als er eintrat, stellte er fest, dass die Gäste auch die Eingangshalle belegt hatten, sodass er nicht unbemerkt an ihnen vorbei nach oben gehen konnte. Überall waren Kellner und Bedienstete sowie neugierige Tanten und Onkel. Rishi schlich in einen Raum mit dem Schild KONFERENZSAAL A und setzte sich dankbar, weil es kühl und still war, im Halbdunkel auf einen Sessel. Nur eine Lampe in einer Ecke war eingeschaltet. Auf dem Beistelltisch lag ein Stapel Zeitschriften und Rishi riss systematisch die Seiten heraus, um sie zu falten und in Blumen zu verwandeln, die er in eine Reihe legte.

Er hatte sich das vor Monaten angewöhnt, nachdem er eine Sondersendung im Fernsehen gesehen hatte. Für seinen ersten Versuch hatte er die Bollywood-Magazine seiner Mutter genommen und es bald auf eine merkwürdige Art unwiderstehlich gefunden. Es hatte ihn nicht einmal gestört, dass er andauernd winzige Schnittwunden an den Fingern hatte. Während er jetzt Rosen, Chrysanthemen und Lilien bastelte, tröstete er sich mit der eintönigen vertrauten Beschäftigung.

Er war bei der dritten Rose, als sich jemand räusperte. Verblüfft hob Rishi den Blick und sah ein kleines Mädchen mit einem wilden Haarschopf. Sie saß auf einem Sessel mit hoher Lehne, den er in der Ecke nicht bemerkt hatte. Sie hatte *Die Zeitfalte* umgekehrt auf dem Schoß liegen und kam mit den Füßen, die aus ihrer leuchtend blauen *Lehenga* ragten, nicht auf den Boden. Das Mädchen fixierte ihn durch eine Brille, die viel zu groß für ihr schmales Gesicht war. »Wieso zerreißt du die Zeitschriften? Sie gehören dir nicht.« Ihre Stimme war schrill und erinnerte ihn an die Zeichentrickserie Tinker Bell, die Ashish gerne schaute. Er mochte es gar nicht, wenn man sich darüber lustig machte. Das hatte Rishi auf die harte Tour gelernt, wie der blaue Fleck an seinem Kinn bewies.

Rishi lehnte sich zurück, ließ die Rose fallen und musterte das kleine Mädchen. Obwohl sie so winzig war, mussten sie ungefähr gleich alt sein. »Du bist doch keine *Petze*, oder?«, fragte er schließlich auf eine Weise, die andeutete, dass er sich (a) nichts Schlimmeres vorstellen konnte und (b) dass sie genau wie eine aussah.

»Nein«, sagte das Mädchen, kaum dass er den Satz beendet hatte, und schob die riesige Brille hoch. »Das war nur eine Frage.«

Rishi taxierte sie noch einen Augenblick lang und erklärte dann: »Mir ist langweilig.« Anschließend rollte er weiter Papier für die nächste Blume. »Wieso bist du zum Lesen hierhergekommen?«

Nach einem langen Blick antwortete sie: »Mir ist auch langweilig.«

Rishi nickte, doch er hielt den Blick auf die Lilie gerichtet.

Nach einer kurzen Pause sprang das Mädchen vom Sessel, kam an den Tisch und setzte sich ihm gegenüber. Rishi beobachtete sie aus dem Augenwinkel. Sorgfältig legte sie das Buch auf den Tisch, nachdem sie die Seite liebevoll mit einem Eselsohr markiert hatte. Danach nahm sie eine Chrysantheme, drehte sie hin und her und unterzog sie einer genauen Untersuchung. »Die finde ich schön«, verkündete sie, legte sie wieder hin und sah Rishi an. »Woher weißt du, wie das geht?«

Er zuckte lässig mit den Schultern. »Hab ich irgendwo gesehen.«

Als sie nickte, hüpften ihre Locken. »Cool. Vielleicht kannst du es mir beibringen.«

»Nee, das dauert zu lange«, sagte Rishi. »Außerdem sind deine Hände zu klein.« Er war nicht sicher, ob das stimmte, aber das Mädchen würde es auch nicht besser wissen.

»Hey, das stimmt nicht –«

»Diiiiimple!«

Das Mädchen erstarrte und sah zur Tür. »Das ist Mamma, ich muss los.« Sie nahm das Buch und wollte aufstehen, doch bevor sie weglaufen konnte, fasste Rishi ihr Handgelenk. Sie sah ihn verwirrt an.

Er drückte ihr die Chrysantheme in die verschwitzte kleine Hand. »Die kannst du behalten«, sagte er und sah sie bohrend an, wie er es in einem Dutzend Bollywood-Filmen gesehen hatte. »Vergiss mich nicht.« Er legte eine Kunstpause ein. »Und nicht petzen.«

Das Mädchen senkte den Blick auf die Blume und hob dann wieder den Kopf, um feierlich zu nicken, als verstünde sie den Ernst der Situation. Sie würde nicht petzen. Schließlich nahm sie die Blume, schlich aus dem Konferenzsaal und schloss leise die Tür.

28. KAPITEL

Rishi

Auf der kalten Steinbank sitzend atmete Rishi aus. »Du warst das?«, fragte er und fixierte Dimple. Sein Verstand ergötzte sich an der Unmöglichkeit des Ganzen und dem unglaublichen Zufall, dass das kleine, ernsthafte Mädchen in der blauen *Lehenga* ihm jetzt gegenübersaß und sich seinen Skizzenblock ansah.

Dimple schüttelte lachend den Kopf. »Ich weiß. Verrückt.« Achselzuckend fügte sie hinzu: »Also nicht *verrückt* verrückt. Wir leben nicht weit voneinander entfernt und gehören über unsere Eltern zur indischen Community von Nord-Kalifornien, die ja nicht so groß ist …«

»Nein.« Rishi rieb sich den Nacken. »Trotzdem verrückt.« Leise sagte er: »Kismet.«

Als sie ihn ansah, leuchteten ihre großen Augen im Schein des Handys beinahe schwarz. »Kismet.« Und dann legte Dimple Shah ihre Hände hinter seinen Kopf und zog ihn an sich, um ihn zu küssen.

Dimple

Im Nachhinein war Dimple nicht mehr ganz sicher, wie es abgelaufen war. Gerade hatten sie noch von dem verrückten Zufall gesprochen, der sie acht Jahre zuvor zusammengeführt hatte, und nun klebte sie an Rishis Gesicht.

Ihr Herz raste, das Echo hallte durch die Welt. Ihr Blut hatte Feuer gefangen, die Flammen leckten an ihrer Haut.

Oh, nein! Er küsste nicht zurück.

Wieso küsste er sie nicht zurück?

Rishi saß starr wie eine Statue, während sie ihre Lippen auf seine drückte. Dimple löste sich sofort von ihm, als es ihr bewusst wurde. Mit brennenden Wangen zwang sie sich, ihm in die Augen zu sehen. »Es tut mir leid. Ich wusste nicht … äh, ich weiß nicht, was hier passiert ist. Also, genau.«

Rishi räusperte sich, auch sein Blick war reglos. Dimple drehte sich zu seinem Skizzenblock um, obwohl sie sich überhaupt nicht mehr darauf konzentrieren konnte. »Mir tut es auch leid«, sagte er und ihr Herz verlor den Mut. Es zerfloss zu einer traurigen kalten Pfütze zu ihren Füßen. »Dass du aufgehört hast, meine ich.«

Als Dimple ihn wieder ansah, trieb die Hoffnung ihren Puls in die Höhe. »Was?«

Dann legte er die Hände um ihre Taille und zog sie an sich. Mit einer Hand umfasste er ihre Wange, den Daumen unter ihrem Kinn, und vergrub die Finger in ihrem Haar. Rishi küsste sie leidenschaftlich und stürmisch, mit Nachdruck, als glaubte er, dass sie genau dort waren, wo sie in diesem Augenblick sein sollten. Er küsste sie, bis auch sie es glaubte.

Rishi

Es gab Momente im Leben, die waren eine einzige Enttäuschung. Man wartete und wartete und dann … wurden die Sommerferien todlangweilig. War der große Ausflug nach New York schrecklich, weil die Menschen unfreundlich waren und es die ganze Zeit regnete. War der Film, auf den man sich monatelang gefreut hatte, richtig schlecht, als er endlich ins Kino kam.

Dieser Moment war ganz anders. Wie Diwali und Rishis Geburtstag und ein neues YouTube-Video von Leo Tilden zusammen. Nein, streichen wir das. Es war viel besser als all das. Rishi war sich ziemlich sicher, dass ihm die Worte fehlten, um zu beschreiben, was gerade in seinem Kopf – und seinem Körper – geschah.

Rishi fühlte sich hellwach, froh, euphorisch und verwundert. Dimples Mund war weich und klein und voll, sie schmiegte sich warm an ihn und der Duft ihrer Haut und ihrer Haare überwältigte ihn wie Flutlicht im Stadion. Er küsste sie. Er, Rishi Patel, küsste sie, Dimple Shah. Und *sie* hatte angefangen. Wie in aller Welt war es dazu gekommen? Wie in aller Welt konnte man so viel Glück haben?

Als sie sich schließlich voneinander lösten und es in Rishis Mund noch wunderbar kribbelte, lächelte Dimple schüchtern und blickte auf ihre Hände, die sie zwischen sich auf der Bank ineinander verflochten hatten. »Hm«, sagte sie. »Damit hatte ich nicht gerechnet.«

Er beugte sich vor und gab ihr einen Kuss auf die Stirn, als wäre es das Natürlichste auf der Welt. Würden sie so weitermachen und sich ewig so küssen? Hoffentlich. »Unerwartet, aber großartig.« Rishi hielt inne. »Oder?«

Sie lachte und sah ihn an. »Absolut.«

Er grinste, sein Herz schwamm vor Glück.

Dimples Lächeln verlor ein wenig von seinem Glanz, als sie seinen Skizzenblock anschaute, der noch auf ihrem Schoß lag. »Rishi …« Sie holte tief Luft, offenbar, um Mut für ihre nächsten Worte zu schöpfen. Rishi spürte, wie seine Wachsamkeit zurückkehrte und sich erneut eine Art Elektrozaun um sein Herz hochzog. »Du solltest deine Zeichnungen Leo Tilden zeigen. Unbedingt. Sie sind … also sie sind fantastisch. Wir können jetzt gleich zu ihm gehen.«

Er sah in ihren Augen, dass sie an sein Talent glaubte. Sie war überzeugt, dass er damit die Welt bereichern konnte und es eine Tragödie wäre, wenn er es nicht täte. Eine Welle der Zuneigung durchströmte ihn und er strich eine Locke hinter ihr Ohr. »Es ist bestimmt zu spät.«

Dimple schüttelte den Kopf und reckte dickköpfig das Kinn. »Wir können Kevin fragen, in welchem Hotel er abgestiegen ist. Es muss doch eine Möglichkeit geben –«

Rishi strich sanft mit dem Daumen über ihre Unterlippe. »Können wir nicht einfach hier sitzen bleiben? Kann ich dich anschauen?«

Sie nickte stumm. Rishi betrachtete jeden Millimeter

ihres Gesichts, jeden Schwung, jede Linie und jede Farbschattierung. Dann nahm er ihr den Skizzenblock ab.

»Was hast du vor?«

Er schlug ihn auf, holte einen Bleistift aus seiner Umhängetasche und begann zu zeichnen. »Das wirst du gleich sehen«, sagte er, und als Dimple versuchte, einen Blick auf das Papier zu werfen, schirmte er es vor ihr ab.

Sie lachte. »So läuft das jetzt also?«

Rishi grinste, ohne zu antworten. Eine Minute später war er fertig, riss das Blatt aus dem Block, faltete es und reichte Dimple das Papier und den Bleistift. Es war albern, doch sein Herz schlug schneller. Dieser Augenblick fühlte sich unangebracht feierlich an.

Dimple

Dimple entfaltete das Blatt. Die Zeichnung war großartig, und hätte sie nicht gesehen, wie Rishi sie innerhalb einer guten Minute zu Papier gebracht hatte, hätte sie wesentlich mehr Zeit dafür veranschlagt. Zu sehen war ein Junge, dem die Haare in die Augen fielen und dessen schwellende Muskeln seine Ärmel zerrissen – Dimple schnaubte. Er schenkte gerade einem wild dreinschauenden Mädchen eine Papierblume. Rishi hatte Dimple mit wenigen Strichen perfekt getroffen – ihre zu große Brille, ihre wilden Locken, die Falte zwischen den Augenbrauen. Unter die Zeichnung hatte er geschrieben:

Willst du ein Date mit mir?

Ja

Nein

Dimple atmete durch, da sie sich plötzlich unwohl fühlte. Er wollte es offiziell machen, doch ob sie sich das auch wünschte, wusste sie nicht. Im Augenblick wusste sie gar nicht, was sie wollte.

Sie schrieb unter das »Nein«:

Sonstiges

Dann gab sie Rishi das Blatt zurück.

Als er es las, schlich sich die Enttäuschung in seine Miene, doch als er sie wieder ansah, hatte er seinen Gesichtsausdruck wieder im Griff und strahlte reine Neugier aus. »Bist du so nett, das zu erklären?«

Dimple nahm ihr Handy und schaltete die Taschenlampe aus. Irgendwie fiel es ihr leichter, gewisse Dinge im Schutz der Dunkelheit auszusprechen. Die neblige Nacht wirkte wie eine Salbe und nahm ihren Worten den Stachel. »Rishi, ich kann nicht deine Freundin sein.«

Einen Augenblick lang herrschte Stille. »Wieso nicht?«, fragte er leise, nicht vorwurfsvoll, sondern in dem Bedürfnis, sie zu verstehen.

Dimple tat das Herz weh. »Weil ich nicht deswegen hier bin«, rang sie sich mit fester Stimme ab. Sie weigerte sich, wie andere Mädchen alles aufzugeben, was sie geplant hatte, nur weil irgendein Typ in ihr Leben trat. »Du weißt, dass ich gerade nicht auf der Suche nach einer Beziehung bin.«

»Auch nicht, wenn sich die Beziehung richtig anfühlt?«

Sie hielt inne und lauschte dem fernen kreischenden Gelächter der Partygäste. »Dann erst recht nicht.«

Aus dem Augenwinkel sah sie Rishi nicken. In der Stille befürchtete sie, er könnte zu verletzt sein, um sprechen zu können. Doch dann drehte er sich grinsend zu ihr um. »Okay, wie hättest du es denn dann gerne? Wir müssen ja keine richtige Beziehung führen. Du kannst doch einfach mit mir ausgehen und wir nennen das ein Nicht-Date.«

Dimple zog eine Augenbraue hoch. »Rishi …«

»Nein, hör zu, wir machen es so, wie wenn du mit Celia weggehst. Ungebunden. Ohne Erwartungen. Einfach ein bisschen zusammen abhängen.«

Dimple betrachtete sein erwartungsvolles, freundliches Gesicht, den Optimismus und die Freude, die er ausstrahlte. Ihre Entschlossenheit schmolz dahin. »Ich will dir nicht wehtun«, sagte sie mit einem Seufzer.

Rishi grinste breiter. Das »Ja« hing in der Luft, das spürte er. »Tust du nicht. Rein freundschaftlich zu einem Nicht-Date.« Er schrieb etwas auf die Zeichnung und reichte sie Dimple.

Jetzt stand dort:

Willst du ein Nicht-Date mit mir?

Lachend kreuzte sie das »Ja« an und hoffte, dass sie verdammt noch mal wussten, was sie da taten.

29. KAPITEL

Dimple

Es war der Freitag nach dem Großen Kuss, wie Dimple und Celia ihn getauft hatten.

Das musste man Celia lassen, als Dimple ihr davon erzählt hatte, war sie entzückt gewesen und hatte Pizza bei dem 24-Stunden-Lieferdienst um die Ecke bestellt. Anschließend musste Dimple ihr alles genauestens und immer wieder erzählen, damit sie es perfekt analysieren konnte. Obwohl Dimple ihr erklärt hatte, dass dafür kein Bedarf bestand, dass sie diejenige war, die gerade eigentlich keine Beziehung wollte, war Celia unfähig, ihr Konzept zu verstehen.

Nach einer kurzen Pause sagte sie: »Ihr seid wie Raj und Simran.«

Dimple hatte sie angestarrt. »Raj und Simran? Wie in *Dilwale Dulhaniya Le Jayenge*?«

Celia nickte. »Mmm-hmm.«

»Woher kennst du denn den Film?«

»Als wir zwei angefangen haben, uns in den Foren zu unterhalten, dachte ich, es könnte nicht schaden, ein paar Bollywood-Filme auf Netflix zu schauen, damit ich eine Sensibilität für deine Kultur entwickele und so.« Celia grinste und ließ den Kopf vom Bett hängen, sodass ihr wilder Lockenschopf den Boden streifte. »Das war natürlich, bevor ich kapiert habe, dass du amerikanischer bist als ich.«

»Trotzdem eine nette Idee«, schnaubte Dimple.

»Ihr seid einfach vom Schicksal füreinander bestimmt, verstehst du?«

Dimple seufzte und legte sich hin. »Ich glaube nicht ans Schicksal«, sagte sie, obwohl sie und Rishi auf der Party von Kismet gesprochen hatten. »Ich glaube an Logik. Und logischerweise sollte ich nicht zu diesem Nicht-Date gehen.«

Als sie sich im Kurs wiedersahen, strahlte Rishi Dimple an. »Das ist das, was ich bisher habe. Was hältst du davon?«

Während Dimple sich Rishis Zeichnungen ansah, gewannen ihre Nerven die Oberhand über ihre Begeisterung. Seit jenem Abend passierte das jedes Mal, wenn sie ihn ansah. Es war, als erinnerte sich ihr Körper sofort daran, dass er es war, mit dem sie geknutscht hatte, und versuchte, sie in eine brabbelnde, flirtende Idiotin zu verwandeln. Nun war sie aber keine brabbelnde, flirtende Idiotin. Sie musste ihr Hirn einschalten und den Kuss vergessen. Und dass das Nicht-Date heute Abend war.

Doch die Schmetterlinge in ihrem Bauch schlugen unermüdlich mit den Flügeln und Dimple stöhnte innerlich. Was war bloß mit ihr los?

»Die Zeichnungen sind absolut großartig«, sagte sie ein wenig zu laut in der Hoffnung, ihr eigenes Gehirn von seinen verräterischen Gedanken abzubringen. Außerdem hatte Rishi tatsächlich hervorragende Arbeit geleistet. Er hatte ein detailliertes Layout für die App gezeichnet und sich dabei an die Platzierung gehalten, die sie vorgeschlagen hatte. Jeder Button war dynamisch und humorvoll gestaltet, genau wie sie es haben wollte.

»Schön, dass es dir gefällt«, sagte Rishi und beugte sich weiter vor, um ihr etwas zu zeigen. Ein Hauch seines Parfüms kitzelte ihre Nase, das sie an Eichenbäume im Sommersonnenschein denken ließ. Es hatte etwas Unaufdringliches, aber absolut Männliches. Ihr wurde beinahe schwindelig von der Erinnerung an ihren Kuss und sie musste mehrfach blinzeln, um ihre Gedanken wieder auf das Wesentliche zurückzubringen. »… kann ich das machen, wenn du möchtest.«

Er sah sie mit seinen schönen honigbraunen Augen warmherzig und erwartungsvoll an. Mist, sie hatte keine Ahnung, worauf sich seine Frage bezog. »Äh, ja, klar«, sagte sie und kratzte sich im Nacken.

Er lächelte still in sich hinein, als wüsste er genau, wo sie mit ihren Gedanken gewesen war. Dann steckte er die Zeichnung wieder ein und streckte seine langen Beine aus. Als er die Hände hinter dem Kopf verschränkte, fiel ihm eine glatte schwarz glänzende Strähne ins Gesicht. »Und«, fragte er mit einem boshaften Funkeln in den Augen. »Bist du bereit für unser Nicht-Date?«

Dimple überlegte schon wieder, ob das nicht doch eine schlechte Idee war. *Alles okay,* redete sie sich zum tausendsten Mal gut zu. Es handelte sich um ein Nicht-Date und genau das wollte sie auch, es sollte einfach keine große Sache werden. Sie würde ihre Werte nicht verraten. »Jep.« Sie fummelte an ihrem Mausrad herum. »Wo willst du hingehen? Ich kenne mich hier wirklich nicht aus …«

Rishi winkte ab. »Ich habe mich schon um alles gekümmert. Ich habe ein paar Jungs auf meinem Gang gefragt und sie haben mir ein paar Lokale empfohlen. Dann habe ich ein bisschen gegoogelt und voilà. Alles klar für das Nicht-Date.« Er grinste.

Die blöden Schmetterlinge schwangen sich bei diesem Lächeln wieder auf. Und weil er sie so anschaute. Und weil seine Haare so sexy schwungvoll zerzaust waren. »Super.« Als ihre Stimme leise bebte, zwang sie sich, nicht zusammenzuzucken. »Ich kann es kaum erwarten.«

»Dann hole ich dich um sieben ab?«

Bevor sie antworten konnte, kam Isabelle – mit der sie seit dem Abendessen im Restaurant vor zwei Wochen kein Wort geredet hatten. Ihr fruchtig-süßliches Parfüm nahm Dimple fast den Atem. Sie hüstelte.

Isabelle blieb mit verschränkten Händen vor Rishi stehen und drehte an einem ihrer vielen Ringe. Ihre Shorts reichte knapp über ihren Hintern. War ihr nicht kalt? Draußen war es neblig und klamm. Doch Isabelles gebräuntem Bauch, der unter dem hauchdünnen weißen Tanktop hervorblitzte, schien das nichts auszumachen. Dimple schaute unvermittelt zu Rishi hinüber, um zu sehen, ob er das auch alles registrierte. Und es erfüllte sie mit Genugtuung, dass seine Miene eindeutig nur Genervtheit ausstrahlte.

Er sah Isabelle nur eine Sekunde lang an und wandte den Blick dann wieder ab, als hätte er etwas sehr viel Wichtigeres zu tun.

»Ich, äh …« Isabelle strich eine gewellte blonde Strähne hinters Ohr und blickte von Rishi zu Dimple und zurück. »Im Elm haben die Jungs …«

Dimple wartete neugierig. Rishi hatte wie üblich seine gelangweilte Miene aufgesetzt.

Doch was immer Isabelle sagen wollte, ließ sie ungesagt. Statt den Satz zu beenden, räusperte sie sich und sagte zu Rishi: »Mein Dad kennt deinen Dad.«

»Aha.« Begeistert klang er immer noch nicht.

»Du hast gar nicht erzählt, dass dein Vater Geschäftsführer von Global Comm ist. Mein Dad möchte deine Eltern schrecklich gern zum Dinner einladen. Er meinte, Kartik Patel wäre eine absolute Legende.« Bei diesem letzten Satz klang sie etwas ungläubig.

Dimple sah ihr an, wie schwer es ihr fiel, die beiden Puzzleteile zusammenzusetzen, den guten Ruf, den Rishis Vater offenbar genoss, und die Tatsache, dass Rishi der dämlichste Typ war, den sie je getroffen hatte. Irgendetwas mit ihrer Wahrnehmung schien nicht zu stimmen und sie versuchte krampfhaft zu verstehen, was. Es war faszinierend, sie zu beobachten, als würde man einen dieser Dokumentarfilme schauen, wenn die Gazelle plötzlich merkt, dass sie von einem Löwen verfolgt wird. *Wie wird sie reagieren? Was wird sie gleich tun?*, dachte Dimple und ahmte dabei innerlich die tiefe, ausdrucksstarke Stimme eines Doku-Sprechers nach.

Dann begriff sie erst, was Isabelle gesagt hatte. Dimple warf Rishi einen scharfen Blick zu. Geschäftsführer von Global Comm? Das Unternehmen versorgte fast die ganze Nation mit Internetservices. Und sein Dad war der Boss?

Als sie neulich gefragt hatte, hatte er nur geantwortet, sein Vater wäre »Manager«. Und in Wirklichkeit war er Geschäftsführer eines Unternehmens, das Milliarden Dollar schwer war.

Dimple musterte ihn genauer, während er mit Isabelle sprach, doch sie konnte es nicht erkennen. Sie war immer davon ausgegangen, dass ultrareiche Kids wie Evan und Hari waren, aber Rishi war so wie … Rishi. Albern und lustig und begabt und lieb und so auf seine Kultur bedacht. Rishi hatte viel mehr Ähnlichkeit mit Dimple als mit Isabelle und ihresgleichen.

Auf der Stelle schoss ihr das berühmte Zitat von Emily Brontë durch den Kopf: »Woraus unsere Seelen auch gemacht sind, seine und meine sind gleich.« Dimple errötete und hüstelte, um ihr Entsetzen über einen so schnulzigen Gedanken zu verbergen.

»Ich werde es weiterleiten«, sagte Rishi nonchalant und wandte sich Dimple zu, ohne Isabelle mehr Beachtung zu schenken. »Ich habe da von einem Film gehört, der läuft im IMAX …«

Isabelle zögerte und schaute erneut etwas frustriert zwischen Rishi und Dimple hin und her, als hätte sie gerne noch mehr gesagt. Doch wie vorhin entschied sie sich dagegen. Als sie ging, sah Dimple ihr nach, bevor sie sich an Rishi wandte.

»Welcher Film?«, fragte sie, da Rishi seinen Satz nicht beendet hatte.

»Gar keiner, ich wollte mich nur nicht weiter mit ihr unterhalten.«

Dimple lachte. Es war wirklich erfrischend, dass ein Typ sie Isabelle vorzog. Das war ihr noch nie so ergangen.

Rishi lächelte und zuckte mit den Schultern. »Wie ist es nun mit heute Abend? Soll ich dich um sieben abholen?«

»Klar.« Dimple hoffte *inständig,* dass er ihren schrillen Tonfall nicht bemerkt hatte.

30. KAPITEL

Dimple

Dimple zog am Saum der Kurta, die sie mit Mamma gekauft hatte. Das Ding war in der Waschmaschine ausgefranst und das Silbergrau sah mittlerweile nur noch grau aus, eine totale Nicht-Farbe, als hätte sie die Kurta schon zehn Jahre getragen. Sie wünschte fast, sie hätte Mammas Rat befolgt und etwas Bunteres gekauft.

Fast. Ganz so weit war es noch nicht.

Außerdem, dachte Dimple, straffte ihre Schultern und richtete ihre Brille, musste sie sich für dieses Nicht-Date ja wohl nicht hübsch machen. Im Grunde war es ganz egal, wie sie aussah.

Als Dimple sich umdrehte, sah sie Celia auf ihrem Bett liegen, das Kinn auf die Hand gestützt, und beobachtete sie. »Du brauchst etwas, das mehr sexy ist.«

»Bist du nicht zum Sexting mit Evan verabredet?«, murrte Dimple.

Das war Celias neueste Beschäftigung. Sexting mit Evan zu jeder Tages- und Nachtzeit. Wenn Dimple fragte, warum sie nicht einfach in sein Wohnheimzimmer ging, antwortete sie stets mit glänzenden Augen, *Pour cultiver le mystère*. Was immer das heißen sollte. Von dem, was Dimple im Gemeinschaftsbad und in den Aufzügen von anderen Mädchen gehört hatte, war Evan voll der Aufreißer. Sie hatte versucht, mit ihr darüber zu sprechen, aber Celia hatte das Thema gewechselt, als wollte sie bewusst nichts davon wissen. War es ihr so wichtig, zu den Aberzombies zu gehören, dass sie die Tatsachen ignorierte? Oder ging sie einfach locker damit um, dass Evan sich auch mit anderen Mädchen traf? Das ging Dimple total gegen den Strich.

Hauptsächlich war Dimple damit beschäftigt, nicht andauernd neidisch auf Celia zu sein, die nicht nur klug und glamourös und reich und schön war, sondern auch ganz gut Spanisch, hervorragend Französisch und fließend Englisch sprach. Während Dimple mit ihrem Hindi und ihrem wilden Haar zu kämpfen hatte.

Celia seufzte theatralisch, legte den Kopf auf die Matratze und schmiegte die Wange an das Bettlaken, sodass ihre Locken auf anbetungswürdige Weise herunterwellten wie ein Wasserfall. Sie könnte die Hauptfigur in einer Kinderbuchserie spielen, dachte Dimple. »Es ist gerade etwas kompliziert«, murmelte Celia gedämpft durch ihr Haar. »Es war etwas schwierig … seine Signale zu verstehen. Und ich weiß nicht, ob ich das überhaupt will.«

»Oh.« Dimple zog verlegen an einem losen Faden an ihrem Ärmel. Sie war ganz schlecht in romantischen Ratschlägen, da sie selbst so wenig Erfahrung hatte. »Tut mir leid.«

»Ach, egal, das kriege ich schon hin.« Dann bekam Celia offenbar einen Energieschub, sprang vom Bett und ging zu ihrem Kleiderschrank. In der nächsten Minute zog sie ein hauchdünnes Etwas heraus und hielt es Dimple triumphierend hin. »Zieh das an.«

Dimple trat automatisch einen Schritt zurück. »Äh, was ist das?«

Celia setzte eine verletzte und zugleich empörte Miene auf und riss dazu noch den Mund auf. »Ein Kleid! Aus der aktuellen Kollektion von Elie Tahari!«

Dimple sah sie so verständnislos an, wie ihr zumute war. »Ist das … eine Marke?«

»Ist das eine –« Celia raffte die luftige Kleid-Tunika-Neuheit an sich und verdrehte in einer bemerkenswert lebensechten Nachahmung von Mamma die Augen. Als sie Dimple schließlich wieder ansah, seufzte sie. »Vertrau mir. Dieses Teil ist lebensnotwendig für dich und deinen Körper.«

Dimple hob etwas Bauschiges hoch, das wahrscheinlich ein Ärmel sein sollte. »Ich wüsste nicht einmal, wo vorne und hinten ist.«

»Ich helfe dir.«

»Äh, nein. Ich ziehe mich nicht vor dir aus.«

»Oh, zum Teufel –« Celia drehte sich ruckartig zu ihrem Schminktisch um, kramte in einer Schublade und warf Dimple einen Unterrock aus Seide zu. »Hier, dann kannst du das Kleid drüberziehen. Okay? Darf ich dich so sehen oder verstößt auch das gegen dein jungfräuliches Zartgefühl?«

Dimple riss Celia den Unterrock aus der Hand und wies sie mit einer Geste an, sich umzudrehen. Nachdem sie ihre Kurta und die Jeans aus- und den viiiiel zu kurzen Unterrock angezogen hatte, sagte sie: »Okay.«

Celia half ihr, schob ihre Arme durch bestimmte Öffnungen und ihren Kopf durch eine weitere. Schließlich glättete sie den Stoff über Dimples Hüften, trat einen Schritt zurück und lächelte. »Fertig. Schau in den Spiegel.«

Dimple war richtiggehend nervös, als sie sich umdrehte. Und dann – Wahnsinn. Sie erkannte sich selbst nicht wieder. Das Kleid lag an Taille und Brust eng an, aber der Unterrock verhinderte, dass man zu viel sah. Die Glockenärmel hingen locker herunter und der luftige Saum endete knapp über ihren Knien.

»Moment.« Celia tauchte hinter ihr auf, nahm das schwarze Haarband, das sie immer am Handgelenk trug, und schlang Dimples Haar zu einem elegant unordentlichen Knoten, aus dem ein paar lockige Strähnen über ihre Schultern fielen.

Dimple fixierte ihr Spiegelbild, während Celia zur Seite trat, stolz lächelnd wie eine Mutter, deren Tochter zum Abschlussball geht. Dimple konnte es nicht glauben, dass sie so aussah – wie ein Mädchen aus einem Modemagazin, jemand, der neben einem Retro-Fahrrad mit pastellfarbenen Blumen und Ballons posieren könnte. Sie gehörte auf eine Glückwunschkarte.

»Ich wusste, dass es dir gefallen würde«, schnurrte Celia. »Soll ich dir jetzt vielleicht doch noch ein bisschen Make-up leihen? Ich könnte deine Augen, hm, in einem weichen Mauveton schminken, und deine Lippen –«

»Nein«, sagte Dimple und brach entschlossen den Blickkontakt mit ihrem Spiegelbild ab. »Kein Make-up.«

»Aber –«

Dimple drehte sich zu Celia um und schob die Brille höher. »Ich will wenigstens noch ein bisschen wie ich selbst aussehen.« Sie hegte sowieso schon die Befürchtung, dass Rishi auf die Idee kam, sie wollte ihn beeindrucken. Und, *wollte* sie ihn beeindrucken? Die Vorstellung war etwas verstörend, aber sie würde dieses magische Kleid nicht wieder ausziehen, das sie dermaßen verwandelte.

»Na gut. Aber zu dem Kleid muss man diese Stiefel tragen.« Celia griff erneut in ihren Kleiderschrank und holte ein Paar modische Pseudo-Cowboystiefel heraus. »Das gehört zusammen, sozusagen ein Set. Die ziehst du aber an, oder?« Sie schien sich ernsthaft Sorgen zu machen, Dimple könne Nein sagen. »Ich will nur, dass du einen schönen Abend hast. Und ich weiß, dass er dich auch so schon ganz toll findet, aber es würde das Ensemble wirklich komplett machen.«

Dimple lächelte gerührt, als sie begriff, dass Celia sie tatsächlich als Freundin betrachtete. Das war ihre Art, es zu zeigen – sie gab hundert Prozent für dieses Nicht-Date. So eine Freundin hatte Dimple noch nie gehabt, sie war glamourös, großzügig und konnte auch noch programmieren. »Natürlich ziehe ich auch die Stiefel an. Danke, Celia.«

Rishi

Rishi strich sein Haar glatt. Sah seine Tolle links besser aus oder rechts? Er schob sie hin und her. Würde Dimple so etwas überhaupt bemerken? Nein, eindeutig nach rechts. Sonst sah er ja aus wie ein Ingenieur. Wie einer mit einem

Einsteck-Kugelschreiber-Etui, ziemlich uncool. Und zum Teufel, wieso hatte er schon wieder dasselbe Hemd an? Er war ziemlich sicher, dass er es schon bei ihrer ersten Begegnung getragen hatte, und das rief bestimmt nicht die besten Assoziationen hervor, oder? Er löste gerade den obersten Knopf, als es klopfte.

»Wer ist da?«, fragte er und ging zum nächsten Knopf über.

»Äh, ich bin's, Dimple. Sorry, ich weiß, wir haben gesagt, du holst mich ab, aber ich war schon früher fertig und da dachte ich …«

Mist, Mist, Mist. Sie war *hier*? Sie war hier. Jetzt war es zu spät. Er knöpfte das Hemd wieder zu und öffnete die Tür, während ihm das Herz in die Hose rutschte. Doch als er Dimple sah, sprang es sofort in seine Brust zurück und nahm ein rasendes Tempo auf.

Total heiß, Batman.

Sie. Sah. Fantastisch. Aus.

Rishi konnte keinen klaren Gedanken fassen.

»Wow.« Er atmete aus, rieb sich das Kinn und wurde rot, als er merkte, dass er ihre Beine anstarrte. Blick nach oben, Patel. »Du siehst, äh, einfach …«

»Ja.« Auch ihre Wangen waren gerötet, während sie am Saum ihres Kleides zog, als könnte sie es verlängern, wenn sie nur genügend Kraft aufwandte. »Celia hat mich quasi gezwungen. Also ich weiß nicht, es passt nicht wirklich zu mir, aber –«

»Nein, nein, du siehst ganz toll aus.« Er machte eine bewundernde Geste und achtete diesmal darauf, dass sein

Blick auf ihre Augen gerichtet blieb. Und wenn es noch so schwer war. »Gut gemacht, Celia.«

Als sich das Rot auf ihren Wangen noch verdunkelte, hätte er sie am liebsten in den Arm genommen. Als Dimple dann auch noch auf ihre Unterlippe biss, wurde er von seinen Gehirnzellen sofort daran erinnert, wie es sich anfühlte, diesen Mund zu küssen, wie weich ihre Lippen waren und wie seidig sich ihre Zunge an jenem Partyabend angefühlt hatte. Super. Vielen Dank, Gehirn.

Gleichzeitig wurde ihm schlagartig bewusst, dass es auch für eine stärkere Durchblutung gewisser Körperteile sorgte. Daraufhin lenkte er seine Gedanken auf Nani, seine Großmutter mit dem behaarten Leberfleck auf ihrem Truthahnhals. Jep. Das half. Puh, Krise abgewendet.

»Und, bist du fertig?«, fragte Dimple und schaute ihn wieder an.

»Ja, wir können gehen.« Er schloss die Zimmertür und ging mit ihr in den Gang hinaus.

Selbst im kränklichen Licht der Neonröhren war sie schön. Die hässlichen grauen Wände konnten ihrem perfekten zimtbraunen Teint nichts anhaben, obwohl die meisten Menschen hier wie wandelnde Zombies aussahen. Wie konnte das sein? Lag es an der Lust?

Rishi hatte gehört, wenn man sich erst mal zu jemandem hingezogen fühlte, würde das Gehirn sich neu vernetzen und einen glauben lassen, alle möglichen hässlichen Dinge am anderen wären perfekt. Wenn der hauchdünne Schleier der Lust fiel, merkte man plötzlich, dass man einen Alligator mit Mundgeruch geheiratet hatte.

Dimple warf ihm auf ihre verstohlene und doch bohrende Art einen flüchtigen Seitenblick zu. »Woran denkst du?«

Verdammt. Er konnte ihr kaum verraten, dass er sich in Gedanken an aus dem Hals stinkende Reptilien verrannt hatte. Nicht beim ersten Date. Nicht-Date. Wie auch immer. »Ach. Nur an das Gehirn. Ein tolles Organ, findest du nicht auch?«

Dimples Mundwinkel zuckten. »Unbedingt. Aber du hast ausgesehen, als hättest du etwas Ekliges gegessen.«

Okay, höchste Zeit, das Thema zu wechseln. »Apropos eklig – weißt du, wer sich heute bei mir gemeldet hat? Mein kleiner Bruder Ashish.«

»Ach, echt, wie geht's ihm?« Sie gelangten zum Aufzug, wo mehrere Typen lautstark von Wet-T-Shirt-Contests schwärmten. Schwachköpfe. Dimple fühlte sich so unwohl, dass sie die Abwärtstaste drückte, obwohl sie bereits leuchtete.

Rishi warf den anderen böse Blicke zu, doch sie waren blind gegenüber allem außer ihren widerwärtigen Ansichten. »Er macht sich bestens«, antwortete Rishi laut in der Hoffnung, sie zu übertönen. »Ein Basketball-Scout von der SFSU hat Interesse signalisiert. Deshalb möchten meine Eltern, dass er hierherkommt, sich den Campus ansieht und einige Spieler kennenlernt. Und sie werden vermutlich trainieren. Ashish war letzten Sommer hier im Trainingslager, aber das ist jetzt etwas anderes, weil er möglicherweise hier studieren kann.«

Dimple wirkte aufrichtig beeindruckt. »Das ist ja großartig!«

Als sich die Aufzugtüren mit einem *Ping* öffneten, ging die Gruppe der widerlichen Studenten hinein.

»Sollen wir auf den nächsten warten?«, murmelte Rishi und Dimple nickte dankbar. Als einer der Typen die Hand ausstreckte, damit die Tür nicht zuging, lächelte Rishi ausgesprochen freundlich: »Nein, fahrt ruhig schon«, sagte er wohlwollend. »Wir brauchen eine Pause von eurer ungebremsten hirnlosen Frauenfeindlichkeit.«

Der Typ lächelte ebenfalls und winkte noch kurz, doch als sich die Türen schlossen, hörten sie ihn sagen: »Moment, was hat er da gesagt?«

Rishi sah Dimple an, die losprustete. Dieser Musik könnte er ein Leben lang lauschen. »Du überraschst mich immer wieder«, sagte sie.

»Im Guten?«, fragte er und lachte mit ihr, weil sie nicht merken sollte, wie ernst er die Frage meinte.

»Absolut«, sagte sie und hielt seinen Blick eine Sekunde länger als nötig, bevor sie erneut die Abwärtstaste drückte. »Du glaubst also, dass Ashish demnächst bei dir übernachtet?«

»Ja. Ehrlich gesagt, interessiert er sich vermutlich mehr für die Mädchen am College als für die besonderen Angebote dieser Uni.« Rishi verdrehte die Augen.

»Oh, das wäre dir natürlich im Leben nicht eingefallen, als du hergekommen bist«, sagte Dimple.

Die Aufzugtüren öffneten sich und sie betraten den leeren Aufzug. Während sich die Türen schlossen, antwortete Rishi ernst: »Nein. Ich hatte nur dich im Sinn.«

31. KAPITEL

Dimple

Ohne nachzudenken, beugte Dimple sich weiter vor, während Rishi den Kopf zu ihr drehte. Ein schwaches, gerade noch verständliches inneres Stimmchen wies sie darauf hin, dass es sich jetzt schon sehr wie ein richtiges Date und kein bisschen wie ein Nicht-Date anfühlte. Doch bevor sie sich küssen konnten, klimperte Dimples Handy die Melodie von »Ride of the Valkyries«. Perfekt.

Sie wich zurück, schob die Brille hoch und bemerkte, wie enttäuscht Rishi aussah, der ebenfalls einen Schritt zurück machte. Dimple verstand ihn nur zu gut. Der Klingelton hatte die Schmetterlinge in ihrem Bauch mit Magensäure ertränkt. »Sorry.« Sie kramte in ihrer Tasche, stellte erschrocken fest, dass sie vor allem enttäuscht und nur ein kleines bisschen erleichtert war, weil die Aufzugsstimmung nun dahin war. Also, echt, sie musste es in den Griff bekommen, was auch immer, bevor es außer Kontrolle geriet. Sie wischte übers Display, damit der Lärm aufhörte, und sagte: »Mamma, kann ich dich zurückrufen?«

»Was ist denn so wichtig, dass du nicht mit deiner eigenen Mutter sprechen kannst? Ich muss dir erzählen, was Tante Ritu Seema angetan hat. Du weißt doch, dass sie den

Film mit Hrithik Roshan sehen wollte, *na*? Vishal wollte Seema fein ausführen und Ritu ist einfach mitgegangen! Ganz spontan! Ist das zu glauben? Ich habe zu Ritu gesagt, jetzt lass die Kinder doch mal allein –«

Dimple verdrehte die Augen. Rishi biss sich auf die Wange, um nicht zu lächeln. Er konnte Mamma natürlich hören, die Lady mit der Stimme eines Zahnarztbohrers. »*Mein* Freund *keh saath hoon*, Mamma. Ich ruf dich zurück, ja?«

»Freund? Welcher Freund?«

Seufzend sah sie Rishi an. Er zog die Augenbrauen hoch, als wollte er sagen, *Tja, jetzt musst du es ihr sagen.* Dimple wünschte, sie könnte unter Druck besser lügen, doch wenn sie jetzt unvorbereitet log, würde Mamma es sofort merken, und dann würde sie noch mehr nerven. Sie brachte es lieber hinter sich. »Okay, es ist Rishi Patel. Aber mach dir bitte keine –«

»Rishi Patel! *Kartik aur Sunita ka Beta?*«

Dimple wurde rot, ihr brach der Schweiß aus. Hilfe, jetzt konnte sie Rishi gar nicht mehr ansehen. »Mamma, bitte. Es ist nicht wichtig«, murmelte sie und umklammerte das Handy mit ihrer schweißnassen Hand. Wieso war sie drangegangen? Was hatte sie sich dabei nur gedacht?

»Wo geht ihr hin? *Akele uske kamre mein math jaana,* Dimple –«

»Also ehrlich, Mamma, ich muss aufhören. Und das mache ich natürlich nicht.« Sie beendete das Gespräch mit einem Hauch von schlechtem Gewissen, weil sie Mammas gut gemeinte Ratschläge abgewürgt hatte. Aber *bitte. Geht nicht allein auf sein Zimmer*? Als hätte Dimple sich nicht längst genug vor Rishi blamiert. Wahrscheinlich hätte sie gleich Dimples heilige Jungfräulichkeit angesprochen.

Nachdem sie das Handy wieder in die Tasche gesteckt hatte, zwang Dimple sich, Rishi anzusehen. Er biss sich immer noch auf die Wange.

»Was?«, sagte sie etwas temperamentvoller als beabsichtigt.

Er hob abwehrend die Hände. »Ich habe nichts gesagt.« Dann begann er leise zu summen.

Dimple erkannte den Song in dem Augenblick, als sich die Aufzugtüren im Erdgeschoss öffneten. *Hum tum, ek kamre mein bandh ho, aur chaavi kho jaaye* … ein beliebtes Hindilied über ein Paar, das in einem Raum eingeschlossen ist, weil der Schlüssel verloren gegangen ist. Dimple schlug Rishi auf den Oberarm, als sie zur Tür gingen. »Sehr lustig.«

Als er laut auflachte, besserte sich ihre Laune, obwohl sie immer noch sauer war. »Ach, komm, so schlimm ist es doch gar nicht. Sie ist eben deine Mutter.«

»Genau«, brummte Dimple auf dem Weg durch die Eingangshalle nach draußen. Es hatte etwas Tröstliches, dass sie ihm die übertriebene Fürsorglichkeit nicht erklären musste, oder dass diese von Liebe gespeist wurde. Rishi verstand, dass Mütter und Väter sich eben so verhielten.

Als Dimple tief Luft holte, mischten sich beißender Smog, nasser Dunst und würziger Eukalyptus in ihrer Lunge. Auf dem Campus liefen mehrere Grüppchen und einige Paare lachend, scherzend, rufend und hier und da schon hörbar betrunken ins Wochenende.

In dem Glauben, dass sie zu einem nahe gelegenen Restaurant gehen würden, wandte Dimple sich nach rechts zu der steilen Straße, die von der Uni fortführte. Doch Rishi legte ihr eine Hand auf den Arm.

»Warte kurz.« Rishi nahm lässig Dimples Hand und ging mit ihr über die Straße.

Sie versuchte zu verbergen, wie aufregend sie das fand und wie sehr sie es genoss, seine große, warme Hand zu spüren. »Wohin gehen wir denn?«

Rishi zeigte auf ein schwarz glänzendes Cabrio mit offenem Verdeck. Als sie näher kamen, piepte die Tür. »Unsere Kutsche wartet.«

Mit einem benommenen Blick zu Rishi stieg Dimple ein. Nachdem er ihre Tür geschlossen hatte und auf den Fahrersitz gesprungen war, fragte sie: »Du hast einen *BMW*?«

Rishi warf ihr einen unschuldigen Blick zu. »Was?«

»Nichts«, schnaubte Dimple. »Normale Leute nehmen den Bus.«

Mit einem betroffenen Gesichtsausdruck fuhr er aus der Parklücke. »Den Bus. Ach so.«

Da er ihr ein wenig leidtat, änderte Dimple ihren Tonfall von *ärgern* zu *necken*. »Bisschen protzig für ein Nicht-Date.«

Rishi rieb sich grinsend den Nacken und beschleunigte, als sie den steilen Hügel hinauffuhren. »Ich weiß gar nicht, was du meinst. Gestern habe ich eine Stretchlimo geordert, um mir ein Päckchen Kaugummi zu kaufen. Macht doch jeder, oder?«

Dimple lachte. »Schon klar. Ich lasse manchmal lieber meinen Privatjet kommen.«

Sie schwiegen einen Augenblick und genossen den Wind

in den Haaren. Dann fragte Dimple: »Und wo fahren wir nun hin?«

Rishi schüttelte den Kopf. »Will ich noch nicht verraten, aber ich glaube, es gefällt dir.«

Im Moment gab es keinen einzigen Ort, dachte Dimple, wohin sie nicht gehen wollte. Und zwar nicht, weil sie nicht wählerisch gewesen wäre, sondern weil sie mit Rishi praktisch überall hingehen konnte und ihren Spaß haben würde. Das war eine erschreckende Erkenntnis. Geradezu besorgniserregend. Und nicht gänzlich unerwünscht.

Das Hochglanzauto senkte und hob die Nase, während es mit schnurrendem Motor die allgegenwärtigen Hügel um San Francisco erklomm. Rishi hatte die Sitzheizung angestellt, als er sah, dass Dimple im Fahrtwind ein wenig zitterte. Jetzt hatte sie es ganz wunderbar bequem. Sie ließen die Campusgebäude hinter sich und kamen in eine Wohngegend, wo pastellfarbene Häuser die Straße säumten wie aufgereihte Straßenmalkreide. Auf den Steintreppen, die jeweils zu einer Veranda hochführten, standen kleine Blumentöpfe. Ein älterer Mann, der mit einem weißen Hündchen Gassi ging, warf ihnen einen neugierigen Blick zu, als sie vorbeifuhren.

Vor einer roten Ampel hielten sie an. »Ich fühle mich wie ein Promi.« Dimple lächelte und wandte sich Rishi zu – der sie ebenfalls unverfroren ansah. Als ihre Blicke sich trafen, wurde er rot bis in die Ohrspitzen. Doch er sah nicht weg. Und Dimple auch nicht. Sie … konnte es nicht.

Der Augenblick dehnte sich, weich und zart, dunkel und

berauschend. Dimple bemerkte noch weitere Dinge, zum Beispiel, wie nahe ihr bloßer Arm an seinem lag. Oder die Körperwärme, die er ausstrahlte, und wie er roch – nach Sonnenschein und Wald und Mann.

Rishi rieb seinen Nacken und rutschte unauffällig weiter nach vorn. Sie merkte es nur daran, dass sein Arm nun ihren streifte. In ihrem Inneren wurde es warm und weich. Als er sich vorbeugte, sah sie nur seine Augen, doch sie öffnete unwillkürlich den Mund, obwohl sie gleichzeitig dachte, *Das geht gar nicht an einem Nicht-Date.*

Hinter ihnen hupte der Fahrer eines SUV. Die Ampel war grün geworden. Rishi zuckte zusammen und wandte sich ab, der Augenblick war vorbei.

32. KAPITEL

Dimple

Rishi räusperte sich und fuhr schnell weiter. Dimple strich peinlich berührt ihr Kleid glatt und überlegte, ob er genauso enttäuscht war wie sie. Das war jetzt schon das zweite Mal, dass ihre Chance, sich zu küssen, durchkreuzt worden war.

Kurz darauf blinkte Rishi links und fuhr an den Bürgersteig. Ganz der Kavalier, sprang er aus dem Wagen und lief um ihn herum, um Dimple die Tür zu öffnen. Keiner von beiden sagte etwas, aber die Luft war aufgeladen, schwül wie vor einem Sturm. Dimples Puls raste. Ging es Rishi auch so? Seine Miene war ausdruckslos, daraus konnte sie nichts schließen.

Schweigend überquerten sie die schmale Straße und gingen auf der anderen Seite zu einer Reihe von Geschäften – vor allem Mode- und Schallplattenläden. Rishi führte Dimple zu einem blaugrün umrahmten Schaufenster. Draußen hing ein Schild mit der Aufschrift TWO SISTERS BAR AND BOOKS.

»Bar und Bücher?« Dimple schob die Brille höher und spürte den Kitzel der Neugier. »Was soll das genau heißen?«

Rishi zwinkerte ihr zu. »Wart's nur ab.«

Rishi

Das Lokal war noch genauso wundervoll wie ein paar Tage zuvor, als Rishi es ausgekundschaftet hatte. Die antiquierte rotbraune Tapete im viktorianischen Stil, der Geruch nach altem Buchbinderleim, das Klirren der Gläser und das leise Summen der Gespräche, hier und da ein Lachen … es war schräg und anders genug, um sich Dimples wert zu erweisen. Es war genau das, was er sich für ihr erstes Nicht-Date gewünscht hatte. Jetzt, da es draußen dämmerte, waren im Geschäft die Hängelampen eingeschaltet. In Kombination mit der rötlichen Tapete tauchte ihr Schein alles in ein rotgoldenes Licht.

Als er Dimple mit vor Staunen offenem Mund vor der Bar stehen sah, musste Rishi sich ein selbstzufriedenes Kichern verkneifen. Oh ja. Dimple war hingerissen, hundertprozentig. Gut gemacht, Patel. »Ist das jetzt eine Bar? Oder ein Restaurant? Mit *Büchern*?«

Rishi grinste. »Jep. Die Eigentümer bekommen diese total coolen Bände aus der ganzen Welt. Also kann man beim Essen und Trinken auch lesen.«

Dimple zog eine Augenbraue hoch. »Du weißt schon, dass wir zum Trinken noch nicht alt genug sind?«

»Sie können alles auch alkoholfrei mixen, ich habe extra gefragt«, antwortete Rishi.

Dimple setzte eine seltsame Miene auf und ihr Lächeln schwand. »Du hast gefragt? Wann?«

»Vor ein paar Tagen, als ich es mir angesehen habe.«

Er konnte den Ausdruck ihrer Augen nicht deuten. Sie wandte den Blick ab und fummelte an ihrer Tasche herum, während Rishi sich fragte, ob er etwas Falsches gesagt hatte. Als sie schwieg, fuhr er weniger selbstbewusst fort. »Man kann sich die Bücher in Ruhe ansehen und sich eins nehmen, wenn man möchte. Aber, äh, ich habe auch …« Er hielt inne und überlegte, ob er es ihr tatsächlich sagen sollte. Ihr Gesicht, ihre Miene … irgendetwas stimmte nicht. Fand sie seine Planung übertrieben? Oder meinte sie, er hätte zu viele Gedanken darauf verschwendet? War ihr das alles zu viel?

Dimple sah ihn an. »Was hast du auch?«

Rishi verfiel in leichte Panik. Mist. Da kam auch schon breit lächelnd der Kellner, Willie, mit dem Rishi das Ganze arrangiert hatte. Rishi versuchte – da Dimple ihn noch immer ansah –, ihm mit Blicken zu bedeuten, dass sie den Plan abbrechen mussten. Vergiss. Den. Plan. Doch Willie grinste nur noch mehr, jetzt winkte er auch noch. Verdammt.

»Hallo!«, sagte Willie und Dimple wirbelte zu ihm herum. »Sie müssen die reizende Dimple sein, von der ich schon so viel gehört habe«, sagte er und schüttelte begeistert ihre Hand. Dimple machte große Augen, als sie von Willie zu Rishi schaute. Freude sah anders aus.

Oh nein, nein, nein. Rishi blickte sehnsüchtig auf die Straße. Wenn es nicht bedeutet hätte, dass er Dimple stehen lassen musste, wäre er am liebsten zu seinem Auto gerannt und gleich nach Atherton gefahren.

Der nichts ahnende, aufreizend fröhliche Willie redete weiter. Wieso hatte Rishi zuvor nicht bemerkt, wie überschäumend der Mann war? »Am besten kommen Sie gleich mit. Wir haben einen Tisch für Sie vorbereitet.« Er strahlte Rishi nicht gerade unauffällig an und bekam von dessen heimlichen Signalen absolut nichts mit.

Dimple und Rishi folgten ihm in den rückwärtigen Teil, wo es ruhiger und leerer war. Willie wies auf den Tisch, der bereits mit einigen wenigen Büchern geschmückt war, die Rishi eigens dorthin bestellt hatte.

»Danke«, murmelte Rishi und drückte dem Kellner ein Trinkgeld in die Hand.

Mit einem verwirrten Blick angesichts der mangelnden Begeisterung war Willie schließlich so klug, das Trinkgeld zu nehmen und sie ohne ein weiteres Wort allein zu lassen.

Als sie sich auf die schweren dunklen Holzstühle setzten, wagte Rishi es kaum, Dimple anzusehen. Sie warf einen Blick auf die Bücher. Ihre Miene spiegelte, dass es ihr allmählich dämmerte. Sie schob die Brille höher und nahm einen schmalen Leinenband in die Hand. *»Die Zeitfalte«*, sagte sie leise.

»Ja, und zwar eine, äh, Sonderausgabe von 2009. Von vor acht Jahren, weil –«

Sie sah ihm ins Gesicht. »Das ist das Jahr, in dem wir uns bei der Hochzeit getroffen haben.«

Rishi war erleichtert. Immerhin begriff sie, was er vorhatte. Doch wenn er sie so ansah, konnte er nicht erkennen, ob sie gleich ausflippen würde. Oder ob sie sich geschmeichelt fühlte, oder schlicht verwirrt war. Dimple legte die Hand auf die beiden anderen Bücher, die auf dem Tisch lagen.

»Das sind zwei Graphic Novels, die ich ganz toll finde«,

erklärte Rishi. In beiden drehte sich die Handlung um die erste große Liebe, aber das sagte er Dimple jetzt lieber nicht. »Ich dachte, sie würden dir, äh, gefallen. Vielleicht. Falls du Lust hast, sie zu lesen.« Er rieb sich den Nacken. Das war die reinste Folter. Wieso zum Teufel hatte er das alles gemacht? Wie kam er darauf, dass es eine gute Idee sein sollte? Sie hatte ausdrücklich betont, dass dies ein *Nicht-Date* war. Was bedeutete, dass Rishi hiermit ins Lager der Drängler gehörte.

Arghhh.

»Alles okay?«

Er zuckte zusammen und sah sie an. »Was? Wieso?«

»Warum hast du gerade so gestöhnt?«

Mist. Hatte er das laut getan? »Äh … nur so.« Rishi atmete aus.

»Also, wenn dir das hier alles zu viel ist, wenn du es schrecklich findest, können wir auch gern woanders hingehen.«

Doch Dimple legte eine Hand auf seine. Als er mit neu erwachter schmerzhafter Hoffnung den Blick hob, lächelte sie ihn an, zart und selbstsicher. »Ich finde es ganz und gar nicht schrecklich. Vielen Dank.«

Rishi fiel ein Stein vom Herzen. »Gerne.« Wenigstens fand sie es nicht furchtbar. Das bedeutete noch lange nicht, dass er das Lager der Drängler wieder verlassen durfte, aber sie fand es nicht schrecklich. Immerhin etwas.

33. KAPITEL

Dimple

»Sogar Fortinbras, der unter Moms Stuhl lag, stieß einen zufriedenen Seufzer aus.«

Dimple schloss das Buch und lehnte sich zurück, um Rishi mit einem verhaltenen Lächeln anzusehen. Es war verrückt, dass Worte – eigentlich nur schwarze Kritzel auf einer Seite – sofort Erinnerungen weckten. Sie wusste noch, wie sie lange nach der Schlafenszeit mit der Taschenlampe unter der Bettdecke genau diese Seiten gelesen hatte. »Ich liebe dieses Buch«, sagte sie und strich über den Leineneinband, der so viel kostbarer war als ihre Taschenbuchausgabe für zwei Dollar. »Ich weiß noch genau, wie … gemütlich es war, an die große Familie Murry zu denken. Wie lieb sie sich alle hatten und wie sehr sie unter allen Umständen aufeinander aufpassten. Damals habe ich mir immer gewünscht, meine Eltern hätten noch mehr Kinder bekommen.«

Rishi beugte sich mit großen Augen vor. »Okay, aber was ist aus dem Vater geworden? Kehrt er wieder zurück?«

Dimple schnaubte und aß den letzten Bissen von ihrem kleinen Lachssandwich. Rishi hatte seine französische Zwiebelsuppe praktisch eingeatmet, während sie vorgelesen hatte. »Das kann ja wohl nicht sein, dass du *Die Zeitfalte* nicht gelesen hast. Das ist ein Klassiker.«

»Ich war anscheinend zu sehr mit Comics beschäftigt. Bitte im Ernst: Kommt er je wieder nach Hause?«

Dimple schob ihm das Buch zu. »Weißt du was? Du liest das und ich lese deine Comics.« Sie hielt inne und runzelte die Stirn. »Oh, Moment, wir können die Bücher ja nicht einfach mitnehmen, oder?«

Rishis Ohren färbten sich rosa und er senkte den Blick auf seinen Daumen, mit dem er Muster auf den Holztisch malte. »Normalerweise nicht. Aber, äh, diese Bücher gehören mir. Ich habe sie bestellt und den Kellner gebeten, sie auf den Tisch zu legen. Also können wir sie mitnehmen.«

Dimples Herz flatterte. Rishi hatte sich für ihr Nicht-Date sehr viel Mühe gegeben. Er hatte ein Lokal gefunden, von dem er annahm, dass sie es schön finden würde – mit Recht. Wenn sie unter einem dieser Tische bis in alle Ewigkeit hausen könnte, wäre sie glücklich und zufrieden. Er hatte Bücher gekauft, die ihnen beiden etwas bedeuteten. Sie wusste, sie sollte ihm von solchen Dingen abraten, aber sie wusste auch, dass sie es gar nicht wollte. Wenn Rishi Patel auf diese Weise sein Interesse an ihr zeigte, wenn er so um sie warb, wollte sie mehr davon. Mehr, mehr, mehr.

Dimple trank einen Schluck von ihrem alkoholfreien Cosmo und stellte den Cocktail wieder ab. Dann zwang sie sich, ihn anzusehen. »Rishi …«

Er hob den Kopf, spannte alle Muskeln an. »Ja?«

»Ich, äh, wollte nur sagen …« Verdammt, warum durfte man in den USA nicht auch schon mit achtzehn Alkohol trinken? Die Jugendlichen in Europa wussten gar nicht, wie gut sie es hatten. Andererseits musste man in Mumbai fünfundzwanzig sein, um etwas trinken zu dürfen. Also war es vielleicht gar nicht so schlecht. Warum in aller Welt dachte sie jetzt über Alkoholverbote nach? Dimple riss sich zusammen. »Ich …« Sie musste schlucken. »Ich komme mit dem Programmieren gut voran und konnte die Macke, über die wir gestern gesprochen haben, beseitigen.« Bah, Feigling!

Als er sie enttäuscht ansah, fühlte sie sich genauso. »Oh.« Er rang sich ein Lächeln ab, farblos wie wässriger Chai. »Gut.«

In dem Moment kam Kellner Willie mit dem immerwährenden eifrigen breiten Lächeln. »Hi! Hat alles gut geschmeckt?«

»Es war sehr lecker.« Dimple lächelte ihn an. »Wir hätten gern die Rechnung.«

»Okeydokey!« Als er die lederne Rechnungsmappe aus der Tasche holte, streckte Rishi die Hand aus.

»Wir können uns das teilen«, sagte Dimple sofort.

Doch er schüttelte nur den Kopf, legte ein paar Geldscheine hinein und sagte zu dem Kellner: »Der Rest ist für Sie.«

»Sollen wir gehen?« Er lächelte, aber wieder so schwach wie eben. Er hatte seinen Schwung verloren. Ihretwegen hatte er seinen Schwung verloren.

Dimples Brust war wie zugeschnürt. Sie musste etwas sagen, um es wiedergutzumachen. Sie musste ihm sagen, wie sehr sie all das zu schätzen wusste. Ausnahmsweise konnte sie doch einmal ihre Gefühle offenlegen. Sie öffnete den Mund – und schloss ihn wieder. »Ja, gehen wir.«

Als sie das Lokal verließen, hingen die ungesagten Dinge zwischen ihnen in der Schwebe.

Das ist deine Chance, Dimple. Sag etwas. Gib zumindest zu, dass du es gerade schön findest. Doch es gelang ihr nicht, das Schweigen zu durchbrechen.

Rishi hielt ihr erneut die Wagentür seines BMW auf und sie stieg ein. Er sprang wieder auf die Fahrerseite. Die Atmosphäre fühlte sich anders an als beim ersten Einsteigen … leerer, steifer, kälter.

Rishi warf ihr einen Blick von der Seite zu. »Ich dachte, wir könnten uns vielleicht noch einen Film ansehen, aber wenn du lieber ins Wohnheim zurückgehen möchtest, ist das vollkommen okay.«

Dimple wollte schon sagen, Kino wäre super, doch die Vorstellung, sie würden sich weiter anschweigen und die Mischung aus verletzt-peinlichen Pausen und Gesprächslücken fortführen, war unerträglich. Sie holte tief Luft. Und dann noch mal. »Ehrlich gesagt«, erwiderte sie, »würde ich gern etwas anderes machen, wenn du Lust dazu hättest. Wir bräuchten ungefähr eine Viertelstunde dahin. Kennst du das Viertel Bernal Heights?«

Rishi zog die Augenbrauen hoch. Sie entdeckte die Hoffnung in seiner Miene und freute sich. »Was gibt es da?«

»Wart's nur ab«, sagte sie leichthin, aber mit klopfendem Herzen.

Er lächelte und fuhr los. »Okay.«

Dimples Mund war ausgetrocknet. So etwas hatte sie noch nie im Leben gemacht. Um etwas zu tun zu haben, sah sie Rishi flüchtig an und sagte: »Du hast das Buch vergessen.« Sie stellte *Die Zeitfalte* in die Mittelkonsole. »Du hast doch nicht etwa vor, die Kurzzusammenfassung im Internet zu lesen, oder?«

Er lachte. »Nein, ich freue mich wirklich darauf. Ich habe auch schon eine Theorie: Charles Wallace ist ein Killerroboter.«

Dimple starrte ihn an. »Ein … Killerroboter.«

»Was? Du hast gesagt, es ist Science-Fiction, oder nicht?«

Dimple stöhnte. »*Hai Ram,* nicht in jedem Science-Fiction-Roman kommt ein Killerroboter vor, Rishi Patel. Lies gefälligst das Buch.«

»Ich weiß zwar nicht wieso, wenn keine Killerroboter darin vorkommen, aber meinetwegen«, sagte Rishi und Dimple dachte, *Ich liebe dein Zwinkern, wenn du Quatsch erzählst.*

Rishi

Fünfzehn Minuten später fuhr Rishi rechts ran. »Wir sind da. Bernal Heights.« Von der anderen Straßenseite schrie ein Obdachloser etwas mit Bostoner Akzent ins Nichts. Rishi fragte sich, was für eine Geschichte er hatte, wie jemand aus Boston hier endete, mit über fünfzig auf der Straße. Vermutlich könnte man einen interessanten Comic daraus machen. *Man kann nicht aus allem eine Story ma-*

chen, würde Pappa sagen. *Du hast schon wieder den Kopf in den Wolken.*

Rishi stieg aus und hielt Dimple die Tür auf. Ihr Gesicht leuchtete rosagolden im Schein der untergehenden Sonne. Sie wirkte … aufgeregt. Rishi versuchte, seine Hoffnungen nicht zu hoch fliegen zu lassen.

Ganz offensichtlich hatte er die Sache falsch verstanden. Er hatte den Kuss so gedeutet, dass Dimple hin und her gerissen war und er sie vielleicht doch für sich gewinnen konnte, obwohl sie die Verabredung als Nicht-Date bezeichnet hatte. Das hatte eindeutig nicht geklappt. Beim Abendessen war sie immer wieder auf Distanz gegangen und er war ziemlich sicher, dass sie seine Geschenke völlig übertrieben fand. Argh. Rishi spürte noch den Stich der Zurückweisung, obwohl sie es so deutlich nicht gesagt hatte. Die Chance würde er ihr auch nicht mehr geben, denn von nun an würde er freundlich sein, das war alles. Sein neues Motto lautete: Freund. Amigo. *Dost.*

»Ich glaube, es geht hier lang …«, sagte Dimple und lief los, den Blick auf ihr Handy gerichtet.

Rishi schaute sich um. Der gewundene Weg führte über einen der vielen Hügel in San Francisco, der auf der einen Seite von grünem Gras und auf der anderen von niedrigen Häusern, einer Straße und parkenden Autos begrenzt wurde. Karl, der Nebel, waberte, allgegenwärtig. »Jetzt sagst du mir aber, wo wir hier sind? Was hier ist?«

Dimple lächelte und steckte das Handy weg. Dann strich sie sich eine Locke aus der Stirn und sagte: »Immer schön weitergehen.«

34. KAPITEL

Rishi

Das war leichter gesagt als getan. Bernal *Heights* machte seinem Namen alle Ehre. Rishis Waden brannten vom Ersteigen des Hügels. Es fühlte sich an, als bräuchten sie eine besondere Ausrüstung, doch wenn Dimple wollte, dass sie diesen Berg erklommen, würde Rishi es tun und möglichst wenig stöhnen.

Als sie endlich am Gipfel waren, neigte sich die Sonne tiefer und tiefer und tauchte den Himmel in Farbe, während Rishi sein Bestes gab, um nicht auszusehen, als würde er sterben. Was wirklich schwer war, weil er sich röchelnd krümmte und ihm der Schweiß in die Augen lief. Mist. Er schwitzte. Stank er auch? Rishi senkte den Kopf in einem möglichst unauffälligen Versuch, an seiner Achselhöhle zu schnuppern, als Dimple seinen Arm packte und sagte: »Da!«

Er richtete sich auf. »Wahn-sinn.«

Der Ausblick bot eine 360-Grad-Aussicht auf die Siebenmal-sieben-Meilen-Schönheit von San Francisco.

Zunächst wirkte es chaotisch – Gebäude, Häuser, Straßen und alle möglichen anderen Gebilde drängelten sich auf diesen winzigen neunundvierzig Quadratmeilen. Doch wenn man genauer hinsah, was Rishi nun tat, verschmolz alles zu einem Bild. Wellenlinien weißer Häuser und eine Brücke (er meinte, es wäre die Bay Bridge, kannte sich aber in San Francisco nicht gut genug aus, um sicher zu sein), rechteckige Streifen mit Gebäuden unterbrochen von Streifen grünschwarzer Bäume, in der Ferne der Pazifik, der allem anderen die Show stahl. Dazu der Himmel wie eine umgedrehte Schüssel aus rosigem Gold direkt über ihnen.

»Schön, oder?« Dimple machte einen Schritt nach vorn an den Rand des Hügels. Rishis Instinkt riet ihm, sie zu warnen, damit sie ja nicht abstürzte, doch er ließ es. Sie wirkte so … friedlich und der Sonnenuntergang verwandelte ihr schwarzes Haar in glühendes Rot, als würde Lava statt Blut in ihren Adern fließen. Rishi lächelte in sich hinein. Ihr Feuer, ihre Leidenschaft? Oh ja, er konnte sich sehr gut vorstellen, dass sie mit dieser Lava auf die Welt gekommen war.

Als sie zu ihm hinübersah, wandte er den Blick zum Sonnenuntergang. »Es ist wirklich etwas Besonderes«, beantwortete er ihre Frage von eben. »Wie bist du darauf gekommen?«

»Celia.« Als Dimple näher kam, schlug Rishis Herz automatisch schneller. Idiot. Er zwang sich, bis drei zu zählen, bevor er sie ansah. Sie hielt mit einem verunsicherten Gesichtsausdruck inne, doch im nächsten Moment streckte sie die Hand aus. Da war sie nun zwischen ihnen und der Nebel waberte durch ihre Finger.

Rishi befürchtete, er hätte vor Verblüffung die Kinnlade fallen lassen, und zwang sich, den Mund wieder zu schließen. Wollte sie … Händchen halten? Er nahm ohne Umschweife ihre Hand, ohne großes Hin und Her. Dann wartete er, weil es so aussah, als wenn sie unbedingt etwas sagen wollte, aber mit den Worten rang.

»Äh …« Dimple atmete geräuschvoll aus und strich sich mit der freien Hand eine Strähne hinters Ohr. Die Brise befreite sie gleich wieder, ohne dass sie es zu merken schien. »Rishi, es tut mir leid, wenn ich eben im Restaurant so zwiespältig reagiert habe. Was du getan hast, dieses Geschenk …« Ihr Blick bohrte sich brennend in seinen. »Das ist die größte Aufmerksamkeit, die mir jemals jemand erwiesen hat. Ich fand das echt toll. Ich finde dich … echt toll.« Dimple senkte den Blick. Ihre Hand zitterte leicht in seiner, sodass Rishi auch noch seine andere Hand darauflegte. Als sie ihn wieder ansah, fuhr sie fort: »Ich komme manchmal mit meinen Gefühlen nicht klar. Aber ich glaube – ich … ich möchte doch, dass dies ein richtiges Date ist. Wenn du willst, meine ich.« Sie riss ein wenig die Augen auf. »Also, ich weiß nicht, ob wir das Gleiche wollen. Ich habe ja eben gesagt, dass ich dich toll finde, darauf hast du eigentlich gar nicht reagiert und jetzt siehst du mich so an –«

Rishi musste einfach kichern. Doch als er ihre niedergeschlagene Miene sah, ließ er ihre Hand los und nahm ihr Gesicht in beide Hände. Sie war ihm so nah, dass er ihr Kokos-Jasmin-Shampoo riechen konnte. Ihre Wärme überflutete, durchströmte ihn. »Dimple Shah … ich finde dich auch toll.« Noch während er sprach, legte er seinen Mund auf ihre Lippen. Und wieder erschauerte sie und er lächelte an ihrem Mund. »Ich würde mich geehrt fühlen, wenn es ein richtiges Date würde.«

Sie öffnete die Lippen. Und er verlor sich in ihr.

Dimple

O mein Gott. Oder wie Rishi sagen würde, bei den Göttern. Sie *knutschten*. Schon wieder. Endlich. Als Dimple vor Glück seufzte, schlang Rishi seine Arme um ihre Taille und schmiegte sich an sie.

Er begehrte sie. Er begehrte sie genauso wie sie ihn. Es war unglaublich. Dimple wäre nie darauf gekommen, dass ein Typ wie Rishi in ihr Leben treten würde. War das tatsächlich Kismet, wie er gesagt hatte? Doch dann spürte sie seine Zunge und konnte nicht mehr klar denken.

Schließlich lösten sie sich voneinander, um Luft zu holen, doch Rishi verweilte in der Umarmung. Im schwindenden Licht schimmerten seine geschwollenen Lippen rot. Er lächelte und rieb sanft seine Nase an ihrer. »Zu schade, dass wir nicht ewig so weitermachen können. Sauerstoff wird völlig überschätzt.«

Dimples Arme lagen an seiner Brust, aber sie verschränkte sie nun hinter seinem Rücken. »Essen auch.«

»Und die Teilnahme an blöden Webentwicklungskursen.«

»Hey.« Als sie ihm einen Klaps gab, schlug sie versehentlich auf seinen unteren Rücken. In seiner Hosentasche steckte etwas Festes, Hartes wie ein Notizheft. »Dieser Kurs ist mein Ticket zu Jenny Lindt, vergiss das nicht.«

»Ach ja, warum war sie noch mal so toll?« Rishi wich ein Stück zurück, hielt aber ihre Hand fest, was Dimple glücklicher machte, als sie zugestehen wollte.

Er zog sie ins Gras hinunter und sie stützten die Köpfe in

die Hände, legten ihre Beine übereinander und sahen sich an.

Dimple legte ihre freie Hand auf ihr Herz. »Machst du Witze? Jenny Lindt ist eine Koryphäe. Das Licht in der Finsternis. Eine Vorbotin des kommenden Zeitalters – Frauen in der Technologie.«

Lächelnd strich Rishi ihr eine Strähne hinters Ohr. Das wurde schnell zu ihrer Lieblingsnummer. Neben dem Knutschen natürlich. »Sie ist dein Leo Tilden, nicht wahr?« Er streckte sich ganz auf dem Boden aus und legte den Kopf auf den Arm.

Mit klopfendem Herzen sah Dimple ihn an. Rishis Blick strahlte Hoffnung aus, aber auch Respekt. Er hatte das alles anscheinend nicht erwartet. Kurz darauf legte Dimple sich ebenfalls hin und schmiegte ihren Kopf an seine Brust. Rishi seufzte, ein tiefes Brummen, das in seiner Brust und ihren Ohren widerhallte.

Dimple lächelte zum Himmel hinauf. »Jep. Sie ist mein Leo Tilden.« Eine Zeit lang lauschten sie dem Wind in den Eukalyptusbäumen. Weiter unten bellte ein Hund. »Da wir gerade von Leo sprechen, ist das ein Notizheft, was ich eben in deiner Hosentasche gefühlt habe? Ich habe sie zufällig gestreift.«

»Gut beobachtet. Stimmt, ich habe immer eins dabei, um sofort loszeichnen zu können. Den großen Skizzenblock habe ich im Wohnheim gelassen, aber das musste ich mitnehmen.«

»Und … darf ich es sehen?«

Rishi lachte. »Unter einer Bedingung.«

Sie runzelte die Stirn. »Okay …«

»Du musst mir erlauben, dich zu zeichnen.«

Dimple setzte sich hin und sah ihn an. »Wie bitte?«

Rishi grinste, wälzte sich wieder auf die Seite und stützte den Kopf in die Hand. Dimple konnte ihn kaum noch erkennen, so dunkel war es geworden. »Erlaube mir, dich zu zeichnen, dann kannst du dir den Rest ansehen.«

Dimple zeigte zum Himmel. »Es ist dunkel geworden. Wie willst du da zeichnen?«

»Tja …« Rishi holte sein Handy heraus. »Jemand hat mir den super Tipp gegeben, die Taschenlampen-App zu installieren.«

Dimple stöhnte. »Ich bin überhaupt nicht fotogen.« Sie wurde rot, als sie das sagte, denn gerade jetzt, bei ihrem ersten Date, wollte sie ungern die Aufmerksamkeit darauf lenken.

Rishi legte zwei Finger unter ihr Kinn, bis sie ihn ansah. »Du. Bist. Schön. *Lajawab.* Ich mache mir höchstens Sorgen, dass ich dir nicht gerecht werde.«

35. KAPITEL

Dimple

Dimple verdrehte die Augen, obwohl die flatternden Schmetterlinge in ihrem Bauch einen wahren Tornado heraufbeschworen. *Lajawab.* Wörtlich übersetzt, bedeutete es *ohne Antwort.* »Na gut. Aber nur, weil ich danach deine Zeichnungen sehen darf.« Verlegen breitete sie Celias hauchdünnes Kleid über ihre Oberschenkel. »Wie hättest du mich denn gern?«

Als Rishi ruckartig den Kopf hob und sie begriff, wie doppeldeutig ihre Worte waren, wurde sie rot. Zum Glück war er genauso aus der Fassung wie sie. Mit der Hand, mit der er den Bleistift hielt, rieb er sich den Nacken und sagte: »Ach … leg dich doch vielleicht einfach wieder hin. Wenn du möchtest, kannst du den Kopf in die Hand stützen. Hauptsache, du hast es bequem.«

Während Dimple sich wieder hinlegte, registrierte sie jede ihrer Bewegungen. Seit Anbruch der Nacht hatte sich das feuchte Gras weiter abgekühlt und kitzelte in ihren Kniekehlen.

Sie legte sich zu Rishi gewandt auf die Seite, schmiegte den Kopf seitlich in ihre Hand und sah zu, wie er eine Seite seines kleinen Skizzenbuches glatt strich. Im blauweißen

Licht der Taschenlampen-App zitterten seine Hände kaum wahrnehmbar, als er den Bleistift zückte.

Rishi sah sie an und ließ den Blick von ihren Augen über ihre Lippen zu ihrem Schlüsselbein, ihrer Brust, ihrer Taille und ihren geschwungenen Hüften gleiten. Trotz der kühlen Brise war Dimple warm und der Stoff von Celias Kleid schien sich enger an ihren Körper zu schmiegen.

Rishi zeichnete die ersten Linien. Der Kohlestift, den er offenbar schon sehr oft angespitzt hatte, verschwand in seiner Hand. Je länger er zeichnete, umso konzentrierter, entschlossener und intensiver wurde sein Blick. Sie wusste, dass er nicht mehr neben ihr saß. Obwohl er oft genug aufblickte, sah er im Augenblick nicht Dimple in ihr. Der Gedanke war merkwürdig beunruhigend, als würde sie ihn nicht wirklich kennen. Der Künstler Rishi und Rishi Patel, mit dem sie ein Date hatte – waren sie ein und dieselbe Person?

Als er umblätterte, hob Rishi den Blick und lächelte nun wieder entspannt. Dimple spürte einen Schauer der Erleichterung, weil er zurückgekehrt war. *Das ist es,* dachte sie. *Das meinte er, als er sagte, er könnte das nicht mit halber Kraft tun. Er* lebt *seine Kunst. Wenn er sich ihr Vollzeit widmen würde, gäbe es vielleicht keinen Raum mehr für etwas anderes oder eine weitere Person.*

»Hast du es noch bequem?«, fragte Rishi freundlich. »Du kannst dich auch bewegen – das stört mich nicht.«

Dimple machte es sich ein wenig gemütlicher und riskierte einen Blick. »Darf ich schon mal sehen, was du bis jetzt gemacht hast?«

Rishi lachte und schirmte sein Notizheft mit der Hand ab. »Noch nicht. Aber gleich, versprochen. Ich möchte nur noch eine Reihe kleinerer Dinge zeichnen. Und jetzt rede einfach mit mir.«

»Reden?« Sie runzelte leicht die Stirn und schob die Brille hoch. Rishi begann erneut zu zeichnen. »Worüber soll ich denn reden?«

»Völlig egal.« Rishi sah kurz hoch und zurück auf sein Blatt.

»Hmm, okay.« Dimple spielte mit einem Grashalm. Sie wusste, was sie gerne sagen wollte, aber es klebte an ihrem Gaumen wie eine Gräte. »Du, äh …« Sie räusperte sich. Aus dem Augenwinkel bemerkte sie, dass Rishi wieder kurz hin- und wieder wegschaute. »Ich möchte in absehbarer Zeit nicht heiraten, vielleicht sogar nie. Unser Date hat nichts daran geändert.«

Als sie ihn nun ansah, hielt er die Hand in der Schwebe und sah ihr in die Augen. »Ich weiß, das hast du schon gesagt. Ich habe nicht gedacht, dass dieses Date daran etwas ändert.« Er lächelte und senkte den Blick, um weiterzuzeichnen.

Dimple sollte es auf sich beruhen lassen. Jetzt. Belass. Es. Dabei. »Aber worum geht es dann?«, hörte sie sich stattdessen fragen. »Ich meine, hast du mich nicht deswegen am ersten Tag angesprochen? Und bist du nicht deswegen hergekommen? Weil du dachtest, ich wüsste über das Arrangement unserer Eltern Bescheid.«

Rishi verzog leicht das Gesicht und hörte auf zu zeichnen. Mit seinen Honigaugen sah er sie an. »Was ist genau deine Frage? Warum ich mit dir ausgehen möchte, auch wenn keine Ehe dabei herauskommt?«

Dimple war dankbar für die neblige Dunkelheit. »Ja«, antwortete sie leise. »Ich dachte, das wäre das Wichtigste für dich. Die Ehe, die Wünsche deiner Eltern zu erfüllen, all das. Und wenn das so ist, bin ich ganz klar nicht das Mädchen, mit dem du das machen kannst.«

Rishi legte das Notizheft und den Bleistift zur Seite. Dann blickte er zum Himmel und dachte nach, während Dimples Herz schmerzhaft klopfte, aus Angst vor dem, was er gleich sagen würde. Doch sie wollte auch, dass er es sagte und sozusagen das Pflaster abriss. Im weichen Nebelwabern duftete es nach Eukalyptus. »Ich will nicht lügen. Kultur und Tradition bedeuten mir viel.« Ein Schatten lag in seinem Blick. »Sehr viel. So bin ich erzogen, weißt du? Die Verantwortung, das erste Kind, der erste Sohn zu sein, ist ungeheuer groß. Erst recht, weil Ashish so … egal. Was ich damit sagen will, ist, dass er Mas und Pappas Wünschen nicht so viel Respekt erweisen wird wie ich. Also ja. Heiraten ist mir wichtig. Es ist mir wichtig, meinen Eltern eines Tages Enkel zu schenken. Und natürlich mich um sie zu kümmern, wenn sie alt sind.« Dann legte Rishi sich mit einer schwungvollen Bewegung vor Dimple auf den Bauch, ganz nah vor ihr Gesicht. Er verschränkte die Hände und legte sein Kinn darauf. Nur ein Zentimeter trennte sie, Dimple vergaß zu atmen. Er sah ihr in die Augen, als er fortfuhr: »Aber du zeigst mir, dass noch andere Dinge zählen. Für mich geht es bei unseren Dates darum, dich näher kennenzulernen, Dimple Shah. Darum, Zeit mit dir zu verbringen. Zu sehen, wie du deine Brille hochschiebst, wenn du etwas sagst, das dich sehr berührt. Es geht mir darum, dein tolles Shampoo zu riechen. Dein Herz an meinem zu spüren. Dich lächeln zu sehen. Und darum, dich zu küssen.« Er rutschte noch ein bisschen näher und gab ihr einen sanften Kuss. Dann lächelte er. »Deshalb können die anderen Dinge, die mir viel bedeuten, gerade mal in den Hintergrund treten. Und vielleicht fühle ich mich damit ja total wohl … wenn es für dich okay ist?«

Dimples Herzschlag beruhigte sich. Ihre Muskeln entspannten sich. »Absolut. Für mich ist das sehr okay.« Sie küsste ihn zurück, schmeckte seine Lippen und lächelte, als sie hörte, wie er geräuschvoll die Luft anhielt, als ihre Zungen sich trafen.

Nachdem sie sich voneinander gelöst hatten, setzte Rishi sich grinsend wieder hin und griff erneut zu seinem Heft und Bleistift. Er zeichnete weiter. »So, nachdem wir das besprochen haben, sag mir die Wahrheit. Was hast du gedacht, als du mich zum ersten Mal gesehen hast?«

»Bei der Hochzeit? Oder am Brunnen, als du mich einfach so angesprochen hast?« Dimple zog eine Augenbraue hoch.

Rishi lachte. »Beides. Fang mit der Hochzeit an.«

»Bei der Hochzeit fand ich dich cool. Wie du da gesessen hast und die Seiten aus den Zeitschriften gerissen hast, die dir nicht einmal gehörten. So etwas wäre mir im Traum nicht eingefallen. Erst habe ich dich für einen verrückten Jungen gehalten, der gern etwas kaputt macht, aber dann hast du diese Blumen gebastelt und ich war total beeindruckt. Noch mehr hat mich allerdings beeindruckt, dass du dich bei der Stimme meiner Mamma nicht erschreckt hast.«

Rishi lächelte und schaute kurz zu ihr hoch, bevor er den Blick wieder senkte. »Willst du wissen, was ich dachte?«

Dimple beugte sich vor. »Ja.«

»Ich fand, du warst der süßeste Bücherwurm, den ich je gesehen habe.«

Sie lachte und bewarf ihn mit einem Grashalm. »Oh bitte. Das hast du überhaupt nicht gedacht.«

»Doch!«, sagte er entrüstet. »Wieso hätte ich dir sonst meine schönste Blume schenken sollen?«

Obwohl Dimple nicht wusste, ob sie ihm glauben sollte, errötete sie vor Freude. »Und jetzt erzähl mir, was du bei unserer Begegnung vor dem Starbucks gedacht hast. Du weißt schon, bevor ich meinen Kaffee über dir ausgeschüttet habe.«

36. KAPITEL

Dimple

Rishi schenkte ihr ein ironisches Lächeln, bevor er sich wieder seiner Zeichnung widmete. »Du hast so friedlich ausgesehen, da auf dem Brunnenrand, das Gesicht zur Sonne erhoben. Du sahst aus wie eine Blume mit diesem engelhaften Heiligenschein deiner Locken. Natürlich habe ich schnell gemerkt, wie sehr ich mich getäuscht habe.«

Dimple gab ihm einen Klaps aufs Knie, aber sie musste auch lachen. »Halt die Klappe. Dein Spruch mit der *zukünftigen Ehefrau* war total unheimlich! Du kannst froh sein, dass ich kein Pfefferspray oder Wurfsterne dabeihatte.« Sie konnte es kaum fassen, dass sie jetzt darüber lachten. Als es passiert war, war sie fest davon überzeugt gewesen, dass sie absolut nichts mit Rishi zu tun haben würde. Aber so war das mit Rishi … er war wie ein Popsong, von dem man glaubte, man könnte ihn nicht ausstehen, und den man doch unter der Dusche vor sich hin summte.

»Ich habe es zur Kenntnis genommen«, sagte er und zeichnete fleißig weiter. »Zu meiner Verteidigung kann ich anführen, dass ich dachte, du wärst hier, weil du den schändlichen Plan unserer Eltern kanntest.«

Dimple seufzte. »Ja. Meine Eltern sind noch mal ein

ganz anderes Thema. Du kannst von Glück sagen, dass du dich mit deinen so gut verstehst.« Andererseits hatte es mit Glück vielleicht gar nicht so viel zu tun, denn Rishi war mit den Ansichten und Plänen seiner Eltern einverstanden. Dimple nicht. Die jeweilige Beziehung zu ihren Eltern war ein fundamentaler Unterschied.

»Deine Mutter hat dich aber anscheinend sehr gern.« Als Dimple schnaubte, fuhr Rishi rasch fort. »Sie ruft dich an. Sie redet mit dir. Sie will an deinem Leben teilhaben.«

Dimple lachte. »Sie will an meinem Leben teilhaben? Also, das kann man auch über Kopfläuse sagen. Oder Termiten. Oder Wurstvergiftung. Die Bakterien wollen einfach an deinem Leben teilhaben!«

Rishi lächelte und setzte den Stift ab. »Okay. Willst du mal sehen?«

Dimple setzte sich rasch hin. »Bist du fertig?«

»Jep.« Er reichte ihr das Notizheft, indem er einen Finger zwischen die Seiten hielt. »Fang hier an und blättere weiter. Ich habe diese Zeichnungen nach einer kreativen Übung gestaltet, die Comickünstler gerne machen. Sie heißt ›fünfundzwanzig Gesichtsausdrücke‹. Man zeichnet dieselbe Figur mit fünfundzwanzig Gesichtsausdrücken, damit man seine Figur besser kennenlernt. Man kann dir deine Gefühle sehr gut ansehen. Das habe ich gleich gemerkt.«

Dimple nahm das Heft und legte den Finger an die richtige Stelle. »Echt?«

Rishi zog eine Augenbraue hoch, als wollte er sagen, *soll das ein Scherz sein?*

Dimple schlug das Heft auf. Das erste Bild von ihr blickte … nervös. Vorausahnend. Das war ganz am Anfang gewesen, als Rishi begonnen hatte. Er hatte ihr Zögern erfasst, ihre Angst, wie er ihre Worte aufnehmen würde. Sie sah … schön aus, merkte sie plötzlich.

Er hatte das alles ein wenig verwischt gezeichnet, um zu vermitteln, wie er sie durch den Nebel sah. Dennoch waren die Details faszinierend. Ihre Wangen hatten Glanz, ihre Augen funkelten. Mit der Brille wirkte sie intelligent und künstlerisch-nerdig statt wie üblich wie ein Computerfreak. Ihr Haarknoten bestand aus wilden Locken, war aber nicht so unordentlich wie sonst im Spiegel. Sie sah aus, als könnte sie als Model für ein Haarprodukt auftreten. Sah er sie so? Sie blätterte um.

Auf der zweiten Zeichnung lachte Dimple mit zusammengekniffenen Augen über etwas, das Rishi gesagt hatte. Sie wirkte glücklich, sorglos und selbstvergessen. Es gefiel ihr, dass sie in seinen Augen klug, hübsch und lustig zugleich war. Erneut blätterte sie um.

Jede Zeichnung stellte sie mit einer anderen Miene dar und auf jeder, fand sie, hatte er ihren Wesenskern gut getroffen. Er hatte sie mit so viel lebendigen Kleinigkeiten festgehalten, obwohl er hier fast im Dunkeln mit einer Taschenlampen-App gesessen hatte. Daraus schloss sie, dass er sie bereits beobachtet hatte, ohne dass sie es gemerkt hatte. Er hatte sich jedes Detail ihres Gesichts, ihrer Haare, ihres Körpers eingeprägt. Schon bevor sich dieses Date für Dimple in ein richtiges verwandelt hatte, war es für Rishi eins gewesen. Er hatte nur darauf gewartet, dass sie ihn einholte.

Und plötzlich erkannte sie, dass sie ihn ebenfalls beobachtet hatte. Wenn sie nicht an ihn gedacht hatte, war er ihr doch irgendwie ständig im Sinn geblieben. Schon am ersten Tag, nachdem sie den Schock seiner plötzlichen Erscheinung verdaut hatte, hatte er ihr gefallen. Dimple war nicht auf der Suche danach gewesen – was auch immer zwischen ihnen war. Aber sie hatte das unbestimmte Gefühl, dass die Liebe sie gefunden hatte. Sie kreiste um sie und wartete auf den perfekten Platz, um zu landen.

Dimple wusste nicht, ob sie sich das wünschte. Überhaupt wusste sie im Moment nicht viel mehr, als dass sie Rishi küssen wollte. Und das tat sie dann auch.

Sie legte das Notizheft ins Gras, kroch zu ihm und setzte sich auf seinen Schoß. Woher Dimple den Mut nahm, war ihr schleierhaft, doch sie schlang die Beine um seinen Bauch, nahm sein Gesicht in beide Hände und küsste ihn, bis sich ihre Lippen geschwollen anfühlten und sie keine Luft mehr bekam. Danach sah er sie an, hielt sie fest umschlungen, als könnte er sein Glück nicht fassen. Als wäre sie eine vergoldete geflügelte *Apsara,* die er zufällig im Wald gefunden hatte.

»Wow«, sagte er schließlich vollkommen außer Atem. »Ich sollte dich häufiger zeichnen.«

Dimple lachte und wollte ihm sagen, dass sie ihn auch ohne Zeichnungen küssen würde, doch dann trafen sich ihre Lippen erneut und sie vergaß zu denken.

Rishi

Stunden oder Wochen oder Millisekunden später (so verhielt es sich mit der Zeit, wenn Rishi mit Dimple zusammen war, hatte er festgestellt) saßen sie wieder im Cabrio und fuhren zur Uni zurück. Sie hatten sich stundenlang unterhalten, bis Rishis Magen ungeduldig geknurrt hatte und Dimple darauf bestanden hatte, dass sie sich in einem ihrer Lieblingsläden in der Nähe des Wohnheims noch einen Frozen Yoghurt holten.

Rishi sah sie an, wie sie neben ihm saß und die Lichter der Stadt mit ihrem Gesicht und ihrem Haar spielten. Überrascht fing sie seinen Blick auf und sie lachten erstaunt und ungläubig über das Geschehene, darüber, dass sie dort waren, dass sie diese Magie erlebten und alles doch Wirklichkeit war. Jedenfalls war das Rishis Gedankengang. Dimple hätte genauso gut über seinen dämlichen Gesichtsausdruck lachen können.

»Hier, nicht vergessen«, sagte Dimple und tätschelte *Die Zeitfalte* in der Mittelkonsole. »Du sollst es lesen, damit wir später darüber reden können.«

»Verstanden, ich fange sofort damit an. Ich setze aber immer noch darauf, dass Charles Wallace ein Killerroboter ist. Echt unheimlich, der Junge.«

Dimple lachte und Rishi hielt sich mühsam davon ab, die Augen zu schließen und nur diesem Klang zu lauschen. *Apropos unheimlich, Patel. Alter.*

37. KAPITEL

Dimple

Einige Tage später saßen Dimple und Rishi im Vorlesungssaal und diskutierten (oder wie Rishi sagen würde, stritten) über das Datendiagramm ihrer App, als Celia mit einem Seufzer auf den freien Platz neben ihnen sank, umgeben von einer Wolke Zitrusparfüm.

Dimple sah sie an. »Alles okay?«

»Ja, ich brauche nur eine kurze Pause. Macht ruhig weiter, achtet gar nicht auf mich.« Sie kramte in ihrer Tasche und mied mit Absicht Dimples Blick.

Dimple widerstand der Versuchung, nach hinten zu den Aberzombies zu blicken. Mit Evan und Celia lief es wohl nicht so gut. Sie war heute Morgen mit ihm zusammen hergekommen, nachdem sie die Nacht in seinem Wohnheim verbracht hatte.

»Okay, alle mal zuhören! Ich weiß, Sie haben viel zu tun, um Ihr Projekt zu lancieren, aber ich brauche eine Sekunde Ihrer Aufmerksamkeit. Es geht um eine wichtige Information.« Max stand vorne am Podium, strich sich durch den Bart und blickte wohlwollend in die Runde.

Als wieder Ruhe eingekehrt war, fuhr er fort: »Wir haben bald die Halbzeit unserer sechs Wochen erreicht und ich bin sicher, dass wir alle gute Fortschritte mit unseren Programmen und Apps machen. Wie Sie wissen, ist jetzt der Zeitpunkt für die spaßige Seite der Insomnia Con gekommen – der Talentwettbewerb. Die diesjährige Talentshow findet am nächsten Wochenende statt, und zwar am Samstag um 19 Uhr im Kleinen Theater.«

Vereinzelt wurde Applaus laut, einige stöhnten. Nicht wirklich erwähnenswert, dass alle Aberzombies aussahen, als wollten sie sich gleich die Kleider vom Leib reißen und auf den Tischen tanzen. Dimple schnitt eine Grimasse.

»Die Talentshow ist wichtig, weil sie Ihnen die Chance bietet, der Konkurrenz davonzueilen«, übertönte Max die aufkommende Unruhe. »Früher gab es 500 Dollar für das Gewinnerpaar, doch dank eines großzügigen Spenders konnten wir den Preis in diesem Jahr auf unglaubliche 1000 Dollar aufstocken. Denken Sie daran, Ihr Projekt so weit wie möglich voranzutreiben, bis Jenny Lindt es begutachtet. Das wird Ihnen helfen, auf die bestmögliche Weise einen wichtigen Schritt zu machen.«

Celia stand stöhnend auf. »Dann muss ich wohl mit meinem Partner reden und sehen, was wir tun können«, sagte sie.

Dimple winkte ihr zum Abschied und wandte sich an Rishi. »Wow. Es ist schon fast Zeit für den Talentwettbewerb.« Ihr Herz flatterte auf eine merkwürdige, unangenehme Weise.

Rishi nickte entspannt. »Jep. Die Hälfte haben wir geschafft. Noch drei Wochen, dann fahren wir nach Hause.«

Sie wartete, ob er noch mehr dazu sagte und ansprach,

worüber sie noch gar nicht geredet hatten. Wie würde es nach der Insomnia Con weitergehen?

Er öffnete den Mund und beugte sich mit einem ernsten und konzentrierten Blick vor. Dimples Herz raste, doch dann ließ das Strahlen in seinen Augen nach und er lehnte sich zurück. »Und … hast du eine Idee für die Show?«

Dimple schluckte ihre Enttäuschung hinunter und nickte. Konzentration war angesagt – für den Talentwettbewerb, denn darum ging es jetzt. »Ja«, sagte sie entschlossen. »Wir führen einen Bollywood-Tanz auf.«

Rishi starrte sie an. »Was? *Du* willst vor einem Haufen fremder Leute auf die Bühne gehen und tanzen?«

»Ich weiß, das ist eigentlich nicht meine Art. Aber schau mal.« Dimple öffnete eine Tabellenkalkulation und drehte ihren Laptop herum. »Ich bin zehn Jahre zurückgegangen – zur Gründung der Insomnia Con – und habe mir die jeweiligen Gewinner der Talentshows angesehen. Schau dir das an: 2007: Tanz; 2008: Tanz; 2009 und 2010? Tanz. 2011 wurde gesungen, aber 2012 wieder getanzt und 2013 gezaubert. Aber 2014 gewann wieder Tanz! 2015 und 2016 jeweils Jonglieren und Gesang.« Sie sah Rishi an. »Weißt du, was das bedeutet?«

»Dass … du ein bisschen zu besessen von der Insomnia Con bist?«

Dimple boxte ihn in die Rippen und zum Beweis dafür, wie sehr er sich an sie gewöhnt hatte, zuckte er nicht einmal zusammen. »Nein! Dies ist ein Tanzjahr! Das spüre ich genau. Die Jury neigt eindeutig dazu, die Kategorie Tanz zu bevorzugen. Und siehst du, ein Drittel der Gewinner hat ethnische Tänze aufgeführt, aber niemand hat bisher einen Bollywood-Tanz genommen. Das müssen wir machen.«

»Okay, aber dir ist bewusst, dass wir dafür auf die Bühne müssen? Mit einem richtigen Tanz?« Rishi beugte sich vor. »Ich sag es ja nur. Für den Fall, dass du es noch nicht bemerkt hast, du bist eher introvertiert.«

»Ja, darüber habe ich auch nachgedacht.« Dimple schlang ihr Haar zu einem Knoten und steckte ihn mit einem Stift fest. Sie senkte den Blick. »Darum habe ich einen Song ausgesucht, in dem, äh, mein Tanzpart sehr klein ist. Eigentlich musst du alles machen.« Sie wand sich ein bisschen und warf ihm einen Blick von der Seite zu.

»Was! Du wirfst mich den Wölfen zum Fraß vor und willst als strahlende Siegerin daraus hervorgehen?« Rishi lachte. »Das kann es ja wohl nicht sein.«

»Hör zu.« Dimple drehte sich zu ihm um, sodass ihn die volle Ladung schmelzender Blicke traf. Nicht, dass sie darin besonders geübt war, aber trotzdem. »Du siehst wie jemand aus, der gut tanzen kann.« Als er den Mund öffnete, vermutlich um zu protestieren, redete sie rasch weiter. »Okay, wenn nicht gut, dann doch gut genug?« Er sah sie zweifelnd an. »Du bist unser Trumpf, Rishi. Ich kann nicht tanzen. Ich bin zu nervös und unbeholfen und – ich bin einmal aufgetreten, als ich vielleicht neun war. Meine Mutter hat mich zu einem Bhangratanz auf dem Diwalifest der Indischen Gesellschaft gezwungen. Und ich habe gekotzt. Auf der Bühne. Vor dem gesamten Publikum. Es war eine einzige Demütigung.«

»Oh, okay.« Als Rishi verständnisvoll nickte, glaubte Dimple, sie könnte sich entspannen. »Also soll ich mich an deiner Stelle blamieren.« Er zog eine Augenbraue hoch. »Nein, Dimple. Das ist deine Idee. Lass uns einen Tanz nehmen, an dem du den größten Anteil hast.«

Dimple ließ den Kopf hängen und kratzte über ihre Kopfhaut. »Hmpf, dann müssen wir uns wohl etwas anderes überlegen.« Niedergeschlagen betrachtete sie ihre Excel-Tabelle. Tanzen würde den ersten Preis bringen, davon war sie felsenfest überzeugt. Es würde sie Jenny Lindt so viel näherbringen. Wäre Celia in ihrem Team, hätte sie sich bei dem Tanz auf sie verlassen – sie liebte Auftritte und Aufmerksamkeit und all das, womit man bei einer Talentshow hervorstach. Aber Rishi? Rishi war Dimple zu ähnlich. Sie seufzte. Dennoch war sie immer noch froh, dass sie Partner waren. Sie mussten sich etwas ausdenken.

»Hey.« Rishi hatte seine Hand auf ihre gelegt, und als sie zu ihm hinüberschaute, lächelte er. »Ich mach's.«

Sie blinzelte. »Was machst du?«

»Den dämlichen Tanz.« Er grinste. »Aber du bist mir etwas schuldig.«

»Ehrlich?« Dimple musste auch lächeln.

»Absolut. Und jetzt sag, welchen Song du dir vorstellst.«

»Lieber nicht. Hör ihn dir einfach an.« Immer noch lächelnd, holte sie ihren Kopfhörer aus der Tasche, stöpselte ihn ein und reichte ihn Rishi. »Danke.« Sie gab ihm schnell ein Küsschen auf die Wange, bevor sie es sich noch anders überlegte, und sein Grinsen verwandelte sich in eine Supernova. Lachend lud Dimple »Dil Na Diya« aus dem Film *Krrish* auf YouTube hoch. »Wir können später in deinem Zimmer üben.«

Während Rishi dem Song lauschte, hörte Dimple plötzlich Celias laute wütende Stimme. Sie drehte sich um und sah, wie sie Evan anschnauzte. »Egal, das will ich einfach nicht! Das ist total scheiße!« Mit diesen Worten stolzierte sie aus dem Vorlesungssaal und knallte die Tür zu.

38. KAPITEL

Dimple

Dimple wandte sich an Rishi und sagte stumm: »Bin gleich wieder da.« Er nickte, offenbar hatte er nichts mitbekommen.

Sie stand auf, lief Celia nach und holte sie draußen im Gang ein. Sie spritzte sich kaltes Wasser aus dem Brunnen in den Nacken und hielt ihre Locken in der geballten Faust. Ihre Wangen waren rot. Als sie Dimple sah, holte sie stockend Luft. »Hast du das gehört?«

»Ja, also den letzten Teil, bevor du rausgelaufen bist. Was ist los? Geht's dir nicht gut?«

Celia lehnte sich an die Wand, zog ein Knie an und stützte sich mit dem Fuß ab. Sie verschränkte die Arme und atmete langsam aus. »Evan ist unmöglich. Er will mit mir und Isabelle und Hari einen Tanz zu dem Song ›Sexy Heat‹ aufführen. Schon mal gehört?«

Dimple schüttelte den Kopf und setzte sich auf die Bank neben dem Brunnen. *So gewinnt ihr bestimmt,* wollte sie sagen, schaffte es aber irgendwie, den Mund zu halten.

»Das ist der letzte Schund. Der Song besteht nur daraus, dass zwei knapp bekleidete Mädchen miteinander tanzen, während die Typen Kommentare abgeben, wie geil sie sind.

Ich meine, ich versteh das schon. Es ist ja nur eine Talentshow. Isabelle ist Feuer und Flamme, im Bikini mit mir auf die Bühne zu gehen und die Sache durchzuziehen. Aber ich …« Celia tat so, als müsste sie sich übergeben. »Mir wird schlecht. Was nicht heißen soll, dass Isabelle nicht *mega attraktiv* wäre.«

Dimple nickte, um Celia zum Weiterreden aufzumuntern. Es wunderte sie nicht, dass Isabelle voll darauf abfuhr. Für so viel Aufmerksamkeit würde sie vermutlich sogar Kohlenhydrate essen. Dimple ignorierte den Anflug von schlechtem Gewissen, den sie bei diesem lieblosen Gedanken verspürte. Isabelle war fast so schlimm wie Evan und Hari.

»Ich weiß einfach nicht, ob ich mich auf die Bühne stellen soll, damit mich alle anglotzen.« Celia gestikulierte aggressiv durch die Luft. »Bin ich zu sensibel? Das behaupten die jedenfalls.« Celia zeigte zum Vorlesungssaal.

»Nein.« Dimple legte Celia eine Hand auf den Arm. »Überhaupt nicht. Du bestimmst, ob du dich damit wohlfühlst oder nicht. Da können Evan, Hari und Isabelle sagen, was sie wollen. Was soll's, wenn sie es unbedingt machen will? Sie ist nicht du und umgekehrt.« Als Celia ihr einen scharfen Blick zuwarf, musste Dimple kichern. »Sehr weise, ich weiß. Aber im Ernst, da darfst du nicht nachgeben. Es ist schrecklich, dass du mit Evan in einem Team bist, aber du kannst auch einfach aussteigen. Und würde Max es überhaupt erlauben, dass ihr das zu viert durchzieht? Ich meine, die anderen dürfen doch auch nur zu zweit arbeiten.«

»Ja, ich glaube, das haben sie schon mit ihm besprochen. Sie haben ihm nicht gesagt, um welchen Song es bei dem

Tanz geht, aber er findet die Idee anscheinend kreativ. Außerdem würde jedes Team einzeln beurteilt werden.«

»Hm, darf ein Team sich trennen? Dann könntest du bei uns mittanzen und Evan könnte im Bikini auftreten.«

Celia schnaubte. »Danke, aber das werden sie uns kaum erlauben. Ich muss mir überlegen, wie ich damit umgehen soll.« Als sie die Arme ausstreckte, stand Dimple auf und umarmte sie. »Danke, dass du mich nicht für verrückt hältst. Ich glaube auch, dass ich ein bisschen zu viel mit den dreien gemacht habe.«

»Kann gut sein«, sagte Dimple und löste sich aus der Umarmung. »Vielleicht hast du Lust, heute mit Rishi und mir abendzuessen? Wahrscheinlich gehen wir in die Mensa.«

»Klingt gut.« Celia lächelte. Die Vorstellung schien sie aufzumuntern. Dann gingen sie in den Vorlesungssaal zurück.

»Du hast verstanden, wie es geht, ja?«, fragte Dimple, nachdem sie sich das »Dil Na Diya«-Video zum vierten Mal angeschaut hatten. Sie waren zu einer ersten Probe nach dem Kurs in Rishis Zimmer gegangen. »Findest du es nicht zu kompliziert? Hrithik ist ein Weltklasse-Tänzer. Aber das verlangt keiner von dir. Wenn du die Moves draufhast, reicht das vollkommen. Ich habe mir auf YouTube andere Gewinner der Talentshow angesehen, das waren auch nicht alles Rockstars. Wir sind schließlich Programmierer und keine …« Sie verstummte, als sie Rishis hochgezogene Augenbraue bemerkte.

»Du bist nervös«, sagte er, aber ohne Vorwurf. Er lächelte sogar.

Dimple kaute auf ihrer Wange. »Kann sein. Irgendwie schon.« Aber nicht aus den Gründen, an die er dachte, sondern weil er gleich sehen würde, wie sie tanzte. In dem Video tanzte das Mädchen ganze zwei Sekunden – trotzdem. Seit dem Bhangra-Kotz-Fiasko hatte Dimple nie mehr vor jemandem getanzt, und schon gar nicht vor einem Typen, den sie gernhatte. Mit dem sie *rumgeknutscht* hatte. Dimple merkte selbst, dass sie allmählich hyperventilierte, und konzentrierte sich darauf, ihr Haar zu einem Knoten zu drehen.

Rishi, dem ihr innerer Tumult entgangen war, hatte das Bett an die andere Wand geschoben, damit sie mehr Platz zum Proben hatten. Er stand zufrieden in der Mitte des schmalen Rechtecks. »Okay.«

Mit einem bebenden Finger drückte Dimple die Playtaste und der Song erfüllte das Zimmer. Rishi hielt kurz mit geschlossenen Augen inne und wartete offenbar darauf, dass der Beat ihn in Bewegung setzte.

Dann zuckte und ruckte er verkrampft mit Armen und Beinen, um Hrithik Roshan nachzumachen. Damit machte er weiter und schaute nur hin und wieder auf den Bildschirm, um zu sehen, ob er es draufhatte. Er grinste jetzt und hatte seinen Spaß, während er in die Luft sprang und mit gespreizten Beinen wieder aufkam, anschließend durch den Raum schlingerte und mit einer *Hey yeah*-Miene beständig den Kopf nach vorn warf.

Dimple war sicher, dass es ein Traum sein musste. Eine andere Erklärung gab es nicht. Sie sah ihre eigene Hand, die vor ihrem Gesicht schwebte, und drückte die Pausetaste auf ihrem Laptop. Das Video stoppte.

Rishi hörte abrupt auf abzurocken. »Was ist los?«

Dimple klammerte sich an seinem Schreibtisch fest. Die Zimmerecken verschwammen vor ihren Augen. Ihre Stimme kam aus einer weit entfernten Galaxie. »So … so tanzt du?«

Rishi schaute an sich herunter, als würde er etwas überprüfen. »Ja?« Verwirrt sah er sie an.

Dimple fasste sich an den Kopf. »Aber du hast gesagt – du hast gesagt, du kannst gut tanzen!«

»Gar nicht wahr! Ich habe mich nicht mal wirklich als ›ganz gut‹ bezeichnet.«

Als Dimple ihn ansah, bekam sie fast einen Wutanfall. Sie sprach langsam und betonte jedes Wort. »Das. War. Weit. Entfernt. Von. Ganz. Gut.«

Sie fixierten einander. Rishis honigbrauner Blick bohrte sich in ihren. Und dann prustete er los. »Ha ha ha«, er konnte gar nicht mehr aufhören, und als Dimple ihn so sah, wie er schallend und hilflos lachte und *sich aufs Knie schlug,* musste sie auch lachen, wenngleich doch eher hysterisch.

Am Ende sank Rishi zu Boden und hielt sich den Bauch, während er nun abwechselnd lachte und stöhnte. Dimple saß neben ihm und wischte sich die Augen. Ihr Lachen war in Schluckauf übergegangen. »Jetzt mal ernsthaft, was sollen wir bloß machen?«

Rishi warf ihr einen Blick zu. Er hatte sich quer auf dem Boden ausgestreckt. »Willst du den Talentwettbewerb immer noch gewinnen?«

Sie nickte. »Natürlich.«

»Dann proben wir weiter. Wir haben noch sechseinhalb

Tage, um es uns draufzuschaffen.« Geschmeidig wie ein Löwe sprang er auf. Wieso konnte er diese Anmut nicht beim Tanzen einsetzen? Er reichte ihr die Hand und zog sie hoch. Dann bückte er sich, bis sie Nase an Nase voreinander standen, und sagte: »Zeig mir, was du kannst, Priyanka.«

Priyanka Chopra – Hrithik Roshans Partnerin in »Dil Na Diya« – war genauso gut wie er. Da ihr Part in diesem Song dankenswerterweise winzig klein war, stand Dimple nicht unter so großem Druck wie Rishi. Sie probten die Stelle, an der Hrithik und Priyanka miteinander tanzten. Dimple kreiste mit den Armen und betete, sie möge nicht so aussehen, als würde sie unter Krämpfen leiden. So wie Rishi eben.

Keuchend fasste Rishi ihren Arm, sodass sie aufhören musste. »Hey, wie wäre es, wenn du an dieser Stelle in meine Arme springst?«

»Was?« Dimple wischte sich über die Stirn und ging zum Laptop, um den Song anzuhalten. »Rishi, ich glaube nicht, dass die Nummer besser wird, wenn ich *in deine Arme springe*«, sagte sie in die Stille hinein. »Am besten halten wir uns an das, was die weisen, erfahrenen Bollywood-Choreografen gut genug für Hrithik und Priyanka fanden.«

»Nein, warte kurz und hör erst mal zu. Kannst du ein Stück zurückgehen? Ungefähr zu der Stelle, wo er auf sie zeigt?« Dimple erfüllte ihm den Wunsch, obwohl sie schwere Bedenken hatte. »Okay, jetzt drück auf Play und komm her.«

Sie ging zu Rishi zurück.

»Und wenn ich jetzt auf dich zeige, könntest du doch statt deiner Schritte springen und ich fange dich auf?«

»Ist das dein Ernst? Ich springe doch nicht einfach –«

»Ich lasse dich nicht fallen, versprochen. Oh, jetzt ist schon die Stelle, komm schon!« Rishi breitete die Arme aus und Dimple gab seinem Druck nach, obwohl ihr Instinkt ihr dringend abriet, und sprang in seine Arme.

Beziehungsweise sie versuchte es, doch da ihre Jeans ihr nicht genug Spielraum gab, rammte sie Rishi die Knie in die Rippen.

Er schrie auf und wehrte Dimple mit einem geschickt angebrachten Karateschlag ab, statt sie aufzufangen. Als er dann merkte, was er getan hatte, wollte er ihr, von Reue zerfressen, aufhelfen, doch Dimple war jetzt sauer, packte ihn am Nacken und wollte ihn mit zu Boden reißen.

Wie unter Schock, sprachlos lagen sie ineinander verkeilt am Boden.

Zehn Sekunden lang tat Dimple alles so weh, dass sie nicht sprechen konnte. Sie blieb einfach liegen und starrte an die Decke, während die fröhliche Melodie von »Dil Na Diya« durchs Zimmer dröhnte. Und dann fing Rishi wieder an zu lachen. Allmählich war sie sich nicht mehr sicher, ob sie es wirklich so toll fand, dass er jeder Situation etwas Komisches abgewinnen konnte.

Er drehte den Kopf, stöhnte und fragte: »Alles okay bei dir?«

»Geht«, brachte sie mühsam hervor und schubste seinen Oberschenkel von ihrem Bauch, damit sie besser atmen konnte. »Aua.«

Rishi versuchte, seinen Arm unter ihr wegzuziehen, doch da er sie immer noch halb nach unten drückte, wälzte sie sich einfach zu ihm auf die Seite. Er schaute auf sie hinunter, beinahe wieder Nase an Nase, während ihre Beine weiterhin unter seinem linken lagen. »Hi«, sagte er mit einem warmherzigen glänzenden Blick. »Es tut mir leid.«

Am liebsten hätte sie ihn in die Rippen geboxt. Und in die Nase gebissen. Doch als sie ihm in die Augen sah, stellte Dimple fest, dass sie etwas anderes noch viel mehr wollte. Sie hob den Kopf und küsste ihn.

Und in diesem Augenblick sagte eine laute Männerstimme: »Na, na, NA! Was ist denn hier los?«

39. KAPITEL

Dimple

Sie rissen sich so blitzschnell los, dass Dimple schwindelig wurde. Hilfe! Sie waren so in dem Kuss versunken, dass sie nicht einmal gehört hatten, wie die Tür geöffnet wurde.

Dimple blinzelte und runzelte die Stirn. Moment. Rishi hatte gar keinen Mitbewohner. Wer war also dieser Junge mit den schwarzen Locken und endlos langen muskulösen Beinen in Sportshorts und schmutzigen Sneakers, der mit diesem fiesen Grinsen an der Tür stand?

Rishi

»*Ashish?*« Zum Teufel! Was machte sein blöder Bruder denn hier und verdarb ihm diesen perfekten wunderschönen Augenblick? Rishi rappelte sich auf und reichte Dimple die Hand, doch sie sprang ohne seine Hilfe auf und schaute wild von ihm zu Ashish und zurück. Als hätte man sie beim Diamantenschmuggel statt beim Knutschen erwischt. Es hätte komisch sein können, wenn Rishi nicht so sauer gewesen wäre. »Was machst du denn hier?«

Ashish schlenderte durchs Zimmer, als würde es ihm gehören, und drückte die Pausetaste an Rishis Laptop. »Okay, *was* ist hier los?« Er ließ seine Sporttasche auf den Boden fallen, lümmelte sich auf Rishis Stuhl und streckte seine ellenlangen Beine in den winzigen Raum. Der Gestank von Axe Bodyspray war so durchdringend, dass er jeden im Umkreis von fünfzehn Metern hätte ersticken können.

Rishi trat einen Schritt zurück und verschränkte die Arme. »Erst beantwortest du meine Frage.«

Ashish verdrehte die Augen. »Ich dachte, Ma und Pappa hätten dir Bescheid gesagt. Ich will mir die Uni ansehen.«

Rishi hob hilflos die Arme. Waren alle kleinen Brüder so nervig oder war nur er mit einem besonders ätzenden Exemplar gesegnet? »Und? Wie bist du hergekommen? Wieso haben Ma oder Pappa mich nicht vorher angerufen? Und wie zum Teufel bist du hier reingekommen, obwohl abgeschlossen war?«

Ashish holte einen Schlüssel aus seiner Shortstasche. »Ich habe der Frau am Empfang gesagt, ich wäre Rishi Patel vom Zimmer 406.« Mit einem Blick zu Dimple sagte er in einer Nebenbemerkung: »Meine Eltern haben mir gesagt, welches Zimmer er hat.« Dann sah er wieder Rishi an und fügte hinzu: »Ich habe behauptet, ich hätte mich ausgeschlossen und bräuchte den Ersatzschlüssel.« Er grinste. »Gut, dass die Leute meinen, Inder sähen alle gleich aus, was?«

Dimple räusperte sich und sah Rishi auffordernd an. Er strich sich durchs Haar. »Sorry. Dimple, das ist mein Bruder Ashish. Ashish, das ist Dimple Shah.«

Ashish schüttelte ihr mit einem trägen Lächeln die Hand. »Live siehst du nicht so einschüchternd –«

»Beantworte meine beiden Fragen«, unterbrach Rishi ihn laut, während Dimple die Arme verschränkte und den Kopf in einer Pose neigte, als wollte sie sagen, *Komm ja nicht näher, Bruder.* »Wie bist du hergekommen? Und wieso hat mich keiner angerufen?«

Ashish ließ den Kopf nach hinten über die Stuhllehne hängen. »Ach, ich bin bei jemandem mitgefahren, den ich kenne. Ma und Pappa haben total genervt, ich musste weg. Und da dachte ich mir, warum soll ich's nicht jetzt machen? Ein paar Tage zu früh, ist doch egal.« Er schenkte Rishi ein Lächeln, doch es hatte eine gewisse Schärfe. »Du hast doch nichts dagegen, oder, *Bhaiyya*?« Er machte sich darüber lustig, indem er das Wort *Bhaiyya* betont liebenswürdig und übermäßig süßlich aussprach.

Rishi schämte sich. Ashish war nicht nur wie immer ein totaler Blödmann, sondern er beklagte sich auch vor Dimple über Ma und Pappa. Rishi würde niemals hinter ihrem Rücken über seine Eltern reden. Er warf einen Blick auf Dimple und fragte sich, was sie von der ganzen Angelegenheit hielt.

»Ich geh dann mal lieber«, sagte Dimple und zog ihre Chucks an. »Dann könnt ihr das in Ruhe klären und –«

Ashish legte die Hände an den Hinterkopf. »Ach, geh noch nicht. Ich konnte mich ja noch gar nicht mit meiner zukünftigen *Bhabbi* unterhalten.«

Als Dimple das Hindiwort für *Schwägerin* hörte, wurde sie blass und Rishi beeilte sich, Ashish zu korrigieren. »Wir müssen ein paar Dinge besprechen, Ashish.«

»Was habt ihr eben gemacht?«, fragte Ashish, ohne auf Rishi einzugehen. Er hatte immer nur seine eigenen Dinge im Sinn, total egoistisch. Jetzt betrachtete er das YouTube-Video und legte den Kopf schief. »Ist das *Krrish?*«

»Ja«, antwortete Dimple, obwohl Rishi den Kopf schüttelte und ihr zusätzlich mit einer hochgezogenen Augenbraue *Ermuntere ihn nicht auch noch* signalisierte. »Nächstes Wochenende findet ein Talentwettbewerb statt und wir studieren dafür eine Nummer mit ›Dil Na Diya‹ ein.«

»Hey, braucht ihr vielleicht Hilfe? Ich will ja nicht angeben, aber ich kann echt richtig gut tanzen.« Ashish lächelte erneut sein schmieriges Haifischlächeln. »Frag Rishi, der kann es bestätigen.«

Dimple sah ihn an. »Ehrlich? Es wäre super, wenn –«

»Nein«, sagte Rishi. »Wir wollen deine Hilfe nicht.« Er sah Dimple halb flehend, halb genervt an. »Stimmt doch, oder? Wir kriegen das allein hin.«

Sie zog eine Augenbraue hoch und schob die Brille höher. »Als Ashish reingekommen ist, lagen wir ineinander verheddert auf dem Boden.« Doch dann wurde sie rot, als ihr wieder einfiel, was sie miteinander verschlungen getan hatten. Rishi wusste es, weil er genau das Gleiche gedacht hatte. Und jetzt musste er sie ansehen und konnte nicht wegschauen … und sie starrte ihn ebenfalls an.

Als Ashish sich räusperte, riss er sie aus ihrer Träumerei. »Oh-kay. Ich habe den Eindruck, dass ihr nicht so ganz wisst, was ihr wollt. Dann gehe ich jetzt kurz nach unten und gebe den hier zurück.« Er ließ den Ersatzschlüssel am Finger kreisen. »Bis gleich.« Er stand auf und schlenderte hinaus.

Dimple sah ihm nach. Als er die Tür geschlossen hatte, drehte sie sich mit zuckenden Mundwinkeln zu Rishi um. »*Das* soll dein Bruder sein?«

»Ja.« Rishi seufzte. »Wieso? Was ist mit deinem Mund los?«

Dimple lachte und legte eine Hand auf ihre Brust. »Wahnsinn, ihr seid so verschieden. Ich hätte nicht gedacht, dass es so etwas gibt. Haben Geschwister nicht die gleichen Gene oder so?«

Rishi strich sich durchs Haar. Es störte ihn, wie lustig sie das alles fand. Mit Ashish zusammenzuleben war nicht lustig. Die Situation war insgesamt alles andere als lustig. »Ja, er ist schon etwas aus der Art geschlagen. Ich bin ziemlich sicher, dass jemand unseren netten, süßen Jungen gestohlen und ihn dagelassen hat …« Er deutete zur Tür.

Dimple hörte auf zu lachen. »Ach, komm, so schlimm ist er nun auch nicht.« Sie spielte mit einem Stift auf seinem Schreibtisch. »Und wir brauchen dringend Hilfe, Rishi. Das weißt du genauso gut wie ich. Außerdem, was sollst du denn machen? Du kannst ihn schlecht nach Hause schicken, wenn er extra zu dir gekommen ist.« Sie zuckte mit den Schultern.

Rishi musste sich beherrschen, um sich nicht laut stöhnend die Haare zu raufen. Hatte Dimple recht? Wäre er wirklich ein Dreckskerl, wenn er Ashish zurückschickte? Es gab einen, auf dessen Rat er sich immer verlassen konnte.

Rishi nahm sein Handy vom Schreibtisch und rief Pappa an.

»*Beta! Kaise ho?*«

»Gut, Pappa. Ich habe Besuch.« Als er Dimple ansah und die Augenbrauen hochzog, musste sie kichern.

»*Haan? Kaun?*«

Rishi runzelte die Stirn. Was dachte Pappa denn? »Ashish.« Er straffte die Schultern, als ihm ein Gedanke kam. »Nein. Sag bloß, er hat euch nichts gesagt.«

»Ashish! Ashish ist bei dir? In deinem Wohnheimzimmer?« Rishi hörte, wie Ma im Hintergrund wie ein Schnellfeuergewehr Hindi sprach, und fing ein paar hysterische *Kya?!s* und *Kyon?!s* auf.

Rishi seufzte und kniff sich in den Nasenrücken. »Ja, er ist hier. Jemand hat ihn mitgenommen. Ich dachte, ihr wüsstet das.«

Er sah, wie Dimple die Hand vor den Mund schlug. In ihrem Blick nahm er eine gewisse Bewunderung wahr.

Dimple

»*Haan, Pappa, main usko keh doonga.* Ich sage es ihm. *Thikh hai.* Tschüss.« Rishi beendete das Gespräch und sah Dimple an. Mit seinen Sorgenfalten sah er um zehn Jahre gealtert aus. »Ich suche Ashish jetzt lieber, bevor er irgendetwas macht, was ich mir jetzt lieber nicht ausmalen will. Ist es okay für dich, kurz hierzubleiben?«

»Klar. Ich kann aber auch in mein Zimmer gehen, wenn du mit ihm allein sein willst.«

»Nein, bleib. Wir müssen weiterproben. Außerdem möchte ich nicht, dass du schon gehst.« Rishi lächelte und küsste sie sanft. Dann war er verschwunden.

40. KAPITEL

Dimple

Dimple setzte sich und spielte gedankenverloren mit dem Laptop. Das war schon richtig seltsam. Ashish war ganz anders, als sie gedacht und wie sie sich Rishis jüngeren Bruder vorgestellt hatte. Er hatte ihr erzählt, dass Ashish anders war, aber so anders – Dimple konnte es nicht begreifen. Ashish wirkte wirklich, als müsste er ganz andere Eltern haben. Ehrlich gesagt, hätte er eher Dimples kleiner Bruder sein können als Rishis.

Andererseits ergab alles plötzlich mehr Sinn. Das war der Grund, warum Rishi so unbedingt tun wollte, was seine Eltern verlangten. Auch das hatte er zuvor bereits erwähnt, aber Dimple hatte es nicht verstanden. In seiner Familie war er das einzige Kind, das sich nach den Wünschen der Eltern richtete. Da sie mit Ashish wahrscheinlich alle Hände voll zu tun hatten, wollte Rishi die Wogen glätten und ihnen das Leben erleichtern.

Aber das war ungerecht, dachte sie plötzlich wütend. Wieso war Rishi dafür verantwortlich, seine Eltern bei Laune zu halten, während Ashish machte, was er wollte? Wieso war es Rishis Aufgabe, automatisch pflichtbewusst und gehorsam zu sein, nur weil sein kleiner Bruder es nicht war?

Dimple verspürte eine gewisse Abneigung gegen Rishis Eltern, weil sie nicht merkten, wie unglücklich sie ihn mit ihren ungerechten und unrealistischen Erwartungen machten.

Sie stand auf und lief durchs Zimmer, um sich vor Rishis und Ashishs Rückkehr abzureagieren. In dem Moment fiel sie ihr ins Auge.

Rishis Umhängetasche hing offen an einem Bettpfosten und sein Skizzenblock lugte hervor, randvoll mit seiner Kunst, übersprudelnd vor Talent. Dimple zögerte nur eine Sekunde, dann ging sie zum Bett.

Sie strich über die Spiralbindung, grub sich in das kühle Metall, bis ihre Fingerspitzen weiß wurden. Rishi passte gut auf seine Zeichnungen auf und wollte sie niemandem zeigen, obwohl er sich und der Welt damit keinen Dienst erwies. Er wusste gar nicht, wie sehr seine Kunst gebraucht wurde. Die Gesellschaft schrie praktisch nach Menschen, die mit Herz und Seele an etwas arbeiteten, das bedeutsamer war als sie selbst. Außerdem hatte er ihr schon vorher seine Skizzen gezeigt. Er hätte bestimmt nichts dagegen.

Sie holte das Skizzenbuch aus der Tasche und blätterte darin. Die ersten Zeichnungen waren drei Jahre alt, und je weiter sie blätterte, umso mehr kam ihr dieses Skizzenbuch wie ein Reiseführer vor, der einem den Weg zu Rishis Talent wies, der einen erahnen ließ, wie viel Zeit und Mühe Rishi investiert hatte, so weit zu kommen. Seine Figuren wurden lebendiger, realer. Obwohl er eine große Bandbreite von Dingen und Menschen zeichnete – Gebäude, sein eigenes Haus, Schüler in einer noblen Schul-Cafeteria –, kam er immer wieder auf Aditya zurück. Mit der Zeit bekam Aditya neue Konturen, er wurde kräftiger, seine Gesichtsausdrücke wechselten und wurden beweglicher, dynamischer und komplexer. In den neuesten Zeichnungen hatte Aditya sich in ein Mädchen mit einem wilden schwarzen Lockenkopf verliebt. Sie waren entstanden, bevor Dimple und Rishi sich kennengelernt hatten. Kismet?

Von nun an fand Dimple immer weniger Zeichnungen und das gab ihr einen Stich. Rishis Kunst verschwand. Niemand versicherte ihm, wie gut er war und wie wichtig es war, weiterzumachen. Deshalb ließ er es mehr und mehr sein. Sie erkannte den Schmerz auf diesen Seiten – wenn er wieder etwas zeichnete, dann detaillierte Szenen, in denen jedes Detail vor Leben sprühte.

Auf den jüngsten Zeichnungen wirkte Aditya vorwurfsvoll und schien den Künstler mit Blicken aufzufordern, länger bei ihm zu verweilen, ihn nicht zu vergessen und auf diese leeren Seiten zu verbannen. Dimple hatte einen Kloß im Hals. Das war nicht richtig. Sie konnte es nicht mit ihrem Gewissen vereinbaren, tatenlos zuzusehen, wie Rishis Begabung dahinwelkte wie eine arme Pflanze in einem dunklen Keller.

Bevor sie es sich anders überlegen konnte, holte Dimple ihr Handy heraus und fotografierte Rishis neueste Zeichnungen. Sie beschränkte sich auf Aditya. Als sie sechs Fotos gemacht hatte, hörte sie die lauten Stimmen von Ashish und Rishi, die sich im Gang stritten. Mit klopfendem Herzen steckte Dimple den Skizzenblock wieder in Rishis Umhängetasche und setzte sich erneut an den Laptop. Sie ließ das Handy in ihrer Hosentasche verschwinden und atmete tief durch, während sie ihre Gesichtszüge so ordnete, dass man ihr keinerlei schlechtes Gewissen ansehen konnte.

Sie hätte sich nicht so viel Mühe geben müssen. Als die Brüder hereinstürmten, stritten sie so heftig, dass sie Dimple nicht einmal ansahen.

»Du bist so ein Arschkriecher«, sagte Ashish und vergrub die Hände in seinem Haar, sodass es in alle Richtungen stand. »Echt jetzt, musstest du sie anrufen, kaum dass ich draußen war? Was war das, ein körperlicher Impuls? Dein Musterkind-Syndrom?«

»Arschkriecher? Hallo?«, protestierte Rishi mit vor Wut funkelnden Augen. So hatte Dimple ihn noch nie erlebt. »Du kannst mir noch so viele Schimpfwörter an den Kopf werfen, Ashish, aber unsere Eltern wussten nicht, wo du warst. Weißt du, wie viel Sorgen Ma sich gemacht hat? Bist du schon mal auf die Idee gekommen, außer an dich selbst noch an jemand anderen zu denken?«

Hilfe! Sie hätte wirklich in ihr Zimmer gehen sollen. Dimple hatte das mulmige Gefühl, dass ihnen ihre Anwesenheit nicht bewusst war, dass sie ihre äußerst private Auseinandersetzung hautnah miterlebte. Sie würde jetzt gerne gehen, doch die beiden standen mitten im Zimmer und blockierten die Tür. Sollte sie sich dennoch durchdrängen? Dimple entschied sich für Räuspern, doch Ashishs erbittertes Lachen übertönte sie.

»Ach, ja, ich bin so egoistisch, dabei will ich nur mein eigenes Leben leben! Weil ich mich nach einem Mindestmaß an Privatsphäre sehne, in der meine Eltern nicht die ganze

Zeit hinter mir her sind! Es tut mir schrecklich leid, *Bhaiyya*, aber wir können nicht alle aufopferungsvolle, pflichtbewusste Söhne aus einer von Mas *Ramayan*-Schnulzen sein!«

»Ich verlange mehr Respekt!«, brüllte Rishi. »Ma und Pappa sind unsere Eltern! Du darfst nicht so über sie reden!«

»Und wer sagt das?«, fragte Ashish. Dimple konnte sich die beiden gut als Grundschulkinder vorstellen, die sich auf ähnliche Weise darum stritten, wer den nächsten Zeichentrickfilm aussuchen durfte. »Vielleicht ist es eine Überraschung für dich, aber du bestimmst nicht über mich!«

»Vielleicht ist es eine Überraschung für dich, aber *das will ich überhaupt nicht*!«

In der darauf folgenden tödlichen Stille, während sich die Brüder böse ansahen, meldete sich Dimples Handy. »Mist.« Sie fischte es in dem unangenehmen Bewusstsein aus der Hosentasche, dass Rishi und Ashish sie jetzt mit ausdruckslosen Mienen beobachteten, als hätten sie ihre Existenz zuvor vollkommen vergessen. Was wahrscheinlich genauso war.

»Tut mir leid.« Dimple lächelte kleinlaut. »Meine Mitbewohnerin.« Sie nahm den Anruf an. »Hallo?«

»Hey! Ich habe gerade gemerkt, dass wir gar keine Zeit fürs Abendessen ausgemacht haben, oder wo wir nun wirklich genau hingehen. Vorhin hast du von der Mensa gesprochen. Ist das immer noch der Plan?«

Dimple hörte im Hintergrund Musik von Transviolet und vermutete, dass Celia wegen Evan den Kopf hängen ließ, was sie natürlich nicht zugeben würde. Sie seufzte und entschuldigte sich stumm bei den Brüdern. Rishi lächelte sie gezwungen an, doch Ashish breitete sich einfach mit seinem eigenen Handy auf dem Bett aus. »Äh, ja, also, ich weiß es gerade nicht … um sieben vielleicht? Du kannst einfach zu Rishis Zimmer kommen, das ist die 406. Da bin ich auch schon.«

Dimple sah es praktisch vor sich, wie Celia munterer wurde. »Ohhhh, du bist in seinem Zimmer? Ich wusste gar nicht, dass du schon so weit bist!« Sie kicherte. Die Vorstellung hob ihre Laune offenbar ungemein. »Wie cool ist das denn? Macht ihr es gerade? Also, habe ich dich mittendrin –«

Dimple wurde rot, sie konnte Rishi nicht ansehen. »*Nein*, aber ich muss jetzt aufhören. Wir proben doch für den Talentwettbewerb.« Bei dem Thema merkte sie, dass sie immer noch nicht wusste, wie Celia sich nun verhalten würde. Als sie sich in der vergangenen Nacht unterhalten hatten, war Celia noch unentschlossen gewesen und eigentlich auch nicht daran interessiert, mit Dimple darüber zu reden. Soweit Dimple informiert war, sprachen sie und die Aberzombies nicht einmal mehr miteinander. »Aber komm doch um sieben hoch. Okay, tschüss dann.« Sie hatte ein schlechtes Gewissen. Vermutlich war Celia einsam. Andererseits musste Dimple gerade mit der prekären Lage zwischen Ashish und Rishi klarkommen. »Sorry«, sagte sie diesmal laut und zeigte auf ihr Handy. »Meine Mitbewohnerin. Sie wollte wissen, was und wo wir heute Abend essen.«

»Cool«, erwiderte Ashish, ohne von seinem Handy aufzublicken. Seine Daumen flogen über das Tastenfeld.

Rishi sah ihn böse an. »Du musst nach Hause. Ich fahre dich auch.«

Ashish hörte auf zu schreiben, hob den Blick und zog die Augenbrauen bis ganz nach oben. »Meinst du das ernst? Jetzt sofort?«

Rishi breitete die Arme aus. Dimple hatte den Verdacht, dass er Ashish würgen würde, wäre er der gewalttätige Typ gewesen. »Ja, das meine ich ernst. Hast du nicht gehört, was ich eben gesagt habe? Ma und Pappa sind krank vor Sorge um dich. Du kannst nicht einfach abhauen und dann davon ausgehen, dass ich dir helfe.«

»Ich bitte dich gar nicht um Hilfe. Ich hätte sie später schon noch angerufen.«

»Später? Vielleicht hätten sie da schon die Polizei verständigt, und du wolltest –« Rishi verstummte und rieb sich das Kinn. »Ich kann noch nicht einmal –« Er warf Dimple einen Blick zu, der besagen sollte: *Ist das zu fassen?*

Sie rang sich ein schwaches Lächeln ab.

»Ich gehe aber nicht.« Ashish warf das Handy aufs Bett. »Und wenn du mich nicht gerade zu deinem Auto tragen willst …« Er zuckte mit den Schultern.

Als Rishi sich auf ihn stürzte, hob Ashish abwehrend die Arme.

Nicht schon wieder. Dimple stand auf. »Schluss jetzt!«, sagte sie schärfer als beabsichtigt.

41. KAPITEL

Dimple

Die beiden Brüder erstarrten und sahen Dimple überrascht an.

»Ich weiß, ihr könnt euch gerade nicht ausstehen.« Sie steckte die Hände in die Hosentaschen, weil sie zitterten. Das war gar nicht ihre Art, aber sie konnte das Gezänk nicht mehr ertragen. Und wenn sie schon nicht gehen konnte, musste sie diese schräge Situation eben in den Griff bekommen. »Aber wir stecken in einer Sackgasse und kommen durch Streiten und Kämpfen nicht weiter.« Sie holte tief Luft. »Ich mache euch einen Vorschlag.« Dimple sah Rishi an. »Wir können um sieben essen gehen, das ist in anderthalb Stunden. Und vorher proben wir noch mal und arbeiten richtig an der Nummer. Ashish kann uns sein Feedback geben, wenn er möchte. Und nach dem Abendessen könnt ihr euch mit etwas mehr Ruhe darüber unterhalten, wie es mit Ashish weitergehen soll.«

»Echt? Ihr wollt meinen Rat?« Ashish grinste Rishi triumphierend an, der die Augen verdrehte und den Kopf schüttelte.

»Egal«, sagte Rishi. »Das sagt sie nur, um nett zu sein. Meinetwegen. Nachdem du dich hier voll pubertär aufgeführt hast, müssen wir es wohl so machen.« Er sah Ashish, der immer noch grinste, böse an.

»Ich habe das wirklich nicht gesagt, um nett zu sein«, erklärte Dimple erleichtert, weil die beiden mitspielten. »Falls du es nicht gemerkt hast, Rishi, brauchen wir jede Hilfe, die wir kriegen können. Wir haben nicht mehr viel Zeit bis zum Talentwettbewerb.«

Ashish setzte sich auf Rishis Bett und streckte die Beine aus. »Wie lange dauert der Kurs denn überhaupt noch?«

Dimple spürte etwas Heißes im Hals und blinzelte. »Äh, gut drei Wochen.«

Aus dem Augenwinkel sah sie, wie Rishi das Gewicht verlagerte, doch er sagte nichts. Vielleicht würden sie am Ende einfach … auseinandergehen und getrennt ihre Ziele verfolgen. Sie hatte ihm deutlich zu verstehen gegeben, dass sie nichts Ernstes wollte. Warum sollte er sich deshalb etwas anderes wünschen? Sie sollte damit zufrieden sein. So war es am besten.

Als Dimple sich an Ashish wandte, versuchte sie diese wirren Gedanken zu verdrängen. »Sag uns einfach, was du davon hältst. Wo können wir uns verbessern? Was sieht zu peinlich aus?«

Er nickte und hob sein Handy. »Ich kann euch auch filmen, wenn ihr möchtet. Es bringt viel, wenn man sich selbst sieht. Das mache ich bei meinen Spielen auch.«

»Super.« Dimple lächelte. Sie war nicht scharf darauf, sich selbst zu sehen, aber was sollte sie machen? Sie brauchte das Preisgeld. »Dann fangen wir an.«

Eine halbe Stunde später, nachdem Rishi und Dimple wieder erschöpft zu Boden gesunken waren, stoppte Ashish die Videoaufnahme. »Darf ich euch einen Rat geben?«

»Ja, bitte«, antwortete Dimple, die unter Rishi gelandet war. Er rollte zur Seite und half ihr hoch. Sie rieb sich den Arm, den sie aus Versehen an sein Kinn geknallt hatte, das sich als erstaunlich spitz und als gefährlich erwiesen hatte.

»Okay, schaut euch das an.« Ashish richtete sein Handy so aus, dass sie alle drei gut sehen konnten, und spielte zu der Stelle vor, an der Dimple ihr Dreisekundensolo hatte. Sie sahen alle zu, wie sie ihre Hüften schwang und mit den Armen wedelte. Dimple errötete. Ashish hielt das Video an und blickte erwartungsvoll von Dimple zu Rishi und wieder zurück.

»Was?«, fragte Rishi stirnrunzelnd.

»Ich finde es ziemlich offensichtlich«, sagte Ashish und sah sie an, als wären sie begriffsstutzig. »Ja, dass *Dimple* hier das wahre Talent ist. Es funktioniert nicht, weil *Bhaiyya* – Rishi – die Hauptrolle spielt. Wir brauchen einen Song, in dem Dimple den größten Part übernimmt.«

»Äh, *nein*«, sagte Dimple im selben Moment, als Rishi sagte: »Bei den Göttern, du hast recht.«

Sie tauschten einen Blick und Dimple wurde böse. »Ich denke nicht daran, allein auf dieser Bühne zu tanzen.«

Rishi legte eine Hand auf ihren Arm, er war heiß und verschwitzt. »Musst du ja auch nicht. Aber wir suchen uns einen Song, in dem sich mein Anteil auf ein Minimum beschränkt.«

»Das bedeutet immer noch, dass die Zuschauer sich die

meiste Zeit auf mich konzentrieren.« Dimple spürte, wie sie bei dieser stressigen Vorstellung Ausschlag im Gesicht bekam. »Das schaffe ich nicht. Ich schaffe das nicht.« Hilflos sah sie von Rishi zu Ashish.

Nachdem er einen Augenblick nachgedacht hatte, lächelte Rishis Bruder. »Nicht so schlimm. Ich habe eine Idee.«

Rishi

Rishi beobachtete seinen Bruder dabei, wie er den neuen Tanz choreografierte und dabei 360-Grad-Videos von Dimple und Rishi machte. Ashish ließ die Aufnahme sogar weiterlaufen, nachdem sie aufgehört hatten zu tanzen und die einzelnen Schritte besprachen, um, wie er sagte, »diese verrückte Erfahrung festzuhalten«.

Wenn Dimple daran zweifelte, ob sie einen bestimmten Bewegungsablauf schaffen würde, schlüpfte Ashish in die Rolle des Trainers und baute ihr Selbstbewusstsein auf, indem er mit ihr rumblödelte, ohne zu verraten, was er da machte, bis Dimple einverstanden war, ohne zu merken, dass sie zugestimmt hatte – und Rishi dachte nur noch *Wow.* Er hatte es seit Jahren nicht erlebt, dass sein kleiner Bruder sich außer für Basketball so intensiv für etwas eingesetzt hatte. Und er hatte Ashish noch nie so energisch bei einer Sache gesehen, die ihm absolut nichts einbrachte. Er handelte hier … selbstlos.

Der Gedanke traf Rishi so unerwartet, dass er stolperte

und Dimple, die in seinen Armen tanzte, ohne ihn ins Zimmer hineinwirbelte. »Uups, tut mir leid«, sagte er möglichst gewinnend, als sie stehen blieb und ihn böse ansah.

»Ach, vielleicht sollten wir auch langsam mal eine Pause machen«, sagte sie und der Ärger in ihrem Blick verebbte. Das hatte er schon häufiger festgestellt – er konnte sie besänftigen und ihre harten Kanten abschleifen, indem er lächelte. Die Vorstellung machte ihn irre glücklich, vor allem, weil er bisher nicht gedacht hätte, dass Dimples harte Kanten sich überhaupt abschleifen ließen, und schon gar nicht von ihm.

Ashish hielt das Video an. »Super. Das wird richtig gut. Wir können später weitermachen, aber ich denke, ihr zwei könnt bald einen perfekten Tanz hinlegen. Ihr müsst nur noch ein paarmal proben, dann sitzt es.«

Dimple atmete tief durch. »Aah, danke.« Sie tätschelte auf eine etwas steife Weise Ashishs Arm. Da sie mit körperlicher Zuwendung mehr als zurückhaltend war, begriff Rishi, dass sie es ernst meinte. Sollte er eifersüchtig sein? Immerhin freundete Dimple sich schnell mit seinem muskulösen, viel cooleren jüngeren Bruder an. Doch er spürte nur dieses warme, beinahe schnulzige Gefühl in seiner Brust, als wäre sein Herz in Nutella aus der Mikrowelle gehüllt.

Dimple schaute auf die Uhr. »Okay, es ist zwanzig vor, ich renne schnell runter und dusche vor dem Abendessen. Wir können uns unten in der Eingangshalle treffen.«

»Moment, Moment, Moment.« Rishi schlang die Arme um ihre Taille und küsste sie sanft und langsam, bis er lächelnd seine Stirn an ihre legte. »Okay, jetzt darfst du gehen.«

Grinsend schwebte Dimple aus dem Zimmer.

Als sie weg war, drehte Rishi sich zu Ashish um, der die Augen verdrehte, weil sie in seinem Beisein geknutscht hatten. »Wir müssen immer noch über Ma und Pappa reden.« Da Ashish sofort dichtmachte, fuhr Rishi rasch fort: »Aber danke. Dafür, dass du uns hilfst. Das ist wirklich sehr nett von dir.«

Ashish zuckte mit den Schultern und errichtete erneut die Mauer zwischen ihnen. Rishi versuchte, den schweren Stein der Enttäuschung zu ignorieren, der auf seiner Brust lastete. »Jep. Dimple ist cool, deshalb … hoffentlich gewinnt ihr die Show.«

Er sprach wie mit einem flüchtigen Bekannten, den er nicht einmal besonders gernhatte. Rishi musste schlucken und rieb sich den Hinterkopf. »Ja, dann dusche ich auch mal. Wir gehen zum Abendessen und anschließend können wir uns überlegen, wann ich dich zurückbringe.«

Ashish legte sich aufs Bett und begann, Nachrichten zu schreiben. Er hob nicht einmal den Kopf, um zu signalisieren, dass er Rishi gehört hatte.

Seufzend ging Rishi mit seinen Duschutensilien und einem Handtuch in den Gang und weiter zum Gemeinschaftsbad.

42. KAPITEL

Dimple

Es war 19:20 Uhr und Dimple stand allein in der Eingangshalle.

Celia war nicht in ihrem gemeinsamen Zimmer gewesen und hatte auf Dimples WhatsApp nicht geantwortet. Deshalb saß sie jetzt da inmitten anderer Studierender, die sich unterhielten, lachten und darauf freuten, am Samstagabend auszugehen (oder zu Hause zu bleiben – José und Tim hatten gerade eine Pizzalieferung bekommen und einen Programmiermarathon übers Wochenende angekündigt). Dimple hatte Rishi vor einer Minute geschrieben, aber noch keine Antwort erhalten. Das hieß: jetzt oder nie.

Sie holte tief Luft und öffnete die E-Mail-App auf ihrem Handy.

Sie hatte einen Entwurf gespeichert, den sie nach dem Duschen verfasst hatte. In dem Moment hatte sie sich noch nicht getraut, die Mail abzuschicken.

Die lauten Stimmen um sie herum verebbten zu einem dumpfen Geräuschpegel, als sie ihr Schreiben noch einmal durchlas.

An: leotilden@leotilden.com
Von: codergirl99@urmail.com
Betreff: Unser Treffen auf der SFSU Little Comic Con

Hi Leo,

vielleicht erinnern Sie sich nicht daran, aber wir sind uns vor einigen Wochen anlässlich der SFSU Little Comic Con begegnet. Ich war in Begleitung von Rishi Patel, zu dessen Kostüm Sie etwas gesagt haben – er trug eine schwere Brokat-Kurta, Seidenhose und eine handbemalte Gada. Als Sie ihn gefragt haben, ob er Zeichnungen dabeihabe, hat er Nein gesagt und behauptet, als niemand Besonderer verkleidet zu sein.

Aber leider – hat er gelogen.

Sie sind Rishis Idol, schon immer. Er hat all Ihre Videos gesehen und jeden Comic gelesen. Ich bin Programmiererin und liebe alles, was Programmieren und Technologie betrifft. Das ist eine Passion. Aber für Rishi ist Kunst so viel mehr – sie macht ihn vollständig aus. Sie ist ein Teil von ihm; Tinte und Blut fließen durch seine Adern. Und das macht ihm Angst, er würde seine Kunst zu sehr lieben. Er hat Angst, dass sie ihn auffrisst.

Ich dagegen glaube, dass wir uns alle mehr davor fürchten sollten, er könnte sie liegen lassen und der Welt niemals zeigen. Denn ich bin davon überzeugt, dass er mit seiner Kunst die Welt verändern kann.

Ich hoffe, das ist nicht zu melodramatisch. Auf der LCC war Rishi als Aditya, ein indischer Sonnengott und Superheld, verkleidet, an dem er seit seinem fünfzehnten Lebensjahr arbeitet. Im Anhang finden Sie ein paar Zeichnungen von ihm. Hoffentlich sehen Sie darin das Gleiche wie ich, wenn ich sie betrachte.
Rishis E-Mail-Adresse lautet: platpanicfan@urmail.com

Vielen Dank,
Dimple Shah

Dimple hatte die Fotos, die sie heimlich gemacht hatte, bereits angehängt. Sie musste die Mail nur noch absenden. Während sie tief Luft holte, schwebte ihr Finger über der Taste. Rishi würde ausflippen, wenn er das wüsste. Doch jemand musste ihm helfen und ihm einen winzigen Stups geben, um ihm zu zeigen, was er verpasste und was er erleben konnte. Seine Eltern würden das nicht für ihn tun, und Ashish auch nicht. Blieb nur sie. Dimple tat nicht Rishi einen Gefallen, sondern der Welt.

Deshalb drückte sie die Taste und lauschte dem feinen Rauschen, das die Mail auf den Weg zu Leo schickte. Leicht bebend lehnte Dimple sich zurück, voller Angst und gleichzeitig freudig erregt, während die Hintergrundgeräusche, die sie eben noch ausgeblendet hatte, erneut lärmend über sie hereinbrachen.

Jetzt gab es kein Zurück mehr. Sie konnte nur noch warten und zusehen, wie es sich entwickelte.

Rishi

Im Gemeinschaftsbad herrschte großer Andrang, weil sich alle fürs Wochenende fertig machten. Als Rishi endlich geduscht und Zähne geputzt hatte, war es bereits halb acht. »Mist«, sagte er, sobald er ins Zimmer zurückkam und auf die Uhr schaute, die auf seinem Nachttisch stand.

Ashish sprang vom Bett auf, sah ihn kurz an und setzte sich wieder. »Mann, wo warst du denn so lange?«

»Hast du Dimple geschrieben? Hat mein Handy gepiept?« Rishi eilte – so schnell es mit einem Handtuch um die Hüften möglich war – zu seinem Handy, das gerade auflud, und checkte seine Nachrichten. Bis auf ein *Kommt ihr bald runter?* vor zehn Minuten hatte sie nichts geschrieben. »Verdammt, sie ist bestimmt sauer.« Rasch schrieb er: *Sorry, Wahnsinnsschlange im Bad. Ziehe mich schnell an.*

»Wieso hast du ihr nicht einfach mit meinem Handy geschrieben?« Rishi öffnete die Schranktür, um sich abzuschirmen, ließ das Handtuch fallen und zog seine Boxershorts und Jeans an.

»Als ob du plötzlich einverstanden wärst, wenn ich an deinem Handy rumpfusche.«

»Dieses eine Mal wäre es mir egal gewesen. Wir hätten uns schon vor einer halben Stunde mit ihr treffen sollen.« Hinter seiner Stirn pochte wieder der vertraute Ärger, der wie allgegenwärtige Kopfschmerzen einsetzte, sobald Ashish anwesend war. Rishi zog einen leichten Pullover über und trat hinter der Schranktür hervor. »Wir können los.«

Als sie nach unten gingen, war Ashish mit seinen Gedanken ganz woanders. Er warf Rishi merkwürdige verstohlene Blicke zu und schaute dann schnell wieder weg, wenn Rishi ihn seinerseits ansah. »Was ist?«, fragte Rishi schließlich, wesentlich freundlicher, als ihm zumute war. »Wieso machst du das?«

Ashish zog die Augenbrauen hoch und reckte das Kinn, wie immer, wenn er meinte, sich wehren zu müssen. »Was mache ich denn? Was ist jetzt schon wieder verkehrt? Atme ich zu langsam? Blinzele ich zu schnell?«

Rishi seufzte. Manchmal lohnte es sich einfach nicht.

Als sie in die Eingangshalle gelangten, fiel Rishis Blick sofort auf Dimple, als würde sein Körper sich automatisch auf sie ausrichten. Sie hielt das Handy in der Hand und drehte es die ganze Zeit mit einem Gesichtsausdruck, der eine Mischung aus Freude und Benommenheit signalisierte. Ihr Lächeln war wunderschön, nur ganz verhalten, als hätte sie ein herrliches Geheimnis, das sie kaum für sich behalten konnte. In diesem Moment hob sie den Kopf, sah ihn und ließ ihr Handy fallen, als sie es in die Tasche stecken wollte. Rishi musste unwillkürlich lächeln. Er war schrecklich froh, dass er sie genauso durcheinanderbrachte wie sie ihn. Er lief durch die Halle, ohne auf Ashish zu warten. »Hey«, sagte er, als er bei ihr war, und zog sie sanft am Arm zu sich, um ihr einen Kuss auf die Nase zu geben. »Tut mir leid, dass es so lange gedauert hat.«

»Ach, kein Problem.« Dimple lächelte, schob die Brille höher und schaute weg, als wäre sie plötzlich schüchtern. Wahrscheinlich wegen Ashish, vor dem sie sich nicht so zärtlich zeigen wollte. »Ich habe deine Nachricht bekommen. Außerdem ist Celia auch nicht da. Ich konnte sie nicht finden. Ist denn jemand zu euch hochgekommen?« Sie sah von ihm zu Ashish, der sie endlich eingeholt hatte.

Rishi schüttelte den Kopf. »Nein, aber ich war auch so lange im Bad …« Er drehte sich zu seinem Bruder um, den einen Arm um Dimple geschlungen. »Sie war nicht bei uns, oder?«

Ashish zuckte mit den Schultern, als könnte er sich mit einer solchen Banalität – wo sich Dimples Mitbewohnerin befand – nicht abgeben. Rishi fragte sich, ob er diese entnervende Unbekümmertheit vor dem Spiegel übte oder ob sie angeboren war. Weder Rishi noch Pappa oder Ma würde diese lässige Nonchalance, die an Arroganz grenzte, jemals gelingen. »Können wir gehen? Ich bin am Verhungern.«

Dimple blickte stirnrunzelnd auf ihr Handy. »Ja, ich glaube schon. Ich habe ihr geschrieben, also schreibt sie hoffentlich irgendwann zurück und sagt, wo sie steckt. Ich könnte mir auch vorstellen, dass mit Evan wieder alles gut ist.«

Sie traten in die Kälte hinaus. Dimple zog ihren Hoodie an.

Ashish schaute sich um und atmete hörbar aus. »Mann, ist das neblig«, sagte er.

»Das ist nur Karl«, sagten Dimple und Rishi einstimmig und lässig, als kämen sie selbst aus San Francisco. Sie sahen sich an und mussten lachen. Dimples Augen glänzten wie schwarze Edelsteine und der Kapuzenpulli verbarg den Großteil ihres Gesichts. Bei den Göttern, er wünschte, er könnte sie in der Tasche überallhin mitnehmen.

»Oh…kay«, sagte Ashish und verdrehte die Augen. Man hörte es an seiner Stimme, Rishi musste sich gar nicht zu ihm umdrehen. »Letztes Jahr war es aber nicht so«, sagte Ashish beleidigt, als hätte Rishi den Nebel eigens heraufbeschworen, um ihm den Aufenthalt zu verderben.

Seltsamerweise war es Rishi einigermaßen egal. Ashishs Benehmen war so ärgerlich, wie wenn man beim Händewaschen nasse Ärmel bekam, aber dadurch, dass Dimple dabei war, regte er sich nicht darüber auf. Es kam nicht gleich so eine aggressive, unversöhnliche Stimmung auf wie sonst.

Dimple ließ eben alles sanfter erscheinen wie ein Papierwischer oder ein Kosmetikpinsel, der harte Linien zu weicheren Kurven verschmolz. Rishi nahm ihre Hand, während Ashish hinter ihnen herzockelte, auf sein Handy eintippte und so tat, als wären sie gar nicht da. »Du hast kalte Hände. Bist du nervös?« Er grinste sie an, zog übertrieben spöttisch eine Augenbraue hoch und erwartete, dass sie lachte oder nach ihm schlug oder ihn in die Rippen boxte.

Stattdessen musste sie schlucken. Sie schnappte buchstäblich nach Luft und lächelte dabei viel, viel zu breit. »Nein! Häh? Wie kommst du darauf? Wieso sollte ich nervös sein?«

43. KAPITEL

Rishi

Rishi runzelte die Stirn. Lag es an ihm oder tendierten heute alle zu einer Überreaktion? »Das war nur ein Scherz.« Sanft drückte er ihre Hand. »Im Übrigen, ich weiß, dass wir heute Abend in die Mensa gehen wollten, aber was hältst du stattdessen vom Portugiesen? Rios vielleicht? Wir müssten noch ein bisschen laufen, aber Ashish steht voll auf *Caldo Verde* und das können sie gut …«

»Gerne«, antwortete Dimple. »Celia müsste mir nur eigentlich sagen, was sie möchte, aber egal, sie wird schon damit klarkommen. Falls sie überhaupt noch auftaucht.«

»Hat sie Probleme mit Aberzombie zwei?«, fragte Rishi und versuchte, nicht ganz so abschätzig zu klingen.

»Sieht so aus«, erwiderte Dimple und seufzte. »Celia tut mir echt leid. Die Aberzombies haben sich wegen der Talentshow total schäbig benommen und sie war richtig fertig. Sie lässt sich eigentlich nichts bieten, aber die rauben ihr wirklich den letzten Nerv, das merkt man.« Als Dimple Rishi anschaute, war der Hoodie im Weg. »Ich bin schon still; ich weiß, du kannst sie nicht leiden.«

»Nein, ich habe ja gefragt. Und ich mag Celia. Vielleicht wäre Max ja bereit, sie in unser Team zu lassen.«

Dimple lächelte ihn dankbar an. »Daran habe ich auch schon gedacht, aber sie wollte nicht, dass ich ihn frage. Ach, das wird sich schon irgendwie regeln. Vielleicht brauchte sie eine Nacht Pause, um nachzudenken oder so.«

»Kann sein«, sagte Rishi nachdenklich. »Hey …« Er schaute sich um, weil er sich vergewissern wollte, dass Ashish nicht in Hörweite war. Er hätte sich keine Sorgen machen müssen, der Junge war immer noch vollkommen auf sein Handy fixiert und ließ die Daumen und Finger in rasender Geschwindigkeit übers Display tanzen.

Möglicherweise war dies nicht der richtige Zeitpunkt für diese Unterhaltung, aber der Gedanke hatte sich in Rishis Kopf immer breiter gemacht, bis er es nicht mehr aushielt.

»Ja?« Dimple schaute ihn an und kaute auf ihrer Unterlippe. Dieser Mund. Rishi hätte ein langes Gedicht darüber schreiben können.

»In drei Wochen fahren wir hier weg.« Der Nebel schluckte das leichte Beben seiner Stimme, sodass der Satz flach und leblos klang. Rishi versuchte es noch einmal. »Ich meine … dann ist die Insomnia Con zu Ende. Wir müssen in die Wirklichkeit zurückkehren.«

Dimple klang sehr kleinlaut, als sie antwortete, den Blick geradeaus gerichtet. »Ja, darüber habe ich auch schon nachgedacht.« Er konnte ihr Gesicht nicht sehen.

»Ach ja?« Er konnte nicht erkennen, ob sie froh oder traurig war. Es fühlte sich wie ein Stein in seinem Magen an, der langsam die inneren Organe zermahlte. »Und was hast du genau gedacht?«

Sie sah rasch zu ihm hin und wieder weg. »Ich weiß nicht«, sagte sie leise.

»Okay.« Jetzt lag der Stein auf seiner Brust. »Du weißt nicht …«

»Du gehst zum MIT, ich gehe nach Stanford. Die Unis liegen an zwei verschiedenen Küsten.« Sie sprach ohne Gefühl, als würde sie eine Bedienungsanleitung vorlesen. In dem Moment stach Karl, der Nebel, Rishi kalt in die Nase und mit einem Mal war er total sauer auf dieses Wetterphänomen.

»Okay.« Er schluckte und hielt Dimples Hand weiterhin locker in seiner. Er wollte sie nicht als Erster zurückziehen, aber machte er es ihr dadurch schwerer? »Das heißt … damit willst du sagen …«

»Ich will damit sagen, wir leben an zwei verschiedenen Küsten.« Dimple sah ihm in die Augen, ihr Blick hinter den Brillengläsern war forschend. »Das wäre doch dumm, oder? Zu versuchen, hiermit weiterzumachen?« Rishis Herz schöpfte Hoffnung, weil sie es sagte, als wollte sie mit ihm darüber streiten. Der Stein, der ihm erst im Magen, dann auf der Brust gelegen hatte, schrumpfte. Dimple blickte wieder auf die Straße. »Ich meine, jeder sagt, dass Fernbeziehungen schrecklich sind. Und dass es einfach Schwachsinn ist, in einer Beziehung zu sein, wenn man an die Uni geht.«

»Stimmt, stimmt«, sagte Rishi, als würde er ihre Argumente ernst nehmen. »Aber die Leute sagen die bescheuertsten Sachen übers College. Zum Beispiel, dass man am Anfang vom Studium durch das ganze Feiern und Futtern immer fünfzehn Kilo zunimmt.«

»Ja«, schnaubte sie. »Beknackt.«

»Genau. *Genau.*« Rishi grinste. »Und dann noch diese Burschenschaften und Studierendenvereinigungen? Die Leute glauben wirklich, dass man es nur so durchs Studium schafft.«

»Das stimmt«, sagte Dimple nachdenklich. »Als würde die Zeit an der Uni schöner, wenn man dafür zahlt, dass man Freunde hat.«

»Genau!«, sagte Rishi und sah Dimple an, bis sie den Kopf drehte. Sie lächelte. Der Stein verwandelte sich in ein warmes, klebriges Honigklümpchen. Rishi zog sanft an ihrer Hand. »Und was nun?«

Sie zuckte mit den Schultern. »Ich glaube … also, ich glaube, wir könnten es trotzdem versuchen, dass es weitergeht.« Aber ihr strahlendes Lächeln verbot es ihr, den Satz so lässig zu beenden, wie sie ihn begonnen hatte.

Rishi nahm ihren Arm, zog sie an sich heran und hob sie einfach mal hoch, während sie empört aufschrie. Dann setzte er sie wieder ab und nahm ihr kaltes Gesicht in seine Hände, obwohl ihm bewusst war, dass Ashish sie wahrscheinlich genervt beobachtete. »Wir machen es also fest? Wir machen etwas Ernstes daraus?«

»Vorausgesetzt, ›es‹ schließt *Shaadi* in den nächsten zehn Jahren aus«, sagte Dimple und drückte ihm einen Finger auf die Brust.

Er lachte und küsste sie zärtlich und atmete Jasmin und Kokos ein. »Dimple Shah«, sagte er mit dem Mund an ihren Lippen, »wenn ich das hier häufiger tun darf, verschiebe ich eine Hochzeit auch um ein *Jahrhundert.*«

Dimple

Das »Rios« war ein gemütliches Restaurant mit blauen und weißen Fliesen an den Wänden, Korkböden und großen Fenstern mit Ausblick auf die Lichter der Stadt. Auf den Holztischen standen Lampen und es war warm. Dimple seufzte glücklich, schüttelte ihr klammes Haar aus und setzte sich in die mit Samt gepolsterte Nische. Rishi setzte sich neben sie und Ashish lümmelte sich ihnen gegenüber.

Als Dimple ihre und Rishis Hände betrachtete, die nebeneinander auf dem Tisch lagen, durchfuhr sie ein Anflug von Hysterie. Sie hatten sich auf eine Fernbeziehung geeinigt. *Eine Fernbeziehung.* Als sie nach San Francisco gekommen war, war sie so erleichtert gewesen, endlich wegzukommen – von Mammas und Tante Ritus ewigem Drängeln wegen des Make-ups, ihrer Kleidung und des I.I.E. – und jetzt würde sie mit einem festen Freund abreisen. Noch dazu mit einem, den ihre *Eltern* ausgesucht hatten und dem sie bei ihrer ersten Begegnung Kaffee übers Hemd gekippt hatte. Dieser Tag schien schon ewig weit weg und doch war es nicht einmal vier Wochen her.

Bist du dir wirklich sicher?, fragte ein winziges, nerviges Stimmchen in ihrem Hinterkopf.

Natürlich, dachte sie und lächelte Rishi in dem flackernden Schein der Lampe an. *So ist es gut. So ist es perfekt.*

Du hast ihn eben angelogen. Das nenne ich nicht gerade »perfekt«, sagte die Stimme mit einer gewissen Schärfe.

Aber sie hatte nicht ausdrücklich gelogen, sondern Informationen vorenthalten. Es war *gut*, dass sie Leo Tilden die Zeichnungen geschickt hatte. Rishi würde sich später bei ihr bedanken, wenn Leo zurückschrieb, was Dimple bereits wusste – nämlich, dass Rishi ein Genie war.

Selbst wenn wir die Lüge weglassen – was wir meiner Meinung nach nicht tun sollten –, wäre da noch das Thema Beziehung, etwas, das du von Anfang an nicht wolltest. Glaubst du ernsthaft, dass ihr es jemals locker angehen werdet? Du oder Rishi? Bist du wirklich bereit dazu? Wirklich bereit?

Dimple wünschte, ihre innere Stimme würde sich an ihrer eigenen Spucke verschlucken.

»Alles okay?«, fragte Rishi und strich ihr eine Locke hinters Ohr.

»Ja, klar«, antwortete sie, setzte sich gerader hin und rang sich ein Lächeln ab. »Wieso?«

»Du sahst aus, als wärst du meilenweit weg. Eigentlich schon, seit wir losgegangen sind.« Als er die Stirn runzelte, zogen sich seine dichten Augenbrauen zusammen. Er wandte sich an Ashish. »Und du auch. Was ist los – liegt etwas in der Luft? Oder habe ich irgendetwas gemacht?«

Ashish schaute auf sein Handy und tippte mit den Fingern auf die Tischplatte. »Was?«, fragte er plötzlich und riss den Kopf hoch, um sie anzusehen. Er hatte offenbar kein Wort von dem gehört, was Rishi gesagt hatte.

44. KAPITEL

Dimple

Jetzt, da Rishi es erwähnte, merkte sie auch, dass mit Ashish etwas nicht stimmte. Sie hätte es darauf zurückgeführt, dass er sich mit seinem Bruder gestritten hatte und wieder nach Hause musste, was er eindeutig nicht wollte, doch eigentlich war er erst so komisch, seit sie zum Rios gegangen waren. Sie runzelte die Stirn und musterte ihn, während er erneut auf sein Handy schaute.

Dimples Handy piepte.

Wo seid ihr?

»Celia, endlich!«, sagte sie zu Rishi und schrieb zurück.

Im Rios. Und wo warst DU?

Der nächste Piepton.

Lange Geschichte.

Dimple wartete, aber mehr kam nicht. Das wurde alles immer seltsamer.

Komm doch her, tippte sie. *Rishis Bruder ist auch hier. Achtung: Er ist sehr … pubertär.*

Bin in 5 Minuten da.

In fünf Minuten? Lief Celia die ganze Zeit durchs Viertel?

Dimple legte ihr Handy mit dem Display nach unten auf

den Tisch und sagte zu Rishi: »Sie ist in ein paar Minuten hier.«

»Okay.« Er trank einen Schluck Wasser. »War sie schon mit den Aberzombies essen? Ist alles in Ordnung?«

Dimple zuckte mit den Schultern. Irgendwie war sie ganz froh, dass Celias rätselhaftes Benehmen sie von ihrer lästigen inneren Stimme ablenkte. »Ich habe keine Ahnung, aber das werden wir ja wohl gleich erfahren.«

Ashish beobachtete sie scharf, doch als sie ihn ansah, schaute er weg.

Die Türglocke klimperte und Celia kam herein. Sie wirkte schwer gestresst und ihr Gesicht war rot von der feuchten Kälte, ihr Haar nicht gekämmt. Dennoch sah sie wie immer fantastisch aus und trug einen langen rotvioletten Trenchcoat und Peep-Toe-Stiefel mit Keilabsatz. Große Kreolen funkelten an ihren Ohren. Sie lächelte, als sie Dimple und Rishi sah, kam zu ihnen herüber und knöpfte ihren Trenchcoat auf. Sie trat so lässig auf wie ein Filmstar, dass Dimple sie gerne gehasst hätte. Andererseits wirkte sie so fertig – ihr Blick zuckte hin und her, verharrte kurz auf Ashish, dann auf Rishi, dann sah sie wieder weg – dass sie Dimple nur noch leidtat. »Hey«, sagte sie. »Da bist du ja!«

Celia blieb vor dem Tisch stehen, statt sich neben Ashish zu setzen. Dann wandte sie sich an Dimple. »Äh, können wir uns kurz auf der Toilette treffen?«

Dimple runzelte die Stirn. »Geht's dir nicht gut?«

»Nur kurz …« Celia zeigte gequält in Richtung Toiletten. »Bitte?«

Dimple nickte und sah ihr nach, wie sie davonhuschte.

»Was war das denn?«, fragte Rishi und schaute ihr ebenfalls nach.

»Keine Ahnung.« Dimple rutschte aus der Nische, nachdem Rishi aufgestanden war. »Bin gleich wieder da.« Sie eilte zur Damentoilette des Restaurants.

Celia stand vor dem Spiegel. Ihr karamellfarbenes Haar glänzte im Schein der Einbauleuchten, aber sie hatte dunkle Augenringe. Als sie sich langsam umdrehte, rang sie nervös die Hände.

»Was ist los?«, fragte Dimple und legte ihr rasch eine Hand auf den Arm. »Was hast du denn? Bist du verletzt? Hat Evan dir irgendwas getan?«

»Ashishundichhabenwasangefangenhassmichnicht.« Celia sah ihr mit aufgerissenen Augen angespannt ins Gesicht.

Dimple fragte sich, ob sie das verstehen sollte. War es etwa Französisch? Doch dann löste sich Celias langes Unsinnswort in kleinere, verständlichere Teile auf. *Ashish und ich haben was angefangen. Hass mich nicht.* Dimples Hand fiel von Celias Arm. Sie starrte ihre Freundin an, die in ihren albernen High Heels locker zwanzig Zentimeter größer war. »Was?«

»Es stimmt leider.« Celia lief durch die winzige Toilette wie ein aufgescheuchtes Huhn, während ihr offener Trench wie ein großer Flügel hinter ihr herflatterte. »Es tut mir leid. Es ist einfach passiert.«

»Aber … du kennst ihn doch gar nicht.« Noch als sie das sagte, begriff Dimple, dass es nicht stimmte. Warum? Weil Celia, die keine Inderin war, seinen Namen richtig ausgesprochen hatte. Nicht *Ash-ish*, wie er geschrieben wurde, sondern *Ah-shiesch*. Und noch mehr zählte, dass Dimple ziemlich sicher war, dass sie Celia gegenüber seinen Namen nicht erwähnt hatte.

Celia blieb stehen und sah Dimple an. »Doch. Wir kennen uns schon länger.«

Rishi

»Was redest du da?«, sagte Rishi und sah seinen Bruder an. Seinen sechzehnjährigen Bruder, der anscheinend mehr mit Mädchen hatte als er, noch dazu mit Mädchen, die er kaum kannte. Wer war dieser Junge überhaupt?

Ashish strich sich durch sein zerzaustes Haar. Als ihm eine Locke ins Gesicht fiel, wischte er sie nicht weg. Rishi hätte sie ihm am liebsten vom Kopf gefegt. »Mann, du weißt doch, dass ich hier im Basketball-Trainingslager war. Und das Mädchen ist, na ja, ein Partyanimal. Sie war auf jeder Party, zu der ich letzten Sommer gegangen bin.«

Rishi hob genervt die Hände. »Und deshalb war deine erste Reaktion, als du sie jetzt wiedergesehen hast, direkt mit ihr rumzumachen. *In der kurzen Zeit, in der ich duschen war.*«

Ashish sah ihn abwehrend an. »Wir haben es nicht wirklich *gemacht*. Dafür hatten wir nicht genug Zeit. Nur ein bisschen was anderes. Du warst fast vierzig Minuten weg!«

Rishi vergrub stöhnend den Kopf in den Händen.

»Wie schnell ging das denn?«, fragte Dimple. Sie war wirklich neugierig. Wie funktionierte so etwas? »Habt ihr nur Hi gesagt und seid übereinander hergefallen?«

Celia stöhnte und ließ den Kopf in den Nacken fallen, so weit, dass ihre Locken den Bund ihrer Skinny Jeans streiften. Den Trenchcoat hatte sie auf die Ablage geworfen. »So ähnlich! Letzten Sommer hat es zwischen uns gefunkt, wir haben uns auf tausend Partys getroffen. Wir haben geredet und gelacht und geflirtet und uns Nachrichten geschrieben, aber nichts *gemacht.* Damals war ich mit einem Mädchen zusammen, nichts Ernstes, aber trotzdem. Deshalb hat es sich heute angefühlt, als würden wir einfach da weitermachen, wo wir aufgehört hatten. Und wir wussten, dass ihr auf uns wartet, und dadurch war es noch aufregender …«

Dimple verzog das Gesicht. »O Gott, das will ich nicht wissen.«

In der darauf folgenden Stille seufzte Celia. »Es tut mir leid. Ich weiß, wie uncool es ist, was mit Verwandten von Freunden anzufangen, und wenn es noch so locker ist.«

Dimple schüttelte den Kopf. »Also, mir tust du eigentlich leid.« Sie lachte leise. »Ashish ist ganz schön launisch.«

Celia runzelte die Stirn. »Das ist mir nicht aufgefallen. Und du musst kein Mitleid mit mir haben. Es wird kein zweites Mal geben. Das ist alles so peinlich. Nachdem wir eine Weile rumgemacht haben, hab ich plötzlich gemerkt, was ich da eigentlich mache, und bin weggerannt. Mir sind einfach die Sicherungen durchgebrannt. Er hat mir die ganze Zeit geschrieben, aber ich war nicht in der Lage, zu antworten, außer dass es mir gut geht. Seitdem bin ich herumgelaufen und habe versucht, einen klaren Kopf zu bekommen. Ich habe ein schrecklich schlechtes Gewissen.«

Dimple überlegte, ob sie etwas verpasst hatte. »Ein schlechtes Gewissen? Ich habe dir doch gesagt, dass es mir nichts ausmacht.«

Celia sah sie an und zog eine Augenbraue hoch. »Es geht nicht immer nur um dich. Erinnerst du dich an Evan? Den Typen, mit dem ich zusammen bin?«

Dimple verlor den Überblick. »Du hast ein schlechtes Gewissen Evan gegenüber. Ausgerechnet Evan, der dich als Highlight eures Beitrags zur Talentshow dazu zwingen wollte, im Bikini mit seiner *Cousine* zu tanzen?« *Evan, der hier mit tausend Mädchen was angefangen hat, seit ihr zusammen seid?*

Celia zuckte mit den Schultern und spielte mit dem schmalen Goldreif an ihrem Handgelenk. »Es ist kompliziert.«

Dimple wollte schon den Mund aufmachen und sagen, ja, sie fände Frauenfeindlichkeit *in der Tat* kompliziert. Hauptsächlich, weil sie dermaßen mit der Gesellschaft verwoben war, dass es manchmal gar nicht auffiel, wenn ein Typ sich total unmöglich verhielt. Doch dann ließ sie es sein. »Mmm«, sagte sie und hoffte, dass sie mitfühlend und nicht genervt rüberkam. »Und was willst du jetzt machen?«

»Weiß ich nicht«, antwortete Celia. »Ich habe so ein Gefühl … schon letztes Jahr, als ich Zeit mit Ashish verbracht habe und wir viel geredet haben und so, dachte ich, dass er mehr will. Dass er sich vielleicht in mich verliebt hat. Deshalb fühle ich mich jetzt noch mieser, weil ich es ausgenutzt habe, verstehst du? Dabei geht er noch auf die Highschool.«

»Jetzt tu nicht so, als wäre er noch ein Baby«, sagte Dimple. »Du hast doch selbst gerade erst den Abschluss gemacht. Du bist siebzehn, er sechzehn, so groß ist der Unterschied nicht.«

»Aber wir stehen an völlig verschiedenen Punkten im Leben. Ich fange im Herbst an der SFSU an und er haut wieder ab und spielt im Basketballteam seiner Highschool.« Sie schnitt eine Grimasse.

Ganz schön unfair, dachte Dimple. Wenn Evan der Maßstab dessen war, was einen »Mann« ausmachte, wollte sie lieber ihr Leben lang mit Jungs zu tun haben. Doch sie hielt den Mund. »Dann sei wenigstens ehrlich zu Ashish«, sagte sie. »Er ist nett und er hat es verdient zu erfahren, dass er keine Chance bei dir hat. Dann könnt ihr das Ganze einfach begraben.«

45. KAPITEL

Rishi

»Meide das Thema um jeden Preis, Ashish.« Der Junge konnte sich glücklich schätzen, dass er einen *Bhaiyya* wie Rishi hatte, der bereit war, auf ihn aufzupassen. »Ernsthaft. Wenn sie darüber reden will, wechsele das Thema. Geh einfach nicht drauf ein. Ich kann dir zusätzlich am Tisch den Rücken freihalten. Das geht vorbei.«

»Wirklich?«, fragte Ashish ein wenig zweifelnd, was Rishi ziemlich undankbar fand. »Wäre es nicht besser, mit ihr zu reden? Um zu hören, was sie meint?«

»Nein.« Rishi schüttelte den Kopf. »Ganz falsch. Ashish, du magst ja viele Mädchen haben, aber es hört sich an, als hättest du Celia richtig gern.« Da sein Bruder rot wurde – ernsthaft *errötete* –, sprach Rishi schnell weiter. »Damit kenne ich mich aus.« Er zeigte auf Dimples leeren Platz – *muss ich noch mehr sagen?* »Mädchen wollen dich nicht in so einem bedürftigen Zustand sehen. Sie wollen dich selbstbewusst und zuversichtlich. Wenn Celia dich so erlebt, regt sie sich wieder ab und dann ist das Ganze auch nicht mehr so peinlich für euch.« Etwas Rotviolettes tauchte hinter dem Pfeiler in der Mitte des Restaurants auf. »Okay, sie kommen. Denk dran, was ich gesagt: Meide das Thema.«

Ashish seufzte und blickte zur Decke, als wollte er die Götter um Hilfe bitten. *Die braucht er nicht,* dachte Rishi. *Er hat doch mich.*

Rishi stand auf, damit Dimple an ihren Platz zurückrutschen konnte, und Ashish rutschte rein, damit Celia außen saß. Als Celia Ashish ein zögerliches Lächeln schenkte, lächelte er kühl zurück. Rishi war sehr zufrieden, zumal er nicht glauben konnte, dass sein Bruder Celia unermüdlich geschrieben hatte, seit sie aus dem Zimmer gestürmt war. Hätte Rishi gewusst, wie uncool Ashish war, hätte er sein Handy zerstört. Das bewies nur mal wieder, dass man noch so ein Aufreißer sein konnte, doch für eine wahre Verbindung mit einer Frau auch schlau sein musste. Wie Rishi natürlich. Unter dem Tisch drückte er Dimples Hand, die ihm die Zunge herausstreckte und schielte.

»Äh, also, ich gehe davon aus, dass wir alle wissen, was geschehen ist«, sagte Celia und schaute von Ashish zu Rishi. Rishi nickte. »Okay«, sagte sie und wandte sich an Ashish. »Entschuldige, dass ich nicht auf deine Nachrichten reagiert habe. Ich hab total überreagiert. Können wir nach dem Abendessen bitte reden?«

Als Ashish Rishi kurz ansah, zog der die Augenbrauen hoch und schüttelte unauffällig den Kopf. Ashish räusperte sich, zerbröselte den Papieruntersetzer und sagte: »Das ist vielleicht nicht nötig.«

Rishi biss sich auf die Unterlippe, um nicht stolz zu lächeln. Sein kleiner Bruder, der nur aus Ellbogen, Knien und seinem Adamsapfel bestand, konnte viel von seinem

Bhaiyya lernen. Neben ihm rutschte Dimple unruhig hin und her, während Celia Ashish fragend ansah. »Was? Wieso nicht? Du hast geschrieben, dass du mit mir reden willst.«

»Stimmt«, sagte Ashish. »Ich habe mir nur Sorgen um dich gemacht. Ich bin drüber weg.«

Ha! Ha ha ha. Rishi war schrecklich stolz auf Ashish. Und ehrlich gesagt, auch auf sich selbst.

Dimple

»Du bist … drüber weg?« Celia wirkte sehr viel betroffener, als man es von jemandem erwarten würde, der keine Lust hatte, mit einem »Highschooljungen« zu gehen, dachte Dimple. Ihre Wangen brannten und ihre Augen glänzten, als würde sie gleich anfangen zu weinen. Als sie schlucken musste, nickte Dimple ihr mitfühlend zu. Was war bloß mit Ashish los? Wenn er Celia wirklich gernhatte – und sie hatte eben auf der Toilette einige Nachrichten von ihm gelesen, in denen es ganz danach aussah –, wieso war er so distanziert? Außerdem warf er Rishi ständig bedeutungsvolle Blicke zu. Dimple schaute zu Rishi und runzelte die Stirn. Er nickte Ashish unauffällig zu. Was …

»Du hast nicht zufällig etwas damit zu tun, oder?«, fragte Dimple lauter als beabsichtigt.

Rishi zuckte zusammen und sah sie an, während seine Ohren bereits einen rosigen Schimmer bekamen. »Äh, was? Womit? Wovon redest du überhaupt?«

Dimple zog eine Augenbraue hoch und warf einen Blick auf Ashish, der so gequält zurückschaute, als würde er um Hilfe schreien. »Oh, ver… – Ashish, wenn du mit Celia sprechen möchtest, solltest du das tun. Sofort. Am besten geht ihr woanders hin, wo sich niemand einmischt –« Hier sah sie Rishi streng an, der den Kopf hängen ließ und vor sich hin murmelte – »und redet Klartext.« Sie merkte plötzlich, dass sie mütterliche Gefühle für die beiden entwickelte, und war geschockt. Sie hatte noch nie mütterliche Gefühle für irgendwen gehabt, außer vielleicht für Papa.

Dankbar rutschten Celia und Ashish aus der Nische und eilten zur Tür hinaus.

Als sie weg waren, sah Dimple Rishi an und legte den Kopf schief. »Echt jetzt? Du hast ihm deinen Rat aufgedrückt?«

Rishi fiel die Kinnlade herunter. »Das kannst du so nicht sagen!«

Sie sah ihn so lange an, bis er einknickte. »Ja, okay, ich dachte, es würde ihm helfen.«

Dimple lachte, schmiegte ihren Kopf an seine Schulter und genoss die harten Muskeln unter seiner Haut. »Zumindest hast du es gut gemeint.«

Als der Kellner kam, bestellte Dimple *Bacalhau à Gomes de Sá*, Stockfisch mit Zwiebeln und Kartoffeln, und Rishi *Caldo Verde* ohne Wurst. Nachdem der Kellner wieder gegangen war, schloss Rishi auf dem Tisch die Hand um Dimples und sie hörte das Lächeln in seiner Stimme, obwohl er nicht sie ansah, sondern ihre verflochtenen Hände. »Ich fasse es nicht, dass wir eine Fernbeziehung führen wollen.«

Dimple schnaubte. »Wieso? Weil ich so unerträglich bin?«

Er sah sie mit glänzenden Augen an. »Nein, weil ich …«

Die Pause zog sich.

O mein Gott. Er … was? Wollte er etwa … *das* sagen? Die drei kurzen Worte? »Du …« Dimple fixierte ihn und drängte ihn in Gedanken. Los, los, los. Sag schon, Mann. Weil … ich auch.

Ich auch, dachte sie noch einmal und ihre Welt explodierte bei dieser Erkenntnis in tausend Farben. *Ich tue es wirklich*. Es kostete Dimple große Beherrschung, nicht zu grinsen und sich in Rishis Arme zu werfen.

Doch Rishi räusperte sich und trank einen Schluck Wasser. »Ich bin einfach froh, wenn wir das hinkriegen.«

Dimple lächelte halbherzig, denn sie wollte ihre Enttäuschung auf jeden Fall verbergen. Vielleicht war es gut, dass er es nicht gesagt hatte. Es würde die Dinge nur noch komplizierter machen, oder? So viel ernster. Es war schon wahnsinnig genug, dass sie sich beide auf eine Fernbeziehung einließen, obwohl sie sich dann erst sechs Wochen kennen würden. »Ich auch. Aber es wird schwer, das weißt du, oder?«

Er drückte ihre Hand. »Ja, aber wir schaffen das. Schließlich warst du am Anfang noch wild entschlossen, mich zu hassen.«

Sie lachte. »Stimmt. Ich war todsicher, dass ich deinetwegen nicht gewinnen würde.«

»Und jetzt?« Als er sie durch seine dichten Wimpern anschaute und ein schiefes Lächeln aufsetzte, geriet ihr Herz aus dem Takt.

»Jetzt weiß ich, wie viel Glück ich habe, dass wir ein Team sind.«

Rishi drehte sein Lächeln voll auf, als wüsste er, dass sie nicht nur die Webentwicklung meinte. »Dein Papa wird sehr beeindruckt sein, wenn du gewinnst.«

Dimple holte stockend Luft. »Hoffentlich. Ich möchte vor allem, dass er mit der App umgehen kann. Er soll merken, wie leid es mir tut, dass er all diese Opfer bringen muss.«

»Was meinst du genau?«, fragte Rishi und es war offensichtlich, dass er sich nicht nur aus Höflichkeit erkundigte, sondern weil er mehr über ihren Vater erfahren wollte.

Dimple lehnte sich in der Nische zurück. Mit ihrer freien Hand spielte sie mit der Serviette. »Er hatte einen schweren Start ins Leben, aber darüber spricht er nicht. Mamma hat mir erzählt, dass sein Dad getrunken hat und dann schreckliche Wutanfälle bekam. Seine Mom, meine *Daadi*, ärgerte ihn dann mit voller Absicht, damit er sie schlug und Papa verschonte. Als Papa älter war, wollte er sie überreden, ihren Mann zu verlassen, doch vergeblich. Und als er geheiratet hat und meine Eltern beschlossen, in die Staaten auszuwandern, wollte er *Daadi* mitnehmen, aber sie hat sich geweigert. Obwohl er anfangs nicht viel Geld verdient hat, hat er ihr stets die Hälfte seines Einkommens geschickt. Wahrscheinlich hoffte er, sie würde es sparen und doch noch den Mut aufbringen, seinen Vater zu verlassen. Aber *Daadi* starb, als ich ein Baby war. Allerdings konnte das Papa niemand genau bestätigen. Offiziell heißt es, sie wäre eine Treppe heruntergefallen.« Dimple schüttelte den Kopf. »Papa ist eine sanfte, freundliche Seele, genau das Gegenteil von Mamma und mir. Ich kann mir vorstellen, dass eine Erfahrung wie diese jemanden verändert und in genau das Ungeheuer verwandelt, das man gehasst hat. Aber nicht Papa. Wenn überhaupt, hat er es genutzt, um ein besserer Ehemann und Vater zu werden.«

Rishi hob ihre Hand an seine Lippen. »Er muss großartig sein.«

Dimple lächelte ihn an und schwelgte in dem herrlichen Schauer, der ihr bei der Berührung von Rishis Lippen über den Rücken lief. »Ja, das ist er.«

»Und wie sieht es mit Mamma aus?«

Dimple zuckte mit den Schultern, der Schauer verebbte sofort. »Sie ist … Mamma. Ihrer Meinung nach hängt mein Wert unabdingbar von meiner Schönheit und meiner Fähigkeit ab, einen Ehemann an Land zu ziehen. Meine Persönlichkeit oder meine Intelligenz sind ihr völlig egal.«

»Das kann nicht stimmen. Sie kann unmöglich sehen, was ich sehe, und so denken.«

Dimple schmunzelte. »Vielleicht solltest du dich mal mit ihr unterhalten. Ich muss mir bestimmt einiges anhören, wenn ich nach Hause komme.«

»Weil wir nicht heiraten, oder was?«

»Ja.« Dimple seufzte und bekam schlechte Laune, wenn sie an das bevorstehende Gespräch dachte.

»Wetten, dass dir irgendetwas an ihr bis jetzt entgangen ist?«

Dimple hob stirnrunzelnd den Kopf. »Was willst du damit sagen?«

Rishi strich mit dem Daumen über ihren Handrücken.

»Keine Ahnung, sie ist deine Mom. Für mich fühlt es sich so an, als wäre sie fraglos für dich da, wenn es dir schlecht ginge oder wenn du sie brauchen würdest. Und vielleicht hat sie dir gewisse Facetten, die du so nicht erwarten würdest, noch nicht gezeigt.«

Dimple fand das zwar total bescheuert, sagte aber: »Ja, kann sein. Aber erzähl du doch mal etwas von deinen Eltern.«

Der Kellner brachte Dimples dampfenden, duftenden Teller mit Stockfisch und Kartoffeln, garniert mit halben gekochten Eiern. Auch Rishis Suppe sah köstlich aus, obwohl Dimple sie mit Wurst leckerer gefunden hätte. Schweigend einigten Dimple und Rishi sich darauf, ihre Hände verflochten zu lassen, und begannen zu essen.

»Hmm, mal sehen. Mein Vater, Pappa, hatte es anfangs auch nicht leicht. Seine Eltern hatten einen tödlichen Verkehrsunfall, als er sechs oder sieben war, und er wurde von verschiedenen Verwandten, die ihn schlecht behandelten, großgezogen. Irgendwie hat er allein die Uni geschafft, und als er Ma gesehen hat, wollte er sie heiraten. Da er keine Eltern mehr hatte, die ihre Eltern fragen konnten, musste er es selbst tun. Und da er wusste, dass ihre Eltern ihm nicht gerade mit Wohlwollen begegnen würden – er war arm und hatte keine Familie –, ging er einfach hin und gestand ihrem Vater, wie sehr er sie liebte. Er versprach, eines Tages genug Geld zu verdienen, um ihr den Lebensstandard zu bieten, der ihr zustand.« Rishi lächelte und aß ein Stück Kartoffel. »Ihr Vater, mein *Nana*, war nach Pappas Rede sein größter Fan. Er hat ihnen geholfen, in die USA zu kommen. Er hat ihm sogar das Startkapital für Pappas erste Firma gegeben. Die ging pleite, aber mit den Beziehungen, die er in der Zeit geknüpft hatte, gelang ihm der Einstieg bei der Global Comm.«

»Eine wahre Geschichte vom amerikanischen Traum«, sagte Dimple und trank einen Schluck Wasser.

»Und vom indischen Traum«, sagte Rishi. »Pappa bekam eine Familie, was er sich immer gewünscht hatte. Sie stand von Anfang an zu ihm. Er und Ma führen eine Ehe wie im Märchen.«

»Ist es das, was du möchtest?«, fragte Dimple und bekam schweißnasse Hände. »Eine Ehe wie im Märchen?«

Er sah sie mit rosig angehauchten Ohren an. »Ursprünglich wollte ich eine funktionierende Partnerschaft, aber ich glaube, jetzt bekomme ich doch eher das Märchen.«

Dimple stieg die Hitze in die Wangen. Als sie Rishi mit halb geschlossenen Augen ansah, hatte er ebenfalls rote Wangen und grinste genau wie sie.

Der Kellner wollte ihnen noch *Toucinho do Céu* und *Mousse de Chocolate* aufdrängen, doch Dimple lehnte für sie beide ab. »Ich habe noch etwas für uns«, sagte sie, nachdem Rishi die Rechnung bezahlt hatte. (Er hatte darauf bestanden, obwohl sie alles versucht hatte, um die Kosten zu teilen.)

Als sie in den Nebel hinausgingen, hatte Dimple einen vollen, warmen Magen. Sie zog den Reißverschluss ihrer Kapuzenjacke hoch und Rishi knöpfte seinen Mantel zu, weil sie sich beide nach Wärme sehnten. Dann holte Dimple eine rote Packung aus der Tasche.

»Was ist das?«, fragte Rishi und kniff die Augen zusammen, um in dem vom Nebel getrübten Licht der Straßenlaterne etwas zu erkennen.

»Das, mein Freund, ist Mikado.« Dimple öffnete lächelnd die Packung und die darin enthaltene Folie und schüttete drei mit Schokolade überzogene Stangen auf Rishis Handfläche. »Sie sind köstlich, genau die richtige Mischung aus Keks und Schokolade, luftig leicht.«

Während sie zusah, wie Rishi hineinbiss, verweilte ihr Blick automatisch auf seinem Mund. Wieder wurde ihr zu warm und sie zwang sich blinzelnd wegzusehen. Immer häufiger nahm sie ihn körperlich ungeheuer stark wahr, sie stellte fest, wie sehr er sich von ihr unterschied, wie attraktiv seine Bartstoppeln waren, wie rau seine Haut im Vergleich zu ihrer …

»Wow, voll lecker!« Er verschlang die übrigen Sticks.

Dimple lächelte und schluckte, um das warme schmelzende Gefühl in ihren Knochen zu zerstreuen, und reichte ihm die Packung. Er aß noch drei, bevor er ihr auch etwas anbot. »Uups, sorry. Möchtest du?«

»Nein.« Sie winkte ab. Sie konnte jetzt nichts essen, solange sie so aufgeregt war und sich weiter auf all die Kleinigkeiten konzentrierte, zum Beispiel, dass Rishis Füße viel größer waren als ihre, und wie breit seine Schultern in dem Mantel aussahen. Man könnte meinen, sie hätte noch nie einen Mann gesehen.

»Hey, alles okay mit dir?«, fragte Rishi und warf die leere Packung in einen Abfalleimer.

Er musterte sie mit gerunzelter Stirn, als sie zu ihm hochsah. »Ja, klar, wieso?« Es fiel ihr immer noch schwer, ihm in die Augen zu sehen. Auf einmal war sie verschüchtert, als … als wäre irgendetwas Neues zwischen ihnen aufgekommen, etwas anderes. Nachdem sie beschlossen hatten, eine Fernbeziehung zu führen, kam ihr alles irgendwie gewichtiger und ernster vor. Und sie erlaubte sich, an Dinge zu denken, die zuvor tabu gewesen waren.

Rishi nahm ihre Hand und zog sie in eine dunkle Gasse zwischen einem Juweliergeschäft mit heruntergelassenen Rollläden und einem Modelädchen. Als Dimple sich an die Mauer lehnte, stützte Rishi sich mit beiden Händen rechts und links von ihr ab. Ihr Herz klopfte auf die schönstmögliche Weise und ihr Atem ging schneller.

»Was hast du denn?«, fragte Rishi und sah sie forschend an. »Hat es etwas damit zu tun, was wir eben besprochen haben? Mit der Fernbeziehung?«

Dimple wollte den Kopf schütteln und hielt dann inne. »Äh, sozusagen.« Nur mühsam brachte sie die Worte heraus, da sein waldiger Geruch sie umwehte und seine Wärme näher war als der Nebel.

»Was denn dann?« Als Rishi eine Locke hinter ihr Ohr steckte, atmete sie unwillkürlich scharf ein und schmiegte sich an ihn.

Er entspannte seine Gesichtszüge und ein neues Feuer glühte in seinen honigfarbenen Augen, als sein Blick zu ihren Lippen glitt, die sie bereits geöffnet hatte. Ihr Körper kam ihr wie ein Verräter vor, der einfach ohne ihre Erlaubnis handelte. *Vor allem, wenn man bedenkt, was du vorhin gedacht hast,* mischte sich die nervige innere Stimme erneut ein. *Lässt du wirklich den Hormonen die Oberhand, obwohl es wichtige Dinge zu bedenken gibt?*

Doch als Rishi den Kopf neigte, den Mund auf ihre Lippen legte und auf herrliche Weise mit seinen Bartstoppeln ihr Kinn zerkratzte, machte ihr Gehirn endgültig dicht. Er schlang die Arme um ihre Taille und drückte sie an sich. Dimple vergrub die Hände in seinem Haar und spürte die seidenen Strähnen zwischen ihren Fingern.

Als Rishi die Hände unter ihre Kapuzenjacke und ihr T-Shirt steckte und ihren nackten Rücken berührte, fing ihr Blut Feuer. Sie tat es ihm nach und spürte nun, wie fest und muskulös sein Rücken war. Rishi stöhnte leise und schmiegte sich noch enger an sie, während sie spürte, wie absolut und drängend er sie begehrte …

Doch dann wich er keuchend einen Schritt zurück. »Wir … äh, das sollten … das können wir nicht machen.«

Dimple blinzelte. Sie wünschte sich, er würde zurückkommen und weitermachen, wo sie aufgehört hatten. Ihre Knie waren weich, als würden sie gleich nachgeben. Sie wollte sich setzen. Auf seinen Schoß. Oder sich hinlegen. Mit ihm. »Was? Hier, meinst du? Wir können das nicht hier machen?«

»Ja, also hier schon mal gar nicht.« Rishi fuhr sich durchs Haar. »Und wir müssen aufhören und erst mal darüber nachdenken, was wir tun. Wohin das führt. Wir wollen nicht zu weit gehen, nicht wahr?«

Dimple fixierte ihn. »Zu weit. Du meinst …«

Rishi nickte, mit rosigen Wangen und Ohren. Er war immer noch außer Atem und versuchte sichtlich, seine Erregung herunterzufahren. Sie wollte über ihn herfallen. »Sex. Wir müssen darüber reden, bevor wir einen Schritt weitergehen.«

»Stimmt, Also … ich finde, wir sollten einen Schritt weitergehen.«

Rishi lachte und stöhnte gleichzeitig und rieb sich das Gesicht. »Glaub mir, Dimple, das will ich auch. Aber wir sollten dieses Gespräch nicht führen, wenn wir beide …« Er wies mit einer vagen Geste zwischen sie. »Wir müssen da drüber sprechen, wenn wir mehr bei Verstand sind. Jedenfalls wäre ich sehr dafür.«

Dimple seufzte. »Falls du auf eine altmodische Weise Rücksicht auf meine ›Ehre‹ nimmst, das musst du nicht.«

Er ging auf sie zu und nahm ihre Hände. »Es geht nicht um deine oder meine Ehre. Ich habe nur das deutliche Gefühl, dass wir vorher darüber nachdenken sollten. Statt es einfach zu machen, brauche ich ein bisschen Zeit, um zu entscheiden, ob wir diesen Schritt jetzt schon wagen sollen.«

Rishis Worte hatten eine gewisse Berechtigung. Es würde ihr erstes Mal sein, und seins auch, da war sie ziemlich sicher. Sie sollten es wirklich nicht an einer verdreckten Mauer in einer verlassenen Gasse tun, in der sie vorwurfsvoll von streunenden Katzen auf Mülltonnen beobachtet wurden. Und auch sie musste tatsächlich nachdenken, zum Beispiel darüber, ob die Argumente ihrer inneren Stimme möglicherweise begründet waren. Wenn sie es machten, würde durch den Sex alles noch einmal komplizierter. Trotzdem … war sie frustriert und unglücklich, weil sie so ausgebremst worden war. Ihr Verlangen war wie eine eigenständige Persönlichkeit, ungeduldig und herrisch.

Dimple holte tief Luft. »Du hast recht«, sagte sie und stieß sich von der Mauer ab. »Wir denken drüber nach und reden ein andermal weiter.«

Rishi lachte, schlang einen starken Arm um ihre Taille und drückte sie fest an sich. Während sie auf dem Bürgersteig zurückgingen, war Dimple verwirrt und frustriert und fühlte noch tausend andere Dinge, die sie nicht einmal benennen konnte.

Dienstagabend stellte Ashish die Kamera auf ein kleines Stativ, das er gekauft hatte, und blickte durch die Linse. Er war sogar noch mehr bei der Sache, da (a) in vier Tagen die Show stattfand und (b) das Gespräch mit Celia nicht gut verlaufen war, nachdem sie das Rios verlassen hatten. Nicht dass Celia oder Ashish mit Dimple oder Rishi darüber gesprochen hätten, doch ihre Weigerung, mehr zu sagen als *Alles okay*, sprach Bände.

Dimple und Rishi posierten in ihren fertigen Outfits und grinsten, als die ersten Töne von »Dance pe Chance« erklangen.

Dimple war gar nicht mehr soo nervös. Na gut, das war gelogen. Immer wenn sie sich vorstellte, dass sie in knapp vier Tagen vor einem Zuschauerraum mit lauter fremden Menschen tanzen musste, würde sie sich am liebsten übergeben oder sterben. Oder von einem Hochhaus springen. Egal was, Hauptsache, sie musste nicht auftreten. Doch sie dachte an ihr eigentliches Ziel, zu gewinnen. Mit dem Preisgeld konnte sie anschließend eine bessere App herstellen, was langfristig ihre Chancen erhöhte. Auf diese Weise war es viel wahrscheinlicher, dass sie – sie beide – den Gewinn der Insomnia Con abräumten.

»Wusstest du, dass achtundsiebzig Prozent derjenigen, die den Talentwettbewerb gewonnen haben, auch die Insomnia Con gewonnen haben?«, fragte sie und stellte den Laptop auf Pause, um ihren Haarreif zu richten.

»Ja, ich weiß, meine Süße«, sagte Rishi und gab ihr einen Kuss auf den Scheitel. »Du hast es mir ungefähr achtundsiebzigtausend Mal erklärt.«

Als Ashish hinter seiner Kamera schnaubte, brachte Dimple ihn mit einem bösen Blick zum Schweigen. »Nimmst du noch auf? Solltest du nicht auf Pause drücken, wenn wir nicht tanzen? Fehlt dir dann später nicht der Speicherplatz?«

Ashish sah sie zweifelnd an. »Du stellst viele Fragen, wenn du nervös bist.«

»Was willst du damit sagen?«

Er schüttelte lächelnd den Kopf. »Ich lade das alles in die Cloud, damit es nicht auf meinem Handy gespeichert wird. Wir haben eine Megatonne Videomaterial, deshalb war das die beste Option.«

»›Megatonne‹ trifft es voll.« Am Vorabend hatten sie gute vier Stunden damit verbracht, sich die Videos aus ihren »Trainingseinheiten« beziehungsweise »Foltereinheiten«, wie Rishi es nannte, anzusehen. Er behauptete, dass Ashish sie wie Coach Taylor aus *Friday Night Lights* behandelte.

Dimple dagegen war dankbar für die Mühe, die Ashish

sich als ihr Trainer machte. Er hatte ein gutes Auge für Choreografie und alles, was er sagte, ergab für sie sofort einen Sinn. Sie wusste, dass ihre Nummer viel besser war als am Anfang. Sie machte Spaß, war lustig und schräg und gerade cool genug, um die benötigten Stimmen zu bekommen.

Rishi strich ihr über die Wange. »Wird schon schiefgehen. Auch wenn wir nicht gewinnen, haben wir alles gegeben. Mehr können wir nicht tun.«

Sie legte ihre Hand auf seine. »Das weiß ich. Aber ich will das so sehr. Wir müssen einfach gewinnen. Nicht unbedingt bei der Talentshow, aber bei der Insomnia Con. Wir *müssen*.«

Er schüttelte ein wenig bestürzt den Kopf. »Aber warum, Dimple? Du bist so begabt, und auch wenn du diesen Wettbewerb nicht gewinnst, wirst du Großartiges vollbringen. Diese App wird Leben verändern.«

»Ich weiß. Deshalb möchte ich alles darauf verwenden.« Sie sah ihm tief in die Augen und versuchte ihm zu vermitteln, was ihr vorschwebte. »Diese App kann Papa helfen – daran zweifele ich keine Sekunde. Und nicht weil ich arrogant bin, sondern weil mir das im Zusammenleben mit einem Diabetiker bewusst geworden ist. Ich habe gesehen, wie sich die Krankheit auf sein ganzes Leben ausgewirkt und ihn verändert hat. Er will es verbergen, aber die Angst ist echt. Und wenn ich bei der Insomnia Con gewinne, komme ich an Jenny Lindt heran, die einzige Person, die ich *kenne*, die mir helfen kann, ein größeres Publikum zu erreichen. Sie ist unglaublich, Rishi. Du kannst es wahrscheinlich nicht mehr hören, aber so ist es. Ich habe das

Gefühl, dass ich die App allein durch ihre Gegenwart verbessern kann, ganz zu schweigen davon, wenn sie mir hilft, die App herzustellen und zu vermarkten.« Dimple lachte, als sie merkte, wie es mit ihr durchgegangen war, wie immer, wenn sie über das Programmieren oder Jenny Lindt sprach. Sie hielt sogar Rishis Arm mit voller Kraft umklammert. »'tschuldigung«, sagte sie und löste ihre steifen Finger.

»Geht schon, ist ja nur der linke Arm«, sagte er trocken. »Den brauche ich sowieso nicht.« Er tanzte ein paar Schritte zu »Dance Pe Chance« und hielt den linken Arm an den Körper geklemmt. »Siehst du, geht auch so.«

Dimple lachte und warf ein Kissen auf ihn. »Hör auf.« Sie atmete durch. »Komm, wir proben weiter.«

»Endlich«, rief Ashish hinter seiner Kamera. »Ich dachte, ihr macht überhaupt nicht mehr mit.«

46. KAPITEL

Dimple

Ungefähr anderthalb Stunden später hatten sie den Tanz einmal durchgeprobt, das Video gesehen und die Nummer erneut getanzt. Dimple streckte ihre müden Muskeln, sie war von oben bis unten mit einem dünnen Schweißfilm bedeckt. »Ich gehe duschen. Was meinst du, das war doch eine gute Probe, oder?«, fragte sie Ashish.

»Ja«, sagte er zuversichtlich. »Ihr solltet es nicht übertreiben. Ich glaube, ihr müsst euch mal entspannen.«

»Den Göttern sei Dank«, stöhnte Rishi und ließ sich rückwärts aufs Bett fallen.

Dimple lachte und bohrte ihren Zeh in sein Knie. »Bäh. Du bist total verschwitzt und gleich riecht deine Bettwäsche auch nach Schweiß.«

Er setzte sich hin, nahm ihr Handgelenk und zog sie über sich. »Du liebst das doch«, sagte er und schmiegte sich an ihren Hals. Sofort bekam sie am ganzen Körper Gänsehaut, als ihr das Gespräch nach dem Essen bei Rios wieder einfiel.

»Gut, ich bin weg«, sagte Ashish hinter ihnen. »Organisiert euch ein Zimmer.«

Dimple schaute über ihre Schulter und zog eine Augenbraue hoch. Als Rishi in ihr Ohr lachte, kitzelte sein Atem.

»Ach, stimmt«, sagte Ashish, schaute sich um und strich sich durch das zerzauste Haar. »Das ist Rishis Zimmer. Egal, ich habe Hunger und hol mir was vom Taco Foodtruck. Soll ich euch etwas mitbringen?«

Sie schüttelten den Kopf und er ging.

Dimple drehte sich wieder zu Rishi um, ohne etwas zu sagen. Sie lag immer noch auf ihm, weich auf hart. Sie konnte ihn riechen, warm, nach Seife und einem Hauch Moschus. Als sie ihr Gewicht verlagerte, stöhnte er auf. Dimple spürte plötzlich etwas, an ihrem Oberschenkel. Ihr wurde heiß, alles lockerte sich, fließend. Sie streckte sich und küsste Rishi mit einer Wildheit, die sie überraschte.

Nachdem er eine Minute lang ihren Rücken und Hintern gestreichelt und sie ihre Hände vergraben hatte, wo immer sie Platz fand, in seinem Gesicht, seinem Haar, auf seinen wunderbaren Schultern, löste Rishi sich von ihr. »Warte, warte«, sagte er völlig außer Atem. Seine Augen waren tief und dunkel und bestanden fast nur noch aus Pupillen.

Sie legte ihren Mund auf seine Lippen. »Warum?«

Er drehte den Kopf weg und biss die Kiefer aufeinander. »Wir haben nach dem Rios nicht mehr darüber diskutiert. Und du machst mich wahnsinnig. Wenn wir so weitermachen, wird es hart aufzuhören. Ich meine, es ist jetzt schon hart.« Er drehte sich unvermittelt zu ihr und betrachtete ihr Lächeln. »*Das* habe ich nicht gemeint.«

Sie lachte, strich mit einem Finger über sein Kinn und genoss es, als er mit fliegenden Wimpern die Augen schloss. »Wir müssen nicht mehr reden. Ich habe schon darüber nachgedacht, was du gestern Abend gesagt hast.«

Er sah sie ernst an. »Und?«

»Und … ich will dich, Rishi. Jetzt.« Dimple konnte es nicht fassen, dass sie es wirklich laut ausgesprochen hatte. War es so mit der Lust, dem Verlangen? Verwandelten sie einen in eine unverfrorene, furchtlose Person, die einfach sagte, was sie sich wünschte, statt wie üblich unter einer Sozialphobie zu leiden? Vielleicht sollte Dimple sich häufiger in diesen Zustand wilden Begehrens hineinsteigern.

Rishi starrte sie an. »Du willst … heißt das, du willst Sex haben?«

Sie erkundete mit den Lippen sein Ohrläppchen. »Warum denn nicht? Wir sind erwachsen, wir sind uns einig, wir haben darüber nachgedacht und wir haben ein Zimmer. Wir mögen uns …« Dimple wich ein Stück zurück und sah ihn streng an. »Stimmt doch, oder? Du magst mich? Das ist kein raffinierter Trick, um mich rumzukriegen?«

Rishi sah sie aufrichtig empört an. »Was? Natürlich nicht! Du weißt, dass ich niemals –«

Dimple lachte. »Komm runter, das war ein Scherz.« Sie legte den Kopf auf seine Brust und lauschte seinem Herzschlag. Er war kräftig, zuverlässig und vertrauenswürdig. Dann fuhr sie mit dem Finger von seiner Halsgrube zum Brustbein. »Ich bin bereit, wenn du es auch bist.«

Er streckte die Hand zu ihrem Haar aus und schmiegte sie an ihren Hinterkopf. »Und was ist mit deinen Eltern?«

Sie schnitt eine Grimasse, die er bestimmt in ihrem Tonfall hören konnte. »Äh, ich würde sie da lieber außen vor lassen.«

Als er lachte, dröhnte es in seiner Brust. »Nein, ich meine, wären sie nicht enttäuscht? Meine Eltern schon. Sie machen eine große Sache daraus, keinen Sex vor der Ehe zu haben. Einmal bekamen wir Besuch von einem meiner Cousins und seiner Verlobten und sie baten darum, im selben Zimmer schlafen zu dürfen. Ich dachte, Pappa trifft der Schlag. Er hat ihnen einen langen Vortrag gehalten, wie schwer sie ihre Eltern, ihn und Ma und alle Götter und Göttinnen enttäuschten.«

Dimple schnaubte. »Das war ja ein interessantes Gespräch, das du da belauscht hast. Wie alt warst du?«

»Vielleicht elf oder zwölf. Ich war vor allem enttäuscht, dass es sich nun doch nicht lohnen würde, das Ohr an die Wand zu drücken, um interessante Geräusche zu hören.«

»Iihh.« Dimple gab ihm einen Klaps auf die Brust und er lachte. »Tja«, sagte sie. »Mamma hat mir immer wieder vor Augen geführt, wie viele böse Seiten Jungs haben. Aber ich glaube nicht, dass sie sich wirklich Sorgen gemacht hat. Hinter mir waren sie nie her. Wenn überhaupt, hat sie befürchtet, dass ich irgendwann einsam mit einem Rudel Katzen ende.« Sie stützte sich auf den Ellbogen und sah Rishi in die Augen. »Aber mir ist das im Grunde egal. Das ist unsere Sache. *Unsere* Entscheidung. Wieso sollen wir an unsere Eltern denken?«

Rishi gab ihr einen Kuss auf die Stirn. »Weil wir es tun.«

Dimple wollte schon protestieren, sah dann aber ein, dass er recht hatte. Ob es ihr gefiel oder nicht, vor wichtigen Entscheidungen dachte sie tatsächlich an ihre Eltern. Sie bedeuteten ihr viel.

Rishi löste sich von ihr und sah sie an. »In diesem Fall, in diesem *ganz besonderen* Fall bin ich allerdings deiner Meinung. Ich finde, wir sollten selbst entscheiden.«

Dimple grinste und beugte sich vor, um ihn zu küssen. »Gut, dann entscheide ich hiermit, dass du dein Hemd ausziehst.«

Rishi

Es war gleichzeitig schwer zu glauben und total unausweichlich, wenn es so etwas gab.

Sie knieten voreinander und Dimples Augen waren weit aufgerissen, ihre Lippen leicht geöffnet. »Hast du …?«

Rishi sah sie abwartend an. »Ob ich was habe?« Dann dämmerte es ihm. Sie meinte ein Kondom. Rishi wurde genauso rot wie sie. »Ja, habe ich.«

Als sie nickte, knöpfte er mit zitternden Fingern sein Hemd auf. Er war nicht etwa nervös, weil Dimple ihn nackt sehen würde. Aber es fühlte sich so an, als würden sie eine strenge Linie überschreiten. Nach dem Sex konnte man nichts zurücknehmen, sie konnten es nicht ungeschehen machen, dass sie immer weitergingen.

Als er sein Hemd ausgezogen hatte, beobachtete er, wie Dimple mit Blicken und Händen über seine Brust und seinen Bauch fuhr, und überlegte, ob er zögerlicher sein sollte. Müsste er mehr zweifeln? Hätte er mehr mit Dimple streiten sollen, um zu sehen, ob sie es wirklich, wirklich wollte und es nicht etwa danach bereuen würde?

Sie sah ihn an. »Du bist unfassbar schön«, flüsterte sie und ihre Augen glänzten wie Zwillingssterne.

Damit lösten sich all seine Zweifel in Luft auf.

Dimple

Rishi nahm ihr mit einer Behutsamkeit die Brille ab, die sie fast zu Tränen rührte – er streifte kaum ihr Gesicht. Er legte sie zusammen, deponierte sie auf dem Nachttisch und wandte sich wieder ihr zu.

Dann fasste er hinter sie, zog den Reißverschluss ihrer Kurta auf, hielt mit den Händen auf ihren Schultern inne und sah sie fragend an. Dimple nickte und biss sich auf die Lippe, weil ihr Herz so stark klopfte, dass sie das Gefühl hatte, ihre Brust würde zerspringen.

Als ihr BH neben Rishis Bett lag, zusammen mit ihrer Jeans und ihrem Slip, ein warmer unordentlicher Haufen, blickte sie in sein leicht verschwommenes Gesicht und versuchte, seine Miene zu deuten.

Darin stand … Ehrfurcht. Anders konnte man das nicht nennen.

Er schaute sie an, als wäre sie den Seiten seiner Comics entstiegen, eine lebendige, atmende Seelengefährtin für Aditya – als wäre das wilde Mädchen mit den Locken zum Leben erwacht.

»Oh …«, sagte Rishi, ohne es zu merken. Er strich ihr Haar nur mit den Fingerspitzen beiseite und küsste sie sanft auf den Hals, die Schulter und das Schlüsselbein. »*Lajawab*«, murmelte er an ihrer Haut.

Dimple atmete aus, ihr Körper verwandelte sich unter dem langsamen Feuer seiner Küsse in flüssiges Gold. Sie schloss die Augen und legte sich zu ihm aufs Bett.

47. KAPITEL

Dimple

Als Dimple gegen Abend ihr Zimmer aufschloss, lächelte sie immer noch. Alles fühlte sich heller und strahlender an und es war ihr sogar egal, ob das ein Klischee war.

Sie summte »Dance pe Chance« vor sich hin, als sich plötzlich der Bettwäschehaufen auf Celias Bett bewegte. Dimple zuckte zusammen. »Ich wusste nicht, dass du ein Nickerchen machst! War ich zu laut?«

Das Gesicht, das daraus hervorschaute, hatte einen Spitzbart. Dimple schrie auf.

»Reg dich ab, Alter«, sagte Evan und rieb sich mürrisch durchs Gesicht. Als er sich hinsetzte, bündelte sich die Bettdecke um seinen Bauch. Er trug kein T-Shirt und trotz seines Sixpacks dachte Dimple sofort, dass sie Rishis starken Körper viel schöner fand. Er hatte irgendwie … etwas Ehrlicheres.

»Wo ist Celia?«, fragte sie, doch in diesem Moment ging die Tür auf und Celia kam in einem zitronengelben Bademantel herein, der kaum ihren Hintern bedeckte.

»Hm.« Sie blickte von Dimple zu Evan und errötete. Aus ihren nassen Locken tropfte es auf den Teppichboden. »Ich dachte, du wärst noch länger bei Rishi.«

»Ja, ich wollte nur mein Portemonnaie holen.« Dimple holte es von der Kommode und gestikulierte damit, als wäre es ein Beweisstück. Sie sah Evan an.

Celia sagte zu ihm: »Du solltest besser gehen. Wir reden später weiter.«

»Kay.« Kay? Wer sagte denn so etwas im richtigen Leben, noch dazu völlig ironiefrei? Offenbar zog er seine Boxershorts unter der Bettdecke an, wofür Dimple ihm sehr dankbar war. Er kam aus dem Bett, zog Hemd und Hose an und fuhr sich durchs Haar. Die Stille war ohrenbetäubend, während Dimple nur dastand und mit dem Reißverschluss ihres Portemonnaies spielte. Celia sah Evan ausdruckslos an. Schließlich nickte er ihnen zu und ging, ohne ein Wort zu sagen.

Als er die Tür schloss, atmeten sie beide gleichzeitig aus. Dimple sah Celia an und versuchte, jeden Vorwurf aus ihrer Miene zu verbannen. Celias Mund war ein dünner Strich, ihre braunen Augen blitzten. »Was ist?«, fragte sie.

Dimple hob abwehrend die Hände. »Ich habe nichts gesagt.«

»Aber gedacht.« Celia öffnete ihren Kleiderschrank und ließ den Bademantel fallen. Dimple wandte den Blick ab. »Jetzt sag's schon.«

Seufzend ging Dimple zu ihrem Bett. Sie setzte sich hin und klemmte das Portemonnaie zwischen ihre Knie. »Ich wollte gar nichts Böses sagen, falls du das befürchtet hast. Es ist nur … er hat dich so unglücklich gemacht. Ich möchte nicht, dass dir jemand wehtut.«

»Das passiert schon nicht«, sagte Celia mit gedämpfter

Stimme, während sie sich ein irgendwie geartetes Kleidungsstück über den Kopf zog. »Ich bin schon groß, damit kann ich umgehen.« Sie schloss die Kleiderschranktür und lehnte sich dagegen. Jetzt trug sie eine Skinny Jeans und ein indigoblaues bauchfreies Top mit Fledermausärmeln. »Da wäre noch etwas – ich habe mich entschieden, doch bei diesem Tanz mitzumachen. Mit Isabelle und den anderen.«

Sie sah Dimple verstohlen an, als würde sie mit einem Gefühlsausbruch rechnen. Doch den Gefallen tat Dimple ihr nicht. »Okay«, sagte sie vorsichtig. »Dieser … Tanz im Bikini?«

Celia rollte mit den Augen, ging zu ihrem Schminktisch und öffnete verschiedene Tiegel mit Make-up, das sie jetzt auflegte. »Jep. So eine Riesensache ist das jetzt auch nicht.«

Dimple kaute auf ihrer Wange und überlegte, ob sie es einfach gut sein lassen sollte. Es wäre wahrscheinlich klüger, doch es widersprach all ihren Prinzipien. »Es sah aber nach einer Riesensache aus, als du mir neulich im Kurs davon erzählt hast. Weißt du nicht mehr? Du bist weinend rausgelaufen.«

»Ja, da habe ich eben ein bisschen überreagiert. Aber weißt du, du hast da einfach einen Interessenkonflikt.«

Dimple musterte stirnrunzelnd Celias Hinterkopf. »Was willst du damit sagen?«

Celia schaute sie im Spiegel an, während sie ihre Wimpern mit etwas zusammenpresste, das eher wie ein Folterinstrument als wie eine Wimpernzange aussah. »Du willst doch, dass ich mit Ashish zusammenkomme.«

»Nein! Also, das ist jedenfalls nicht der Grund … gut, ich

gebe zu, dass ich dich eher mit Ashish als mit Evan sehe.« Sie versuchte, seinen Namen auszusprechen, ohne zu würgen, was ihr auch einigermaßen gelang. »Aber darum habe ich das nicht gesagt. Du warst total aufgelöst – und dazu hattest du alles Recht der Welt. Das passt nicht zu dir, Celia. Ich weiß, du willst zu den Coolen dazugehören, was in der Highschool nicht geklappt hat, und –«

Celia drehte sich zu ihr um und sah sie mit einem leeren und distanzierten Gesichtsausdruck an. »Wir kennen uns gerade mal einen Monat.«

Dimple schnürte es die Brust zu. Sie stand auf. »Du hast recht und ich wusste vorher, dass es falsch war, etwas zu sagen. Ich würde mir wünschen, dass meine Freundin auf mich aufpasst, aber vielleicht sieht das jeder anders. Und wenn du nicht mit jemandem befreundet sein kannst, den du erst einen Monat lang kennst, dann ist das wohl so. Ich habe es verstanden.«

Celia wirkte eine Sekunde lang betroffen, doch dann schminkte sie sich einfach schweigend weiter. Dimple ging, ohne sich zu verabschieden.

Rishi

Beim Abendessen warf Rishi Ashish einen flüchtigen Blick zu, der mit einem *Was weiß ich?*-Ausdruck antwortete und sich anschließend wieder seinem Hühnchen mit Klößen widmete (alle Familienmitglieder sollten aus religiösen Gründen Vegetarier sein, doch Ashish aß – natürlich – Fleisch, sobald seine Eltern nicht dabei waren). Rishi versuchte, Dimples Blick aufzufangen, aber sie schaufelte Pommes frites in sich hinein, als wollte sie sie mit ihren Zähnen bestrafen. Als sein Blick eine Sekunde lang an ihrem Mund hängen blieb, erinnerte er sich an ... gewisse Dinge. Doch er verdrängte die Vorstellung mit roten Wangen. Definitiv der falsche Zeitpunkt, Patel.

»Alles okay?«, wagte er schließlich zu fragen und machte sich auf einen Wutanfall gefasst.

Dimple hatte in der Eingangshalle auf sie gewartet, und als er die Arme nach ihr ausgestreckt hatte, hatte sie nur mechanisch seinen Rücken getätschelt, kräftiger als nötig noch dazu, und dann auf dem Weg zur Mensa vor Wut geschäumt.

»Ja«, antwortete sie und knirschte beim Essen mit den Zähnen. »Bestens. Super. Ganz fantastisch.« Sie trank einen Schluck Cola und warf den Eiswürfeln einen bösen Blick zu, als sie gegen das Glas klirrten. Mit einem Blick zu Ashish sagte sie dann: »Du musst die Sache mit Celia vergessen. Das wird nie was.«

Rishi sah die Enttäuschung seines Bruders, der gleich darauf seine gewohnte lässige Maske wieder aufsetzte, und hatte Mitleid mit ihm. Er wandte sich an Dimple. »Wieso? Was ist passiert?«

Sie stach eine Fritte in das Plastik-Ketchupdöschen auf ihrem Teller. »Sie ist eine blöde Kuh.« Als Dimple erneut Ashish ansah, wurde ihr Blick weicher. »Tut mir leid, Mann, aber sie ist einfach zu sehr in Evan verknallt, als dass zwischen euch etwas laufen könnte. Ich kann es zwar nicht nachvollziehen, also du bist eindeutig die bessere Wahl, aber versuch mal, ihr das klarzumachen.« Sie legte die Pommes hin und lehnte sich seufzend zurück. »Liebe verwandelt Leute in Idioten.«

Rishi grinste. »Ja, aber das muss nicht unbedingt schlecht sein.«

Als Dimple zögerlich lächelte, schwang sich sein Herz auf goldenen Flügeln in die Höhe. Er hatte die Macht dazu, sie zum Lächeln zu bringen, selbst wenn sie sauer war. Sie empfand das Gleiche für ihn wie er für sie. Er wurde ganz albern vor Freude, wenn er daran dachte. Doch dann fiel ihm der Schmerz seines kleinen Bruders wieder ein und er legte Ashish eine Hand auf den Arm. »Tut mir leid.«

Ashish zuckte mit den Schultern und trank einen Schluck Wasser. Dann rückte er seinen Stuhl zurück. »Ich gehe spazieren. Wir sehen uns später in deinem Zimmer.«

Als sie ihm nachsahen, fragte Dimple leise: »Meinst du, er kommt darüber hinweg?«

»Ja«, antwortete Rishi. »Das wird schon. Ashish landet immer auf den Füßen.«

48. KAPITEL

Dimple

Der Samstagabend raste mit der Geschwindigkeit von tausend Magnetschwebebahnen heran und Dimple war nicht ansatzweise bereit aufzutreten.

Backstage war es dunkel, dunkler als erwartet. Dimple war seit der Grundschule nicht mehr hinter einer Bühne gewesen. Das Ganze war eine Nummer zu groß, zu ernst und zu bedeutsam. Alle redeten gedämpft und rasten zur Umkleide und zurück, obwohl der Zuschauerraum noch leer war. Max flitzte umher, munterte die Leute auf und legte denjenigen, die besonders nervös waren, eine Hand auf die Schulter.

Dimple musste schlucken und wandte sich in den Kulissen an Rishi. »Ich glaube, ich schaffe das nicht.« Krampfhaft hielt sie ihren Stoffbeutel fest, der ihr Kostüm und Make-up enthielt. »Echt. Vielleicht sollten wir uns einfach jetzt abmelden.«

Er lächelte und gab ihr einen Kuss auf die Stirn. »Nein.«

Sie zog eine Augenbraue hoch. »Hast du gerade ›Nein‹ gesagt?«

Er sah sie kleinlaut an. »Nein?«

Das brachte sie zum Lächeln. Eine Sekunde lang. »Vielleicht können wir Max vormachen, dass ich krank geworden bin. Dafür kann er uns doch keine Punkte abziehen, oder? Das wäre doch höhere Gewalt oder so was. Sogar Versicherungsunternehmen haben solche Klauseln –«

Rishi legte ihr beide Hände auf die Schultern und holte tief Luft. Sie tat instinktiv das Gleiche und beruhigte sich fast augenblicklich. »Wir machen das gut«, tröstete er sie leise mit seiner tiefen Stimme. »Versprochen.« Seine Honigaugen logen nicht.

Dimple nickte und sie gingen Hand in Hand nach hinten zu den Umkleiden.

Wenn es backstage schon fast unheimlich still gewesen war, herrschte in den Umkleiden ein fröhliches schwindelerregendes Chaos. Es roch durchdringend nach Haarspray und Parfüm und überall saßen Leute und betrachteten sich in Spiegeln, die rundum mit großen runden Lämpchen besetzt waren. Es war so warm, dass Dimples leichter Kapuzenpulli sich wie ein Schneeanzug anfühlte. Sie zog ihn aus und ließ den Blick über eine ganze Bandbreite von prächtigen Kostümen schweifen. »Wow.«

»Das kannst du laut sagen«, meinte Rishi. Seine Augen funkelten im Kunstlicht. »Sieht aus, als wären hier echte Theaterprofis am Werk.«

Ein Typ, der als Pantomime auftrat – weiß geschminktes Gesicht, knallrote Lippen –, drehte sich in dem Stuhl neben ihnen um. »Hey.«

Dimple brauchte zehn Sekunden, um José zu erkennen. Sie lachte. »Hey! Tolles Kostüm.«

Als er grinste, hoben sich seine Zähne in einem leichten

Gelbton von der weißen Schminke ab. »Danke. Aber das ist wirklich gar nichts. Anscheinend haben sich einige unserer Kursleute Unterstützung von echten Theaterfreaks geholt. Deshalb sind einige Kostüme so großartig.« Er zeigte auf ein brünettes Mädchen namens Lyric in einem langärmeligen Gymnastikanzug, aus dem in Höhe ihres Pos eine große Straußenfeder auffächerte, die mit funkelnden blauen und grünen Pailletten bestickt war. Sie betonte ihr ätherisches Aussehen noch mit Federboaschleppen an beiden Handgelenken, auf denen schwarze Pailletten glänzten.

Dimple schaute sich um. Celia war nicht da, auch keiner der Aberzombies. Sie fragte sich, was da los war, doch dann wurde sie wieder abgelenkt. Einige Teilnehmer hatten ganze Koffer mit professionell wirkendem Make-up und zahllosen Pinseln mitgebracht. Dimple hatte nur etwas Make-up dabei, das sie sich bei Celia geliehen hatte. Erschrocken sah sie Rishi an. »Woher wissen die überhaupt, wie man das aufträgt?«

Er beugte sich vor. »Das haben wir nicht nötig«, sagte er selbstbewusst. »Wir haben großes Talent. Sie müssen da offenbar etwas kompensieren.«

In dem Moment kam ein vollkommen übertrieben kostümierter Typ an ihnen vorbei und warf ihnen einen so bösen Blick zu, dass Dimple sich das Lachen kaum verkneifen konnte. »Tja, dann fange ich besser mal an.« Sie setzte sich auf den erstbesten Hocker und stellte ihre Tasche auf den Tisch. Rishi nahm den Hocker neben ihr.

Sie trugen bereits ihre Kostüme. Zum Glück waren auch Anushka Sharma und Shah Rukh Khan in dem offiziellen

»Dance Pe Chance«-Video eher schlicht gekleidet – Tanzsportkleidung für sie, Hose, Hemd und Jackett für ihn. Auch deshalb war Ashishs Idee, diesen Song zu nehmen, einfach genial. Auf diese Weise konnte Dimple sich darauf konzentrieren, die Schritte nicht durcheinanderzubringen und nicht von der Bühne zu fallen.

»Celia ist nicht da«, stellte Rishi fest.

Dimple gab keine Antwort auf die Frage, die bei seiner Feststellung mitklang. »Nein.« Sie konzentrierte sich darauf, ihr Glätteisen einzustöpseln, das sie sich von einem anderen Mädchen ausgeliehen hatte, das heute ohnehin eine Perücke tragen würde, und ihr Make-up bereitzulegen. Puder-Grundierung, Eyeliner (kein *Kajal,* Mamma wäre ja so enttäuscht) und Lipgloss. Sie versuchte, jede Vorstellung zu verdrängen, was sich außerhalb dieses Raums abspielte. Die Show begann erst in einer Dreiviertelstunde, aber einige frühe Vögel würden wahrscheinlich bereits im Zuschauerraum sitzen. Jeder Auftritt sollte ungefähr fünf Minuten dauern und Dimple und Rishi waren erst in der Mitte dran, sodass sie noch ungefähr zwei Stunden überbrücken mussten. Arghh.

»Angeblich soll das Publikum aus Kunst- und Schauspielstudierenden bestehen, die hier an Sommerkursen teilnehmen«, sagte Louis, ein stiller blonder Typ. Er saß rechts neben Dimple in einem Anzug mit einem roten Taschentuch in der Brusttasche. Auf der Ablage vor ihm hatte er einen schwarzen Zylinder, weiße Handschuhe und einen Strauß Plastikblumen deponiert.

»Gibst du eine Zaubervorstellung?«, riet Dimple und wies mit dem Kopf auf seine Requisiten.

Er nickte. »Ich habe mit sieben Jahren angefangen.« Er deutete zu seinem Partner, der neben ihm saß und mit seinem Handy beschäftigt war. »Connor ist mein Assistent. Zum Schluss zersäge ich ihn. Ich glaube, wir haben gute Chancen zu gewinnen.«

Dimples Tabellenkalkulation sagte etwas anderes. Zauberei schnitt gewöhnlich schlecht ab. »Cool.«

»Und was habt ihr vor?«, fragte er mit einem flüchtigen Blick zu Rishi, der vollkommen unbefangen ein paar Schritte vor dem Spiegel übte.

»Wir tanzen zu einem indischen Song«, sagte Dimple mit flatternden Nerven.

Louis' Blick schweifte noch einmal zu Rishi, der vor sich hin kreiselte. »Oh«, sagte er. »Viel Glück.«

Max stand zwischen ihren Hockern und lächelte sie an. Er war der zweite Besucher innerhalb der letzten zehn Minuten. Ashish war auch schon da gewesen und hatte ihnen versichert, er habe die Musik dabei und wäre bereit. Er sagte immer wieder: »Cool bleiben, Leute, ihr macht das super.« Obwohl Dimple wusste, dass er es gut meinte, hätte sie ihm am Ende am liebsten ihren Hocker über den Schädel geschlagen. Sie war froh gewesen, als er endlich weg war. In ihrer Nervenkrise konnte sie eigentlich nur Rishi in ihrer Nähe ertragen.

»Seid ihr so weit?«, fragte Max und schaute von Rishi zu Dimple. Sein Lächeln, das er hinter seinem Bart verbarg, schwand ein wenig, als er ihr ins Gesicht sah. Er legte eine Hand auf ihre Schulter. »Ihr werdet einen super Auftritt haben. Ihr habt geprobt. Geht einfach raus und amüsiert euch.«

Na, toll. Jetzt war sie auch eine von denen, die *eine Hand auf der Schulter* brauchte. Dimple nickte, schluckte und lächelte.

»In zwei Minuten, ja?« Max klopfte Rishi auf den Rücken, machte auf dem Absatz kehrt und wartete darauf, dass Louis und Connor ihre Zaubernummer beendeten. Dem spärlichen Applaus nach zu urteilen, lief es bisher nicht so gut.

»O Gott.« Dimple legte die Hände über den Magen. Ihr frisch geglättetes Haar fiel ihr ins Gesicht. »Und wenn sie uns nun ausbuhen? Sollen wir trotzdem bis zu Ende tanzen? Oder verbeugt man sich dann einfach und geht von der Bühne? Ich meine, es hat doch etwas Würdeloses, wenn man trotz der Buhrufe weitermacht, nicht wahr? Und wenn sie mit Sachen werfen? Ich habe gehört, Schauspielstudierende können total herzlos sein, weil sie so hohe Maßstäbe haben …«

»Keine Angst«, sagte Rishi und streckte die Arme über den Kopf. Wie konnte er nur so entspannt sein? *Wie*? »Ich werde dich abschirmen.«

Sie sah ihn böse an. »Unlustig, Patel.«

49. KAPITEL

Rishi

Rishi konnte nicht nachvollziehen, warum Dimple so nervös war. Sie hatten die Videoaufnahmen der Proben zusammen gesehen. Sie war wunderbar, so *apsara*mäßig, dass ihm die anderen Teams geradezu leidtaten. Sie konnten gleich einpacken und nach Hause gehen.

Er strich mit dem Finger über ihren Arm und freute sich, als sie sofort eine Gänsehaut bekam. Sie war so unfassbar schön, auch jetzt, obwohl sie diese hektische, nervöse Energie ausstrahlte. Sie musste andauernd schlucken und hinter der Brille war ihr Blick wild. Sie hatte sich geweigert, ohne sie aufzutreten, aus lauter Angst, gleich von der Bühne zu stolpern, obwohl ihre Augen gar nicht so schlecht waren. Vermutlich hatte sie bald so viel Luft im Bauch, dass sie wie ein Ballon von der Bühne abhob, dachte Rishi lächelnd. Doch das sollte er wohl lieber für sich behalten.

Als sie in die Kulissen traten, nahm er Dimples Hand in seine. Sie hörten, wie Louis und Connor zum Schluss kamen und mit halbherzigem Applaus verabschiedet wurden.

»Das sind so viele Leute«, murmelte Dimple, die durch eine schmale Öffnung in den Zuschauerraum schaute.

Rishi ergriff die Chance, einen letzten Blick auf sie zu

werfen. Der Talentwettbewerb interessierte ihn nur, weil er Dimple so viel bedeutete. Das war sein Glück – da er innerlich nicht so beteiligt war, hatte er heute Nerven wie Drahtseile. An Dimples Hals flatterte ein winziger Puls und sie hatte die Schultern bis zu den Ohren hochgezogen. Sie wollte unbedingt gewinnen. Unbedingt.

Er beugte sich vor und gab ihr einen Kuss auf die Schläfe. »*Tujhme rab dikhta hai*«, flüsterte er, ein übertrieben poetisches Zitat aus dem Film, aus dem ihr Song stammte. Es bedeutete *Ich sehe Gott in dir.* Dimple lächelte und verdrehte die Augen. Und dann sagte er: »Ich liebe dich.«

Sie zuckte zusammen und drehte sich mit aufgerissenen Augen zu ihm um, doch in diesem Moment wurden sie von Max angekündigt. Rishi grinste und zog sie auf die Bühne.

Dimple

Es war dunkel, als sie auf ihre Position gingen. Dimple musterte Rishis Umriss neben sich und hörte die fast vollkommene Stille im Zuschauerraum. Einige rutschten herum, andere husteten. Sie spürte ihre eigenen Atemzüge.

Ich liebe dich.

Endlich hatte er es gesagt, endlich. Rishi liebte sie. Als die Scheinwerfer eingeschaltet wurden, lächelte Dimple.

Die Musik setzte ein und Dimple tanzte. Sie wusste, dass Rishi seinen Part abspulte, doch sie konzentrierte sich nicht auf ihn, sondern darauf, wohin die Zuschauer blickten. Sie führte die Bewegungen aus, die sie die ganze Woche geübt hatte und die ihr Körper schon auswendig konnte. Dabei hörte sie unter dem Beat der Musik *Ich liebe dich. Ich liebe dich. Ich liebe dich.*

Schließlich war der Song zu Ende. Gemeinsam mit Rishi verbeugte sie sich. Und das Publikum spendete tosenden Applaus.

Rishi

Sobald die Scheinwerfer erloschen, rannten sie von der Bühne. Dimple kicherte so sehr, dass Rishi befürchtete, sie würde umkippen. Sie hielten erneut Händchen, doch diesmal zog sie ihn von der Bühne.

»O mein Gott«, sagte sie. »O mein Gott, o mein Gott, o mein Gott. Wir haben es geschafft.«

Lächelnd schlang Rishi einen Arm um ihre Taille. »*Du* hast es geschafft. Du warst unglaublich gut.«

Auf dem Weg zur Umkleide drehte sie sich zu ihm um und blieb direkt neben zwei Teilnehmern stehen, die ihre Oberschenkelmuskulatur dehnten und schnell den Daumen reckten, bevor sie weitermachten. »Ich liebe dich.« Während sie dies sagte, strahlten Dimples Augen Licht aus wie eine Supernova.

Rishis Herz explodierte in tausend Farben. Die Welt stand in Flammen. Er legte die Hände an ihr Gesicht und küsste sie, als wäre es seine letzte Chance. Dimple küsste ihn zurück und schmiegte sich in fiebrigem Verlangen an ihn. Ihr Schweiß schmeckte nach Salz. Als sie sich voneinander lösten, grinste Rishi. »Das wusste ich schon.«

Sie klammerte sich lachend an seinen Arm, als sie weiter in die Umkleide gingen. »Meinst du, wir könnten gewonnen haben? Es ist richtig gut angekommen. Ich glaube schon, dass wir eine Chance haben.«

»Und ob wir eine Chance haben. Und eine richtig gute dazu.«

»Super Performance, Leute!« Das war Ashish, der grinsend auf sie zuschlenderte.

Dimple wirbelte herum. »Meinst du wirklich? War es gut?«

»Ob es gut war?« Ashish hielt ihnen sein Handy hin. »Seht doch selbst. Ihr habt da draußen wie Anushka und Shah Rukh ausgesehen.« Er spielte ihnen einen kleinen Ausschnitt vor.

Rishi war überrascht. Er hatte gewusst, dass Dimple gut ausgesehen hatte, doch er hatte sich auf seine eigenen Schritte konzentriert. Jetzt, da er es mit Ashishs Augen sah, war er überwältigt. Sie sah aus, als wäre Tanzen ihr *Beruf*! Nicht wie jemand, der mal eben beschlossen hatte, es sich für einen Talentwettbewerb draufzuschaffen, sondern wie jemand, der die ganze Zeit nichts anderes tat. Jeder Schritt war wie Feuer, der Schwung ihrer Hüften war die reinste Magie.

»Du solltest Tänzerin werden«, sagte er und pfiff. »Ich meine, wow!«

Sie lächelte und errötete anbetungswürdig, bevor sie ihm

einen Klaps gab. »Ich bin so froh, dass es gut aussah. Es wäre einfach der Wahnsinn, wenn wir das Preisgeld bekämen.«

»So wird es kommen«, sagte Ashish aufrichtig überzeugt und Rishi ging das Herz auf vor Liebe für seinen kleinen Bruder.

Dimple

Dimple strahlte vor Freude. Sie stand vor dem Spiegel und wischte die Schminke mit einem Make-up-Entferner vom Gesicht, den José ihr gegeben hatte. Er schien sich sehr für sie und Rishi zu freuen, was sie echt süß fand. Rosig angehaucht von den Endorphinen, die nach einer großartigen Vorstellung ausgeschüttet wurden, konnte Dimple verstehen, warum Schauspieler und Darsteller süchtig danach werden konnten. Sie hatte bisher nie begriffen, wie man einen Beruf wählen konnte, in dem man sich vor Hunderte oder Tausende von Menschen hinstellte und riskierte, abgelehnt zu werden, und das auch noch in Echtzeit. Doch wenn sie nach einer gelungenen Vorstellung nur die Hälfte der herrlichen Gefühle empfanden wie sie jetzt …

Gackerndes Gelächter weckte Dimple aus ihrer Träumerei. Im Spiegel sah sie, wie Isabelle und Celia umschlungen hereintaumelten, lachend und schwankend und eindeutig von etwas anderem als dem Leben berauscht. Celias Gesicht war rot und verschwitzt und ihre Locken, die sonst locker herabfielen, klebten an ihrem Nacken und ihrer Stirn. Sie trug einen sexy Gymnastikanzug in Pink mit einem Puschelschwanz aus Watte sowie einen Haarreif mit pinkfarben glitzernden Hasenohren. Außerdem sah sie aus, als wäre sie in Körperglitzer geschwommen. Isabelle trug einen schwarzen Bikini, der achtundneunzig Prozent Haut zeigte, doch sie hielt die Arme vor Brust und Bauch verschränkt, als hätte sie diese besondere Ausstaffierung nicht selbst ausgesucht.

»O bei den Göttern«, murmelte Rishi und verzog den Mund in einer Mischung aus Widerwillen und Mitleid. »Celia will ein sexy Häschen sein.«

»Ich frage mich, was die Typen tragen«, sagte Dimple. In dem Moment kamen Evan und Hari herein. Niemand war überrascht, dass sie oben ohne waren. Ihre bronzefarbenen Sixpacks (besser gesagt Twelvepacks) schimmerten ölig. Dimple wehte ein Hauch davon in die Nase – es roch im wahrsten Sinne des Wortes »tropisch«. Dazu trugen sie Surfershorts und hatten ihr Haar sorgfältig so zerzaust, als kämen sie direkt aus dem Bett.

Als Evan ihren Blick auffing, schenkte er ihr ein Tausendwattlächeln. »Hübscher Stretch«, sagte er lüstern. »Schade, dass du nicht die passenden Titten hast.«

Rishi stand auf und ballte die Fäuste an den Seiten. »Was hast du gesagt?«

Dimple legte ihm eine Hand auf den Arm. »Lohnt sich nicht«, sagte sie und sah Evan in die Augen, der lachte und mit Hari abklatschte, bevor sie weiterzogen.

Celia gönnte ihr nicht einmal einen Blick. Dimple war

nicht sicher, ob sie sie überhaupt gesehen hatte, aber es gab ihr dennoch einen Stich.

»Alter, diese Sänger haben so was von versagt. Sie haben ›Hotel California‹ komplett verhunzt«, sagte Ashish, der mit zwei Wasserflaschen hereinkam. Als er Celia und die Aberzombies sah, blieb er stehen und sein Lächeln fiel in sich zusammen.

Dimple ging zu ihm und nahm ihm die beiden Wasserflaschen ab. Sie sprach leise und sah Ashish an, der sich nicht von Celias Anblick losreißen konnte. »Sie macht das nur, weil ihr so etwas an der Highschool entgangen ist. Es hat nichts zu bedeuten.«

Als Ashish schluckte, zuckte sein Adamsapfel. Er sah Dimple an. »Das macht es nur noch schlimmer«, sagte er und ging in dem Moment hinaus, als Celia quiekte, weil Evan sie mit einem Arm hochhob.

Dimple ging zu Rishi zurück und gab ihm sein Wasser. »Voll blöd«, sagte sie. »Ich glaube, er ist echt in sie verknallt.«

Rishi ließ die Flasche ungeöffnet und schaute dorthin, wohin Ashish verschwunden war. »Ja«, sagte er irgendwie verwundert. »Das glaube ich auch.«

»Was?«, fragte Dimple. »Wieso guckst du so?«

Es dauerte ein bisschen, bis Rishi sie ansah, als hätte er jetzt erst gemerkt, dass sie ihn etwas gefragt hatte. Er schüttelte den Kopf, wie um sich zu sammeln. »Ich muss mal kurz mit Ashish reden.«

50. KAPITEL

Rishi

Rishi entdeckte Ashish in einer dunklen, staubigen Ecke im Backstage-Bereich, wo er neben einem Haufen Klappstühle saß. Er hielt die Hände zwischen den Knien und die Finger verflochten und starrte ins Leere. Als Rishi sich leise räusperte, hob Ashish den Blick. Es traf Rishi wie ein Schlag, wie zart und wehrlos und verletzt sein kleiner Bruder aussah – bevor er wieder seine defensive Maske aufsetzte. *Es liegt an mir,* dachte Rishi und die Erkenntnis traf ihn hart. *Ich löse diese Verteidigungshaltung aus, weil ich ständig kritisiere, dass er andere Entscheidungen trifft als ich.* Er zog einen Klappstuhl aus dem Haufen und setzte sich neben Ashish. »Du bist in sie verliebt.«

»Jep.« Ashish lehnte sich nach hinten. »Und ich kann keinen Vortrag darüber gebrauchen, wie ›unpassend‹ du sie findest.«

Rishi hob die Hand. »Das wollte ich gar nicht sagen.«

»Das wäre mal was ganz Neues«, erwiderte Ashish ironisch.

Sie schwiegen einen Moment lang und beobachteten eine kleine Gruppe, die sich angeregt über ihre Chancen unterhielt und sie gar nicht zu bemerken schien, da sie drei

Meter entfernt im Dunkeln saßen. Als die Gruppe in die Umkleide ging, sagte Rishi zu Ashish: »Es tut mir leid.«

Ashish zog blitzschnell die Augenbrauen hoch. »Was?«

»Du hast uns bei dem Talentwettbewerb wirklich sehr geholfen. Du hast Dimple und mich hervorragend unterstützt. Das finde ich super. Es tut mir leid, dass ich das nicht schon eher gesagt habe.«

Ashish nickte und wandte den Blick ab. »Ja, also, kein Problem.«

»Noch was.« Rishi schaute erst auf seine Hände und dann wieder hoch, bis Ashish bereit war, ihn anzusehen. »Ich entschuldige mich auch dafür, dass ich dich nicht immer unterstützt habe. Ich habe dich verurteilt, statt für dich da zu sein. Du bist anders als ich und unsere Eltern, und ich wollte dich immer verändern, damit du mehr wie wir wirst. Das war unfair.« Rishi machte eine kurze Pause, schaute in die Dunkelheit und fuhr dann fort. »In Wahrheit liegt es daran, dass ich immer ein bisschen neidisch auf dich war. Du warst von Anfang an so selbstbewusst, du hast nie daran gezweifelt, was du willst, auch wenn Ma und Pappa dir nie zur Seite standen. Wenn du etwas wolltest, hast du es getan, auch wenn sie – oder ich – dich dringend davon abbringen wollten. Um diesen Mut habe ich dich immer beneidet.« Er lächelte. »Das sehe ich bei Dimple auch. Wahrscheinlich kommt ihr deshalb so gut miteinander aus.«

Ashish starrte ihn an und rieb sich das Kinn. »Wow. Ich, äh, weiß nicht, was ich sagen soll.«

Rishi zuckte mit den Schultern. »Du musst nichts sagen.

Ich wollte nur, dass du das weißt. Und zu diesem Mädchen ... Celia. Wenn du sie wirklich so gernhast, kämpfe um sie. Ich kann mir nicht vorstellen, dass sie und Evan lange zusammenbleiben.«

»Kann sein, aber ich bin nicht sicher, ob sie mich überhaupt mag.«

»Was willst du also machen?«, fragte Rishi. »Zuschauen und Däumchen drehen? Das ist doch gar nicht deine Art.« Er wartete noch ein paar Sekunden und stand dann auf, als Ashish nichts mehr sagte. »Ich gehe dann mal wieder zu Dimple.«

»Rishi?«

Er drehte sich um.

»Danke.« Ashish lächelte verhalten und zum ersten Mal seit seiner Ankunft an der SFSU war sein Kiefer entspannt. »Wenn du mich fragst, ich mag Dimple sehr. Ich habe sie falsch eingeschätzt.«

Rishi grinste. »Ich weiß.« Dann kehrte er in die Umkleide zurück.

Dimple

Max machte einen besorgten Eindruck. Sein Bart und sogar sein Schnurrbart bebten. »So könnt ihr nicht auftreten.«

Dimple trank ihr Wasser und versuchte so auszusehen, als würde sie nicht lauschen, was schwierig war, weil dieses Gespräch weniger als einen Meter von ihr entfernt stattfand.

»Wir haben kein Problem«, behauptete Evan. »Das ist alles in Ordnung so.«

Max sah Isabelle, die sich anstrengte, nicht zu lachen, ruhig an. Sie hatte beide Hände vor den Mund geschlagen. Celia, die neben ihr stand, grinste lässig, als wären ihre Kiefermuskeln erschlafft. »Echt.«

»Echt.« Hari verschränkte die Arme und wartete, bis Max ihn ansah. »Wir haben alles im Griff. Ich meine, ich könnte meine Eltern anrufen, aber das dürfte doch nicht nötig sein, oder?«

Einen angespannten Moment lang wusste Dimple nicht, worauf dieses Gespräch eigentlich hinauslief. Wer waren Haris Eltern? Offensichtlich ließ Hari Max gegenüber gerade seine Autorität spielen, aber Dimple hatte keine Ahnung, worum es tatsächlich ging.

Schließlich atmete Max leise aus. »Na gut«, sagte er mit dieser betont ruhigen Stimme, die ältere Erwachsene annahmen, wenn sie nicht ausrasten wollten. »Dann kündige ich eure Teams jetzt an.«

Evan und Hari beglückwünschten sich mit einem Faustcheck und Evan sagte: »Bro, das war mega. Das muss ja echt was bedeuten, dass deine Eltern den Computerwissenschaften diesen neuen Anbau gestiftet haben.«

Oha. Jetzt ergab Max' Reaktion mehr Sinn.

Hari reagierte mit einem lässigen Schulterzucken auf Evans Kommentar, aber er hatte sich in die Brust geworfen, als hätte er seinen Reichtum persönlich mit seinen manikürten Händen angehäuft. Die Aberzombies machten sich auf den Weg von der Umkleide zur Bühne, doch Dimple zog Celia in der letzten Sekunde beiseite. Das war nicht schwierig, weil sie ohnehin hinter den anderen hertrödelte. Ihre Haut hatte eine kränkliche hellgrüne Schattierung angenommen.

»Du musst das nicht machen«, sagte Dimple rasch. Auf der Bühne kündigte Max die Teams bereits an. »Du kannst noch zurückziehen.«

Celia sah sie mit blutunterlaufenen Augen an. Einen Augenblick lang sah es fast so aus, als würde sie anfangen zu weinen oder Dimple um den Hals fallen und sie bitten, sie nach Hause zu bringen. Doch dann riss sie sich los und stolzierte hinter den anderen her.

In dem Moment kam Rishi zurück und sah der Gruppe hinterher. »Die stinken nach Achselschweiß.« Als er Dimples Miene sah, fragte er: »Alles in Ordnung?«

Dimple nickte. »Ich möchte gern rausgehen und zuschauen.«

»Ja, klar.« Gemeinsam gingen sie in die Kulissen. Ashish war auch schon da. Die Bühne war dunkel, aber die beiden Teams hatten sich bereits auf ihre Positionen begeben.

Als die Scheinwerfer eingeschaltet wurden, feuerten die männlichen Zuschauer Celia und Isabelle an, die in der Mitte der Bühne Arm in Arm aufreizend zu »Sexy Heat« tanzten. Einige Zuschauerinnen lachten, vor allem, als Evan und Hari dazukamen, den Mädchen auf den Hintern schlugen und stumm mitsangen.

»Das ist ekelhaft«, sagte Rishi. Doch genau wie Dimple konnte er sich nicht losreißen von dieser sich anbahnenden Katastrophe.

Dimple warf einen Blick auf Ashish. Er war blass geworden und hatte seinen Mund zu einem schmalen Strich verzogen. Als Evan so tat, als würde er Celia an den Haaren ziehen, zuckte ein Muskel an seinem Kiefer.

»Vielleicht solltest du dir das besser nicht ansehen«, sagte Rishi besorgt zu seinem jüngeren Bruder.

»Doch«, sagte Ashish und holte tief Luft. »Ich will zuschauen.«

Celia und Isabelle kamen sich auf der Bühne immer näher und Dimple ahnte, dass gleich der Teil kam, in dem sie richtig eng tanzen sollten. Doch als Isabelle die Arme um Celias Hals schlang und sie an sich zog – unter dem donnernden Applaus der meisten männlichen Zuschauer –, wich Celia einen Schritt zurück.

Dimples Herzschlag geriet ins Stocken. Isabelle wirkte verwirrt, blieb stehen und blinzelte, als würde sie sich fragen, wie sie auf der Bühne gelandet war. Evan lief zu den Mädchen und flüsterte beiden mit genervter, wütender Miene etwas zu. Hari verschränkte die Arme, während das Publikum nun schweigend zusah.

Und dann – stieß Celia Evan weg.

Er rührte sich kaum, doch sie strauchelte kurz wegen der Anstrengung. Ashish beugte sich vor, als wollte er die Bühne stürmen. Dann schrie Celia »Leck mich doch!« und rannte von der Bühne direkt auf sie zu.

Der Song wurde angehalten. Nach einer angespannten Minute der Stille ertönten laute Buhrufe.

Celia stürmte in dem Moment in die Kulisse, als Dimple zur Seite trat. Als sie Dimple sah, weinte sie noch heftiger. Ohne nachzudenken, schlang Dimple die Arme um sie und drückte sie an sich. Obwohl Celia fünfzehn Zentimeter hohe High Heels trug, brachte sie es fertig, sich so klein zu machen, dass sie den Kopf in Dimples Halsgrube schmiegen konnte.

Dimple tätschelte ihr den Rücken. »Alles ist gut«, sagte sie. »Du hast das Richtige getan und ich bin stolz auf dich.«

Nun kamen auch die Aberzombies angerannt. »Du hast alles vermasselt, Celia!«, brüllte Hari.

»Schrei sie nicht an«, sagte Isabelle leise.

»Geh weg!«, sagte Dimple mit einem bösen Blick zu Hari.

»Und wenn nicht?« Evan verschränkte die Arme und trat so weit vor, dass er drohend über Dimple und Celia aufragte. »Wie wär's, wenn du dich da raushältst?«

Rishi drängte sich zwischen Evan und Dimple. »Wie wär's, wenn du ein Stück zurückgehst?«

Evan sah ihn wütend an. Hari fragte: »Hast du ein Problem?«

Plötzlich stand Ashish neben Rishi, und Dimple zog Celia weiter zurück, weg von den anderen. Isabelle folgte ihnen.

Celia fragte kaum hörbar: »Sie werden sich doch nicht prügeln, oder?« Im gleichen Moment sagte Evan: »Was kann ich dafür, wenn die blöde Ziege nicht mehr mitmacht?«

Und dann schlug Ashish zu.

51. KAPITEL

Dimple

Ein paar Minuten lang herrschte Chaos, als Hari auf Rishi losging und Evan und Ashish sich prügelten. Dimple sah sich mit zugeschnürter Kehle und klopfendem Herzen um und winkte schließlich Max herbei. Der trennte die Streithähne mit Unterstützung zweier groß gewachsener Teilnehmer der Insomnia Con. »Aufhören!«, schrie er. »Sofort!«

Anschließend sah Dimple erschrocken, dass Rishis Nase blutete, und Celia wimmerte, weil Ashishs Lippe geplatzt war und sein T-Shirt blutbespritzt war.

»Ich fasse es nicht«, sagte Isabelle, die neben den Mädchen stand. Mit roten Wangen drehte sie sich zu Celia um. »Es war richtig von dir, aufzuhören. Ich wollte es eigentlich auch nicht, aber sie …« Sie musste schlucken und errötete noch tiefer.

Dimple blickte von Isabelle zu Celia. Es war immer offensichtlich gewesen, dass Isabelle nicht ganz und gar auf Evans und Haris Seite war, aber dieses aufrichtige Geständnis hatte Dimple so nicht erwartet.

Celia wischte sich die Augen und nickte. »Schon okay. Ich hätte ja auch beinahe bis zum Schluss durchgehalten.

Manchmal ist es eben schwierig, die Grenze zu ziehen und dabeizubleiben, selbst wenn sich etwas falsch anfühlt.«

Isabelle atmete aus. »Ja. Es tut mir leid, Celia.« Und zu Dimple sagte sie: »Es tut mir leid … alles.« Dann verließ sie die Umkleide, ohne sich noch einmal umzuschauen.

»Raus hier«, sagte Max und verteilte böse Blicke. »Alle.«

Rishi ging mit Ashish zu Dimple und Celia. »Kommt«, sagte er leise. Er klang gestresst.

Rishi

Dimple und Celia improvisierten ein Lazarett in ihrem Zimmer. Rishi saß auf Dimples Bett und Ashish auf Celias. Obwohl Rishis Nase aufgehört hatte zu bluten, bestand Dimple darauf, dass er einen Eisbeutel darauf drückte (sie hatte für jeden einen aus dem Erste-Hilfe-Vorrat am Empfang geholt). Rishi war sich nicht einmal sicher, ob ein Eisbeutel die richtige Behandlung für eine blutige Nase war, doch er genoss ihre Aufmerksamkeit zu sehr, um etwas dagegen zu sagen.

Ashish grinste ihn vom anderen Ende des winzigen Zimmers an. Celia schwirrte um ihn herum und tupfte mit einem nassen Waschlappen über seine geplatzte Lippe. Sie hatte die dicke Schminkschicht abgewaschen, Shorts und ein T-Shirt angezogen und ihren dichten Haarschopf zu einem Pferdeschwanz gebunden. Sie sah wieder aus wie sie selbst, was Rishi sehr beruhigte.

»Hat sich gelohnt«, sagte Ashish.

Rishi lachte. »Jep.«

Celia stöhnte. »Nein, das stimmt nicht.« Sie tupfte hektischer an Ashishs Lippe herum und ließ erst von ihm ab, als er zusammenzuckte. »Tut mir leid. Aber sie hätten euch richtig wehtun können.«

»Kämpfen ist keine Lösung, hat euch das niemand beigebracht?« Dimple setzte sich seufzend neben Rishi. »Auch wenn diese Arschlöcher es so was von verdient haben.«

Celia biss sich auf die Lippe und ballte die Faust um den Waschlappen. »Leute, ich muss mich echt entschuldigen. Ich hätte mich nicht auf ihre Seite schlagen sollen. Als Freunde waren sie fürchterlich – sie waren gar keine richtigen Freunde – und ich habe alles dafür geopfert, dazuzugehören. Ich fürchte, ich wollte irgendetwas aus der Highschool nachholen.« Sie schüttelte den Kopf und ging zu Dimple, die aufstand und sie fest drückte. »Du warst so eine gute Freundin«, sagte Celia mit hoher, zittriger Stimme. »Und du hattest recht. Ich habe mich nicht wohlgefühlt und die ganze Aktion gehasst. Also hätte ich es lassen sollen.«

»Hey.« Dimple löste sich von Celia und zog sanft an ihrem Pferdeschwanz. »Ich bin stolz darauf, dass du den Mumm hattest, einfach von der Bühne zu stürmen. Mittendrin.« Sie grinste mit einem Funkeln in den Augen. »Außerdem hast du ihre Gewinnchance deutlich verringert, also danke schön.«

Celia lachte leicht verheult und drückte einen Finger in den Augenwinkel. »Gerne.« Als Nächstes wandte sie sich an Ashish. Sie sahen einander schweigend an. Rishi musste wegsehen, so viele ungesagte Worte schwebten zwischen ihnen.

»Sollen wir spazieren gehen?«, fragte Ashish leise.

»Ja, bitte«, antwortete Celia und schon schlossen sie die Tür hinter sich.

Dimple seufzte in die Stille. »Sie sind ein süßes Paar.« Dann schlang sie den Arm um Rishis Bauch und legte ihren Kopf auf seine Schulter.

»Nicht so süß wie du und ich.«

In ihrer Stimme schwang ein Lächeln mit. »Klar.«

Rishi legte sich auf Dimples Kopfkissen und zog sie auf seine Brust. »Können wir ein Nickerchen machen?«

Als sie sich an ihn schmiegte, kitzelten ihre Haare in seiner Nase und umwehten sie mit einem überwältigenden Duft von Kokos und Jasmin. »Okay«, gähnte sie. »Wir haben es verdient.«

Dimple

Das nervige Klingeln von Dimples Handy weckte sie. Rishi setzte sich hin und rieb sein Gesicht. »Wer ist es?«

»Ich weiß nicht.« Eine unbekannte Nummer. Sie räusperte sich und ging dran. »Hallo?«

»Dimple, hi. Hier ist Max, Ihr Dozent.«

»Oh. Hi.« Sie setzte sich gerader hin und sah zu Celia und Ashish hinüber, die offenbar irgendwann zurückgekommen waren, während sie und Rishi noch geschlafen hatten, und jetzt zusammen auf ihrem Bett lagen. Dimple nahm mit großen Augen Rishis Hand, ihr Herz raste. Max würde sie doch nicht rauswerfen, oder? Sie war doch gar nicht in den Kampf verwickelt gewesen, jedenfalls nicht an vorderster Front …

»Ich weiß, Sie sind früher gegangen und ich wollte es Ihnen selbst sagen, falls sie es nicht schon gehört haben. Sie und Rishi haben den ersten Platz gemacht.«

Die Worte landeten in ihren Ohrmuscheln, aber noch nicht in ihrem Verstand. »Wir … was jetzt?«

Ein Lächeln schlich sich in seine Stimme. »Sie haben gewonnen, herzlichen Glückwunsch. Sie bekommen 1000 Dollar für die Weiterentwicklung Ihrer App. Das ist ein Schritt in die richtige Richtung.«

»Oh, bei den Göttern.« Sie schlug die Hand vor den Mund, weil es sich anfühlte, als würde ihr Lächeln explodieren. Ashish und Celia fragten mimisch *Habt ihr gewonnen?* und Rishi starrte sie nur an. »Danke. Vielen, vielen Dank.«

»Sehr gerne. Und … würden Sie Rishi bitte sagen, dass er nicht hinausgeworfen wird. Ich bin gewillt, ein Auge zuzudrücken, solange es bei diesem einen Mal bleibt.«

»Super. Das ist toll.« Ihr Brustkorb weitete sich, als könnte sie mit einem Mal mehr Luft aufnehmen. »Danke noch mal, danke.«

»Und noch mal gerne. Ich erwarte jetzt großartige Dinge von Ihrem Team.«

Dimple lachte und hatte das Gefühl, vom Bett zu schweben. »Verstanden.« Sie beendete das Gespräch und schaute ihre Freunde an. »Wir haben es geschafft«, sagte sie leise. »Wir haben gewonnen.«

Die nächsten drei Wochen vergingen für Dimples Geschmack viel, viel zu schnell. Sie hätte gern noch ungefähr tausend mehr zur Verfügung gehabt, um weiter an ihrem Prototypen zu frickeln. Gleichzeitig war ihr bewusst, dass er dank des Geldes vom Talentwettbewerb schon sehr viel ausgearbeiteter war, als sie anfangs für diesen Zeitpunkt gehofft hatte. Die Webdesigner hatten Rishis Zeichnungen auf die nächste Ebene gebracht und das Ganze zum Leben erweckt.

Und jetzt war es bald so weit, loszulassen. Die Jury würde sich zusammensetzen und alle Prototypen begutachten. Es gab nichts mehr zu tun. Sie sollten später nur noch in den Vorlesungssaal kommen, wo die Sieger bekannt gegeben würden.

»Noch zwei Stunden«, sagte Dimple und lehnte sich zurück. Sie waren im You Gelato Be Kidding!, einem komischen kleinen Laden, in dem sie in den vergangenen drei anstrengenden Wochen am liebsten etwas Süßes gegessen hatten. Dimple hatte eine riesige Portion Kirscheis bestellt, aber gerade mal zwei Löffel gegessen.

»Dir ist wohl schon schlecht.« Rishi zog eine Augenbraue hoch. Er war bereits bei seinem zweiten Eisbecher – als hätte er vier Tage nichts zu essen bekommen.

Celia kicherte. Als Dimple und Rishi sie ansahen, hob sie den Blick von ihrem Handy und errötete, als sie merkte, dass sie beobachtet wurde.

»Ashish?«, fragte Dimple und wackelte mit den Augenbrauen.

»Er hat gerade etwas Superwitziges über Erdnussbuttereis gesagt …« Celia verstummte, als sie ihre Mienen sah. »Egal.« Sie legte das Handy weg und seufzte. »Ich kann es nicht erwarten, bis die Sache hier vorbei ist. Noch drei Tage.«

»Es war den Veranstaltern also wirklich egal, dass du dich abgemeldet hast?«, fragte Rishi und leckte seinen Löffel ab.

»Ja.« Celia zuckte mit den Schultern. »Aber was sollen sie auch machen, wenn ich mein Geld auf diese Weise zum Fenster hinauswerfen will? Ich bin froh, dass ich aus meinem Wohnheimzimmer erst nach der Last-Hoorah-Party rausmuss.«

Auf der Last-Hoorah-Party durften sie feiern und nach den intensiven sechs Wochen auch ein bisschen Dampf ablassen. Danach hieß es »Goodbye San Francisco«. Dimple fragte sich, ob Rishi dem ebenso mit Grauen entgegensah wie sie. Sie hatten das Thema in letzter Zeit gemieden.

»Trotzdem blöd, dass Hari und Isabelle Evan in ihr Team aufnehmen durften«, fuhr Celia fort. »Ich hatte gehofft, sie würden ihn auffordern, sich ebenfalls abzumelden. Stattdessen bringen sie ihre Ideen jetzt irgendwie zusammen. Ist ja auch egal, was sollen sie in drei Wochen schon zustande gebracht haben?«

»Tja, einen Haufen Scheiße, hoffe ich«, sagte Dimple lauter, als sie wollte. Sie zog die Aufmerksamkeit einiger anderer Gäste in dem kleinen Laden auf sich.

Celia lächelte sie dankbar an. »Hoffe ich auch.«

Rishi setzte sich plötzlich sehr gerade hin. Er war blass und Schweiß trat auf seine Stirn. »Ähm …«

»Geht's dir nicht gut?«, fragte Dimple und wollte ihm besorgt eine Hand auf den Arm legen. Er schob den Stuhl zurück und rannte zur Toilette.

Dimple sprang auf und folgte ihm. Als er herauskam, sah er aus, als wäre er unter die Straßenbahn geraten. »Geht's wieder?«, fragte sie und lief zu ihm.

Er hielt sich den Bauch und stöhnte. »Ich fühle mich nicht so gut.«

»Oh nein. Vielleicht war das Eis verdorben.«

Celia kam ebenfalls angelaufen. »Was ist denn? Was hat er?«

»Möglicherweise eine Lebensmittelvergiftung«, sagte Dimple und schlang den Arm um Rishis Hüfte. »Ich bringe ihn zum Wohnheim zurück.«

»Okay. Und ich rede mal mit dem Küken da«, sagte Celia mit einer Geste zu einem jungen Mädchen mit Glitzerlipgloss, das hinter der Theke in ihr Handy tippte. »Die sollte mal lieber ihre Bananenschokosahne wegwerfen. Ich komme später hoch und sehe nach euch. Schreibt mir, wenn ich etwas für euch tun kann.«

Rishi

Rishi war ziemlich sicher, dass er sterben musste. Seine Haut war mit kaltem Schweiß bedeckt, sein Magen rumorte, obwohl nichts mehr drin war, was noch hinausmüsste, und er glaubte zu sehen, wie sich der Schleier des Lebens nach dem Tode lüftete. »Mir … ist … so … schlecht«, flüsterte er.

Dimple verdrehte die Augen. Ernsthaft, sie verdrehte die Augen. Das Mädchen hatte kein Mitgefühl. »Du hast zu viel gegessen«, sagte sie und betupfte seine Stirn mit einem nassen Papierhandtuch, das sie aus dem Gemeinschaftsbadezimmer geholt hatte. »Du hättest wie alle vernünftigen Leute nach einem Eisbecher aufhören sollen.«

»Lebens…mittel…vergiftung«, würgte Rishi mühsam hervor, obwohl er allein, weil er das Wort laut aussprach, meinte, er müsste sich gleich wieder übergeben.

»Ich weiß nicht recht.« Dimple schüttelte sein Kissen auf. »Ich weiß nur, dass du dich mit dem Zeug vollgestopft hast. Und Celia und mir ist nicht schlecht geworden.«

»Ihr habt ja auch so gut wie nichts gegessen«, konterte Rishi. »Von dem bisschen konnte einem gar nicht schlecht werden.«

»Genau«, sagte Dimple triumphierend. »Du bist selbst schuld.«

Rishi stöhnte. »Du bist so gemein.«

»Und du bist so ein Baby.« Doch Dimple streichelte seine Wange mit einer Fingerspitze und lächelte zärtlich. »Was kann ich für dich tun, o Herr mit dem wundersamen Appetit?«

Rishi sah sie an, zog eine Augenbraue hoch und lächelte so verführerisch wie möglich.

Sie gab ihm einen Klaps auf die Brust. »Das nicht.«

»Du hast gerade etwas von wundersamem Appetit gesagt.« Er lachte und stöhnte sofort wieder wegen der Magenkrämpfe.

»Okay, ab jetzt wird nicht mehr gelacht«, sagte Dimple. »Ich meine, ich liebe dich und alles, aber wenn du hier kotzt, putze ich das nicht weg.«

Sie lächelte, aber daran, wie sie das nasse Papierhandtuch knetete, erkannte Rishi, wie aufgeregt sie war. »Wie geht's dir denn eigentlich?«, fragte er und legte sich auf die Seite, um ihr besser ins Gesicht sehen zu können.

Dimple seufzte und ließ den Kopf hängen. »Nicht so gut. Warten ist echt nicht mein Ding.«

Rishi lachte schnaufend, aber vorsichtig, um seinen armen Magen nicht weiter zu quälen. »Ach was. Ich dachte die ganze Zeit, du bist total entspannt.«

Dimple sah ihn böse an. »Ich *bin* entspannt«, fauchte sie total unentspannt, sodass sie beide lachen mussten. »Okay, wahrscheinlich hast du recht. Aber diesmal fühlt es sich noch schwerer an als sonst. Weil mir das so wichtig ist, verstehst du? Jenny Lindt. Diabetikern zu helfen, ihr Leben zu verändern, einfach alles.«

Rishi setzte sich hin, ignorierte seine schwappende Magensäure und die nächste Übelkeitswelle, die ihn langsam überrollte, und nahm Dimples Handgelenk. »Du wirst es schaffen, so oder so. Du wirst Leben verändern. Jenny Lindt dürfte froh sein, dich kennenzulernen, Dimple. Du bist die Größte.«

Sie lachte und rollte mit den Augen und er wünschte, er könnte sie selbst von ihrer berauschenden Schönheit überzeugen, die ihre Seele so zum Funkeln brachte.

Dimple stand auf. »Okay. Ich hole noch ein paar Papierhandtücher und eine Flasche Wasser von dem funktionierenden Getränkeautomaten am Ende des Ganges.« Sie hob in gespielter Strenge den Zeigefinger. »Nicht kotzen, solange ich weg bin.«

Rishi legte sich stöhnend wieder hin. »Ehrenwort.«

52. KAPITEL

Dimple

Dimple versuchte zwei Wasserflaschen und einen Haufen tropfender Papierhandtücher über den Gang zu balancieren, bis Celia angelaufen kam und ihr etwas abnahm. »Danke! Das war nicht so schlau geplant.«

»Alles gut«, sagte Celia. »Wie geht's ihm denn?« Sie gingen gemeinsam zu Rishis Zimmer zurück.

»Besser, glaube ich«, antwortete Dimple. »Die feuchten Tücher helfen anscheinend gegen Übelkeit.«

»Wenn du sie auf seine fiebrige Stirn legst, wie romantisch«, sagte Celia lachend.

»Schnauze«, erwiderte Dimple. »Das mache ich nur, damit er nicht auf mich draufkotzt.«

»Ja, klar. Als Nächstes kochst du ihm eine gesunde Suppe mit Biogemüse, das du in deinem Garten auf dem Land selbst angebaut hast.« Celia grinste frech. »Wenn du nicht aufpasst, wirst du seinetwegen noch ganz häuslich.«

Häuslich.

Das Wort hallte in Dimples Kopf wider. Hatte Celia nicht recht? Sie wurde *wirklich* häuslich. Sie machte genau das, was sie eigentlich niemals machen wollte. Sie hatte bereits einen Freund – und das Ganze war ziemlich ernst –, bevor sie überhaupt richtig an der Uni angefangen hatte. All das, was ihr ihre innere Stimme an jenem Abend im Rios prophezeit hatte – es war eingetroffen, oder?

Und bei den Göttern, es hatte alles so etwas Traditionelles. Etwas Verlässliches, Praktisches, Gefestigtes. Er war eine sichere Bank. Dimple war achtzehn, sie brauchte keine sichere Bank. Was sie brauchte, waren Abenteuer und Spontaneität und Reisen. Sie wollte einige falsche Entscheidungen treffen und sich das Herz brechen lassen. War es nicht eigentlich das, was sie sich wünschte? Das Leben nach ihren Bedingungen zu leben? Wie war es dazu gekommen, dass sie im Häuslichkeitssumpf stecken blieb wie ihre Eltern?

Als Dimple die Tür zu Rishis Zimmer aufstieß, war ihr heiß und kalt gleichzeitig und die nassen Papierhandtücher lagen bleischwer in ihren Händen. Als sie Rishi ansah, schmolz ihr Herz nicht wie sonst. Mit einem Mal war sie sich ihrer Gefühle nicht mehr sicher. Im Grunde wusste sie gar nichts mehr.

Doch Rishi merkte nichts von ihrem inneren Aufruhr. Er saß im Bett und schaute auf sein Handy. »Ich habe gerade eine Nachricht bekommen«, sagte er und sah sie an. »Die Jury ist fertig. Die Gewinner der Insomnia Con stehen fest.«

Während Celia noch nach Luft schnappte, raste Dimple zu ihrem Handy, das sie auf Rishis Nachttisch gelegt hatte. Max' Nachricht lautete schlicht: *Zeit für die Bekanntgabe.*

Alle saßen auf ihren gewohnten Plätzen, obwohl es dafür eigentlich keinen Grund mehr gab. (Nur Celia nicht, sie wartete das Ergebnis in ihrem Zimmer mit Ashish ab, der mit seinem Rundgang durch die Uni endlich fertig war, den ihm ein Spieler des Basketballteams angeboten hatte.)

Dimple fand es tröstlich, an ihrem alten Platz zu sitzen, Arm an Arm mit Rishi – alles genau wie in den vergangenen sechs Wochen.

Im Augenblick waren die Gedanken wieder vergessen, die ihr im Wohnheim durch den Kopf gegangen waren. Die Jury war sehr früh zu einer Entscheidung gekommen. Was hatte das zu bedeuten? War das gut? Oder eher schlecht? Sie hatte so etwas noch nie gehört.

Es war außergewöhnlich still im Saal. Sogar die Aberzombies, die ganz hinten saßen, hielten sich für ihre Verhältnisse bedeckt. Es fühlte sich an, als hielten die Wände die Luft an, als hätten sie eingeatmet, aber noch nicht wieder ausgeatmet. Dimple konnte den Druck förmlich spüren, auf ihrem Kopf, entlang ihrer Wirbelsäule. Rishi hielt ihre Hand fest umschlungen. Seine eigene war kühl und trocken. Er sah besser aus, obwohl er sich immer noch krampfhaft an seiner Wasserflasche festhielt.

»Wo ist Max? Und wo ist die Jury?«, murmelte Dimple mehr zu sich selbst, während ihr Bein auf und ab wippte. »Müssten sie nicht längst hier sein?«

Als hätte er auf diese Frage gewartet, kam Max auf die Bühne. Zur Feier des Tages hatte er ein Sportsakko angezogen und sich ordentlich die Haare gekämmt. In seinem Gefolge betraten ein Mann und eine Frau die Bühne, die vielleicht Mitte sechzig sein mochten, zerbrechlich wirkten und sich wie zarte Vögel bewegten. Der Mann hatte Bootsschuhe an und seine Manschettenknöpfe glitzerten und funkelten mit den großen Diamanten um die Wette, die die Frau um den Hals und an den Ohren trug. Dimple überlegte, ob sie miteinander verwandt waren oder einfach aus der gleichen Fabrik kamen, die unanständig reiche Leute produzierte.

Max stellte sich hinter das Podium. »Danke, dass Sie sich alle so schnell hier eingefunden haben. Ich weiß, es ist früher als angekündigt, aber die beiden Juroren haben sich sehr schnell auf die Gewinner geeinigt. Bevor es weitergeht, möchte ich die beiden vorstellen und mich bei ihnen bedanken.« Er vollführte eine halbe Drehung und lächelte das Paar an. Die Frau war Anita Perkins und der Mann war Leonard Williams. Sie hatten beide noble Stammbäume, Universitätsabschlüsse und offensichtlich Beziehungen in alle Richtungen. Das war jedenfalls das, was bei Dimple ankam. Während Max fortfuhr, drückte sie Rishis Finger immer fester, bis er sich vorbeugte und flüsterte: »Bitte, das ist meine Zeichenhand.« Sofort ließ sie ihn los und zwang sich mehrfach tief durchzuatmen.

»Und jetzt kommt der Moment, auf den alle gewartet haben ...« Max legte eine theatralische Pause ein. »Ich überlasse es Leonard und Anita, die Sieger zu küren.«

Als ein Raunen durch den Vorlesungssaal ging, lachte Max, trat zurück und überließ Anita seinen Platz.

»Die Entscheidung ist uns wirklich sehr schwergefallen«, sagte sie mit einem leichten Beben in der Stimme. Dimple fragte sich, ob sie nervös war, und wenn ja, aus welchem Grund. Schließlich hatten die Teilnehmer am meisten zu verlieren. Beziehungsweise zu gewinnen. »Wie Sie alle wissen, beinhaltet der Preis in diesem Jahr eine mögliche Zusammenarbeit mit Jenny Lindt, die zu den begabtesten Gewinnerinnen aller Zeiten zählt. Das macht alles noch viel aufregender.« Sie klang, als würde sie einen Text ablesen, und zwar einen schlechten. »Die Prototypen waren in diesem Jahr allesamt erstklassig. Dennoch kann nur ein Team gewinnen und in diesem Jahr haben Leonard und ich die Ehre, diesen Titel Hari Mehta, Evan Grant und Isabelle Ryland für ihren Prototyp »Besoffene Zombies« zu verleihen!«

Donnernder Applaus setzte ein – oder es rauschte in Dimples Ohren. Rishi sagte etwas, doch sie hörte es nicht. Sie beobachtete, wie Hari und Evan mit betonter Ironie zombiemäßig zur Bühne schlingerten, um ihre Trophäe entgegenzunehmen. Als Isabelle still an ihnen vorüberging, warf sie Dimple und Rishi einen Blick zu. Um ihre dunklen Augen lag ein Schatten, sie lächelte nicht und schüttelte andeutungsweise den Kopf – um sich zu entschuldigen? Um zu sagen, dass dies völlig unmöglich war? Dimple wusste es nicht. Sie war aufgestanden, ohne es zu merken, und ging mit weichen Knien durch den anderen Mittelgang hinaus.

Vor der Tür war es ruhiger. Dimple sank auf eine Bank, die etwa vier Meter vom Eingang entfernt am Trinkwasserbrunnen stand. »Es ist vorbei.« Sie zwang sich, das laut zu sagen. »Du hast es versucht, aber du hast nicht gewonnen. Es ist vorbei.« Doch tief in ihrem Inneren fragte sie sich, *warum* sie nicht gewonnen hatte. Wieso saß sie jetzt hier, nach all der Leidenschaft und harten Arbeit, die sie investiert hatte? Lag es an Rishi? Hatte er ihre Energie auf sich gezogen, die Energie, die besser in das Projekt geflossen wäre? Empfand sie so viel Leidenschaft für ihn, dass sie das Wichtigste in ihrem Leben, ihr absolutes Wunschziel, auf die Ersatzbank geschoben hatte? Hatte sie genau das getan, wovor sie sich gefürchtet hatte, und sich von einem Mann ablenken lassen? Ein Gefühl von Reue schnürte ihr die Brust zu, lag bitter und kreidig auf der Zunge. *Häuslich,* hörte sie Celia sagen. *Häuslich.*

Die Tür des Vorlesungssaals wurde geöffnet und jemand kam von hinten auf Dimple zu. Sie spürte Rishi, bevor sie ihn sah. Er setzte sich neben sie. »Das ist total unmöglich«, sagte er leise, aber wütend. »Sie haben nur wegen Haris Eltern gewonnen.«

»Das weißt du doch gar nicht«, sagte Dimple und blickte stur geradeaus. Sie wollte nicht weinen. Sie würde *nicht* weinen. Sie versuchte, ihren brodelnden Zorn im Zaum zu halten. Es war leicht für Rishi, Hari die Schuld in die Schuhe zu schieben. Aber was war mit *ihm*? Was war damit, dass sie ihm ganz am Anfang gesagt hatte, sie wollte ihn nicht dabeihaben? Wieso hinterfragte er nicht einmal, welche Rolle er gespielt oder welchen Anteil ihre Beziehung an alldem hatte?

»*Besoffene Zombies?* Ich bitte dich.« Er strich sich hektisch durchs Haar.

Dimple biss sich auf die Lippe und zwang sich zu ihrem nächsten Satz. »Ihre App landet jetzt bei Jenny Lindt. Vielleicht gefällt sie ihr ja.«

»Das möchte ich doch stark bezweifeln, falls sie nicht gerade ein übermäßiges Interesse an Trinkspielen hat. Das wird der absolute Flop. Ab hier geht es für die drei nicht weiter.« Rishi legte eine Hand an Dimples Ellbogen. »Hey, schau mich an.«

Sie hob den Kopf.

»Das macht deine wunderbare Idee nicht kaputt. Wir müssen weiter versuchen, sie rauszubringen. Okay? Wir hören hier nicht einfach auf.«

Dimple würde ihm gern glauben. Sie wollte annehmen, was er ihr anbot – Hoffnung. Andererseits wusste sie, dass sie es nicht konnte. Sie blinzelte und schaute wieder weg. »Ja, vielleicht. Ich glaube …« Dimple stand auf. »Ich gehe in mein Zimmer.«

»Okay.« Rishi stand ebenfalls auf und wandte sich zum Ausgang. »Lass uns den ganzen Abend Netflix gucken. Und die blöde Last-Hoorah-Party canceln wir auch.« Er blieb stehen und blickte zurück, als sie nicht mitkam.

»Ich … ich möchte gern ein bisschen allein sein«, sagte Dimple, ohne ihm in die Augen zu sehen. »Bitte.«

»Oh.« Seine Miene gab kurz zu erkennen, wie verletzt er war, doch Verständnis und Sorge gewannen rasch die Oberhand. »Natürlich. Sollen wir später schreiben?«

Sie nickte und ging rasch zur Tür, während ihr die Tränen kamen.

Nichts würde wieder gut. Die Welt ging gerade unter.

53. KAPITEL

Dimple

Dimple saß in ihrem Zimmer und fixierte die Wand. Es war sogar zu anstrengend, aus dem Fenster zu schauen. Vierundzwanzig Stunden waren vergangen, seit sie es gehört hatte – dass sie gegen die Aberzombies verloren hatte –, und noch immer war alles scheiße.

Was hatte sie sich nur dabei gedacht, Mammas und Papas Geld zu verschwenden und aus einer Laune und dem Wunsch heraus, Jenny Lindt kennenzulernen, hierherzukommen? Sie kam sich schrecklich dumm vor, wie ein Kleinkind, das glaubt, es könnte sein Heim in ein Knusperhäuschen verwandeln (etwas, das Dimple tatsächlich gern gewollt hatte, als sie klein war. Sie hatte geglaubt, es wäre nur eine Frage des Größerwerdens, dann würde sie schon lernen, wie es ging).

Sie umklammerte ihr Handy. Mamma und Papa hatten schon dreimal angerufen, um das Ergebnis zu erfahren. Beim dritten Anruf hatte Papa nur noch zwei Sätze auf den Anrufbeantworter gesprochen: »Es ist okay, *Beti*. Ruf uns bitte an.« Sie hatten es sich also schon gedacht. Das Verständnis und die Zärtlichkeit in Papas Stimme hatten ihr den Rest gegeben. Dimple bezweifelte, dass sie mit ihm reden konnte, ohne in Tränen auszubrechen. Das Schlimmste war, dass sie Papa im Stich ließ. Er hätte wirklich von der App profitiert.

Ihr Handy klingelte erneut. *Zuhause* stand auf dem Display – Mamma und Papa riefen vom Festnetz an.

Dimple holte stockend Luft und ging dran. »Hallo?« Argh. Ihre Stimme klang sogar in ihren eigenen Ohren verheult.

»Dimple?« Das war Papa, väterlich besorgt und behutsam und all das, was ihr noch mehr die Tränen in die Augen trieb. Ihr Hals schmerzte vor Anstrengung, sie zurückzuhalten. *»Kaisi ho, Beti?«*

»Meine Idee hat nicht gewonnen«, flüsterte sie. Hauptsache, es war endlich ausgesprochen. Als eine Träne über ihre Wange lief, wischte sie sie mit der Faust weg.

»Oh, *Beti* … das passiert schon mal, hmm?«

Sie schüttelte den Kopf, weinte noch mehr Tränen und verzog das Gesicht vor lauter Anstrengung, mit dem Heulen aufzuhören. »Es tut mir leid, Papa«, sagte sie. Ihre Stimme kippte.

»Es tut dir leid? *Kis liye?* Warum?«

»Ich habe dich enttäuscht. Ich habe Mamma und dich um Geld gebeten und dann alles vermasselt. Ich weiß noch nicht einmal, was ich falsch gemacht habe, deshalb kann ich auch nichts mehr machen. Sie haben uns kein Feedback gegeben, das war alles eine blöde Idee …« Als Dimple aufschluchzte, beschlug ihre Brille. Nun heulte sie Rotz und Wasser.

»Dimple.« Papas Stimme war ruhig und fest. »Das war keine blöde Idee. Es war eine super Idee. Du hast teilgenommen und bist deiner Leidenschaft gefolgt. Das soll dir nicht leidtun. Sei stolz auf dich. Ich bin es jedenfalls.«

Dimple schniefte. »Du bist stolz? Du glaubst nicht, dass ich auf ganzer Ebene versagt habe?«

»Nein, nein, nein. Kein bisschen.« Sie hörte das Lächeln in seiner Stimme und musste selbst lächeln. *»Ab tum ghar kab aa rahi ho?«*

»Morgen früh fahre ich nach Hause. Das habe ich Mamma schon geschrieben.« Sie runzelte die Stirn. »Wo ist sie überhaupt?« Normalerweise hätte Mamma Papa längst den Hörer aus der Hand genommen und ungebetene Ratschläge verteilt. Vermutlich hätte sie Dimple geraten, das mit dem Studieren sein zu lassen und zu heiraten, und das Ergebnis als Zeichen der Götter gedeutet. Der Götter. Sie hörte sich schon an wie Rishi. Als sie an ihn dachte, schloss Dimple die Augen, weil ihr eine Entscheidung bevorstand, die sie nicht treffen wollte.

»Oh, sie ist bei Seema und Ritu zu Besuch, um *Mahabharata* zu schauen. Eigentlich wollte sie Ritus neue Vorhänge begutachten, glaube ich. Sie hat mir erzählt, dass Seema sie nicht ausstehen kann und Ritu sie angeblich gezwungen hat, sie trotzdem zu kaufen.«

Dimple verdrehte die Augen und verkniff sich das Lachen. »Na, super. Das wird sie mir sehr bald selbst unter die Nase reiben.«

Nach dem Telefonat verfiel sie wieder in Schweigen und spürte, wie die vorübergehende Leichtigkeit, die das Gespräch in ihr ausgelöst hatte, schwand. Es zählte nicht, wenn Papa meinte, er wäre nicht enttäuscht. Dimple war enttäuscht von sich selbst. Und sauer war sie auch.

Sie legte ihr Handy hin, damit sie nicht in Versuchung

geriet, es an die Wand zu werfen. Gestern hatte der Schock, gegen diese Idioten verloren zu haben, ihre Wut noch gedämpft, aber heute war sie mit voller Wucht wieder aufgeflammt. Es war so *ungerecht*. Hari, Evan und Isabelle hatten es nicht verdient zu gewinnen. Celia hatte Dimple gestern ihre Theorie dargelegt: Ihrer Meinung nach hatte Haris Vater die Gründer der Insomnia Con von Anfang an in der Tasche gehabt. Hari kannte sie anscheinend alle beim Vornamen, weil sie einige Monate vor dem Kurs bei ihm zu Hause zum Abendessen eingeladen waren.

Es passte alles zusammen. Dimple hatte bei dem Talentwettbewerb bereits von Evan gehört, dass Haris Eltern den neuen Anbau für die Computerwissenschaften gestiftet hatten. Sie hatten trotz der Prügelei bleiben dürfen. Und das Krasseste war, dass sie die Insomnia Con mit ihrer bescheuerten burschenschaftlichen Saufspiel-Idee gewonnen hatten. Dimples App hätte das Leben vieler kranker Menschen verändern können. Tja, die Zombie-App auch, dachte sie trocken. Es hatte eine lebensverändernde Dimension, wenn man von Sanitätern mit einer Alkoholvergiftung ins Krankenhaus gebracht werden musste, oder etwa nicht?

Als ihr Handy eine neue Nachricht meldete, schaute sie aufs Display.

Kann ich dich in einer halben Stunde zum Brunch abholen?

Rishi. Dimple ließ den Kopf hängen, als Schuldgefühle und Verbitterung in ihrer Brust um die Oberhand kämpften.

Etwas hatte sich verändert. Seit Celia am Vortag diesen Kommentar abgegeben hatte … aber nein, es hatte schon vorher angefangen. Alles war bestens gewesen, als das mit ihrer Beziehung noch am Anfang, als alles noch offen gewesen war. Aber in dem Moment, in dem er die Verbindlichkeit einer Fernbeziehung eingefordert hatte … war etwas verrutscht.

Und jetzt hatte sie bei der Insomnia Con verloren. Eins war klar – wenn sie nicht ausgegangen wären, hätte sie ihre gesamte Freizeit auf den Prototypen verwandt und ihn optimiert. Und vielleicht hätte eine dieser Verbesserungen sie so weit gebracht, dass sie es nicht einmal Hari zugunsten hätten ignorieren können.

Sie nahm ihr Handy wieder auf und tippte: *Nein, ich hab Kopfschmerzen. Ich schlafe lieber.*

Aber Jenny Lindt kommt um zwölf! Du kannst mit ihr reden.

Jenny Lindt würde im Spurlock-Gebäude mit Hari und den anderen über ihre blöde Gewinneridee sprechen. Dimple stand nicht der Sinn danach, sie jetzt mit dem Stigma der Verliererin zu treffen. Vermutlich würde sie ausflippen, wenn sie sah, wie die Aberzombies sich brüsteten, und einen Mord wollte sie nicht auf dem Gewissen haben.

Nee, das schwänze ich lieber. Wir reden später.

Seit am Vortag die Ergebnisse verkündet worden waren, hatte sie mit Rishi nicht mehr persönlich gesprochen. Er hatte sie klugerweise in Ruhe gelassen, doch allmählich machte er sich bestimmt Gedanken. Als sie an seine offenen, aufrichtigen braunen Augen dachte, bekam sie ein schrecklich schlechtes Gewissen. Sein süßes, albernes Lächeln. Seine Hände auf ihrer Taille.

Vielleicht waren sie am Ende ihres gemeinsamen Weges angelangt, das war die bittere Wahrheit. Vielleicht war es an der Zeit, sich zu verabschieden.

Rishi

Rishi sah zu, wie Celia einen weiteren Donut verschlang. Ashish langte herüber und zog einen Krapfen auf seinen Teller. Wie konnten sie so viel essen? Rishis Magen fühlte sich wie eine *Khishmish* an – wie eine gedörrte verschrumpelte Rosine.

Sie saßen in der Cafeteria, in der sich fast alle Teilnehmer der Insomnia Con zum Brunch versammelt hatten. Gleich würde die Besprechung von Hari, Evan und Isabelle mit Jenny Lindt beginnen. Danach konnten auch noch andere Interessenten kurz mit ihr reden. Rishi hatte sich für Dimple darauf gefreut, aber jetzt war er nicht mehr sicher. Er legte die Hand auf den USB-Stick in seiner Tasche und fragte sich, ob seine Idee wirklich gut war.

»Glaubt ihr wirklich, dass sie nur deprimiert ist, weil sie verloren hat?«, fragte er zum x-ten Mal.

Celia wischte sich mit einer Serviette pinken Zuckerguss aus dem Mundwinkel und Ashish zog mitfühlend die Augenbrauen zusammen. Daran könnte er sich in der Tat gewöhnen – an einen Bruder, der nicht nur verächtliche Wut für ihn empfand. Celia legte eine Hand auf seine. »Ja«, sagte sie. »Sie hat kaum ein Wort mit mir geredet und ich wohne mit ihr zusammen. Sie nimmt es schwer, aber sie kommt schon wieder auf die Beine. Du kennst sie doch. Davon wird sie sich nicht aufhalten lassen.«

Am anderen Ende der Cafeteria wurde laut gejohlt und gelacht, als Hari auf den Tisch sprang, sein T-Shirt auszog und damit wedelte. Evan klatschte und feuerte ihn an. Nur Isabelle war nirgends zu sehen.

»Schwachköpfe«, murmelte Celia. »Ich fasse es nicht, dass sie gewonnen haben.«

»Ich auch nicht.« Ashish drückte ihre Hand. Dann drehte er sich zu Rishi um. »*Bhaiyya,* ich habe das Gefühl, dass Dimple und ich uns ziemlich ähnlich sind. Lass sie einfach noch ein bisschen in Ruhe. Ich glaube, sie muss noch ihre Wunden lecken, bevor sie weitermacht.«

Rishi nickte und trank einen Schluck Tee. Das würde er schaffen. Und in der Zwischenzeit würde er seinen Plan voranbringen.

54. KAPITEL

Dimple

Mit einem Knall wurde die Tür aufgerissen. Dimple stöhnte unter ihrer Bettdecke. Im nächsten Augenblick bewegte sich die Matratze, als hätte sich jemand daraufgesetzt.

»Dimple?« Celias Stimme war sanft, aber entschlossen. »Du musst jetzt aufstehen. Wir machen uns alle Sorgen.«

Sie öffnete die Augen einen Spaltbreit. Es war dämmrig im Zimmer, entweder war es früher Morgen oder früher Abend. »Wie spät ist es?«, krächzte sie.

»Sieben Uhr abends. Wie lange hast du denn geschlafen? Du hast das Mittagessen ausgelassen.«

Dimple wälzte sich herum. Celia sah sie mit ihren braunen Augen sorgenvoll an. Sie hatte ihr Haar mit einem Band aus Paillettenstoff gebändigt. »Ein paar Stunden.«

Celia strich Dimple mitfühlend eine Locke aus der Stirn. Dimple schluckte, um nicht in Tränen auszubrechen. Nachdem Celia tief Luft geholt hatte, straffte sie die Schultern. »Also, du stehst jetzt auf und ziehst dich an. Wir gehen aus.«

Dimple runzelte die Stirn. Die Vorstellung, ihr warmes, ruhiges Zimmer zu verlassen und in die lärmende, chaotische Welt hinauszugehen, war ungefähr so verlockend wie *Salwar*-Shoppen mit Mamma. »Wieso? Wohin?«

Celia neigte den Kopf. »Wieso? Weil du nicht mehr in der Lage bist, meine Fragen in ganzen Sätzen zu beantworten. Wohin? Zur Last-Hoorah-Party.«

Dimple stöhnte und vergrub ihren Kopf unter der Bettdecke. »Nein.«

Als Celia nichts erwiderte, dachte Dimple, sie wäre sauer auf sie. Doch dann sprach ihre Freundin in einem ruhigeren Tonfall weiter. »Geht es darum, dass du bei der Insomnia Con nicht gewonnen hast, oder um etwas anderes?«

Dimples Herz schlug schneller. »Zum Beispiel?«, fragte sie mit großen Augen, die sie im Dunkel verbarg.

»Ich habe gemerkt, dass du nicht mehr mit Rishi sprichst, beziehungsweise über ihn. Ihm ist das natürlich auch aufgefallen.« Obwohl sie es ohne Vorwurf sagte, verkrampfte sich Dimples Herz, als die vertrauten Schuldgefühle zurückkehrten.

»Hat er … was hat er gesagt?«

»Er will einfach wissen, was los ist. Rishi ist so ein netter Typ, Dimple. Er mag dich sehr, nein, streich das, er liebt dich wirklich.«

Dimple zog die Bettdecke vom Gesicht und sah Celia an. »Das weiß ich.« Und das stimmte. Nur hatte sie leider das Gefühl, dass sie ihn zu früh in ihrem Leben getroffen hatte. Grausamer ging es nicht. Es war nicht so, dass Rishi nicht zu ihr passte, sondern im Gegenteil, dass er viel zu gut zu ihr passte.

Celia sah sie forschend an und nickte schließlich. »Wenn du ihm das Herz brechen willst, dann tu es jetzt. Zögere es nicht länger hinaus. Das wäre nicht fair ihm gegenüber.«

Dimple seufzte. »Ich weiß noch nicht, was ich mache.« Das stimmte nicht so ganz, sie war sich ziemlich sicher. Sie hatte nur nicht den Mut und die Energie, es sich einzugestehen.

Celia stand auf. »Aber ich«, sagte sie. »Du kommst mit auf die Party.« Als Dimple das Gesicht verzog, zuckte sie mit den Schultern. »Du kannst ihn genauso gut treffen. Vielleicht hilft es ja bei der Entscheidungsfindung, wenn du aus deinem komischen Schwebezustand rauskommst.«

Rishi

Rishi beendete das Gespräch, tigerte durchs Zimmer und fühlte, wie sein Herz in seiner Brust vor Aufregung bibberte. Dann fuhr er sich durchs Haar und grinste. »Bei den Göttern.«

Ashish hob den Blick von einer alten Ausgabe von *Platinum Panic,* die Rishi ihm geliehen hatte. »Was ist?«

»Weißt du, wer das war?« Rishi hatte das Gefühl, sein Gesicht würde platzen, weil er so breit grinsen musste.

Ashish legte den Comic aufs Bett und setzte sich langsam hin. »Nein … wer?«

Dimple

Dimple und Celia betraten die Eingangshalle des Spurlock-Gebäudes, die mit Ballons und Konfetti für die Last-Hoorah-Party geschmückt war. Ein in der Nähe ansässiges Restaurant hatte ein großes Buffet ausgerichtet, an dem die Leute bereits Schlange standen. Die Speisen waren gratis und die Teller entsprechend voll. Niemand außer vielleicht José Alvarez schien besonders betrübt zu sein, weil er nicht gewonnen hatte. Er saß mit seinem Partner Tim Wheaton zusammen, der wie er die Schultern hochgezogen und eine ausdruckslose Miene aufgesetzt hatte. Dimple hatte Mitleid mit ihnen und hätte sich zu ihnen gesetzt, wenn sie nicht selbst noch so bodenlos enttäuscht gewesen wäre.

Mit Magenschmerzen ließ sie den Blick durch die Halle schweifen. Wo war Rishi? Er hatte ihr geschrieben, dass er sie hier treffen wollte, was ihr im Grunde gut passte. Sie betrachtete die Angelegenheit wie ein Pflaster, das man am besten schnell abriss.

»Wo ist er?«, fragte sie Celia und tippte mit ihren verschwitzten Fingern auf ihre Hose. Sie hatte Celia nicht ausdrücklich erklärt, was sie vorhatte, doch ihre Freundin hatte es vermutlich erraten. Wie sollte es anders sein? Dimple machte sofort dicht, wenn Celia Rishi nur erwähnte. Auf diese Weise fiel es ihr leichter und tat nicht so weh.

Schließlich entdeckte sie Ashish und Rishi, die sich durch die Grüppchen von Studierenden drängten. Sie strahlten eine nur schwer zu unterdrückende, aufgeregte Energie aus, als sie federnden Schrittes auf sie zukamen. Ashishs Blick ruhte auf Celia und glitt hin und wieder zu Dimple. Rishi sah ihr direkt in die Augen.

Ihr wurde schon wieder mulmig, erneut regten sich Zweifel. Wollte sie das tatsächlich durchziehen? Obwohl allein sein Anblick diese Gefühle in ihr auslöste? Diese rauschhafte Mischung aus Liebe und Kameradschaft, aus Freundschaft und Glück? Wollte sie das alles nur wegen des schlechten Timings auslöschen?

Doch sie kannte die Antwort bereits. Ja, das wollte sie tun. Ja, weil das so nicht der Plan war. Ja, weil sie auf keinen Fall erst nach fünf Jahren Schluss machen wollte, wenn sie beide so viel tiefer verstrickt waren und es sich anfühlen würde, als würde man sich selbst verstümmeln. Jetzt würde es auch wehtun, aber das war kein Vergleich. In diesem Sinne lautete die Antwort Ja.

Ashish zog Celia an sich und küsste sie. Rishi blieb vor Dimple stehen. Irgendwie merkte er instinktiv, dass er sie nicht in die Arme schließen sollte. Hatte er es erraten? Sie holte tief Luft und sagte: »Ich muss mit dir reden«, während er gleichzeitig sagte: »Komm mit.«

Dann schwiegen sie beide, bis Dimple fragte: »Wohin?«

Mit glänzenden Augen nahm er ihre Hand. »Wart's nur ab«, sagte er und zog sie in Richtung Vorlesungssaal.

Rishi

Rishi konnte sich nur mühsam davon abhalten, durch die Menge der Insomnia-Con-Teilnehmer in den Vorlesungssaal zu stürzen. Er verstand jetzt, warum die Liebe angeblich Flügel verlieh. Er wurde von dem einen Gedanken beherrscht, wie Dimple sich in ein paar Minuten fühlen würde.

Sie war so schön und so tapfer. Allein hierherzukommen, zur Last-Hoorah-Party, war so mutig. Er wusste, wie viel ihr der Kurs bedeutet hatte und dass sie am Boden zerstört war, auch wenn sie es nicht zeigen wollte. Er sah es ihr an, in den Linien um ihren Mund, in ihren zusammengezogenen Augenbrauen. Selbst ihre sonst so lebhaften Locken schienen erschlafft.

Als er die Hand auf die Klinke zum Vorlesungssaal legte, drehte er sich zu ihr um. Sie wirkte grenzenlos verwirrt. Sein Herz machte einen Satz und er grinste sie an. Ha! Ha ha ha. Das würde einfach irre werden. »Bist du bereit?«

Dimple nickte und Rishi öffnete die Tür.

Dimple

Als Dimple den Raum betrat, fragte sie sich hektisch, was Rishi vorhaben könnte. Falls er hier eine Art Mitleidsparty für sie organisiert hatte, war sie nicht in der richtigen Stimmung. Und überhaupt, sie wollte es eigentlich nur schnell hinter sich bringen, ihm ihre Entscheidung mitteilen und nach Hause fahren. Aber nachdem er praktisch hierher gerannt war, gewann ihre Neugier die Oberhand.

Sie ging ein paar Schritte in den stillen, leeren Saal hinein und schaute sich um. »Was? Warum sind wir –«

Doch dann sah sie sie ganz weit vorne. Wie eine Studierende saß sie in der ersten Reihe, drehte sich um und lächelte verhalten.

Jenny Lindt.

Dimple fiel buchstäblich die Kinnlade runter. Ihre Knie wurden weich, als würden sie jeden Moment nachgeben.

Jenny Lindt hob eine Hand. »Hi, Dimple.«

Dimple wäre beinahe vornübergekippt, wenn Rishi nicht ihren Ellbogen gepackt und sie mit fester Hand vorwärtsgeschoben hätte.

»Geh«, sagte er ihr leise ins Ohr. »Du hast es verdient.« Dann verließ er still den Saal und ließ sie mit ihrem Idol allein.

Dimple lief hölzern weiter. Sie war es wirklich. Jenny Lindt mit ihrem blaugrünen Meerjungfrauenhaar, schräg zu einem Bob geschnitten, ihren witzigen Retrosachen (heute trug sie einen blau getüpfelten Tellerrock, ein Hemd mit Peter-Pan-Kragen und eine mit Edelsteinen besetzte Katzenaugenbrille). Ihr Blick war scharf, die braunen Augen so durchdringend, als könnten sie in Dimple hineinsehen. »Hi«, sagte sie, als Dimple in Sprechweite war. »Setzen Sie sich doch.« Sie zeigte auf den Nachbarstuhl und Dimple nahm mit dem Gefühl Platz, als würden all ihre Muskeln vibrieren.

»Das ist …« Sie konnte nur heiser flüstern, doch dann räusperte sie sich und startete einen neuen Versuch. »Äh, ich weiß überhaupt nicht, warum … oder wie …« Dimple machte eine vage kreisende Geste mit beiden Händen, als würde sie ihre Worte damit besser erklären. Bei den Göttern, wieso war sie ausgerechnet, wenn sie Jenny Lindt gegenübersaß, nicht in der Lage, ein vernünftiges Wort hervorzubringen? Unmöglich.

Doch Jenny Lindt lächelte nur noch mehr, als würde sie diese Reaktion schon kennen. Wahrscheinlich war sie tatsächlich daran gewöhnt. »Ihr Freund.« Sie wies zur Tür. »Ihr *Freundfreund*? Wie auch immer, er hat mich angesprochen, als ich hier war und die Gewinner der Insomnia Con getroffen habe.«

Die Wörter wirkten wie eine eiskalte Dusche. *Die Gewinner der Insomnia Con.* Sie hätte gewinnen sollen. Dann wurde ihr endlich bewusst, was Jenny Lindt gerade gesagt hatte. »Moment. Rishi hat Sie angesprochen?«

»Ja, er hat eine Stunde in der Schlange gestanden, damit er mit mir reden konnte, nachdem alle anderen gegangen waren.« Jenny zog die Augenbrauen hoch. »Da meint es jemand sehr ernst.«

»Aber … wozu? Was hat er gesagt?«

Jenny steckte die Hand in die Tasche und holte einen kleinen USB-Stick heraus. »Er hat mir gezeigt, wie viel Arbeit Sie in den Talentwettbewerb gesteckt haben. Darauf war sogar eine Sequenz, in der Sie darüber gesprochen haben, wie viel Ihnen die App bedeutet und warum Sie möchten, dass ich sie mir ansehe. Außerdem hat er den Prototypen mit angehängt.« Sie schüttelte den Kopf. »Das ist eine stichhaltige Idee. Sie sind sehr gut.«

Dimple hatte einen Kloß im Hals. Sie hatte Jahre, *Jahre* darauf gewartet, das zu hören. Wie oft hatte sie erwogen, aufzugeben, und hatte dann weitergemacht, weil Jenny Lindt ihr vielleicht eines Tages bescheinigen würde, dass sie das Zeug dazu hatte – und heute war es so weit. Dimple blinzelte mehrfach und versuchte, die Gänsehaut auf ihren Armen und Beinen zu ignorieren. »Ich, hm, wow. Ich komme hier gerade nicht mehr mit.«

Jenny lachte heiser und selbst das klang in Dimples Ohren feinsinnig und erfahren. »Oh, das sollten Sie aber. Sie sind eine ganz Große. Nicht wie diese Idioten, die ich eben kennengelernt habe. Besoffene Zombies«, schnaubte sie. »Was für ein Witz.«

Ein schadenfrohes Grinsen breitete sich auf Dimples Gesicht aus. »Aber sie haben den ersten Preis der Insomnia Con gewonnen.«

Jennys Stuhl gab ein klagendes Quietschen von sich, als sie sich zurücklehnte und die Finger aneinanderlegte.

»Ja«, sagte sie ernst und sah Dimple ins Gesicht. »Ich muss mich mit den Veranstaltern über Interessenkonflikte unterhalten. Wenn die Eltern den Computerwissenschaftlern einen neuen Anbau gestiftet haben ...« Sie schüttelte den Kopf. »... sollte man gar nicht teilnehmen dürfen.« Sie sah Dimple unverwandt ernst an. »Ich wünschte, ich könnte behaupten, es wäre eine Ausnahme, doch das ist es nicht. Sie werden es noch häufiger erleben, dass andere auf unfaire Weise vorbeiziehen, weil sie von Geburt an entweder männlich, weiß, heterosexuell oder reich sind. Da einige dieser Kriterien auf mich selbst zutreffen, ist es mir wichtig, die Hand auszustrecken und denen zu helfen, bei denen es anders ist und die vermutlich gar nicht erst wahrgenommen würden, wenn ich mich nicht für sie einsetze. Gegen solche Machenschaften müssen wir etwas unternehmen. Wir brauchen mehr Diversität, um weiterzukommen.« Jenny Lindt lächelte. »Und darum möchte ich mich mit Ihnen darüber unterhalten, wie wir Ihre App als Partner marktreif machen können. Was sagen Sie dazu?«

Dimple war sicher, dass sie gleich in Tränen ausbrechen würde, und zählte vorsichtshalber bis drei. Dann holte sie tief Luft und sagte: »Ja, bitte.«

55. KAPITEL

Rishi

Rishi lief unruhig vor der Tür hin und her wie jemand, der auf lebenswichtige Nachrichten vom Arzt wartet. Dimple hatte dermaßen durcheinander gewirkt, dass er nur hoffen konnte, das Richtige für sie getan zu haben. Er hatte sich gedacht, sie würde in ihrem deprimierten Zustand eventuell dagegen sein, Jenny Lindt zu treffen, und sagen, sie wäre noch nicht bereit oder nicht in Stimmung. Er wollte nur, dass sie mit eigenen Augen sah, wie beeindruckt Jenny Lindt von ihrer Arbeit war. Die Frau hatte Rishi höchstpersönlich angerufen, um ihm zu bescheinigen, dass sie sowohl von dem Video als auch von der Programmierleistung geradezu überwältigt war.

Bei der Erinnerung platzte Rishi beinahe vor Stolz. Er hatte fast die ganze letzte Nacht vor dem Computer gesessen und Videos bearbeitet, die Ashish von den Proben gemacht hatte. Schließlich hatte er sie zu einem Fünf-Minuten-Film für Jenny Lindt zusammengeschnitten. Auf die Idee war er gekommen, als Dimple in ihr Zimmer geschlichen war. *Könnte Jenny Lindt doch nur sehen, wie viel Zeit und Mühe sie in das Projekt gesteckt hat und wie gut sie tatsächlich ist,* hatte er gedacht. Und dann hatte Rishi begriffen, dass er genau das für sie bewerkstelligen konnte. Ashish hatte ihm ungefähr eine Stunde lang geholfen und war dann ins Bett gegangen. Zuvor hatte er Rishi angesehen und gesagt: »*Bhaiyya,* Alter, dich hat es echt erwischt, was?«

Rishi holte tief und stockend Luft. Ja, das stimmte.

Er war gerade am anderen Ende des langen Ganges, als die Tür zum Vorlesungssaal mit einem lauten Knall geöffnet wurde. Nachdem er sich umgedreht hatte, lief Dimple auf ihn zu, ja, sie rannte praktisch mit wehendem Haar. Er kam ihr entgegen, bis sie mit ihm zusammenstieß und die Arme um seinen Hals schlang.

Er hielt sie fest, spürte ihr Herzklopfen an seiner Brust und ihren schnellen, wilden Atem. Allmählich machte er sich Sorgen, das Gespräch wäre richtig miserabel verlaufen, als sie sich von ihm löste und mit feuchten Augen und einem Lächeln flüsterte: »Danke.«

Der Atem, den er angehalten hatte, rauschte aus seiner Lunge und er grinste. »Also ist es gut gelaufen?«

Dimple befreite sich aus seiner Umarmung, trat einen Schritt zurück und verschränkte die Arme. Sie lächelte nicht mehr. Rishi runzelte die Stirn – irgendetwas stimmte nicht. Sie sollte jubeln und wie verrückt im Kreis rennen, doch das tat sie nicht. Auch sein Lächeln fiel in sich zusammen.

»Lass uns draußen reden«, sagte sie und zeigte hinter ihn auf einen Nebeneingang, der in die dunkle Nacht hinausführte.

Rishi sah echte Freude und Stolz in Dimples Augen. Das Gespräch war also *tatsächlich* gut verlaufen. Er hielt sich mit Fragen zurück, während sie ein paar Meter zu einem kleinen Innenhof gingen, in dem der Nebel waberte. Sie setzten sich auf eine der klammen Bänke. Aus dem Inneren des Gebäudes drang genügend Licht, um dicke gelbe Leuchtstreifen auf den Boden und den Tisch zu werfen. Rishi sah Dimple an und wartete.

Sie zog die Ärmel ihrer Kapuzenjacke über ihre Fingerspitzen und mied weiterhin seinen Blick. In seinem Magen rumorte es und die Mikadostäbchen, die er vor einiger Zeit in seinem Zimmer in sich hineingeschaufelt hatte, drohten, wieder hochzukommen. Irgendwas lief schief, total schief. Als er nach ihrer Hand greifen wollte, zuckte sie zurück. Sein Herz erstarrte zu einem Eisblock.

Dimple hob den Blick. »Danke«, sagte sie leise. »Das war ein ganz unglaubliches Geschenk, dieses Video zu schneiden, den Kontakt zu ihr aufzunehmen, all das.«

Rishi nickte, obwohl das alles wie in weiter Ferne geschah, als würde er sein Leben durch ein Teleskop betrachten. »Du hast es verdient.«

»Jenny will mit mir zusammen die App fertigstellen, bis sie marktreif ist.« Sie lächelte und biss sich auf die Lippe, als wollte sie den Jubel zurückhalten.

Er grinste. »Super! Ich wusste es. Eine andere Reaktion war gar nicht vorstellbar.«

»Ich muss dir etwas gestehen«, platzte Dimple heraus.

Rishi bekam Herzrasen. »Gestehen? Was denn?«

»Ich …« Sie zog die Kapuze über, um den Nebel abzuhalten. »Ich habe etwas Ähnliches für dich getan. Oder es wenigstens versucht.«

Er runzelte verständnislos die Stirn.

Dimple kratzte mit dem Fingernagel über den Lack des Tisches, bis er grün abblätterte. »Ich habe deine Zeichnungen an Leo Tilden geschickt.«

Rishi konnte ihr immer noch nicht ganz folgen. »Meine Zeichnungen geschickt?« Er schüttelte den Kopf, als könnte er dadurch seine Gedanken ordnen. »Wie denn? Wann?«

»An dem Tag, als Ashish angekommen ist. Als du mit ihm rausgegangen bist, habe ich Fotos von deinem Skizzenbuch gemacht. Und dann habe ich ihm eine E-Mail geschickt.« Sie sah ihn mit einer Mischung aus Abwehr und Nervosität, Enttäuschung und Trotz an. »Er … er hat dir noch keine Mail geschickt, oder? Aber er wird es tun, das weiß ich.«

Rishi schüttelte erneut den Kopf, um seine Gefühle zu verdrängen. Er war wütend auf sie. Enttäuscht, weil Leo Tilden sich nicht gemeldet hatte. Es war ihm peinlich. Und er fühlte sich verraten. Dann stützte er die Ellbogen auf den Tisch und vergrub den Kopf in den Händen. »Wieso … wie konntest du das nur tun?«, fragte er leise, weil er befürchtete, nicht mehr aufzuhören zu schreien, sobald er lauter wurde. »Obwohl ich es dir gesagt habe. Ich habe dir erklärt, warum ich das nicht tun konnte.«

»Genau deswegen!«, sagte Dimple und ihre Stimme hallte durch die Dunkelheit, bevor der erbarmungslose Nebel sie verschluckte. »Weil du die ganze Zeit …«

Rishi hob ruckartig den Kopf. »Weil ich die ganze Zeit was?«

»… feige bist«, schloss sie und reckte trotzig das Kinn. »Du bist feige. Du bist wirklich begabt, Rishi. Weder deine

Eltern noch irgendwer sonst sollte dir befehlen dürfen, was du mit deinem Talent anfängst.«

Rishi musste schlucken und beschwor sein Herz, sich zu beruhigen, und sein Blut, nicht weiter zu kochen. »Feige. Soso.« Er sprang auf, lief hin und her und fuhr sich durchs Haar. Er wusste selbst nicht, ob er eher wütend oder verletzt war. »Es würde wahrscheinlich nichts nützen, dir etwas darüber zu erzählen, was es heißt, sich verpflichtet zu fühlen. Das habe ich ja schon ein paarmal vergeblich versucht.« Er blieb stehen und sah sie wütend an. »Von wegen feige. Du hast heimlich in meine Tasche gegriffen und meinen Skizzenblock herausgeholt. Du hast Leo gemailt, ohne mich zu fragen! Wie feige ist das denn?«

»Ich habe dir einen Gefallen getan!«, entgegnete sie und ballte die Fäuste auf dem Tisch.

»Einen Gefallen!«, brüllte er und hob abwehrend die Hände. »Weißt du eigentlich, wie herablassend du dich gerade anhörst? Du hast also dem feigen Idioten, der nicht weiß, was gut für ihn ist, einen Gefallen getan?«

»So habe ich das nicht gesagt!« Als Dimple seinen bösen Blick erwiderte, funkelten ihre Augen hinter den Brillengläsern. »Und warum ist es etwas anderes, was du für mich mit Jenny Lindt getan hast?«

»Weil du mir seit sechs Wochen in den Ohren liegst, wie toll du sie findest und dass du sie unbedingt kennenlernen willst! Weil du extra an der Insomnia Con teilgenommen hast, damit sie deine Arbeit begutachtet! Das ist der verdammte Unterschied – du wolltest das und ich nicht! Ich habe dir ausdrücklich mitgeteilt, dass ich es nicht will!«

»Und ich habe dir ausdrücklich mitgeteilt, dass ich keine Beziehung wollte! Ich will das hier auch nicht!« Dimples Schrei ballerte in ihn hinein und zerstampfte sein Herz.

Dimple

Sie saß keuchend am Tisch und konnte es selbst nicht fassen, dass sie ihm das gerade um die Ohren gehauen hatte. »Es tut mir leid«, sagte sie sofort mit bebender Stimme. »Es tut mir leid. Aber für mich stimmt das so nicht mehr.«

Rishi starrte sie an, als hätte sie ihm gerade mitgeteilt, dass ein riesiger Meteor auf dem Weg zur Erde war und man nichts dagegen tun konnte. Er ging mit weichen Knien zu der Bank und ließ sich darauffallen. Nachdem er eine Zeit lang seine Hände fixiert hatte, hob er den Kopf. »Wann hast du beschlossen, dass du Schluss machen willst?« Der Nebel wand sich um seine Worte.

»Das habe ich gar nicht beschlossen«, antwortete Dimple. »Ich meine, ich hatte schon vor ein paar Wochen meine Zweifel … aber …« Sie holte tief Luft. »Eigentlich ist es mir erst vor ein paar Tagen richtig klar geworden. Als die Gewinner verkündet wurden.«

Rishi schwieg lange. »Wieso?«, fragte er schließlich.

Einen Bruchteil einer Sekunde lang erwog sie, ihm die Wahrheit zu sagen – dass er zu gut zu ihr passte und sie Angst hatte, sie hätten sich einfach zu früh kennengelernt, und dass sie schreckliche Angst davor hatte, einen wesentlichen Teil ihrer Persönlichkeit zu verlieren oder zu vergessen, warum sie überhaupt etwas gegen eine Beziehung gehabt hatte. Doch das würde er ihr ausreden, weil er jedem ihrer Argumente etwas entgegenzusetzen hatte. Am Ende würde sie sich wünschen, doch mit Rishi zusammenzubleiben, und das wollte sie nicht. Sie wollte eine saubere Trennung. »Wir sind zu verschieden«, sagte sie schließlich und entschied sich für die halbe Wahrheit. »Ich kann nicht … ich kann nicht mit jemandem zusammen sein, der so viel Wert auf die Meinung seiner Eltern legt. Dir fehlt der Mut, Rishi. Und das geht für mich nicht.« Wie grausam sie war! Doch sie konnte nicht offen und ehrlich mit ihm reden. »Ich will von meinem Leben so viel mehr als du von deinem.«

Als er sie ansah, war sein Blick leer und ausdruckslos, wie sie es noch nie an ihm gesehen hatte. Ihr Herz tat körperlich weh, ganz schlimm, doch sie zwang sich zu einer unerschütterlichen, reglosen Miene, als er anfing zu reden. »Ich habe mich dir zuliebe so sehr verändert. Ich weiß, es sieht vielleicht nicht so aus, aber es ist so. Ich wollte nur mit dir zusammen sein, Dimple. Ich war bereit, mich gegen die Wünsche meiner Eltern zu stellen. Ich war bereit, dir um die ganze Welt zu folgen, wohin immer du auch gehen wolltest oder wohin dich dein Berufsweg verschlagen würde. Aber du hast recht. Ich habe wohl nicht so viel Mut wie du, allen Traditionen zu entsagen und einfach zu machen, was ich will. Es ist mir wichtig, was meine Eltern von mir halten. Es ist mir wichtig, was sie sich wünschen.«

In Dimples Adern wallte Wut auf, obwohl sie wusste, dass sie ihn provoziert hatte. »Wirfst du mir vor, ich wäre selbstsüchtig?«

Rishi stand auf und stemmte die Fingerspitzen auf den Tisch. »Ich werfe dir Lieblosigkeit vor. Du hast recht, wir sind zu verschieden.« Er drehte sich um und ging. Bald hatte ihn der Nebel verschluckt.

56. KAPITEL

Dimple

»Aber kannst du nicht bis morgen früh warten?«, fragte Celia. Sie lag auf ihrem Bett, die Beine auf Ashishs Schoß. Dimple gab vor, die besorgten Blicke nicht zu sehen, die sie tauschten.

Sie warf ihre Sachen in den Koffer, ohne sie zu falten. Nach der Trennung von Rishi hatte sie, eingehüllt in den Nebel, eine halbe Stunde allein auf der Bank geweint. Doch dann hatte sie ihre Tränen getrocknet, war in ihr Wohnheimzimmer gegangen und hatte ausgiebig geduscht. Sie hatte ihre Haare gewaschen, bis die Kopfhaut schmerzte. In dem Moment hatte sie beschlossen, nicht erst am nächsten Morgen zu fahren. Warum auch?

Celia und Ashish waren erst vor zehn Minuten gekommen. Dimple hatte das deutliche Gefühl, dass Rishi ihnen erzählt hatte, was passiert war, weil sie so offensichtlich nicht nach ihm fragten. »Nein. Ich muss sofort hier weg.«

Ashish räusperte sich. »Und was ist mit Jenny Lindt? Das Gespräch war doch gut, oder?«

Also hatten sie mit Rishi gesprochen. Dimple hielt kurz inne, von Kummer überwältigt, doch dann machte sie weiter, als wäre nichts geschehen. »Wir werden hauptsächlich über unsere Computer zusammenarbeiten. In ein paar Wochen ziehe ich sowieso nach Stanford, das ist nicht weit von hier. Ich kann immer hinfahren.« Sie knallte den Koffer zu und drehte sich um.

Celia sprang vom Bett. »Ich werde dich vermissen«, sagte sie.

»Ich dich auch.« Sie fielen sich in die Arme. »Aber wir schreiben uns und ab dem Herbst müssen wir nur noch ein kleines Stück fahren, um uns zu treffen.«

Celia nickte heftig, und als sie sich von Dimple löste, waren ihre Augen feucht. »Ganz egal, mit wem ich demnächst zusammenwohne, das kann nur eine Enttäuschung werden«, sagte sie. »Einfach, weil du es nicht bist.«

Dimple schluckte den Kloß im Hals herunter. »Das sehe ich genauso. Wie wär's, wenn du deine Meinung änderst und auch in Stanford anfängst?«

Celia verdrehte die Augen. »Schon klar. Die lassen mich doch niemals rein.«

Dimple lachte und wandte sich an Ashish, der nun neben Celia stand. Er lächelte auf sie hinunter, doch sie spürte seine Traurigkeit, die ihr die Brust zuschnürte. Seine Augen erinnerten sie so sehr an Rishis, dass sie blinzeln und den Blick abwenden musste. »Es hat mich gefreut, dich kennenzulernen, Ashish«, sagte sie und rieb sich die Nase. »Vielen Dank, dass du uns bei der Talentshow geholfen hast.«

Sie wollte ihm die Hand geben, doch Ashish zog sie an sich. »Du wärst eines Tages eine tolle *Bhabhi* geworden«, sagte er und das besiegelte die Angelegenheit endgültig. Sie und Rishi waren Geschichte.

Dimple musste schlucken, trat einen Schritt zurück und strahlte Celia und Ashish an. »Okay, ich gehe dann mal. Ihr fahrt morgen, oder?«

Sie nickten. »Soll ich dir mit deinem Koffer helfen?«, fragte Ashish, aber Dimple schüttelte den Kopf.

Celia drückte sie noch einmal und schlang dann den Arm um Ashish, während sie sich mit der freien Hand die Augen wischte. Dimple straffte ihre Schultern – wild entschlossen, an dieser Uni keine weitere Träne zu vergießen.

Rishi

Rishi saß auf der Bettkante und ließ den Kopf hängen, während er seine Eltern auf dem Festnetz anrief. Das Freizeichen hörte sich irgendwie einsamer an als sonst, als würde das Echo durch ein verlassenes Haus hallen.

Er fühlte sich, als hätte ihn ein verirrter Blitz an einem Tag getroffen, an dem die Sonne schien und der Himmel blau war. Das hatte er nicht kommen sehen. Er hatte befürchtet, dass Dimple unglücklich war, weil sie nicht gewonnen hatte und Jenny Lindt nicht begegnet war. Rishi wäre nie darauf gekommen … dass Dimple … dass sie ihn nicht mehr liebte. Wahrscheinlich hatte sie ihn nie geliebt.

Was sie alles gesagt hatte – sah sie ihn wirklich so? Als großen Feigling, der Angst hatte, sich gegen seine Eltern zu behaupten, und der sich zu sehr fürchtete, sein eigenes Leben zu leben? Als jemanden, der sich vor jedem Sturm im

Leben duckte und Schutz suchte – jemand, der sich eine einfache, beschauliche stumpfe Nicht-Existenz wünschte?

Hatte sie recht?

»Haan, bolo, Rishi Beta!« Pappas fröhliche Begrüßung riss ihn aus seinen kalten, wirren Gedanken.

»Pappa …« Seine Stimme klang heiser und rau. Er räusperte sich. Ihm fehlten die Worte.

»Rishi?« Pappa hörte sich besorgt an. *»Kya baat hai, Beta?«*

»Mache ich einen Fehler, Pappa?«, sagte er so leise, dass er fast flüsterte. Er rieb sich den Nacken und war plötzlich auf unerklärliche Weise frustriert. Rishi sprang vom Bett und lief durch sein kleines Zimmer. »Mit dem MIT, meine ich? Ingenieurwissenschaften? Du hast von uns beiden den mathematischen Verstand, nicht ich. Ich konnte letztes Jahr nicht einmal den Laptop reparieren, weißt du noch?«

Am anderen Ende der Leitung herrschte Stille und Rishi wusste, dass sein Vater sich bemühte mitzukommen. »Aber, Rishi, es gibt viele verschiedene Abschlüsse in Ingenieurwissenschaften«, erwiderte er ein wenig verwundert. *»Tumhe patta hai,* du musst nicht in der Lage sein, Computer zu reparieren, um Ingenieur zu werden. Das weißt du.«

Als Rishi gegen ein Bein seines Schreibtisches trat, erzitterte das ganze Möbelstück. »Es geht nicht um die Laptop-Reparatur!« Er ließ die freie Hand in die Luft schnellen. Wieso verstand sein Vater ihn nicht? »Es geht um alles. Es geht um mein Gehirn, Pappa, es funktioniert anders als deins. Ich interessiere mich nicht für Mathematik und Wirtschaft und all die anderen Sachen, die du machst. Will ich wirklich fünfzig oder sechzig Jahre meines Lebens bei Global Comm versauern und Dinge tun, die mich schon jetzt mit achtzehn langweilen? Also, wie sieht mein Leben dann aus? Was wird aus mir, wenn ich das mache?«

»Aber es gibt noch viele andere gute Unternehmen neben der Global Comm, Rishi«, sagte sein Vater nicht minder verwirrt. »Keiner zwingt dich, da zu arbeiten. Du kannst auch zu Google gehen – die sind doch wohl fortschrittlich, *na*? Viele junge Leute finden die Arbeit dort toll –«

Bei den Göttern, er kapierte es nicht. »Nein, Pappa«, schnitt Rishi ihm das Wort ab, während er immer noch in der Mitte des Zimmers stand und das Bett ansah, auf dem er mit Dimple noch vor Kurzem einen Schritt weitergegangen war. Auf dem er aber auch begriffen hatte, dass er nicht ohne sie leben konnte, komme, was da wolle. Die Verbitterung darüber, dass sie Schluss gemacht hatte, flammte erneut in seiner Brust auf. »Und wenn ich stattdessen an meinen Comics arbeite?«

Darauf folgte ein langes Schweigen. Rishi wartete mit klopfendem Herzen. »C… Comics?« Er hatte seinen Vater noch nie stammeln hören. »Rishi, warum sprichst du so, *Beta*? Woher kommen diese Ideen? Du verwirfst all deine Pläne. Für wen? *Dimple ne kuch kahaa?*«

Ob Dimple etwas gesagt hatte? Rishi hätte am liebsten gelacht. *Ja*, dachte er, *sie hat eine Menge gesagt*. Doch er ging darauf nicht ein, sondern sagte: »Ja, hat sie. Aber ich hatte das Gefühl auch schon vorher, Pappa. In meiner Seele bin ich Künstler, kein Ingenieur. Kein Unternehmensroboter.«

Pappa atmete langsam aus und bemühte sich offenbar krampfhaft um Geduld. Als er erneut das Wort ergriff, war seine Stimme leise und kontrolliert. Diesen Tonfall kannte Rishi von Telefonkonferenzen, wenn sein Vater nicht die Beherrschung verlieren wollte. »*Ghar aao,* Rishi. Dann reden wir weiter. *Aur Dimple …*«

»Es gibt keine Dimple«, sagte Rishi leise. Pappa und Ma wussten nicht, wie weit ihre Freundschaft gegangen war, und jetzt war Rishi froh, dass er es ihnen nicht erzählt hatte. »Und ja, ich komme nach Hause.«

Er beendete das Gespräch und stand eine gute Minute schweigend da. Dann griff er in seine Umhängetasche und dachte: *Semper sursum. Immer aufwärts.*

EINEN MONAT SPÄTER

Dimple

Konnte man vor Langeweile sterben? Dimple war mit Sicherheit nah dran. Ihr Herzschlag hatte sich verlangsamt, ihre Körpertemperatur war gesunken. Sie wechselte in den Stand-by-Modus.

Seit einer Stunde – volle sechzig Minuten, sie hatte auf die Uhr geschaut – redeten Mamma, Tante Ritu und in geringerem Ausmaß Seema *Didi* im Wohnzimmer schon über Schwangerschaften.

Ja, es stimmte, Seema, die Stille, und Tante Ritus Sprössling Vishal bekamen einen eigenen Sprössling. Dimple erschauerte bei der Vorstellung, was für ein Wesen dabei herauskommen würde. Würde es auf die Welt kommen und gleich anfangen über Banalitäten zu klatschen und zu tratschen? Oder würde es sich hinter einem Vorhang aus schwarzem Haar verstecken und die Ärzte mit unergründlichen schwarzen Augen mustern?

Fairerweise musste sie zugeben, dass Seema *Didi* glücklich wirkte – glücklicher, als Dimple sie je erlebt hatte. Die Andeutung eines Lächelns umspielte ihre Lippen, während sie den körnigen Klecks beziehungsweise die glorifizierte Amöbe auf ihrem Ultraschallfoto betrachtete.

»Aber *jo bhi kaho,* die Entbindung zählt zu den schmerzhaftesten Erfahrungen im Leben einer Frau!«, verkündete Tante Ritu und stopfte sich einen weiteren Milanokeks in den Mund. »Ich habe so laut geschrien, als ich Vishal *ki* bekam, dass ich danach zwei Tage keine Stimme hatte!« Sie versprühte Kekskrümel in alle Richtungen. Seema *Didi* wand sich neben ihr auf dem Sofa, aber Dimple wusste nicht, ob es an den halb verdauten Teiggeschossen oder an den aufmunternden Weisheiten über das Gebären lag.

»Haan, bilkul sahi«, sagte Mamma und nickte mit einem Märtyrerlächeln. »Dimple musste mit der Zange geholt werden, das tat vielleicht weh. Danach konnte ich nicht zur Toilette gehen, ohne zu schreien.« Sie nippte an ihrem Chai und sah Dimple seufzend an. »Und wie undankbar sie sind, wenn sie erst mal draußen sind.«

Dimple verdrehte innerlich die Augen. »Das tut mir ja soo leid«, murmelte sie zu leise, als dass man sie hätte verstehen können. Dachte sie jedenfalls. Doch als sie den Blick hob, biss Seema *Didi* sich in die Wange, um nicht zu lächeln.

»Trotzdem, du hast wirklich Glück, Ritu«, sagte Mamma und betrachtete wehmütig das Ultraschallbild, das mittlerweile bei ihr gelandet war. »In acht Monaten wirst du Großmutter! *Tum kitni khush kismet ho.*«

Khush kismet. Was natürlich beinhaltete, dass Mamma kein Glück hatte. Sie hatte eine Lusche von Tochter bekommen, die ihr schon bei der Geburt schwere Qualen zugefügt und sie seitdem ohne Ende enttäuscht hatte.

Dimple und Mamma hatten kein Grundsatzgespräch über die sommerlichen Ereignisse an der SFSU mit Rishi geführt. Obwohl er nicht bis ins letzte Detail informiert war, hatte Papa Dimple versichert, dass er ihre Entscheidung respektierte, jegliche Verbindung zu Rishi zu kappen. Er wollte nur sichergehen, dass Rishi Dimple nichts getan hatte. Papa hatte ihr geraten, sich auf die App und die Arbeit mit Jenny Lindt zu konzentrieren, und gemeint, sie könnte sich auf neue Freunde und neue Themen in Stanford freuen. Dieser Sommer würde bald nur noch eine ferne Erinnerung sein – was Eltern zu ihren Kindern sagen, wenn das Leben hart mit ihnen umspringt.

Aber Mamma gab es ja auch noch. Seit Dimple von der Insomnia Con zurückgekehrt war, hatte sie nur noch vorwurfsvolle Blicke für sie übrig. Sie hatte sich nicht ausdrücklich geäußert, aber sie hatte so oft geseufzt, dass Dimple befürchtete, das Haus würde zusammenbrechen. Und Seema *Didis* Schwangerschaft war ihr neues Lieblingsthema. Unaufhörlich redete Mamma über das häusliche Leben, wie gut es Seema bekam und wie glücklich Ritu war. In den unausgesprochenen Lücken hörte Dimple, wie enttäuscht Mamma von ihr war und wie gerne sie mit Ritu tauschen würde.

Dimple stand abrupt auf, weil ihr beinahe die Tränen gekommen wären. Das geschah neuerdings ohne Vorwarnung, als hätte der Kontaktabbruch mit Rishi ihre Gefühle nackt und wehrlos den Elementen preisgegeben. »Ich packe mal lieber weiter.«

Tante Ritu strahlte sie aus ihrem Rollstuhl ahnungslos an, obwohl sie aus dem Augenwinkel sah, wie Mamma die Stirn runzelte. »*Haan*, morgen geht's los, *na*? Stanford!«

Dimple versuchte vergeblich, sich ein Lächeln abzuringen, und nickte.

Tante Ritu holte einen Hundertdollarschein aus ihrer Handtasche und reichte ihn Dimple. Das war eine übliche Geste der Älteren, wenn für junge Menschen eine neue Lebensphase begann. »Oh, Tante, das kann ich nicht –«

»Doch, das kannst du und das musst du auch«, sagte Tante Ritu und drückte ihr den Geldschein in die Handfläche. »*Khush raho, Beti.* Viel Glück!«

Jetzt gelang Dimple ein verhaltenes Lächeln, während sie dachte, *das ist ein frommer Wunsch, aber vom Glück bin ich weit entfernt.*

Dimple setzte sich auf die Bettkante und betrachtete ihren Koffer, das Kissen und ihre einsame Bücherkiste. Viel mehr nahm sie nicht mit. Sie hatte Papa und Mamma überredet, allein nach Stanford fahren zu dürfen, aber sie waren nur einverstanden gewesen, weil sie versprochen hatte, sie an dem langen Labor-Day-Wochenende zu besuchen. Dimple hatte sich gedacht, dass sie alles, was sie dann noch benötigte, danach noch mitnehmen konnte. Man sollte es nicht übertreiben, zumal sie eigentlich nur ihren Laptop und ihre Bücher brauchte.

Sie vermied den Blick auf das Bücherregal, in dem sie die Graphic Novels stehen ließ, die Rishi ihr im Two Sisters geschenkt hatte. Eine hatte sie vor ihrer Abreise von der Insomnia Con gelesen. Darin ging es um Liebe und Magie und die schöne Aussicht auf etwas Neues. Damit konnte Dimple gerade nicht umgehen. Sie hätte sie gerne gespendet, aber auch das brachte sie nicht wirklich fertig – vielleicht, wenn sie später wiederkam.

Dimple ließ den Blick schweifen und überlegte, ob ihre Mutter überhaupt merken würde, dass sie weg war. Möglicherweise würde sie glücklicher sein, wenn sie nicht mehr jede Sekunde über Dimple nachdenken musste und der Enttäuschung nicht mehr jeden Tag aufs Neue ins Gesicht sehen musste.

Wie üblich kam Mamma ins Zimmer, ohne zu klopfen, und stellte ein Glas mit *Haldi Doodh* auf den Nachttisch. Dimple schaute weg. Noch mehr Enttäuschung oder Vorwürfe konnte sie nicht ertragen. Sie war so was von fertig. Es war schlimm genug – ihre Zweifel waren schlimm genug –, ohne dass sie Mammas beständigem Druck ausgesetzt war.

»Wolltest du nicht weiterpacken?«, sagte Mamma und setzte sich in einen Korbsessel, den Dimple vor einigen Jahren auf dem Flohmarkt gekauft hatte.

»Eigentlich schon«, erwiderte Dimple. »Aber vor allem musste ich da mal raus. Dieses ewige Gerede von dem Baby nervt.«

Mamma schmunzelte. »*Haan.* Sie sind sehr aufgeregt. Das erste Kind, das erste Enkelkind, *na*?«

»Sind sie weg?«

Mamma nickte. Nach einer Pause fragte sie: »*Sab theekh hai?*«

Als Dimple sie ansah, hatte sie wieder diesen Kloß im Hals. »Nein, es ist nicht alles gut, Mamma.«

Ihre Mutter runzelte verwirrt die Stirn. Meine Güte, die Frau hatte wirklich keine Ahnung. »*Kyon?* Rishi –«

»Es liegt nicht an Rishi«, fauchte Dimple. Dann fuhr sie ruhiger fort: »Es liegt nicht *nur* an Rishi. Sondern auch an dir.« Sie holte stockend Luft. »Deine … Enttäuschung lastet wie eine kalte schwere Decke auf meinen Schultern, Mamma. Du kannst mich nicht einmal ansehen, ohne sie zu zeigen.«

»Ent… Enttäuschung?«, fragte Mamma und beugte sich vor. »*Hai Ram*, Dimple, ich bin *nicht* enttäuscht von dir.«

Eine Träne lief über Dimples Wange und wurde grob abgewischt. »Ach nein? Du wünschst dir doch, ich wäre mehr wie Seema *Didi* und würde gehorsam jemanden heiraten, den ihr ausgesucht habt, gehorsam ein Baby bekommen und ohne Proteste meinen vorbestimmten Weg akzeptieren. Stimmt doch, oder? Das fändest du richtig gut.«

»Ich würde es nicht besser finden, als wie es jetzt ist.« Mamma holte tief Luft und strich ihren pfauenblauen Sari glatt. »Dimple, du bist meine *Beti*. Ich will nur eins, und zwar, dass du glücklich bist. *Bas. Aur kuch nahin.*«

Jetzt liefen Dimple die Tränen nur so herunter. »Aber du hast mich zur Insomnia Con geschickt, damit ich mich in Rishi Patel verliebe. Du willst, dass ich früh heirate und Kinder bekomme, und ich mache das alles nicht. Stattdessen hast du eine sture Tochter, die unbedingt allein bleiben will …« Dimple weinte und schniefte.

»Oh nein, Dimple …« Mamma setzte sich neben sie aufs Bett und legte den Arm um ihre Schultern. »So alt bin ich nun auch wieder nicht. Ich verstehe – *aaj kal* achtzehn ist sehr jung für *shaadi*, um zu heiraten. Ich möchte, dass du eines Tages ein glückliches Zuhause hast.« Sie drückte

Dimple an sich. »Aber erst wenn du bereit bist, *Beti*. Ich bin nicht enttäuscht. Der Ausdruck in deinen Augen macht mich traurig, und dein Schweigen auch. Dein tiefer Kummer. *Tum usse pyaar karti ho, na?*«

Du liebst ihn, oder?

Nach diesen Worten öffneten sich Dimples Schleusen endgültig, die sie den gesamten letzten Monat verschlossen gehalten hatte. Sie drehte den Kopf, vergrub ihn an Mammas Hals, wie sie es seit der Grundschulzeit nicht mehr getan hatte, und weinte.

Sie weinte um die Augenblicke, die sie und Rishi niemals erleben würden. Sie weinte um die Liebe, die nur kurz erblüht war und nie reifen durfte. Sie weinte, weil sie so gemein gewesen war und ihn beschimpft hatte. Sie weinte, weil sie so starrsinnig war, und weil man in dieser Welt nicht beides sein durfte, eine verliebte Frau und eine, die Karriere machen wollte, ohne dass Schuldgefühle und Selbstzweifel alles kaputt machten. Sie kannte persönlich keine Frau, die beides miteinander verbinden konnte. Man musste sich zwischen der Arbeit und der Liebe entscheiden. Beides zu wollen erschien beinahe unverschämt und es fühlte sich an, als wünschte man sich entweder heißes Eis oder bitteren Würfelzucker. Deshalb hatte sie Rishi weggestoßen. Sie hatte ihm das Herz gebrochen und ihr eigenes beschnitten.

»Ich liebe ihn wirklich, Mamma«, sagte Dimple, als sie wieder Luft bekam. Sie setzte sich gerade hin und trocknete sich mit Mammas *Pallu* – dem losen Saum ihres Sari – die Augen. »Aber es kann nicht funktionieren, es sei denn, einer von uns bringt ein großes Opfer. Und du weißt, wie es läuft. Normalerweise ist es die Frau, die sich am Ende aufopfert. Und das kann ich nicht. Ich will nicht.«

Mamma seufzte und rieb ihr den Rücken. »Du hast recht, Dimple. Normalerweise opfert sich die Frau auf. Aber, *Beti*, wenn ich mir anschaue, wie unglücklich du bist … opferst du gerade nicht auch etwas? Entweder Rishi oder die Karriere, so siehst du das. Aber ich habe den Eindruck, dass du dich selbst aufgibst, wenn du auf eins von beiden verzichtest. Hmm?« Mamma gab ihr einen Kuss auf die Schläfe. »Was auch immer du tust, Dimple, ich bin deine Mutter. Ich werde dich immer unterstützen und ich bin immer stolz auf dich. Okay?« Sie reichte ihr die *Haldi Doodh*.

Dimple sah ihre Mutter durch den Tränenschleier an und fand nur Liebe und Geduld in ihrem Lächeln. Etwas Hartes, Schmerzhaftes löste sich in ihrer Brust. Als sie die Milch entgegennahm, flüsterte sie: »Okay.«

Rishi

Rishi stand mit seinen Eltern und Ashish in der Einfahrt. Er hatte nur eine kleine Reisetasche dabei – um den Rest würde er sich später kümmern. Die Parallele zu dem Tag seiner Abreise zur Insomnia Con drängte sich buchstäblich auf und dieser Gedanke führte zu unerwünschten Erinnerungen an Dimple – ihre glänzenden, aufmerksamen Augen, ihr Stirnrunzeln mit der Furche zwischen den Augenbrauen, ihre wilden Locken. Er bemühte sich, sie zu verdrängen.

Er lächelte Pappa an und Pappa lächelte zurück. Von Spannungen war nichts zu spüren. Sie hatten es ausdiskutiert. Irgendwie war es ihnen gelungen, ihre so unterschiedlichen Ansichten nicht in Geschrei und verletzte Gefühle münden zu lassen. Irgendwie hatten sie es geschafft, sich zusammenzusetzen und zu reden.

Schließlich hatte Rishi Pappas Perspektive verstanden. Er hatte Rishi nicht gebeten, den Comics abzuschwören, weil er arrogant oder zu stolz gewesen wäre oder weil er sich für die künstlerischen Neigungen seines Sohnes schämte. Nein, Pappa war einfach ein durch und durch praktischer Mensch und das wusste Rishi zu schätzen.

Es hatte eine Weile gedauert, Pappa zu überzeugen, doch als er es endlich verstanden hatte, hatte er es auch wirklich *verstanden.* Wenn er von Rishi verlangte, Ingenieur zu werden, verlangte er von ihm, den Rest seines Lebens in einem hübsch verzierten Käfig zu leben. Und als Rishi seine späte Bewerbung für das Kunststudium abschickte und sich bei den Ingenieurwissenschaften am MIT abmeldete, hatte Pappa ihm auf die Schulter geschlagen und lächelnd gesagt: »Als ich so alt war wie du, habe ich gemalt. Manchmal träume ich noch in Wasserfarben. Du bist auf eine Weise mutig, wie ich es nie sein konnte, Rishi.«

In der Einfahrt hatte Ma bereits das *Puja*-Ritual mit dem Silbertablett absolviert, genau wie sie es vor seiner Fahrt zur Insomnia Con getan hatte. Jetzt nahm sie seinen Arm und sah ihn mit Tränen in den Augen an. »Ruf uns bald an, *Beta.*«

»Mach ich, Ma.« Er drückte sie fest an sich und hatte einen Kloß im Hals. Jetzt ging es wirklich los. In den nächsten vier Jahren würde er sie nicht mehr so oft sehen. Hier war nicht länger sein Hauptwohnsitz. Er bückte sich und berührte erst ihre, dann Pappas Füße, um ihren Segen zu erbitten.

Danach schlang Ashish die Arme um ihn und tätschelte seinen Rücken. Als das Handy in seiner Gesäßtasche klingelte, löste Rishi sich von ihm und zog eine Augenbraue hoch. »Celia?«

Ashish nickte und errötete. Mit Ashish und Celia war es im letzten Monat immer ernster geworden und Ashish war mehrfach nach San Francisco gefahren, um Zeit mit ihr zu verbringen. Pappa und Ma ließen ihn gewähren, aber er hatte zufällig gehört, wie sie darüber diskutierten, ob sie Celia bald einmal zum Abendessen einladen sollten.

»Bhaiyya«, sagte Ashish und kratzte sich am Kinn. »Bist du sicher?«

Sie hatten dieses Thema in den letzten Wochen einige Male gestreift und Rishi hatte es jedes Mal beenden müssen. Jetzt seufzte er. »Ja, ich bin sicher.« Er sah auch Pappa und Ma an, obwohl sie vorgaben, nicht an diesem Gespräch teilzunehmen. »Dimple hat deutlich gesagt, dass sie nichts mehr mit mir zu tun haben will. Sie meinte, ich hätte zu viel Angst, mein Leben zu leben und Risiken einzugehen.«

»Lekin, Beta …«, setzte Ma an.

Rishi hob die Hand. »Das haben wir bereits besprochen.

Ob sie hier und da recht hatte? Kann sein.« Er zuckte mit den Schultern. »Hat sie mich immer ermuntert, ganz ich selbst zu sein? Unbedingt. Aber letztendlich hat sie mich einen Feigling genannt.« Er sah von einem zum anderen. »Einen *Feigling.*«

Pappa und Ma seufzten, doch Ashish packte sich an den Kopf. »Meiner Meinung nach ist das alles Schwachsinn«, schnaubte er. Dann sah er seine Eltern an. »Tut mir leid, Pappa, Ma. Ich weiß, ich soll mich nicht einmischen und ihn durcheinanderbringen.« Er wandte sich wieder Rishi zu. »Aber Dimple wollte, dass du *wahrhaftig du* bist, Rishi. Sie hat erkannt, wer du wirklich bist, und dich gedrängt, diese Person auszufüllen. Ich war dabei, als sie dich angesehen hat. Sie liebt dich. Kann sein, dass sie kurzfristig die Nerven verloren hat, aber sie *liebt* dich. Ich habe dir erzählt, was Celia gesagt hat – Dimple ist seit einem Monat nicht mehr die Alte, als hätte sie eine Depression oder einen Schock. Und wir wissen alle« – hier zeigte er auf Pappa und Ma –, »dass es dir genauso geht. Du warst nur zur Hälfte anwesend. Du bist wie ein unheimliches Gespenst, isst kaum, schläfst kaum. Ihr liebt euch! Hör auf, so schrecklich stur zu sein, und erzähle ihr, wie du dich fühlst.«

Schweigend sah Rishi seinen kleinen Bruder und seine Eltern an. In seiner Brust bewegte sich etwas, ruckartig, ein Samenkorn des Zweifels, das schnell zu einem großen Baum heranwuchs. »Ma, Pappa? Findet ihr das auch?«

Ma verzog unbehaglich das Gesicht, aber Pappa zuckte mit den Schultern. »Das ist deine Entscheidung, Rishi. Aber …«

»Aber du siehst so unglücklich aus, *Beta*«, führte Ma den Satz zu Ende. »So unglücklich.«

Rishi hatte gedacht, er hätte die richtige Entscheidung getroffen, indem er ihr nicht nachtrauerte. Nun, jedenfalls nicht für jeden sichtbar nachtrauerte. Er hatte versucht, nach vorne zu schauen und sein gebrochenes Herz zu verdrängen. Sie hatten es dennoch gemerkt. Sie hatten gesehen, wie schlecht es ihm ging. So schrecklich schlecht. Es war ein Kampf, der täglich in ihm getobt hatte – der Versuch, die Frau zu vergessen, die so offensichtlich mit ihm abgeschlossen hatte. Als Ashish ihm berichtet hatte, was Celia erzählt hatte, war ihm das egal gewesen. Sie wollten ja doch nur, dass es ihm besser ging.

Aber wenn es nun stimmte? Was wäre, wenn Dimple ihn wirklich noch liebte? Hatte sie diese Dinge in einem Wutanfall gesagt und bereute es vielleicht inzwischen? Es konnte doch sein, dass sie den Kern seiner Seele erkannt und Gefallen daran gefunden hatte.

Als er nun seinen Eltern und seinem Bruder ins Gesicht sah, wusste Rishi nur eins: Er musste es herausfinden. Sofort. Bei den Göttern, er war so dumm gewesen. Furchtbar dumm.

Er straffte die Schultern und warf die Reisetasche auf den Rücksitz seines Cabrios. »Ich fahre jetzt«, sagte er und sprang auf den Fahrersitz.

»Wohin?«, fragte Ashish hoffnungsvoll und misstrauisch zugleich.

»Ich versuche, deine *Bhabbi* zurückzugewinnen«, antwortete Rishi mit einem Grinsen.

Als er die mit Bäumen gesäumte Einfahrt hinabbrauste, begleiteten ihn die anfeuernden Rufe und das Lachen seiner Familie.

Dimple

Dimple war schon fast am Campus von Stanford angekommen, als ihr Handy klingelte. Sie fasste in die Konsole und stellte fest, dass sie es bei ihrem letzten Halt in die Handtasche gesteckt hatte. Sie kramte darin und ertastete die harte Kante ihres Handys unter einem Stapel Papier. Schließlich leerte sie die Tasche auf dem Beifahrersitz aus und sah Mammas Gesicht auf dem erleuchteten Display.

Dimple lachte. Mamma hatte schon dreimal angerufen, nur um sich zu vergewissern, dass sie nicht am Steuer eingeschlafen war. Sie begriff einfach nicht, dass es mindestens genauso gefährlich war, während der Fahrt zu telefonieren. Sie drückte auf *Ablehnen,* damit die Mailbox ansprang, als ihr Blick auf ein Blatt Papier fiel, das aus ihrer Tasche gefallen war.

Nach einem raschen Blick auf die Straße, um sich zu vergewissern, dass sie nicht von der Fahrbahn abkam, strich Dimple das Blatt glatt. Es war die Übung mit den fünfundzwanzig Gesichtsausdrücken, die Rishi auf dem Gipfel von Bernal Heights in der Nacht ihres Nicht-Dates, das dann doch eins war, gezeichnet hatte. Dimple stockte der Atem, als sie die fließenden Linien sah und sich daran erinnerte, wie perfekt und intuitiv er sie erfasst hatte, und wie sicher sie sich gewesen war, dass er sie schon vorher beobachtet und studiert hatte.

Anschließend rauschte ihr gemeinsamer Sommer in aufblitzenden Bildern zurück – wie Rishi den Aberzombies ihretwegen die Stirn geboten und unermüdlich gearbeitet hatte, damit ihr Prototyp so gut wurde, wie er nur sein konnte, obwohl er selbst wenig Interesse an Webentwicklung hatte. Sie sah vor sich, wie er sich beim Tanzen freiwillig zum Narren machte, damit sie den Talentwettbewerb gewann, und wie er für die Begegnung mit Jenny Lindt gesorgt hatte, weil er wusste, wie viel es ihr bedeutete. Und wie eine Woge überflutete sie die Erkenntnis, dass Rishi Patel sie so inständig, so wahrhaftig liebte, wie sie es nie wieder erleben würde, und wenn sie noch so lange überall danach Ausschau hielte. Für den Rest ihres Lebens würde sie alle Männer mit ihm vergleichen. Er würde der Maßstab für die perfekte Beziehung, für die tiefste Liebe sein.

Dimple fuhr an der Ausfahrt vorbei, die sie zur Stanford University bringen würde. Stattdessen suchte sie nach dem Schild, das den SAN FRANCISCO INTERNATIONAL AIRPORT ankündigte. Wenn sie sich beeilte, konnte sie ihn vor seinem Flug zum MIT noch abfangen.

Rishi hatte Dimple während ihrer Zeit an der SFSU erzählt, dass er am siebenundzwanzigsten August zum MIT aufbrechen würde. Das wusste sie noch so genau, weil sie am selben Tag nach Stanford fahren wollte. Wie viele Flüge konnte es schon von San Francisco zum Logan Airport geben? Außerdem war es noch früh, wahrscheinlich war er noch gar nicht losgefahren.

Am Flughafen fuhr sie auf den Parkplatz, rannte in das Gebäude und ließ auf der Suche nach dem nächsten Flug nach Logan den Blick über die Monitore wandern. Es gab einen in vierzig Minuten von Terminal 2. Perfekt. Dimple lief zum Terminal und hoffte, dass Rishi da war. Ihr Herz war ihr in die Kehle gerutscht und schlug eine hektische Melodie an. Sie hätte ihm erst schreiben oder eine E-Mail schicken sollen, was auch immer. Was würde sie sagen, wenn er sie ausdruckslos ansah? Oder wenn er total entsetzt wäre? Vielleicht sollte sie noch einmal gründlich darüber nachdenken.

Doch Rishi war nicht im Terminal 2. Dimple ließ den Blick zwei, drei Mal durch die Menge schweifen, aber er war eindeutig nicht da. Sie ging zu einer jungen lesenden Frau in der Wartezone und tippte ihr auf die Schulter. »Hi«, sagte sie. »Ist das der richtige Terminal, wenn man nach Boston möchte?«

Die Frau nickte knapp und wandte sich wieder ihrem Buch zu. Dimple schaute sich entmutigt um und wollte sich schon wieder umdrehen und überlegen, was sie tun sollte, als die Frau über ihre Schulter hinweg sagte: »Es gibt noch einen Flug nach Boston, in anderthalb Stunden von Terminal 1.«

Dimple wartete vor Terminal 1, doch Rishi kam nicht. Sie war sicher, dass er gesagt hatte, der Flug würde vormittags gehen. Damit war dies der letzte mögliche Flug. Vielleicht hatte er sein Ticket umgetauscht und war an einem früheren Tag geflogen. Später sicher nicht, denn die Kurse starteten bald. Das hieß, er war auf die andere Seite der USA geflogen, ohne sich noch einmal zu melden. Und Dimple war einfach nur blöd.

Sie ging zu ihrem Auto zurück und wappnete sich gegen die Qualen ihres doppelt gebrochenen Herzens.

Rishi

Rishi stand in der Eingangshalle des größten Erstsemester-Wohnheims auf dem Campus von Stanford. Dimple hatte ihm erzählt, dass sie dort wohnen würde. Er hatte eine halbe Stunde gewartet und den Strom der Studierenden und ihrer Eltern konzentriert auf der Suche nach ihrer wilden Frisur und zarten Figur im Blick behalten.

Doch sie war nicht da. Sie hatte gesagt, sie würde am Morgen des siebenundzwanzigsten ankommen, da war er ganz sicher. Er hatte damals an der SFSU eine Erinnerung im Handykalender hinzugefügt, weil er ihr an ihrem ersten Tag einen Blumenstrauß schicken wollte.

Vierzig Minuten.

Fünfzig.

Nachdem er zehn Minuten gewartet hatte, hatte er ihr geschrieben *(Ich bin in der Eingangshalle. Es tut mir leid)*, aber sie hatte gar nicht reagiert.

Eine Stunde.

Sie würde nicht mehr antworten. Dimple war eindeutig kein bisschen verwirrt gewesen. Sie hatte ihre Entscheidung getroffen und blieb dabei.

Und Rishi war einfach nur blöd.

Er stand auf und ging zu seinem Auto, mit schweren Schritten, erdrückt von seinem Unglück.

Dimple

Dimple ging zum Starbucks auf dem Campus der SFSU. Vielleicht hätte sie direkt nach Stanford fahren sollen, aber sie musste sich vorher von diesem Ort verabschieden. Vielleicht würde es ihr helfen, wenn sie das Gelände sah, die Hand auf den Brunnen legte, damit sie es – ihn – ein für alle Mal hinter sich lassen konnte. Die Sonne war ein strahlender funkelnder Feuerball – an diesem Tag lag kein Nebel in der Luft. Sogar Karl ging auf Abstand.

Rishi

Oh, was machte er nur hier? War er wirklich ein sentimentaler Idiot? Wieso war er nicht einfach dorthin gefahren, wo er von Anfang an hinwollte?

Doch als wäre sein Verstand vollkommen von seinen Beinen abgekoppelt, war er am Starbucks auf dem Campus der

SFSU gelandet. Als wäre er dumm genug zu hoffen, dass sie hier sein könnte und wie beim letzten Mal am Brunnenrand hockte, mit einem Iced Coffee in der Hand …

Er blinzelte.

Und blinzelte noch einmal.

»Dimple?«

Dimple

Beim Klang dieser Stimme riss sie die Augen auf und ihr Herz zog sich schmerzhaft zusammen, während ihr Verstand ihr sagte, wie dumm es war zu hoffen, so dumm. Aber –

Er war es. Rishi Patel, der sie mit offenem Mund anstarrte.

Dimple stand mit weichen Knien auf, keuchend, weil Fassungslosigkeit und Hoffnung in ihrer Brust zusammenflossen, wirbelten, zum Platzen gespannt. Ihre Hände zitterten so sehr, dass sie beinahe den Kaffeebecher fallen ließ. »Rishi?«

Rishi

Er stand einfach nur da und sah sie an. Ein Wort ging ihm in Endlosschleife durch den Kopf wie der Ruf eines Singvogels: »Kismet.« Sicherlich sah er völlig fertig aus, wenn er bedachte, wie sein Herz in seinem Kopf und seiner Brust und seinem Hals hämmerte, überall gleichzeitig, wie trocken sein Mund war. Von oben bis unten war er kalt und starr vor Schreck. Dann streckte er die Hand nach ihr aus und ließ sie rasch wieder fallen. »Ich habe dir geschrieben –«

»Ich war am –«

Sie hatten beide gleichzeitig gesprochen. Rishi verstummte und machte eine Geste – *nach dir.* »Du zuerst.«

Dimple biss sich auf die Lippe. Bei den Göttern, sie war so schön. So vollkommen. Seine Brust fühlte sich warm und viel zu eng an. Eine ungeheure Sehnsucht erfüllte ihn; er musste ihren Kopf unter sein Kinn stecken und ihr Shampoo riechen. Das war das Einzige, was er in diesem Moment wollte, das Einzige. Doch er blieb reglos und ein wenig verdreht stehen, damit er ihr nicht zu nahe kam.

»Ich, äh …« Als sie sich eine Locke hinters Ohr strich, sah er, dass ihre Hand zitterte. »Was machst du hier?« Auf der Suche nach Antworten sah sie ihm forschend in die Augen.

Rishi steckte die Hände in die Hosentaschen, damit er auch ja nicht der Versuchung nachgab, ihre Wange zu streicheln. »Ich, äh, ich fange hier an.«

Es war schon fast komisch, wie sie die Augen aufriss. Bei den Göttern, sie war so süß. »Du studierst jetzt an der SFSU? Und was ist mit dem MIT?«

Rishi schüttelte den Kopf und lächelte. »Ich hatte ein langes Gespräch mit Pappa darüber, dass ich tief in meinem Herzen Künstler bin.«

Dimple drehte ihr Lächeln einmal kurz voll auf, dann war es wieder weg. »Und damit war er einverstanden?«

Rishi zuckte mit den Schultern. »Am Ende schon. Er

muss sich noch daran gewöhnen, aber ich glaube, es ist ihm am wichtigsten, dass ich glücklich bin.«

Dimple nickte, als könnte sie das nachvollziehen. »Aber war es nicht schon zu spät für die Bewerbung?«

Er fuhr sich durchs Haar und zwang sich, ihrem Blick standzuhalten. »Leo Tilden hat ein Wort für mich eingelegt. Die entscheidenden Leute sind große Fans von ihm, deshalb …«

»Dann hat er dir gemailt?« Das starke Lächeln war wieder da, doch sie dämpfte es erneut, obwohl sie tief errötete, und wandte den Blick ab. »Das ist großartig.«

»Danke«, sagte er leise.

Dimple

Dimple sah Rishi wieder an. »Wofür?«

Er schaute sie immer noch so unergründlich an. Seine honigbraunen Augen sprachen Bände, aber sie hatte viel zu viel Angst, um zu erraten, was sie in Wirklichkeit sagen wollten. »Dafür, dass du ihm meine Zeichnungen geschickt hast. Er hat vor zwei Wochen geantwortet. Und er hat mir geholfen, Pappa klarzumachen, wie wichtig mir das ist. Außerdem hat er mir Mut gemacht, den Sprung tatsächlich zu wagen. Du hast etwas Unglaubliches für mich getan und es tut mir leid, dass ich es erst nicht so sehen konnte. Es gibt so einiges, das ich nicht verstanden habe.«

Meinte er damit …? Redete er von …? Nein, natürlich

nicht. Dimple blinzelte, sie konnte kaum schlucken. »Keine Ursache. Die Welt hätte etwas verpasst, wenn du dich nicht umentschlossen hättest.«

Er lächelte sanft wie verblassendes Licht. »Und wie steht es mit dir und deiner App?«

»Jenny ist unfassbar gut. Wir stehen kurz vor dem Abschluss, vielleicht brauchen wir noch ein, zwei Monate.« Sie schob ihre Brille höher. »Ich danke *dir*. Ich glaube, ich war damals nicht wirklich dankbar und das tut mir auch leid.«

Rishi nickte traurig. »Vielleicht waren wir beide zu sehr mit anderen wichtigen Dingen beschäftigt.« Er holte tief Luft. »Was machst du denn überhaupt hier?«

Dimple wurde rot und schaute weg. Ihre Hände krampften sich um den Kaffeebecher. »Nichts«, sagte sie rasch. Doch dann holte sie tief Luft und wagte einen neuen Versuch. Sie hatte schon so viel auf sich genommen. Sie brauchte die Chance, es wiedergutzumachen. Und hier war sie, ihre Chance. Auch wenn Rishi ihre Gefühle vielleicht nicht mehr erwiderte, musste sie sich bei ihm entschuldigen. »Ja, also, ich bin erst mal zum Flughafen gefahren. Ich dachte, du wärst da.«

Rishi

Rishis Herz geriet ins Straucheln. Sie war zum Flughafen gefahren, um ihn zu treffen? »Ich war nicht da«, sagte er dümmlich.

Dimple lächelte leise. »Ja, das habe ich gemerkt. Wenn du auch nicht zum MIT gehst.«

»Aber wieso … wolltest du mich sehen?«, fragte er und bekam kaum noch Luft. Sein Versuch, sich zu beruhigen, war nur bedingt von Erfolg gekrönt.

»Ich …« Als sie schluckte, würgte sie hörbar. Sie sah ihm in die Augen. »Ich … habe einen Fehler gemacht, Rishi.« Mit einem nervösen Lachen hielt sie ihm den Becher hin. »Und wenn du mich mit Kaffee überschütten willst, kann ich das total verstehen.« Schließlich fügte sie leise, aber mit fester Stimme hinzu: »Es war furchtbar dumm von mir. Ich liebe dich.« Darauf folgte eine Pause, weil Rishi nichts einfiel, was er darauf sagen könnte. Sein Gehirn war vereist oder überhitzt oder irgendetwas in der Richtung. »Ich verstehe, wenn es zu spät ist«, fuhr Dimple hastig fort. »Ich wollte mich nur entschuldigen. Auch, weil ich niemals diese Dinge über dich hätte sagen dürfen. Ich hatte Angst und …« Sie schüttelte den Kopf, sah ihn nicht mehr an und biss sich auf die Lippe, als würde sie gleich anfangen zu weinen.

War das die Wirklichkeit? Geschah es tatsächlich? Es musste ein Traum sein … Rishi kniff sich in den Unterarm, ganz fest. »Aua!«

Dimple runzelte die Stirn und sah ihn wieder an. »Was machst du denn da?«

Rishi stand immer noch unter Schock und schüttelte den Kopf. »Moment, aber … ich habe dir aus der Eingangshalle deines Wohnheims geschrieben. Und du hast nicht zurückgeschrieben.«

Dimple war perplex. »Ich …« Dann schlug sie mit der

Hand gegen ihre Stirn. »Mein Handy ist beim Fahren vom Sitz gefallen und ich kam nicht dran, also habe ich es da liegen lassen. Es ist auf Vibration gestellt und deshalb habe ich nichts gehört. Und als ich hier angekommen bin, hatte ich es eilig, zum Brunnen zu kommen, und habe es total vergessen.« Plötzlich lächelte sie, breit und strahlend, als hätte sie jetzt erst verstanden, was er gesagt hatte. »Halt. Du hast in der Halle meines Wohnheims auf mich gewartet? Warum?«

Als Rishi einen Schritt nach vorn machte, klopfte sein Herz so stark, als wollte es die Flucht ergreifen. Er schlang die Arme um ihre Taille. »Weil ich leider total bescheuerterweise in dich verliebt bin, Dimple Shah. Du hattest in vielen Dingen vollkommen recht. Ich hatte *wirklich* Angst. Die Vorstellung zu tun, was ich wollte und meine Eltern damit zu verletzen, hat mich zu Tode erschreckt. Ich trug eine schwere Bürde auf meinen Schultern und habe es nicht einmal gemerkt – und das ganz ohne Grund. Du hast mir mehr Mut verliehen. Es kommt mir vor, als hättest du einen Pinsel in glänzendes Violett, Grünblau und Gold getaucht, mit dem du mein einfarbiges Leben übermalt hast. Ich brauche dich, und ich brauche deinen Pinsel.« Er fuhr sich mit einer zitternden Hand durchs Haar, ängstlich, beschwingt und atemlos. »Wow. Ich weiß nicht mal, ob das irgendeinen Sinn ergibt.«

Dimple legte den Kopf weiter zurück und lächelte auf eine Art und Weise zu ihm hoch, die sein Herz zu interessanten Sprüngen veranlasste. »Absolut. Mir ging es genauso. Ich habe dich als Feigling bezeichnet, obwohl ich selbst genauso viel Angst hatte, Rishi.« Als sie den Kopf schüttelte, fing sich das Sonnenlicht in ihren Brillengläsern. »Die Vorstellung, den gleichen Weg zu gehen wie meine Eltern und in dem gleichen häuslichen Leben zu versauern, hat mich zu Tode erschreckt. Dabei habe ich eins vergessen: Das ist *unser* Leben. Wir bestimmen die Regeln. Wir legen fest, was geht und was bleibt, was wichtig ist und was nicht. Und ich weiß nur eins: Ich liebe dich. Es tut viel zu weh, von dir getrennt zu sein.« Sie verstummte mit Tränen in den Augen.

Rishi atmete tief durch, während sich die Einsamkeit und die Zweifel mit dem scharfen Schmerz des vergangenen Monats in Luft auflösten. »Finde ich auch«, flüsterte er. Und sagte lauter: »Es tut mir leid, dass ich den Rest dieses Sommers gebraucht habe, um das zu verstehen und zu versuchen, dich wiederzusehen. Aber jetzt bin ich hier. Du bist hier. Wie wäre es, wenn wir es diesmal richtig machen?«

Dimple

Dimple grinste. In ihren Ohren rauschte der Rhythmus von tausend Lovesongs aus Bollywood. »Ja, bitte.«

Dann schloss sie die Lücke zwischen ihren Lippen.

Danksagung

Es gäbe dieses Buch nicht ohne meine wunderbare Lektorin Jennifer Ung. Jenny ist nicht nur eine begabte Lektorin mit der frappierenden Fähigkeit zur Gedankenverschmelzung, sondern sie arbeitet auch unermüdlich für mehr Vielfalt in der Kinder- und Jugendliteratur, ein Unterfangen, das mir selbst sehr wichtig ist. Darüber hinaus ist sie eine Meisterin im Verschicken von sachbezogenen Hunde-Memes per E-Mail. Vielen Dank für alles. Ich freue mich unbändig, dass unsere Zusammenarbeit in die nächste Runde geht!

Ich bedanke mich bei meinem tatkräftigen und unglaublich sympathischen Literaturagenten Thao Le, der mir diese Chance verschafft hat. Ich hatte eine schreckliche Schreibkrise, bis ich deine E-Mail bekommen habe – noch dazu an meinem Geburtstag.

Mein Dank gilt überdies dem Team von Simon Pulse, von meiner außergewöhnlichen Designerin Regina Flath bis zur Öffentlichkeitsarbeit, dem Marketing und allen anderen Abteilungen dazwischen – danke für diese wunderbare Chance. Pulse war wie eine warmherzige Familie, in der ich mich sehr wohl gefühlt habe. Einen besseren Verlag hätte ich nicht finden können!

Ich bedanke mich bei meiner Familie, die mich uneingeschränkt mit unerschütterlichem Enthusiasmus unterstützt hat – mit euch will ich weiter durchs Leben gehen. Ich liebe euch und kann es nicht erwarten, weitere Bergabenteuer mit euch zu erleben!

Zu guter Letzt möchte ich mich bei EUCH bedanken, liebe Leserin, lieber Leser, bei euch, die ihr bei Dimples und Rishis Geschichte mitgefiebert habt, die ihr mit ihnen fröhlich oder auch traurig wart. Hoffentlich konntet ihr euch ein Stück weit wiedererkennen, ganz unabhängig davon, wer ihr seid oder woher ihr kommt. Das Kismet hat euch hierhergeführt, da bin ich ziemlich sicher – und ich weiß, Rishi würde mir zustimmen.

MIX
Papier aus verantwortungsvollen Quellen
FSC
www.fsc.org
FSC® C083411

Originalverlag: SIMON PULSE
An imprint of Simon & Schuster Children's Publishing Division, New York 2017

Originaltitel: »When Dimple Met Rishi«
Umschlaggestaltung und -typografie: formlabor
Umschlagbilder: shutterstock.com/© 44ee32e (1517118416, 1213590871);
© Vectomart (167249618); © Perekotypole (1349066588)
Aus dem Englischen von Anne Brauner
Lektorat: Wiebke Andersen-Oberschäfer
Herstellung: Derya Yildirim
Satz: Pinkuin Satz und Datentechnik, Berlin
Druck und Bindung: CPI books, Leck
ISBN: 978-3-551-58413-7
Printed in Germany